ullstein

Das Buch

Den plötzlichen Ausbruch von Gewalt bei einer zunächst friedlichen Anti-Atomkraft-Demonstration kann sich keiner der Bewohner der beschaulichen Kleinstadt Eastvale in Yorkshire so recht erklären. Noch weniger jedoch die Tatsache, dass am Ende ein junger Constable erstochen auf dem Marktplatz liegt. Jeder der gut hundert Demonstranten könnte es gewesen sein. Doch schon bald gelingt es Inspector Alan Banks, den Kreis der Verdächtigen einzuschränken: Da sind zum einen die Bewohner von Maggie's Farm, einem abgelegenen Bauernhof, und zum anderen der Sozialarbeiter Dennis Osmond, der dummerweise mit einer guten Freundin von Banks liiert ist. Doch damit nicht genug: London schickt ausgerechnet Banks' persönlichen Intimfeind, um die Ermittlungen zu leiten …

Der Autor

Peter Robinson, 1950 geboren, wuchs in Yorkshire auf. Seine Krimireihe um Inspector Alan Banks hat zahlreiche Preise gewonnen. Der Autor lebt in Toronto, Kanada.

Von Peter Robinson sind in unserem Hause bereits
folgende Alan-Banks-Krimis erschienen:

Augen im Dunkeln
Ein unvermeidlicher Mord
In blindem Zorn
Das verschwundene Lächeln
Die letzte Rechnung
Der unschuldige Engel
Das blutige Erbe
In einem heißen Sommer
Kalt wie das Grab
Wenn die Dunkelheit fällt
Ein seltener Fall
Kein Rauch ohne Feuer

Außerdem:

Das stumme Lied
Inspector Banks kehrt heim und andere Krimigeschichten

Peter Robinson

Ein unvermeidlicher Mord

Roman

Aus dem Englischen
von Andree Hesse

Ullstein

Besuchen Sie uns im Internet:
www.ullstein-taschenbuch.de

Umwelthinweis:
Dieses Buch wurde auf chlor- und säurefreiem Papier gedruckt.

Sonderausgabe im Ullstein Taschenbuch
Januar 2008

Titel der amerikanischen Originalausgabe: *A Necessary End*
(Avon Books, Inc., New York)
Umschlaggestaltung: HildenDesign, München
Titelabbildung: © Vova Pomortzeff/shutterstock
Satz: Pinkuin Satz und Datentechnik, Berlin
Gesetzt aus der Sabon
Druck und Bindearbeiten: Ebner & Spiegel, Ulm
Printed in Germany
ISBN 978-3-548-26838-5

Für Martin, Chris, Steve und Paul –
alte Freunde, die alle etwas beigetragen haben.

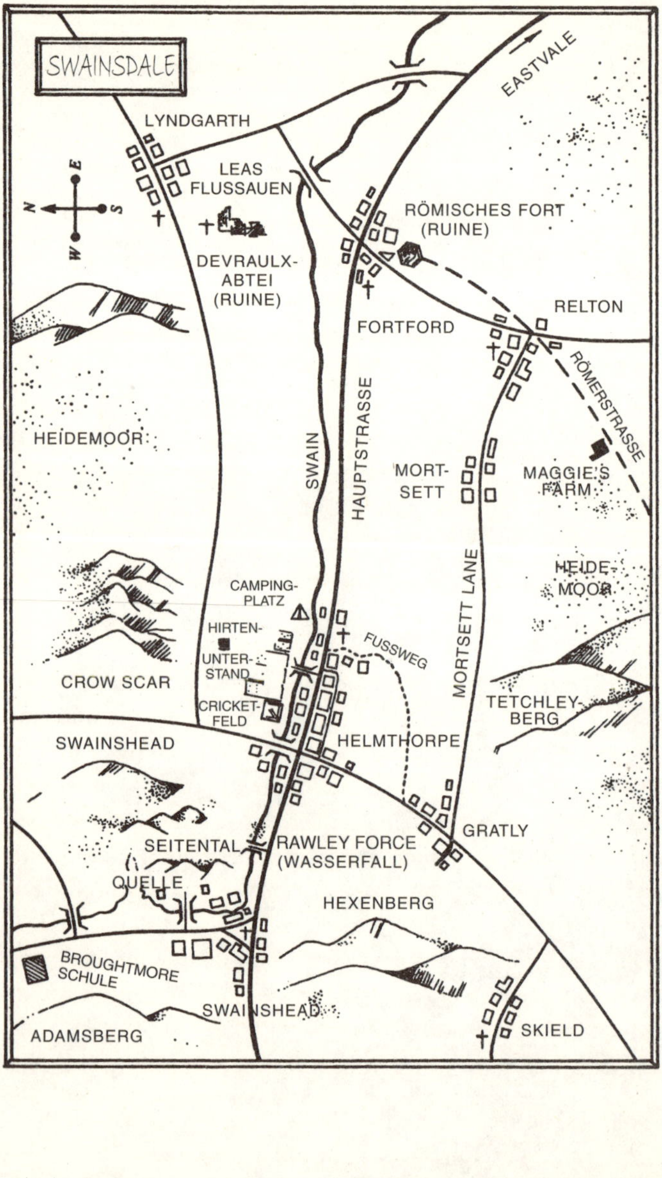
SWAINSDALE
LYNDGARTH
LEAS
FLUSSAUEN
EASTVALE
N
S
E
W
RÖMISCHES FORT
(RUINE)
DEVRAULX-
ABTEI
(RUINE)
RELTON
FORTFORD
RÖMERSTRASSE
HAUPTSTRASSE
SWAIN
HEIDEMOOR
MORT-
SETT
MAGGIE'S
FARM
MORTSETT LANE
HEIDE-
MOOR
CAMPING-
PLATZ
FUSSWEG
HIRTEN-
UNTER-
STAND
CROW SCAR
CRICKET-
FELD
TETCHLEY-
BERG
SWAINSHEAD
HELMTHORPE
SEITENTAL
RAWLEY FORCE
(WASSERFALL)
GRATLY
QUELLE
HEXENBERG
BROUGHTMORE
SCHULE
SWAINSHEAD
ADAMSBERG
SKIELD

EINS

I

Die Demonstranten standen dicht gedrängt im Märzregen vor dem Gemeindezentrum von Eastvale. Manche hielten selbst gefertigte Plakate hoch, doch die Anti-Atomkraft-Slogans waren im Nieselregen zerlaufen wie die Buchstaben im Vorspann von Horrorfilmen. Mittlerweile konnte man nur noch schwer erkennen, was sie aussagen wollten. Um halb neun war jeder gründlich durchnässt und hatte die Nase voll. Keine einzige Fernsehkamera nahm das Geschehen auf und nicht ein Reporter hatte sich unter die Menge gemischt. Protestaktionen waren out, die Medien interessierten sich nur noch für das, was drinnen vor sich ging.

Trotz aller Frustration hatten die Demonstranten bisher Geduld bewahrt. Ihre Haare waren klatschnass und das Wasser tropfte ihnen den Nacken hinab, doch noch hielten sie ihre unleserlichen Plakate hoch und hüpften seit über einer Stunde von einem Fuß auf den anderen. Nun aber begannen viele von ihnen Platzangst zu kriegen. Die North Market Street war eng und nur spärlich von altmodischen Gaslaternen beleuchtet. Von allen Seiten waren die Protestierenden von der Polizei eingekesselt, die so nah vorgerückt war, dass man sich in keine Richtung mehr bewegen konnte. Auf den Stufen vor den schweren Eichentüren stand eine zusätzliche Reihe von Polizisten Wache, und gegenüber der

Halle blockierten weitere Beamte die Schlupflöcher, die jenseits des Cardigan Drive in die gewundenen Nebenstraßen und auf die offenen Plätze führten.

Nur um etwas Luft zu bekommen, begannen einige Leute an den Rändern schließlich zu drängeln. Die Polizei stieß sie rüde zurück. Der Aufruhr schwappte wie eine Welle bis in den dicht gedrängten Kern der Menge, wo die unterdrückte Wut zunahm. Als jemand ein Plakat auf den Kopf eines Polizisten niedergehen ließ, johlten die übrigen Demonstranten auf. Ein anderer warf eine Flasche. Ohne Schaden anzurichten, zerbrach sie hoch oben an einer Mauer. Dann begannen ein paar Leute ihre Fäuste in die Luft zu recken, und die Menge stimmte Sprechchöre an: »WIR WOLLEN REIN! LASST UNS REIN!« Vereinzelt brachen Handgemenge aus. Die Demonstranten kämpften um jeden Quadratzentimeter, während die Polizei sie zurückschob, um die Menge in Schach zu halten. Es war, als würde man auf dem Deckel eines kochenden Topfes sitzen; einer von beiden musste nachgeben.

Später konnte niemand genau sagen, wie es passierte oder wer damit begonnen hatte, doch die meisten Demonstranten, die befragt wurden, behaupteten, dass ein Polizist geschrien hätte »Haut den Arschlöchern auf die Fresse!« und dass die Wachen auf den Stufen mit gezogenen Schlagstöcken nach unten vorrückten. Dann ging die Hölle los.

II

Es war zu heiß im Gemeindezentrum. Detective Chief Inspector Alan Banks fummelte an seiner Krawatte herum. Er hasste Krawatten, und wenn er eine tragen musste, ließ er immer den obersten Knopf offen, um das beklemmende Gefühl erträglich zu machen. Diesmal aber spielte er nicht nur aus Unbehagen mit dem lockeren Knoten, sondern auch aus Langeweile. Er wünschte, er wäre zu Hause, einen Arm um Sandra gelegt und ein Glas mit gutem Single-Malt-Scotch in der anderen Hand.

Aber sein Zuhause war während der letzten zwei Tage ein kalter und einsamer Ort gewesen, denn Sandra und die Kinder waren weg. Ihr Vater hatte einen leichten Schlaganfall erlitten, und Sandra war nach Croydon gefahren, um ihrer Mutter beizustehen. Banks wünschte, sie wäre zurück. Sie hatten jung geheiratet, und er fand, dass ein Dasein als Single nach fast zwanzigjähriger (zumeist) glücklicher Ehe wenig zu bieten hatte.

Aber der Hauptgrund für Banks' zunehmende schlechte Laune war ein besonders näselndes Exemplar des Monetarismus der Londoner Grafschaften, das sich hier im überfüllten Gemeindezentrum von Eastvales produzierte. Frau Honoria Winstantley, ihres Zeichens Parlamentsabgeordnete, war gekommen, um die Wogen der Nord-Süd-Beziehungen zu glätten. Sie beehrte Eastvale, weil es, obwohl keine Großstadt, die größte und wichtigste Stadt dieses Landesteils zwischen York und Darlington war. Außerdem erfreute sich die Stadt zurzeit eines noch nie da gewesenen und unerklärlichen Wachstums und zeichnete sich daher als leuchtendes Beispiel für die Kräfte des Volkskapitalismus aus. Banks, der höflichkeitshalber anwesend war, saß eingezwängt zwischen zwei schweigsamen Beamten der Special Branch, einer Art Verfassungsschutz des Staates. Bestimmt hatte Superintendent Gristhorpe ihm diese Aufgabe zugeteilt, weil er selbst keinerlei Verlangen danach hatte, der Abgeordneten Honoria zuzuhören. Wenn man ihn danach fragte, beschrieb sich Banks als gemäßigten Sozialisten, aber

Politik langweilte ihn und Politiker machten ihn meistens wütend.

Gelegentlich blinzelte er nach links oder rechts und bemerkte dabei die wachsamen Blicke der Bodyguards neben sich, die jeden Moment eine terroristische Aktion zu erwarten schienen. Da er ihre wahren Namen nicht kannte, hatte er sie Chas und Dave getauft. Chas war der massige Typ mit den wässerigen Augen und der aufgedunsenen, roten Nase. Dave war mit dem hageren und hungrigen Äußeren eines Tory-Ministers gesegnet. Wenn jemand aus dem Publikum auf seinem oder ihrem Stuhl hin- und herrückte, eine Hand vor den Mund legte, um ein Husten zu unterdrücken, oder nach einem Taschentuch griff, ließen entweder Chas oder Dave die Hand unters Jackett zum Schulterhalfter gleiten.

Das ist alles so blödsinnig, dachte Banks. Wenn jemand Honoria Winstantley töten wollte, dann wegen der einschläfernden Rede, die sie auf das Publikum losließ. Auf der Liste der gängigen Mordmotive stand dieser Punkt ganz weit unten, doch jeder vernünftige Richter würde einen solchen Mörder ohne Zweifel freisprechen.

Während das Publikum applaudierte, hielt Ms. Winstantley inne und trank einen Schluck Wasser. »Und ich sage Ihnen allen«, fuhr sie äußerst pathetisch fort, »dass zu gegebener Zeit, wenn die Maßnahmen unserer Politik wirksam geworden sind und jede Spur von Sozialismus ausgemerzt wurde, alle Unstimmigkeiten beigelegt sein werden, und der Norden, diese wertvolle Wiege der Industriellen Revolution, tatsächlich genauso aufblühen wird wie der Rest unseres ruhmreichen Landes. Es wird wieder ein vereinigtes Königreich sein, vereinigt unter dem Banner des Unternehmergeistes, der Leistung und der harten Arbeit. Hier in Eastvale können Sie bereits erleben, wie es passiert.«

Banks legte eine Hand vor den Mund und gähnte. Er

schaute nach links und sah, dass Chas derart angetan war von Honoria, dass er für einen Moment vergessen hatte, ein Auge für die IRA, die PLO, die Baader-Meinhof-Gruppe und die Roten Brigaden offen zu halten.

Dafür, dass kürzlich Mitglieder derselben Regierung dem Norden gesagt hatten, er solle aufhören, über die Arbeitslosigkeit zu jammern, da die meisten Probleme den armseligen Essgewohnheiten seiner Bewohner zuzuschreiben waren, kam die Rede gut an, dachte Banks. Doch bei einem Publikum, das fast ausnahmslos aus Mitgliedern der regionalen Konservativen Fraktion bestand – hauptsächlich kleine Geschäftsleute, Bauern und Grundbesitzer –, war solch eine uneingeschränkte Begeisterung nur zu erwarten. Die Anwesenden besaßen eine Menge Geld und außerdem ernährten sie sich bestimmt auch gut.

Es wurde noch heißer und stickiger, aber die Abgeordnete Honoria zeigte keinerlei Ermüdungserscheinungen. Ganz im Gegenteil erging sie sich in einem Exkurs über Aktienbesitz, was in ihren Worten so klang, als könnte jeder Engländer über Nacht zum Millionär werden, wenn die Regierung nur weiterhin staatliche Industriezweige und Behörden privatisierte.

Banks brauchte eine Zigarette. Erst vor kurzem hatte er wieder versucht, das Rauchen aufzugeben, allerdings vergeblich. Da in seinem Revier kaum etwas los war und Sandra und die Kinder fort waren, hatte er seinen Konsum sogar gesteigert. Sein einziger Fortschritt bestand darin, von Benson & Hedges Special Mild zu Silk Cut gewechselt zu sein. Er hatte irgendwo gehört, dass der Markenwechsel der erste Schritt dahin war, ganz mit dem Rauchen aufzuhören. Unglücklicherweise schmeckte ihm mittlerweile die neue Marke besser als die alte.

Als Honoria auf die Notwendigkeit der Erhaltung, ja der

Ausweitung der amerikanischen Militärpräsenz in Großbritannien zu sprechen kam, rutschte er unruhig auf seinem Stuhl umher. Chas sah ihn herausfordernd an. Banks begann sich zu fragen, ob dieser letzte Exkurs vielleicht nur ein Umweg gewesen war, um auf das Thema zu kommen, das die vielen Anwesenden hören wollten.

Es hatte Gerüchte gegeben über ein Atomkraftwerk an der Küste jenseits des Moores von North York, nur sechzig Kilometer von Eastvale entfernt. Mit Sellafield im Westen war das selbst für einige der eher rechts gesinnten Einheimischen ein Kraftwerk zu viel. Schließlich konnte Radioaktivität eine ziemlich scheußliche Angelegenheit sein, wenn der eigene Wohlstand von Grund und Boden abhing. Jeder erinnerte sich noch an Tschernobyl und die Geschichten über kontaminierte Milch und verseuchtes Fleisch.

Und als wäre die friedliche Nutzung der Atomkraft nicht schon schlimm genug, so wurde auch noch über eine neue amerikanische Luftwaffenbasis in der Gegend gesprochen. Die Bevölkerung hatte bereits genug von tief fliegenden Kampfjets, die tagein, tagaus die Schallmauer durchbrachen. Wenn auch die Schafe sich daran gewöhnt zu haben schienen, der Tourismusbranche taten sie überhaupt nicht gut. Aber es sah so aus, als wollte Honoria das Thema in gewohnter Manier der Politiker umgehen und jeden mit Visionen von einem neuen goldenen Zeitalter blenden. Vielleicht würde man in der Fragestunde wieder darauf zurückkommen.

Nach einem hochfliegenden Geschwafel zur Bildungsreform, zu Gesetz und Ordnung, der Wichtigkeit militärischer Stärke und der Privatisierung des sozialen Wohnungsbaus endete Honorias Rede. Mit keinem Wort war sie auf das Atomkraftwerk oder die beabsichtigte Luftwaffenbasis eingegangen. Erst nach einer fünfsekündigen Pause bemerkte das Publikum, dass es vorbei war, und begann zu klatschen. In dieser Pause meinte Banks, von draußen Anzeichen eines Aufruhrs zu hören. Chas und Dave schienen den gleichen Verdacht zu haben; ihre Blicke schnellten zu den Türen und ihre Hände glitten unter ihre linken Achselhöhlen.

III

Draußen schlugen und traten Polizisten und Demonstranten wild aufeinander ein. Teile der dicht gedrängten Menge waren in kleine Gefechte auseinander gebrochen, doch in der Mitte blieb ein brodelnder, kämpfender Kern zurück. Jeder schien nur noch sich selbst und seinen persönlichen Kampf wahrzunehmen. Es gab keine Individuen mehr, nur noch Fäuste, Schlagstöcke, Stiefel und Uniformen. Manchmal, wenn ein Knüppel niederknallte, schrie jemand vor Schmerz auf, fiel auf die Knie und legte fassungslos die Hände auf den Blutstrom. Die Polizei steckte genauso viel ein, wie sie austeilte. Stiefel trafen auf Leisten, Fäuste auf Köpfe. Helme flogen weg, und die Demonstranten hoben sie auf, um sie an den Riemen geschleudert als Waffe zu benutzen. Wer hinfiel, egal auf welcher Seite er stand, wurde vom Rest überrannt; es gab keinen Platz, um auszuweichen, und keine Zeit für Mitgefühl.

Ein junger Polizist, von zwei Männern und einer Frau in die Mangel genommen, bedeckte sein Gesicht und schlug blind mit seinem Schlagstock um sich. Ein Mädchen, dem das Blut den Hals hinablief, trat auf einen Polizisten ein, der sich im Regen wie ein Fötus zusammengerollt hatte. Vier ineinander verkeilte Leute fielen hin, stürzten durch das Schaufenster von Winston's Tabakladen und verstreuten die schöne Auslage aus Havannazigarren, Dosen mit aromatisiertem Pfeifentabak und exotischen türkischen und amerikanischen Zigarettenschachteln auf dem nassen Bürgersteig.

Das Polizeirevier von Eastvale befand sich nur hundert Meter die Straße hinab, direkt am Marktplatz. Als er den Lärm hörte, stürzte Sergeant Rowe nach draußen und schätzte rasch die Lage ab. Dann schickte er zwei Mannschaftswagen los, die an beiden Seiten die engen Straßen blockieren sollten, und eine Grüne Minna, um die Gefangenen einzusammeln. Außerdem forderte er im Krankenhaus Rettungswagen an.

Als die Demonstranten die Sirenen hörten, waren sich die meisten darüber im Klaren, dass sie in der Falle saßen. Die Raufereien hörten auf, die verängstigten Demonstranten wollten das Weite suchen. Einige konnten vorbeischlüpfen, bevor die Wagentüren geöffnet wurden. Zwei Leute schoben den Fahrer eines Wagens beiseite und rannten über den Marktplatz in die Freiheit. Ein paar andere warfen sich auf die Polizisten, die noch versuchten, die Schlupflöcher zu blockieren, schlugen sie nieder und machten sich auf in die Sicherheit und Dunkelheit der Nebenstraßen. Ein muskulöser Demonstrant kämpfte sich die Stufen zu den Türen des Gemeindezentrums hoch, zwei Polizisten im Genick, die versuchten, ihn zurückzuzerren.

IV

Lauter und anhaltender Applaus erstickte alle anderen Geräusche. Die Männer der Special Branch ließen ihre Waffen los. Die Abgeordnete Honoria strahlte in das Publikum und hob triumphierend ihre gefalteten Hände über den Kopf.

Banks fühlte sich immer noch unbehaglich. Er war sicher, Geräusche eines Streites oder Kampfes von draußen gehört zu haben. Er wusste, dass eine kleine Demonstration geplant gewesen war, und fragte sich, ob es zu Ausschreitungen gekommen war. Aber was sollte er tun? Die Show musste weitergehen, um jeden Preis, und er wollte kein Aufsehen erregen, indem er aufstand und früher ging.

Wenigstens war die Rede vorbei. Wenn sich die Fragestunde nicht zu lange hinzog, könnte er in einer halben Stunde hinausgehen und eine Zigarette rauchen. In einer Stunde könnte er zu Hause bei seinem Scotch sein und Sandra am anderen Ende der Telefonleitung hören. Außerdem war er hungrig. In Sandras Abwesenheit hatte er begonnen, sich an der *haute cuisine* zu versuchen, und wenn bisher auch noch nicht alles ganz klappte – dem Curry fehlte die Würze, eine Fischcasserole war verkocht –, so machte er doch Fortschritte. Ein spanisches Omelette würde er ja wohl noch hinkriegen, oder?

Der Applaus verebbte, und der Vorsitzende eröffnete die Fragestunde. Als sich die erste Person erhob und nach dem beabsichtigten Standort für das Atomkraftwerk fragte, flogen die Türen auf und ein kräftiger, ungepflegter junger Mann taumelte mit zwei Polizisten im Schlepptau in den Saal. Ein Schlagstock krachte nieder, und die drei stürzten auf die letzte Sitzreihe. Der junge Mann schrie vor Schmerzen auf. Als die zerbrechlichen Stühle unter der Last der drei Männer umkippten und zersplitterten, kreischten ein paar Frauen auf und griffen nach ihren Pelzmänteln.

Chas und Dave fackelten nicht lange. Sie eilten zu Honoria, schirmten sie vom Publikum ab und verließen, angeführt von Banks, den Saal durch eine Hintertür. Jenseits der voll gestopften Lagerräume kam man durch einen Ausgang auf ein Gewirr von Seitenstraßen. Banks führte sie eine enge Gasse hinab, in der die Geschäfte der York Road ihren Abfall abluden. Im Nu hatten die vier die Straße überquert und betraten das alte Riverview Hotel, wo die Abgeordnete für diese Nacht untergebracht worden war. Zum ersten Mal an diesem Abend war sie still. Im gedämpften Licht der Hotellobby bemerkte Banks, wie bleich sie geworden war.

Erst als sie im Zimmer waren, einer Suite mit einem großartigen Blick auf die terrassenförmig angelegten Gärten am Fluss, entspannten sich Chas und Dave. Honoria seufzte und ließ sich aufs Sofa fallen. Dave verschloss die Tür und legte die Kette vor, während Chas zum Barschrank ging.

»Schenk mir ein Gin Tonic ein, ja, Schatz?«, sagte Honoria mit zittriger Stimme.

»Was zum Teufel war da los?«, fragte Chas und schenkte auch zwei Gläser Scotch ein.

»Keine Ahnung«, sagte Banks. »Draußen war eine kleine Demonstration. Ich nehme an, sie ist vielleicht …«

»Ziemlich miese Sicherheitsvorkehrungen haben Sie hier«, sagte Dave, nahm seinen Drink und reichte Honoria ihren Gin Tonic.

Sie stürzte ihn runter und legte eine Hand auf die Stirn. »Mein Gott«, sagte sie, »ich dachte, hier würden nur Bauern und Pferdetrainer leben. Schaut mich an, ich zittere wie Espenlaub.«

»Hören Sie«, sagte Banks, der an der Tür stand. »Ich gehe besser und schaue, was passiert ist.« Es war offensichtlich, dass er keinen Drink bekommen würde, und er verspürte auch keinerlei Lust, den Prügelknaben für die Sicherheitsbeamten zu spielen. »Kommen Sie hier klar?«

»Hier sind wir auf jeden Fall wesentlich sicherer als dort«, sagte Dave. Dann wurde sein Ton etwas milder und er kam zu Banks an die Tür. »Ja, gehen Sie nur. Das ist jetzt Ihr Problem, Kumpel.« Er lächelte und senkte seine Stimme, deutete mit seinem Kopf in Honorias Richtung. »Sie ist unseres.«

In der Eile hatte Banks seinen Regenmantel im Gemeindezentrum vergessen, und seine Zigaretten steckten in der rechten Seitentasche. Beim Gehen sah er, wie Chas sich eine anzündete, aber es war ihm zu peinlich, ihn um eine zu bitten. Es war schon alles schlimm genug. Mit hochgeschlagenem Jackenkragen lief er hinunter zum Marktplatz, bog vor der Kirche nach rechts ab und blieb wie erstarrt stehen.

Die Verwundeten lagen stöhnend oder bewusstlos im Nieselregen. Die Polizei schlug sich immer noch mit denjenigen herum, die sie festgenommen hatte, und versuchte, sie auf die Rücksitze der Wagen oder in die Grüne Minna zu zwängen. Einige an den Haaren festgehaltene Demonstranten wanden sich und traten um sich und erhielten als Antwort Hiebe mit den Schlagstöcken. Andere gingen friedfertig mit. Sie waren jetzt verängstigt und müde; der größte Widerstand war gebrochen.

Banks stand wie angewurzelt da und beobachtete das Geschehen. Funkgeräte knisterten, Blaulichter rotierten. Die Verletzten schrien vor Schmerz und Schrecken, während Rettungssanitäter mit Tragen herumliefen. Man wollte es nicht glauben. Ein ausgewachsener Krawall in Eastvale, wenn auch in kleinem Ausmaß, war einfach undenkbar. An die steigende Kriminalitätsrate, die selbst so kleine Orte wie Eastvale mit gerade mal vierzehntausend Einwohnern heimsuchte, hatte sich Banks gewöhnt, aber Krawalle waren doch beschränkt auf Birmingham, Liverpool, Leeds, Manchester, Bristol oder London. Hier könnte so etwas nicht passieren, hatte er immer gedacht, wenn er kopfschüttelnd die Nachrichten aus Brixton, Toxteth und Tottenham sah.

Doch jetzt war es passiert, und die klagenden Opfer sowohl auf Seiten der Polizei wie der Demonstranten waren Zeugen dieser traurigen Wahrheit.

Die Straße war am Marktplatz nach Süden hin und in der Nähe der Stadthalle, an der Kreuzung mit der Elmet Street, nach Norden hin verbarrikadiert. Die Gaslaternen und beleuchteten Schaufenster der niedlichen Touristenläden voller Strickwaren aus Yorkshire, Wanderutensilien und regionaler Produkte warfen ihr Licht auf die chaotische Szenerie. Ein Junge, nicht älter als fünfzehn oder sechzehn, schrie auf, als ihn zwei Polizisten an den Haaren über das glitzernde Kopfsteinpflaster zerrten. Ein zerrissenes Plakat, auf dem einmal trotzig ATOMKRAFT? NEIN DANKE! gestanden hatte, flatterte im Märzwind, während die Regenfäden ein zartes Muster darauftröpfelten. Ein Polizist, ohne Helm und mit zerzaustem Haar, bückte sich, um einem anderen aufzuhelfen, dessen Schnurrbart mit Blut verklebt war und dessen Nase seltsam schief im Gesicht saß.

In den sich drehenden Blaulichtern kamen Banks die Nachwirkungen der Schlacht surreal vor. Verlängerte Schatten strichen über die Mauern. Für Sekunden tauchten im Licht seltsame Gegenstände auf der Straße auf und schienen dann wieder zu verschwinden: Ein umgedrehter Helm, eine leere Bierflasche, ein Schlüsselring, ein halb gegessener Apfel, der an den Rändern braun wurde, oder ein langer weißer Schal, der sich wie eine Schlange wand.

Aus dem Revier waren mehrere Polizisten zu Hilfe geeilt. Banks erkannte Sergeant Rowe, der hinter einem Mannschaftswagen an der Ecke stand.

»Was ist passiert?«, fragte er.

Rowe schüttelte den Kopf. »Die Demo ist außer Kontrolle geraten, Sir. Noch wissen wir nicht, wie oder warum.«

»Wie viele waren es?«

»Ungefähr hundert.« Er schwenkte seine Hand über die Szenerie. »Aber so was haben wir nicht erwartet.«

»Haben Sie eine Zigarette, Sergeant?«

Rowe gab ihm eine Senior Service. Nach Silk Cut war sie stark, aber er zog den Rauch trotzdem tief in seine Lungen.

»Wie viele sind verletzt?«

»Weiß ich noch nicht, Sir.«

»Und von unseren Leuten?«

»Tja, einige, nehme ich an. Ungefähr dreißig Beamte hatten die Aufgabe, die Menge im Zaum zu halten, aber die meisten von ihnen wurden auf Überstundenbasis aus York und Scarborough abgezogen. Craig war dabei, und der junge Tolliver. Ich habe beide noch nicht gesehen. Heute Nacht werden wir im Revier alle Hände voll zu tun haben. Sieht so aus, als hätten wir die Hälfte von ihnen geschnappt.«

Zwei Rettungssanitäter zuckelten mit einer Trage heran. Darauf lag eine Frau in mittleren Jahren, ihr linkes Auge war von Blut getrübt. Als sie vorbeigingen, drehte sie unter Schmerzen ihren Kopf zur Seite und spuckte Sergeant Rowe an.

»Verdammte Scheiße!«, sagte Rowe. »Das war Mrs. Campbell. Sie leitet die Sonntagsschule im Gemeindehaus am Cardigan Drive.«

»Der Krieg macht aus uns allen Tiere, Sergeant«, sagte Banks und wünschte, er könnte sich daran erinnern, wo er das gehört hatte. Dann wandte er sich ab. »Ich gehe besser ins Revier. Weiß der Superintendent schon Bescheid?«

»Es ist sein freier Tag, Sir.« Rowe schien immer noch fassungslos zu sein.

»Ich werde ihn lieber anrufen. Hatchley und Richmond auch.«

»Richmond ist da hinten, Sir.« Rowe zeigte auf einen großen, schlanken Mann, der nahe bei der Grünen Minna stand.

Banks ging hinüber und berührte Richmonds Arm.

Der junge Polizist zuckte zusammen. »Ach, Sie sind es, Sir. Entschuldigung, das hat mich ziemlich mitgenommen.«

»Wie lange sind Sie schon hier, Phil?«

»Ich kam raus, als uns Sergeant Rowe erzählte, was los ist.«

»Den Anfang haben Sie also nicht miterlebt?«

»Nein, Sir. In fünfzehn Minuten war alles vorbei.«

»Kommen Sie, wir gehen lieber rein und helfen den Kollegen.«

Im Revier herrschte Chaos. Jeder verfügbare Quadratzentimeter war von verhafteten Demonstranten besetzt worden, manche bluteten aus geringfügigen Schnittverletzungen und die meisten beschwerten sich lautstark über die Brutalität der Polizei. Als sich Banks und Richmond zum Treppenhaus durchboxten, rief eine vertraute Stimme hinter ihnen her.

»Craig!«, sagte Banks, als der junge Polizist zu ihnen aufgeschlossen hatte. »Was ist passiert?«

»Nicht viel, Sir«, schrie Craig über den Lärm hinweg. Sein rechtes Auge war dunkel und angeschwollen, aus einem Riss in der Lippe tropfte Blut. »Ich bin noch mal davongekommen.«

»Sie sollten im Krankenhaus sein.«

»Es ist wirklich nicht der Rede wert, Sir. Susan Gay wurde ins Krankenhaus gebracht.«

»Was hatte sie da draußen zu suchen?«

»Die Männer von der Schutzpolizei brauchten Hilfe, Sir. Wir sind einfach rausgegangen. Wir konnten nicht wissen, dass es so enden würde …«

»Ist sie schwer verletzt?«

»Wohl nur eine Gehirnerschütterung, Sir. Sie wurde niedergeschlagen, und irgendein Arschloch hat ihr gegen den Kopf getreten. Das Krankenhaus hat gerade angerufen. Ein Dr. Partridge möchte Sie sprechen.«

Hinter ihnen brach ein Handgemenge aus. Jemand prallte gegen Richmonds Kreuz. Er fiel nach vorn und stieß Banks und Craig gegen die Wand.

Banks rappelte sich auf. »Kann mal jemand diese verdammten Leute zur Ruhe bringen!«, schrie er in den Raum. Dann wendete er sich wieder an Craig. »Ich werde mit dem Doktor sprechen. Aber rufen Sie den Superintendenten an, wenn es geht. Erzählen Sie ihm, was passiert ist, und bitten Sie ihn herzukommen. Sergeant Hatchley auch. Und dann gehen Sie ins Krankenhaus. Wenn Sie Susan einen Krankenbesuch abstatten, können Sie gleich mal Ihr Auge untersuchen lassen.«

»In Ordnung, Sir.« Craig kämpfte sich zurück durch die Menge, und Banks und Richmond gingen hoch in die Büros der Kriminalpolizei.

Zuerst griff Banks in seine Schreibtischschublade, wo er eine Zigarettenschachtel für Notfälle aufbewahrte, dann wählte er die Nummer des Allgemeinen Krankenhauses von Eastvale.

Der Doktor wurde ausgerufen und kam eine Minute später ans Telefon.

»Gibt es schwere Verletzungen?«, fragte Banks.

»Hauptsächlich handelt es sich nur um Schnitte und Schwellungen. Ein paar leichte Kopfwunden. Alles in allem würde ich sagen, es sieht schlimmer aus, als es ist. Aber deshalb habe ich nicht ...«

»Was ist mit Constable Gay?«

»Mit wem?«

»Susan Gay. Die Polizistin.«

»Ach so, ja. Ihr geht es gut. Sie hat eine Gehirnerschütterung. Wir werden sie zur Beobachtung über Nacht hierbehalten, und nach ein paar Tagen wird sie wieder auf den Beinen sein. Hören Sie, ich verstehe Ihre Sorge, Detective

Chief Inspector, aber ich wollte mit Ihnen über etwas anderes sprechen.«

»Um was geht es denn?« Für einen Augenblick spürte Banks den eisigen Schauer einer irrationalen Angst. Sandra? Die Kinder? Das Ergebnis seiner letzten Röntgenuntersuchung der Lunge?

»Es hat einen Todesfall gegeben.«

»Bei der Demonstration?«

»Ja.«

»Fahren Sie fort.«

»Tja, es handelt sich eher um Mord, schätze ich.«

»Schätzen Sie?«

»Ich meine, es sieht danach aus. Ich bin kein Pathologe. Ich bin nicht qualifiziert ...«

»Wer ist das Opfer?«

»Ein Polizist. Constable Edwin Gill.«

Banks runzelte die Stirn. »Den Namen kenne ich nicht. Woher kommt er?«

»Einer der anderen sagte, er wäre aus Scarborough abgezogen worden.«

»Wie ist er gestorben?«

»Tja, das ist genau der Punkt. Nach dem, was da los war, würde man eine Schädelfraktur erwarten oder eine Platzwunde.«

»Aber?«

»Er wurde erstochen. Als er zu uns kam, war er noch am Leben. Leider haben wir nicht ... Zuerst war keine Wunde zu sehen. Wir dachten, er sei einfach wie die anderen niedergeschlagen worden. Er starb, bevor wir etwas tun konnten. Innere Blutungen.«

Banks legte eine Hand auf den Hörer und drehte seine Augen zur Decke. »Scheiße!«

»Hallo, Chief Inspector? Sind Sie noch da?«

»Ja. Entschuldigen Sie, Doktor. Danke, dass Sie so schnell angerufen haben. Ich werde noch mehr Polizeiwachen runterschicken. Niemand darf gehen, egal wie leicht die Verletzungen sind. Ist jemand vom Revier aus Eastvale bei Ihnen? Jemand bei Bewusstsein, meine ich.«

»Einen Moment.«

Dr. Partridge kam mit Constable Tolliver zurück, der Susan Gay im Krankenwagen begleitet hatte.

»Hör genau zu, Junge«, sagte Banks. »Wir haben hier alle Hände voll zu tun, also musst du die Sache im Krankenhaus allein regeln.«

»Ja, Sir.«

»Sobald ich jemanden entbehren kann, schicke ich euch weitere Leute, aber bis dahin gib dein Bestes. Niemand, der am Tumult heute Abend beteiligt war, darf verschwinden, hast du verstanden?«

»Ja, Sir.«

»Das schließt auch unsere Leute mit ein. Ich kann mir denken, dass einige von ihnen unbedingt nach Hause wollen, nachdem sie verarztet wurden, aber ich brauche Aussagen und ich brauche sie, solange in den Köpfen noch alles frisch ist. Okay?«

»Ja, Sir. Hier sind noch zwei, drei Kerle ohne ernsthafte Verletzungen. Wir werden uns darum kümmern.«

»Gut. Hast du von Gill gehört?«

»Ja, Sir. Der Doktor hat es mir erzählt. Ich kannte ihn nicht.«

»Es wäre besser, wenn du jemanden findest, der ihn offiziell identifizieren kann. Hatte er Familie?«

»Keine Ahnung, Sir.«

»Finde es heraus. Wenn er eine hatte, weißt du, was zu tun ist.«

»Ja, Sir.«

»Und lass Dr. Glendenning kommen. Er muss die Leiche untersuchen. Wir müssen in der Sache schnell handeln, bevor alle Spuren kalt werden.«

»Ich verstehe, Sir.«

»Gut. Dann mal los.«

Banks legte auf und drehte sich zu Richmond, der nervös in der Tür stand und über seinen Schnurrbart strich. »Gehen Sie bitte runter, Phil, und sagen Sie jedem, der im Dienst ist, dass er die Leute beruhigen und darauf aufpassen soll, dass niemand abhaut. Dann rufen Sie in York an und fragen, ob die für heute Nacht noch ein paar Kollegen entbehren können. Wenn nicht, versuchen Sie es in Darlington. Und außerdem kümmern Sie sich darum, dass die Straße vom Marktplatz bis zur Stadthalle abgesperrt wird.«

»Was ist los?«, wollte Richmond wissen.

Banks seufzte und fuhr mit einer Hand durch sein kurzgeschorenes Haar. »Sieht so aus, als hätten wir einen Mord am Hals und hundert oder mehr Verdächtige.«

ZWEI

I

Das Windspiel klapperte, und der Regen prasselte auf das wilde Heidegras. Mara Delacey hatte gerade die Kinder zu Bett gebracht und ihnen aus den *Geschichten des Eichhörnchens Nutkin* von Beatrix Potter vorgelesen. Jetzt konnte sie sich entspannen, konnte die Ruhe und Einsamkeit genießen, das Zusammenspiel der Stille und der Geräusche der Natur. Es erinnerte sie an frühere Zeiten, als sie noch nach ihrem Mantra meditierte.

Wie immer war es ein anstrengender Tag gewesen: Wäsche waschen, das Essen kochen, auf die Kinder aufpassen. Dazwischen hatte sie noch ein paar Stunden Zeit gefunden, im Hinterraum von Elsbeths Kunstgewerbeladen zu töpfern. Wenn es ihr Lebensschicksal war, eine Erdenmutter zu sein, dachte sie mit einem Lächeln, dann war es besser, dies hier zu sein, weit entfernt von den strengen Regeln und der selbstgerechten Spiritualität des Ashrams, wo sie nach dem Essen nicht einmal eine Zigarette rauchen durfte. Sie war froh, diesen ganzen Mist hinter sich gelassen zu haben.

Jetzt hatte sie wenigstens etwas Zeit ganz für sich, ohne immer das Gefühl zu haben, sie müsste unter die Leute, um sie zu bekehren oder Lobeshymnen auf ihren Guru zu singen. Seit er wegen Betrugs und Steuerhinterziehung im Gefängnis saß, taten das sowieso nicht mehr viele. Seine

Anhänger waren in alle Winde verstreut: Manche, einsam und verlassen, waren losgezogen, um sich neue Führer zu suchen; andere, wie Mara, hatten sich anderen Lebensinhalten zugewandt.

Seth Cotton hatte sie ein Jahr, nachdem er einen Hof in der Nähe von Relton gekauft hatte, kennen gelernt. In dem Moment, in dem er ihr den Hof, den er Maggie's Farm getauft hatte, das erste Mal zeigte, wusste sie, dass er ihr Zuhause werden musste. Es war ein typisches Bauernhaus der Dales aus dem achtzehnten Jahrhundert, der inmitten einiger Morgen Land in der Heide über dem Tal lag. Die Mauern waren aus Kalkstein errichtet, die Ecken mit Sandstein verkleidet und das Dach war mit Steinschindeln bedeckt. Nischenfenster gingen nach Norden über das Tal, und in die schweren, von Mauerwerk gestützten Türbalken waren die Initialen T. J. H., die für den ursprünglichen Besitzer standen, sowie die Jahreszahl 1765 geritzt. Der einzige Zusatz außer Seths Werkstatt, ein Schuppen am hinteren Ende des Gartens, war ein Kalksteinvorbau mit einem Schieferdach. Jenseits des hinteren Gartenzaunes, ungefähr fünfzig Meter östlich des Haupthauses, stand eine alte Scheune, die Seth gerade renovierte, als sie ihn kennen lernte. Er hatte sie in ein oberes Studioapartment, in dem der Künstler Rick Trelawney mit seinem Sohn lebte, und eine Einzimmerwohnung im Erdgeschoss aufgeteilt, die von Zoe Hardacre und ihrer Tochter bewohnt wurde. Paul, ihr neuester Mieter, hatte ein Zimmer im Haupthaus.

Obwohl die Einrichtung der Scheune moderner war, bevorzugte Mara das Bauernhaus. Die Eingangstür führte direkt in das geräumige Wohnzimmer, einen sauberen und gepflegten Ort, der mit allem möglichen Krimskrams eingerichtet war: Einem Perserimitat, einem neu gepolsterten Sofa aus den fünfziger Jahren sowie einem großen Tisch und vier Stühlen aus weißer Kiefer, die Seth eigenhändig getischlert hatte. Große Kissen aus grobem Stoff lehnten der Gemütlichkeit halber an den Wänden.

An der Wand gegenüber dem Steinkamin hing ein riesiger Wandteppich mit einer chinesischen Landschaft. Gewaltige Berge waren darauf zu sehen, deren schneebedeckte Gipfel über den Kiefernwäldern nadelscharf in den Himmel ragten. Auf halber Höhe bewegten sich vereinzelte Grüppchen von Menschen einen gewundenen Pfad hinauf. Mara schaute sich das Bild häufig an. In dem Zimmer gab es kein Deckenlicht. Die Stehlampen stellte sie nur schwach ein und ergänzte sie mit dicken roten Kerzen, denn sie mochte die Schatten, die die Flammen auf den Wandteppich und die weiß getünchten Steinwände warfen. Sie kuschelte sich mit Vorliebe in einen alten Schaukelstuhl in der Nähe des Fensters, den Seth restauriert hatte. Von dort konnte sie deutlich das Windspiel hören, während sie Wein trank und las.

Früher hatte sie Kerouac, Burroughs, Ginsberg, Carlos Castaneda und all die anderen verschlungen, doch mit achtunddreißig fand sie deren Werke peinlich pubertär. Mittlerweile bevorzugte sie wieder die Klassiker, an die sie sich aus ihrem Studium erinnerte. Diese langatmigen, viktorianischen Romane hatten etwas an sich, was zu einem so einsamen und ruhigen Ort wie Maggie's Farm passte.

Jetzt wollte sie sich hinsetzen und in *Die Mühle am Floß* versinken. Eine selbst gedrehte Old Holborn und ein Glas Barsac würden es noch gemütlicher machen. Und vielleicht etwas Musik. Sie ging zur Stereoanlage, wählte Holsts *The Planets* aus, die Seite mit »Saturn«, »Uranus« und »Neptun«, machte es sich dann im Schaukelstuhl bequem, um im Kerzenlicht zu lesen. Die anderen waren alle auf der Demo, und bestimmt würden sie auf dem Rückweg auf ein oder zwei Bier im Black Sheep in Relton Halt machen. Die Kinder schliefen oben im Gästezimmer, also musste sie nicht rüber zur Scheune hasten, um nach ihnen zu sehen. Es war jetzt halb zehn. Sie würde wohl noch ein paar Stunden für sich haben.

Aber sie schien sich nicht konzentrieren zu können. Das Prasseln draußen hörte auf. Es wurde abgelöst von dem gleichmäßigen Tropfen des Regens aus den Dachrinnen, vom Vorbau und den Bäumen, die Maggie's Farm vor den strengen Westwinden schützten. Das Windspiel klang nun wie Warnglocken. Irgendetwas lag in der Luft. Wenn Zoe zu Hause wäre, hätte sie sicherlich wieder mit ihren Geschichten von übersinnlichen Kräften angefangen – wahrscheinlich lag es am Mond.

Mara schüttelte mit einem Achselzucken ihr Unbehagen ab und widmete sich wieder ihrem Buch. »Und dies ist die Mühle von Dorlcote. Ich muss eine oder zwei Minuten hier auf der Brücke verharren und sie anschauen, auch wenn die Wolken bedrohlich wirken und es schon spät am Nachmittag ist …« Es ging nicht, sie war nicht in der richtigen Stimmung. George Eliots Zauber wirkte heute Abend einfach nicht. Mara legte das Buch nieder und konzentrierte sich auf die Musik.

Als gegen Ende von »Neptun« der entrückte Chor einsetzte, öffnete sich die Eingangstür mit einem Knarren und Paul hetzte herein. Seine Armeejacke war dunkel vom Regen und die enge Jeans klebte ihm an den spindeldürren Beinen.

Mara runzelte die Stirn. »Du bist früh zurück«, sagte sie. »Wo sind die anderen?«

»Keine Ahnung.« Paul war außer Atem, seine Stimme klang zittrig. Er zog seine Jacke aus und hängte sie an den Haken an der Tür. »Ich bin ganz allein über die Heide zurückgerannt.«

»Aber das sind mehr als sechs Kilometer. Was ist los, Paul? Warum hast du nicht auf Seth und die anderen gewartet? Du hättest im Wagen mitfahren können.«

»Es hat Ärger gegeben«, sagte Paul. »Die Sache ist völlig aus dem Ruder gelaufen.« Er nahm eine Zigarette aus seiner Schachtel Players und zündete sie an. Er hielt sie in der hohlen Hand, wie Soldaten es in alten Kriegsfilmen tun. Seine Hände zitterten. Mara fiel wieder auf, wie kurz und dick seine Finger waren. Die Nägel waren bis aufs Fleisch abgekaut. Sie drehte sich eine neue Zigarette. Paul begann, im Zimmer auf und ab zu laufen.

»Was ist denn das?«, fragte Mara und zeigte erschrocken auf eine wunde Stelle am Knöchel seines linken Daumens. »Das sieht wie Blut aus. Du hast dich verletzt.«

»Das ist nichts.«

Mara streckte ihre Hand aus, aber er zog seine zurück.

»Warte, ich hol dir ein Pflaster.«

»Ich hab doch gesagt, es ist nichts. Ich kümmere mich später darum. Willst du gar nicht wissen, was passiert ist?«

Mara wusste, dass es nichts brachte, wenn sie darauf bestand, ihn erst zu verarzten. »Okay, dann setz dich hin«, sagte sie. »Es macht mich ganz verrückt, wenn du ständig auf und ab läufst.«

Paul ließ sich auf die Kissen an der Wand fallen, wobei er darauf achtete, seine blutige Hand zu verbergen.

»Und?«, sagte Mara.

»Die Polizei ist auf uns losgegangen, das ist passiert. Verdammte Arschlöcher.«

»Warum?«

»Sie haben uns einfach fertig gemacht, das ist alles. Frag mich nicht, warum. Keine Ahnung, was im Kopf eines Bullen vor sich geht. Kann ich ein bisschen Wein haben?«

Mara schenkte ihm ein Glas Barsac ein. Er nahm einen Schluck und verzog das Gesicht.

»Tut mir Leid«, sagte sie. »Ich habe vergessen, dass du das süße Zeug nicht magst. Im Kühlschrank ist noch Bier.«

»Super.« Paul zog sich hoch und ging in die Küche. Als er zurückkam, hatte er eine Dose Carlsberg in der Hand. Auf seinem Daumen klebte ein Pflaster.

»Was ist mit den anderen?«, wollte Mara wissen.

»Keine Ahnung. Eine Menge Leute sind verhaftet worden. Die Polizei ist einfach in die Menge gestürmt und hat die Leute nach allen Seiten rausgezogen. Viele sind auch im Krankenhaus.«

»Wart ihr nicht alle zusammen?«

»Am Anfang schon, ganz vorne, aber als der Kampf losging, wurden wir getrennt. Ich bin irgendwie an ein paar Bullen vorbeigeschlichen und in einer Gasse verschwunden. Dann bin ich durch Seitenstraßen und über die Heide bis hierher gerannt. Ich bin völlig kaputt.« Je aufgeregter er wurde, desto mehr kam sein Liverpooler Akzent durch.

»Also sind die Leute davongekommen?«

»Manche, ja. Aber ich weiß nicht, wie viele. Ich bin nicht dageblieben, um auf die anderen zu warten. Jeder musste an sich selbst denken, Mara. Als ich Rick das letzte Mal sah, versuchte er, auf den Marktplatz zu kommen. Zoe konnte ich nicht sehen. Du weißt ja, wie klein sie ist. Es war ein richtiges Massaker. Sie fuhren plötzlich alles auf, von Wasserwerfern bis Gummigeschossen. Ich habe schon einigen Ärger erlebt, aber mit so was hätte ich nie gerechnet, nicht in Eastvale.«

»Was ist mit Seth?«

»Tut mir Leid, Mara. Ich habe keine Ahnung, was aus ihm geworden ist. Aber mach dir keine Sorgen, es wird ihnen schon gut gehen.«

»Ja.« Mara drehte sich weg und schaute aus dem Fenster. Sie konnte ihr Spiegelbild auf der dunklen, vom Regen verschmierten Scheibe sehen. Es sah aus, als würde aus ihrer rechten Schulter eine Kerzenflamme brennen.

»Vielleicht sind sie davongekommen«, setzte Paul hinzu. »Vielleicht sind sie gerade jetzt auf dem Rückweg.«

Mara nickte. »Vielleicht.«

Aber sie wusste, dass es Ärger geben würde. Bald würde die Polizei da sein, herumschnüffeln und alle tyrannisieren, genau wie damals, als Seths alte Freundin Liz aus dem Irrenhaus weggelaufen war und sich für ein paar Tage bei ihnen versteckt hatte. Da Liz früher drogenabhängig gewesen war, suchte die Polizei damals nach Heroin. Aber soweit sich Mara erinnern konnte, hatten sie in der gesamten Wohnung nur eine riesige Unordnung angerichtet. Ihr gefiel eine solche Störung ihres Lebens nicht und sie wollte das nicht noch einmal durchmachen.

Sie griff nach der Weinflasche, aber noch bevor sie sich ein neues Glas einschenken konnte, sprang die Eingangtür erneut auf.

II

Als Banks die Treppen hinabging, war die Lage entschieden ruhiger geworden. Richmond hatte den uniformierten Beamten geholfen, alle Verhafteten in den Keller zu führen, bis sie verhört, angeklagt und freigelassen werden konnten. Das Revier von Eastvale hatte nicht viele Zellen, aber dort unten gab es eine Menge unbenutzten Lagerraum.

Auch Sergeant Hatchley war eingetroffen. Strohblond und einen Kopf größer als die anderen, sah er wie ein abgehalfterter Rugbystürmer aus. Er lehnte am Tresen beim Eingang und machte ein verblüfftes und verärgertes Gesicht, als Richmond ihm erzählte, was vorgefallen war.

Banks ging zu ihnen. »Ist der Superintendent schon hier?«

»Auf dem Weg, Sir«, entgegnete Richmond.

»Würden Sie alle zusammentrommeln, solange wir warten?«, fragte Banks. »Ein paar Dinge möchte ich gleich bekannt geben.«

Richmond ging in das Großraumbüro, die Domäne der uniformierten Polizei von Eastvale, und sammelte jeden ein, den er finden konnte. Die Männer und Frauen saßen auf den Schreibtischen oder lehnten sich gegen die Trennwände und warteten auf Anweisungen. Einige von ihnen wiesen noch Spuren der vergangenen Schlacht auf: ein geschwollener Wangenknochen, zerrissene Uniformen, ein blaues Auge, gebrochene Nasenbeine.

»Weiß jemand, wie viel genau wir verhaftet haben?«, fragte Banks als Erstes.

»Sechsunddreißig, Sir.« Es hatte ein Constable mit aufgeschlagener Lippe geantwortet, dem an der Uniformjacke der oberste Knopf fehlte. »Und ich habe gehört, dass im Krankenhaus zehn weitere sind.«

»Irgendwelche ernsthaften Verletzungen?«

»Nein, Sir. Außer, nun ja, außer Constable Gill.«

»Ja. Wenn also ungefähr hundert Leute auf der Demo waren, stehen die Chancen fast fünfzig zu fünfzig, dass wir den Mörder bereits haben. Zuerst möchte ich, dass jeder durchsucht und nach Gills Blutspuren untersucht wird und dass von jedem Fingerabdrücke genommen werden. Constable Reynolds, würden Sie als Verbindungsmann zum Krankenhaus fungieren?«

»In Ordnung, Sir.«

»Dort wird genauso verfahren. Bitten Sie den Doktor, die

zehn Patienten nach Blutspuren zu untersuchen. Als Nächstes müssen wir die Tatwaffe finden. Alles, was wir bisher wissen, ist, dass Gill erstochen wurde. Wir wissen nicht, welche Art Messer benutzt wurde, also ist jeder Gegenstand mit einer Klinge verdächtig, vom Küchenmesser bis zum Stilett. Aus York sind zusätzliche Leute unterwegs, aber ich möchte, dass ein paar von Ihnen die Straße sofort gründlich absuchen. Das schließt auch einen sorgfältigen Blick in die Gullys mit ein. So weit alles klar?«

Jemand brummte: »Ja, Sir.« Andere nickten.

»Okay. Jetzt kommen wir zum schwierigen Teil. Wir brauchen eine Liste der Namen. Von jedem, den wir haben, sowie jeden anderen, den wir aus ihnen herauskriegen. Denken Sie daran, ungefähr sechzig Leute sind davongekommen, und wir müssen wissen, wer sie sind. Wenn jemand von Ihnen sich daran erinnern kann, ein bekanntes Gesicht gesehen zu haben, jemanden, der weder hier noch im Krankenhaus ist, dann notieren Sie das. Ich nehme an, dass die Leute, die wir verhören, ihre Freunde nicht verraten wollen, aber bearbeiten Sie sie ein bisschen, versuchen Sie Ihr Bestes. Lassen Sie sich auf keine Ausflüchte ein. Nutzen Sie jeden Kniff, den Sie drauf haben. Wir wollen auch wissen, wer die Organisatoren waren und welche Gruppierungen vertreten waren.

Ich möchte von allen eine Aussage, selbst wenn sie nichts zu sagen haben. Wir werden die Verhöre getrennt abhalten, also legen Sie sich ins Zeug. Halten Sie sich an den Mord, fragen Sie nach jeder Person mit einem Messer. Finden Sie heraus, ob wir irgendwelche aktenkundigen Unruhestifter in den Zellen haben. Sehen Sie sich die Akten an, vielleicht bringen uns die weiter. Wenn Sie glauben, dass jemand lügt oder ausweichend reagiert, setzen Sie ihn mächtig unter Druck, machen Sie dann neben der Aussage einen Vermerk zu Ihren Vorbehalten. Mir ist klar, dass wir von Papierkram überschwemmt werden, aber es geht nicht anders. Irgendwelche Fragen?«

Niemand sagte ein Wort.

»Gut. Noch etwas: Wir brauchen auch die Aussagen aller Zeugen, nicht nur der Demonstranten. In den Wohnungen, von denen aus man in die Straße sehen kann, muss jemand die Sache beobachtet haben. Gehen Sie von Haus zu Haus. Und zerbrechen Sie sich Ihren eigenen Kopf. Sie wissen, dass es eine offizielle Untersuchung zu der Frage geben wird, warum das alles überhaupt passieren konnte. Deshalb sollte jeder von Ihnen, der dabei war, gleich eine Aussage machen, solange die Vorgänge noch frisch im Gedächtnis sind. Ich möchte, dass alle Aussagen morgen in aller Frühe getippt auf Superintendent Gristhorpes Schreibtisch liegen.«

Banks schaute auf seine Uhr. »Jetzt ist es halb zehn. Wir legen besser gleich los. Habe ich irgendwas übersehen?«

Einige Beamte schüttelten den Kopf, andere standen schweigend da. Schließlich hob eine Polizistin ihre Hand. »Was machen wir mit den Leuten, Sir, nachdem wir alle Aussagen haben?«

»Verfahren Sie wie gewöhnlich«, sagte Banks. »Stellen Sie nur die Anklage und lassen Sie sie gehen, wenn Sie keinen Grund haben zu glauben, sie haben was mit Gills Tod zu tun. Sie werden so schnell wie möglich vor Gericht geladen. Ist das alles?« Er hielt inne, aber niemand sagte etwas. »Gut. Dann los. Ich will von jeder Spur wissen, sobald sie sich ergibt. Mit ein bisschen Glück können wir das bis morgen früh abgewickelt haben. Und würde jemand ein paar von den Verhafteten hochbringen? Sobald der Superintendent eingetroffen ist, werden drei von uns oben verhören.« Er wandte sich an Richmond. »Wir brauchen Sie am Computer, Phil. Es werden ein Menge Akten kontrolliert werden müssen.«

»Der Superintendent ist jetzt hier, Sir.« Constable Telford zeigte zur Tür, die außerhalb von Banks' Sichtfeld lag.

Superintendent Gristhorpe, ein massiger Mann Ende fünfzig mit buschigen, grauen Haaren und Augenbrauen, rotem, pockennarbigem Gesicht und borstigem Schnurrbart ging zur Treppe, wo die drei Kriminalbeamten standen. Sein Blick, normalerweise arglos wie der eines Babys, war von Sorgen getrübt. Dennoch erzeugte seine Anwesenheit eine Aura der Ruhe und gelassenen Besonnenheit.

»Bist du im Bilde?«, fragte Banks.

»Ja«, sagte Gristhorpe. »Ich kenne noch nicht alle Einzelheiten, aber es reicht. Lass uns hochgehen, dann kannst du mir bei einer Tasse Kaffee alles erzählen.« Er legte behutsam eine Hand auf Banks Arm.

Banks wandte sich an Sergeant Hatchley. »Sie können schon mal mit den Verhören anfangen«, sagte er. »Wenn ich den Superintendent informiert habe, werden wir Ihnen sofort helfen.« Dann trotteten die vier Kriminalbeamten nach oben. Constable Telford schob ein Paar nasser, verängstigter Demonstranten hinter ihnen die Treppe hoch.

III

»Zoe! Gott sei Dank ist dir nichts passiert!«

Paul und Mara starrten auf die zierliche Gestalt in dem glitzernden roten Anorak. Ihr kupferrotes Haar war klatschnass, sodass man die dunklen Wurzeln sehen konnte. Regen tropfte auf die Strohmatte vor der Türschwelle. Sie schlüpfte aus ihrer Jacke, hängte sie neben die von Paul und ging auf die beiden zu, um sie zu umarmen.

»Hast du ihr erzählt, was passiert ist?«, fragte sie Paul.

»Ja.«

Zoe schaute Mara an. »Wie war es mit Luna?«

»Problemlos. Sie ist eingeschlafen, als das Eichhörnchen Nutkin Mr. Brown mit einer Nessel zu kitzeln begann.«

Ein kurzes Lächeln huschte über Zoes Gesicht. Sie ging zum Bücherregal hinüber. »Ich habe heute Morgen ein I Ching gelegt«, sagte sie, »und es kam ›Konflikt‹ heraus. Ich hätte wissen sollen, was passieren wird.« Sie schlug das Buch auf und las daraus vor: »›Konflikt. Du bist offen und du bist blockiert. Ein sicherer Halt auf halbem Weg bringt Glück. Bis zum Ende zu gehen bringt Unglück. Es bringt einen dazu, den großen Mann zu erkennen. Es bringt einen nicht dazu, das große Wasser zu überqueren.‹«

»Man darf das nicht so wörtlich nehmen«, sagte Mara. »Das ist das Problem. Es sagt dir nicht, was passieren wird oder wie es passieren wird.« Obwohl sie selbst sehr an I Ching und Tarot interessiert war, dachte Mara oft, dass Zoe zu weit ging.

»Für mich ist es ganz eindeutig. Ich hätte wissen müssen, dass so etwas passieren würde: ›Bis zum Ende zu gehen bringt Unglück.‹ Genauer kann man es gar nicht gesagt bekommen.«

»Was wäre gewesen, wenn du es gewusst hättest?«, meinte Paul. »Du hättest die Demo nicht absagen können, oder? Du wärst trotzdem hingegangen. Alles wäre genauso abgelaufen.«

»Ja«, murmelte Zoe, »aber ich wäre darauf vorbereitet gewesen.«

»Wie denn?«, fragte Mara. »Meinst du, du hättest bewaffnet sein sollen oder so?«

Zoe seufzte. »Weiß ich nicht. Ich wäre einfach darauf vorbereitet gewesen.«

»Hinterher kann man das leicht sagen«, meinte Paul.

»Die Wahrheit ist, dass niemand die leiseste Ahnung hatte, dass die Demo so schlimm werden würde, und dass niemand irgendetwas dagegen tun konnte. Eine Menge Leute waren dran beteiligt, Zoe, und wenn jeder heute Morgen dieses I Ching gemacht hätte, dann hätte jeder eine andere Antwort erhalten. Das ist nichts als Scharlatanerie, wenn du mich fragst.«

»Setz dich hin«, sagte Mara. »Trink ein Glas Wein. Hast du gesehen, was mit den anderen passiert ist?«

»Ich bin nicht sicher.« Zoe setzte sich im Schneidersitz auf den Teppich und nahm Pauls Glas. »Ich glaube, Rick wurde verhaftet. Ich habe gesehen, wie er am Rande der Menge mit ein paar Polizisten kämpfte.«

»Und Seth?«

»Ich weiß es nicht. Ich konnte nichts sehen.« Zoe lächelte traurig. »Die meisten Leute sind größer als ich. Ich habe nur Schultern und Nacken gesehen. Weil ich so klein bin, konnte ich mich auch davonmachen. Und wegen des Regens. Ein Bulle packte meine Kapuze, aber sie war so nass, dass seine Hand abrutschte. Mein Sternzeichen ist Fisch, ich bin ein glitschiger Fisch.« Sie hielt inne und nippte an dem Barsac. »Was werden sie wohl mit denen machen, die sie verhaftet haben, Mara?«

Mara zuckte mit den Achseln. »Ich könnte mir vorstellen, dass sie eine Anzeige kriegen und dann gehen können. So läuft das normalerweise. Dann entscheidet das Gericht, zu welcher Geldstrafe sie verurteilt werden oder ob sie ins Gefängnis müssen. Meistens müssen sie nur eine Geldstrafe bezahlen oder werden auf Kaution freigelassen.«

Mara wünschte, so zuversichtlich zu sein, wie sie klang. Ihre Sorge lag nicht in der Botschaft begründet, die Zoe aus dem I Ching gezogen hatte, doch hatten die Worte des Orakels sie irgendwie bestärkt und ihrer Unruhe eine tiefere

Glaubwürdigkeit gegeben: »Bis zum Ende zu gehen bringt Unglück. Es bringt einen dazu, den großen Mann zu sehen.« Wer war der große Mann?

»Sollten wir nicht etwas unternehmen?«, meinte Paul.

»Was denn?«

»Zum Polizeirevier zurückfahren und herausfinden, was passiert ist. Versuchen, die beiden da rauszuholen.«

Mara schüttelte den Kopf. »Wenn wir das tun, dann werden wir noch eingesperrt, wegen Behinderung der Justiz oder so was.«

»Ich fühle mich einfach nur so verdammt machtlos, so nutzlos, wenn ich nicht in der Lage bin, irgendetwas zu tun.« Paul ballte die Fäuste, und Mara konnte die Worte lesen, die krumm und schief genau unter seine Fingerknöchel tätowiert waren. Im Gegensatz zu der geläufigen Kombination, LOVE auf der einen Hand und HATE auf der anderen, stand bei ihm auf beiden Händen HATE. Der Anblick der ungeschickt tätowierten Großbuchstaben erinnerte Mara daran, wie hart und brutal Pauls Vergangenheit gewesen war und wie sehr er sich entwickelt hatte, seit sie ihn zu Beginn des letzten Winters auf dem Weg zur Kunstgewerbemesse in Wensleydale schlafend im Freien aufgelesen hatten.

»Wenn wir ein Telefon hätten, könnten wir wenigstens im Krankenhaus anrufen«, sagte Zoe. »Vielleicht sollte einer von uns nach Relton laufen und von dort anrufen.«

»Ich werde gehen«, sagte Mara. »Ihr beide habt heute Abend schon genug durchgemacht. Außerdem wird mir die Bewegung gut tun.«

Bevor einer der anderen anbieten konnte, an ihrer statt zu gehen, stand sie auf. Nach Relton, einem Dorf hoch oben am südlichen Hang von Swainsdale, war es kaum mehr als einen Kilometer, und der Spaziergang würde angenehm sein. Mara schaute aus dem Fenster. Es nieselte wieder leicht. Sie nahm ihr gelbes Fahrradcape und den dazu passenden Regenhut aus dem Schrank und öffnete die Tür. Als sie losging, war Paul auf dem Weg zum Kühlschrank, um sich ein zweites Bier zu holen, und Zoe widmete sich ihren Tarotkarten.

Zoe beunruhigte Mara manchmal. Nicht, dass sie keine gute Mutter war, aber sie schien zu leichtfertig zu sein. Sicherlich hatte sie nach Luna gefragt, aber sie hatte kein Bedürfnis, nach ihr zu schauen. Stattdessen hatte sie sich sofort ihren okkulten Hilfsmitteln zugewandt. Mara liebte beide Kinder abgöttisch: Die vierjährige Luna und den fünfjährigen Julian. Selbst Paul, der gerade dem Teenageralter entwachsen war, erschien ihr manchmal wie ein Sohn. Sie wusste, dass sie gerade deshalb eine solche Zuneigung zu ihnen verspürte, weil sie keine eigenen Kinder hatte. Viele ihrer alten Schulfreundinnen hatten wahrscheinlich schon Kinder in Pauls Alter. Welche Ironie, dachte sie, als sie auf den Pfad zuging – eine unfruchtbare Erdenmutter!

Der Regen war so spärlich, dass man kaum eine Regenjacke benötigte. Doch er verstärkte die Kälte, die in der Märzluft lag, und so war Mara froh um den Pullover, den sie unter ihrem Cape trug. Der gerade, schmale Weg, dem sie folgte, war Teil einer alten Römerstraße, die quer durch die Heide über dem Tal bis nach Fortford führte. Gerade breit genug für einen Wagen, war sie auf beiden Seiten mit Natursteinmauern eingefasst und mit Kies und Schottersteinen befestigt, die unter den Füßen knirschten. Am Fuße des Hanges konnte Mara die Lichter von Relton sehen. Hinter ihr schien die Kerze im Fenster. Maggie's Farm sah aus wie eine Arche, die auf dunkler See dahintrieb.

Sie schob ihre Hände durch die Schlitze des Capes, tief in die Taschen ihrer Cordhose, und marschierte den Weg entlang, von dem sie sich vorstellte, dass ihn schon ein antiker Römer gegangen war. Hinter den Wolken konnte sie den perlmuttfarbenen Schein des Halbmondes erkennen.

Die tiefe Stille ringsherum verstärkte die kleinen Geräusche – das Klacken der Kiesel, das rhythmische Knirschen des Schotters, das Scheuern ihrer Cordhose gegen das Cape – und Mara spürte, wie immer, wenn sie bergab ging, die Zerrung in ihrem schwachen linken Knie. Sie hob den Kopf, ließ die kühlen Regenfäden auf ihre geschlossenen Augenlider fallen und atmete die Luft ein, die nach nassem Hund roch. Als sie die Augen öffnete, sah sie vor dem dunkelgrauen Himmel die schwarze Masse entfernter Berge.

Am Ende des Weges bog Mara nach Relton ein. Der Wechsel vom Schotter zum glatten Asphalt der Mortsett Lane fühlte sich im ersten Moment seltsam an. Alle Geschäfte des Dorfes waren geschlossen. Hinter zugezogenen Gardinen flackerten Fernsehgeräte auf.

Nur um sicherzugehen, schaute Mara zuerst im Black Sheep vorbei, aber weder Seth noch Rick waren dort. In der Ecke der behaglichen Wirtschaft knisterte ein Holzfeuer, doch der Raum war fast leer. Larry Grafton, der Wirt, lächelte und sagte hallo. Wie viele Einheimische hatte er die Einwohner von Maggie's Farm mittlerweile akzeptiert. Wenigstens, so hatte er Mara einmal erzählt, waren sie nicht so wie diese Londoner Yuppies, die heutzutage jeden freien Grundbesitz in den Dales aufzukaufen schienen.

»Kann ich dir was bringen?«, rief Grafton.

»Nein, nein danke«, sagte Mara. »Wollte nur sehen, ob Seth da ist. Du hast ihn nicht zufällig gesehen, oder?«

Zwei alte Männer schauten von ihrem Dominospiel auf, und ein Trio junger Landarbeiter hielt in seinem Streit über Subventionen inne und schaute Mara mit heimlicher Neugier an.

»Nein, Mädchen«, sagte Grafton. »Seit Mittag waren sie nicht mehr hier. Sie sagten, sie wollten zu dieser Demonstration nach Eastvale.«

Mara nickte. »Stimmt. Es hat Ärger gegeben und sie sind noch nicht zurück. Ich dachte nur ...«

»Dann stimmt es also?«, fragte einer der Landarbeiter. »Tommy Exton kam vor einer halben Stunde vorbei und sagte, in der Market Street hätte es Ausschreitungen gegeben.«

Mara erzählte ihm das wenige, das sie wusste, und er schüttelte den Kopf. »Es lohnt sich nicht, in solche Sachen reingezogen zu werden. Am besten bleibt man zu Hause«, sagte er und widmete sich wieder seinem Bier.

Mara verließ das Black Sheep und ging zur öffentlichen Telefonzelle in der Mortsett Lane. Warum sie auf dem Hof kein Telefon installiert hatten, war ihr schleierhaft. Seth hatte einmal gesagt, er wollte so ein Ding nicht im Haus haben, hatte aber nie erklärt, warum. Jedes Mal, wenn er ein paar Telefonate zu erledigen hatte, ging er ohne zu murren runter ins Dorf. Wenigstens konnte man auf dem Lande normalerweise sicher sein, dass die Telefonzellen nicht Opfer von Vandalen geworden waren.

Eine Frau an der Aufnahme des Allgemeinen Krankenhauses von Eastvale nahm den Anruf entgegen und fragte, was sie wollte. Mara erklärte, dass sie gerne etwas über einen Freund erfahren wollte, der von der Demonstration nicht nach Hause zurückgekehrt war. »Einen Augenblick«, sagte die Frau, und das Telefon gab ein paar komische Geräusche von sich. Schließlich ertönte die Stimme eines Mannes.

»Kann ich Ihnen helfen, Miss?«

»Ja. Ich würde gerne wissen, ob Sie einen Patienten namens Seth Cotton oder einen namens Rick Trelawney haben.«

»Wie ist Ihr Name?«

»Das ... das möchte ich lieber nicht sagen«, entgegnete Mara, die plötzlich Angst hatte, dass sie sich mit der Nennung ihres Namens Ärger einhandeln würde.

»Sind Sie eine Verwandte?«

»Ich bin eine Freundin. Eine sehr enge Freundin.«

»Verstehe. Nun, wenn Sie sich nicht selbst ausweisen, Miss, kann ich Ihnen leider keine Informationen geben.«

»Hören Sie«, sagte Mara und wurde ärgerlich, »das ist doch lächerlich. Ich verlange ja nicht, dass Sie irgendein Schweigegelübde brechen oder so. Ich möchte nur wissen, ob meine Freunde da sind, und wenn, wie schwer sie verletzt sind. Wer sind Sie überhaupt?«

»Constable Parker, Miss. Wenn Sie irgendwelche Beschwerden haben, dann tragen Sie diese besser Detective Chief Inspector Banks von der Kriminalpolizei in Eastvale vor.«

»Detective Chief Inspector Banks? Kriminalpolizei?«, wiederholte Mara langsam. Sie erinnerte sich an den Namen. Er war derjenige, der zum Hof gekommen war, als Liz sich dort aufhielt. »Warum? Das verstehe ich nicht. Was geht da vor sich? Ich möchte nur wissen, ob meine Freunde verletzt sind.«

»Tut mir Leid, Miss. Befehl von oben. Sagen Sie mir Ihren Namen, und ich werde sehen, was ich tun kann.«

Mara hängte ein. Da stimmte etwas ganz und gar nicht. Sie hatte bereits genug Schaden angerichtet, indem sie Seth und Rick erwähnt hatte. Die Polizei würde sich nun bestimmt die Namen der beiden besonders merken und sie noch härter behandeln als den Rest. Sie konnte nichts weiter tun, als zu warten und sich Sorgen zu machen. Stirnrunzelnd öffnete sie die Tür und trat wieder hinaus in den Regen.

IV

»Ich fühl mich wie ein kaputter Wagen ohne Lenkrad«, sang Blind Willie McTell.

»Ich weiß genau, was du meinst, Kumpel«, murmelte Banks vor sich hin, als er sich ein Glas Laphroaig Single-Malt-Whisky einschenkte, ein Luxus, den er sich eigentlich kaum leisten konnte. Es war fast zwei Uhr am Morgen, und die Verhöre hatten bisher noch keine Ergebnisse erzielt. Müde hatte Banks die weitere Arbeit den anderen überlassen und war für ein paar Stunden Schlaf nach Hause gekommen. Er meinte, es sich verdient zu haben. Die anderen hatten nicht den Morgen vor Gericht verbracht, waren nicht am Nachmittag für nichts und wieder nichts hinter einem gestohlenen Traktor her gewesen und mussten abends nicht der Abgeordneten Honoria zuhören, die mittlerweile bestimmt den Schlaf der Gerechten schlief, bevor sie mit großer Erleichterung am Morgen zurück in den Süden reiste.

Banks legte die Füße hoch, zündete sich eine Zigarette an und schloß die Hände um das Glas. Da läutete es plötzlich an der Tür. Er sprang auf und fluchte, als er einen Teil des kostbaren Scotchs auf sein Hemd verschüttete. Er rieb mit dem Handballen darüber, ging in die Diele und öffnete die Tür, so weit es die Kette zuließ.

Es war Jenny Fuller, die Psychologin, die er kennen gelernt hatte, als er seinen ersten Fall in Eastvale gemeinsam mit ihr bearbeitete. Darüber hinaus, das musste er zugeben, hatte es eine gegenseitige Anziehung zwischen ihnen gegeben. Natürlich war nichts passiert, und Jenny war auch für Sandra zu einer guten Freundin geworden. Die drei waren oft gemeinsam ausgegangen. Doch die Anziehung blieb bestehen, ohne sich aufzulösen. Solche Dinge verschwanden nicht so leicht, wie sie sich einstellten.

»Jenny?« Er zog die Kette aus der Arretierung und machte die Tür ein Stückchen weiter auf.

»Ich weiß. Es ist zwei Uhr morgens und du fragst dich, was mich um diese Zeit zu dir führt.«

»So ähnlich. Ich nehme an, es ist nicht nur mein unwiderstehlicher Charme, oder?«

Jenny lächelte. Um ihre grünen Augen bildeten sich Lachfältchen. Doch das Lächeln war gezwungen und nur von kurzer Dauer.

»Was ist los?«, fragte Banks.

»Dennis Osmond.«

»Wer?«

»Ein Freund. Er steckt in Schwierigkeiten.«

»Dein Freund?«

»Ja, mein Freund.« Jenny wurde rot. »Oder soll ich Auserwählter sagen? Liebhaber? Derjenige welcher? Hör zu, kann ich reinkommen? Hier draußen ist es kalt und es regnet.«

Banks trat zur Seite. »Ja, natürlich. Tut mir Leid. Willst du einen Drink?«

»Wenn es dir keine Umstände macht, gern.« Jenny ging in das Wohnzimmer, nahm ihren grünen Seidenschal ab und schüttelte ihr rotes Haar. Die gedämpfte Trompete klagte, und Sara Martin sang »Death Sting Me Blues«.

»Ist die Opernphase vorbei?«, wollte Jenny wissen.

Banks schenkte ihr ein Glas Laphroaig ein. »Es gibt eine Menge Musik auf der Welt«, sagte er. »Ich möchte so viel wie möglich davon hören, bevor ich den Löffel abgebe.«

»Schließt das auch Heavy Metal und Mainstream-Pop ein?«

Banks setzte einen finsteren Blick auf. »Dennis Osmond. Was ist mit ihm?«

»Oh, sind wir heute empfindlich?« Jenny verdrehte die

Augen und senkte die Stimme. »Übrigens, ich hoffe, ich habe Sandra oder die Kinder nicht geweckt.«

Banks erklärte ihre Abwesenheit. »Das war alles ein bisschen plötzlich«, fügte er hinzu, um die Stille auszufüllen, die darauf folgte und die irgendwie schwerer wog, als sie sollte. Jenny drückte ihr Mitgefühl aus und rutschte auf ihrem Sitz umher. Sie holte tief Luft. »Dennis wurde heute Nacht während der Demonstration verhaftet. Er konnte mich vom Polizeirevier aus anrufen. Bisher ist er noch nicht zurückgekommen. Ich war gerade dort, und man hat mir gesagt, du seist schon weg. Man wollte mir überhaupt keine Auskünfte über die Verhafteten geben. Was ist los?«

»Wohin sollte er zurückkommen?«

»Zu mir.«

»Wohnt ihr zusammen?«

Jennys Blick wurde hart und durchbohrte ihn wie ein Laserstrahl. »Das geht dich einen feuchten Dreck an.« Sie nahm einen großen Schluck Scotch. »Aber wenn du es genau wissen willst, nein, wir wohnen nicht zusammen. Er wollte vorbeikommen und mir von der Demonstration erzählen. Das hätte vor Stunden sein sollen.«

»Du warst nicht dabei?«

»Ist das jetzt ein Verhör?«

»Nein, nur eine Frage.«

»Ich glaube an die Sache – das heißt, ich bin gegen Atomkraft und amerikanische Raketenstützpunkte –, aber ich sehe keinen Sinn darin, im Regen vor dem Gemeindezentrum von Eastvale rumzustehen.«

»Verstehe.« Banks lächelte. »Es *war* ein entsetzlicher Abend, oder?«

»Es gibt keinen Grund, zynisch zu werden. Ich hatte zu tun.«

»Drinnen war es auch ein schlimmer Abend.«

Jenny zog ihre Augenbrauen hoch. »Die Abgeordnete Honoria?«

»Allerdings.«

»Du warst dort?«

»Ich hatte die zweifelhafte Ehre, ja. Dienst.«

»Armer Kerl. Da ist man ja draußen mit einem blauen Auge noch gut davongekommen.«

»Du hast die Nachrichten also noch nicht gehört?«

»Welche Nachrichten?«

»Bei dieser friedlichen kleinen Demonstration gestern Abend wurde ein Polizist ermordet. Keiner von hier, aber trotzdem einer von uns.«

»Ist Dennis deshalb noch immer im Revier?«

»Wir verhören immer noch die Leute, ja. Es ist eine ernste Angelegenheit, Jenny. Ich habe Dennis Osmond nicht gesehen, ich habe noch nicht mal von ihm gehört. Aber sie werden ihn nicht gehen lassen, bevor sie seine Aussage haben. Und noch geben wir keine Informationen an die Öffentlichkeit weiter. Das bedeutet nicht, dass er unter Verdacht steht oder so, nur dass er noch nicht verhört worden ist.«

»Und dann?«

»Dann werden sie ihn gehen lassen. Wenn alles gut läuft, könnt ihr den Rest der Nacht noch gemeinsam verbringen.«

Einen Augenblick senkte Jenny ihren Kopf, dann starrte sie ihn wieder zornig an. »Du bist ein Arschloch, weißt du das?«, sagte sie. »Ich mag es nicht, so dämlich behandelt zu werden.«

»Was verlangst du von mir?«, wollte Banks wissen. »Warum bist du hergekommen?«

»Ich ... ich wollte nur herausfinden, was passiert ist.«

»Bist du sicher, dass du nicht versuchst, ihm eine Sonderbehandlung zu verschaffen?«

Jenny seufzte. »Alan, wir sind Freunde, oder?«

Banks nickte.

»Also«, fuhr sie fort, »mir ist klar, dass du nicht aus deiner Haut als Polizist schlüpfen kannst, aber wenn du nicht weißt, wo dein Job aufhört und deine Freundschaft beginnt ... Muss ich weiterreden?«

Banks rieb sein stoppeliges Kinn. »Nein. Tut mir Leid. Es war eine harte Nacht. Aber du hast meine Frage noch nicht beantwortet.«

»Ich hatte nur gehofft, eine Ahnung davon zu kriegen, was mit ihm passiert ist, mehr nicht. Ich hatte den Eindruck, wenn ich noch einen Moment länger auf dem Revier geblieben wäre, hätten sie mich auch noch verhört. Ich wusste nichts von dem Todesfall. Ich schätze, das ändert die Situation?«

»Natürlich. Das bedeutet, wir haben einen flüchtigen Polizistenmörder. Ich bin sicher, es hat nichts mit deinem Dennis zu tun, aber er wird die gleichen Fragen zu beantworten haben wie der Rest. Ich kann nicht genau sagen, wie lange er dort bleiben muss. Immerhin weißt du, dass er nicht im Krankenhaus ist. Da sind nämlich auch eine Menge Leute.«

»Ich kann es nicht glauben, Alan. Ich kann verstehen, dass sich die Gemüter erhitzen und die Fäuste fliegen, aber ein Mord? Was ist passiert?«

»Er wurde erstochen. Und zwar vorsätzlich, daran gibt es nichts zu rütteln.«

Jenny schüttelte den Kopf.

»Tut mir Leid, weiter kann ich auch nicht helfen«, sagte Banks. »Was hatte Dennis mit der Demo zu tun?«

»Er war einer der Organisatoren, zusammen mit der Studentenvertretung und diesen Leuten von Maggie's Farm.«

»Dieser Hof in der Nähe von Relton?«

»Genau. Die regionale Frauengruppe war auch daran beteiligt.«

»FEEF? Dorothy Wycombe?«

Jenny nickte. Banks war schon einmal auf die Frauen von Eastvale für Emanzipation und Freiheit gestoßen – besonders auf Dorothy Wycombe – und bei dem Gedanken, noch einmal mit ihnen zu tun haben zu müssen, bekam er ein flaues Gefühl im Magen.

»Ich kann es immer noch nicht glauben«, fuhr Jenny fort. »Dennis erzählte mir immer wieder, dass eine gewalttätige Auseinandersetzung das Letzte wäre, was sie wollten.«

»Ich nehme an, das wollte niemand, aber solche Aktionen geraten leicht außer Kontrolle. Schau, warum gehst du nicht nach Hause? Ich bin sicher, er wird bald zurück sein. Er wird nicht misshandelt werden. Wir werden nicht plötzlich zu bösartigen Fieslingen, wenn so etwas passiert.«

»Du vielleicht nicht«, sagte Jenny. »Aber ich habe gehört, wie ihr Polizisten zusammenhaltet.«

»Mach dir keine Sorgen.«

Jenny trank ihr Glas aus. »Okay. Ich merke, du willst mich loswerden.«

»Überhaupt nicht. Wenn du willst, kannst du noch einen Scotch haben.«

Jenny zögerte. »Nein«, sagte sie schließlich. »Ich wollte dich nur ärgern. Du hast Recht. Ich gehe lieber nach Hause.« Sie hob ihren Schal auf. »Aber es hat gut getan. Der Scotch. Der zergeht richtig auf der Zunge.«

Banks brachte sie zur Tür. »Wenn es irgendwelche Probleme geben sollte«, sagte er, »sag mir Bescheid. Und ich könnte auch deine Hilfe gebrauchen. Du scheinst etwas mehr darüber zu wissen, was hinter den Kulissen vor sich geht.«

Jenny nickte und band ihren Schal um.

»Vielleicht kommst du mal zum Abendessen?«, schlug Banks spontan vor. »Und probierst meine Gourmetküche.«

Jenny lächelte und schüttelte den Kopf. »Lieber nicht.«

»Wieso? So schlecht koche ich nicht. Immerhin …«

»Es ist nur … es wäre nicht richtig, solange Sandra weg ist, das ist alles. Die Nachbarn …«

»Na gut. Gehen wir aus. Wäre dir das Royal Oak in Lyndgarth recht?«

»Sehr«, sagte Jenny. »Ruf mich an.«

»Mache ich.«

Sie küsste ihn auf die Wange, und er beobachtete, wie sie den Weg hinunterging und in ihren Metro stieg. Als sie losfuhr, winkten sie sich zu, dann verschloss er seine Tür vor der feuchten, kalten Nacht. Er nahm die Scotchflasche und zog den Korken heraus, überlegte einen Moment, schob ihn dann zurück und ging ins Bett.

DREI

I

POLIZIST BEI TODES-DEMO ERSTOCHEN, titelten marktschreierisch die Schlagzeilen der Boulevardpresse am nächsten Morgen. Als er sie bei einem Kaffee und einer Zigarette in seinem Büro las, fragte sich Banks, warum der Reporter nicht gleich aufs Ganze gegangen war und »Bulle« geschrieben hatte.

Er legte die Zeitung beiseite und ging rüber ans Fenster. Im trüben Märzlicht sah der Marktplatz trist und trostlos aus. Für Banks lag über dem Platz immer noch die Stimmung eines Kriegsschauplatzes. Mit tief gesenkten Köpfen schlurften die Passanten vorüber und blickten verstohlen zur Stelle der Demonstration, als würden sie bewaffnete Wachen mit Gasmasken und Tränengas in der Luft erwarten. Die North Market Street war noch abgesperrt. Vier Beamte aus York waren gegen vier Uhr am Morgen angekommen, um der örtlichen Polizei bei der Spurensuche vor Ort zu helfen, doch sie hatten keine Mordwaffe gefunden. Im trüben Tageslicht versuchten sie es nun erneut.

Banks schaute auf den Kalender an der Wand. Es war der 17. März, der St.-Patricks-Tag. Die Abbildung zeigte die Ruinen der St.-Mary-Abtei in York. In Anbetracht des Sonnenscheins und der fröhlichen Touristen war das Foto wahrscheinlich im Juli aufgenommen worden. An diesem tatsächlichen 17. März krachte und rumpelte die Heizung im mühsamen Versuch, die Kälte aus dem Raum zu vertreiben.

Er widmete sich wieder den Zeitungen. Die einzelnen Berichte unterschieden sich erheblich. Der linksgerichteten Presse zufolge hatte die Polizei brutal und ohne Vorankündigung eine friedliche Menge angegriffen. Die konservativen Blätter dagegen behaupteten, dass eine Meute wilder Demonstranten die Polizei durch das Werfen von Flaschen und Steinen zu einem Gegenschlag provoziert hätte. In den gemäßigteren Zeitungen schien niemand genau zu wissen, was passiert war, die ganze Angelegenheit wurde jedoch als äußerst unglücklich und bedauerlich bezeichnet.

Um halb neun rief Superintendent Gristhorpe, der fast die ganze Nacht damit beschäftigt gewesen war, die Demonstranten zu verhören und die Spurensuche zu beaufsichtigen, Banks zu sich. Banks drückte seine Zigarette aus – der Superintendent billigte das Rauchen nicht – und marschierte in das von Büchern gesäumte Büro. Der Lampenschirm auf Gristhorpes riesigem Teakholzschreibtisch warf einen warmen Schimmer auf den dicken Stapel mit Aussagen.

»Ich habe mit dem stellvertretenden Polizeipräsidenten gesprochen«, sagte Gristhorpe. »Er hat mit London telefoniert. Sie schicken uns noch heute einen Mann her. Ich soll die Voruntersuchung der Demonstration für die Beschwerdebehörde der Polizei abwickeln.« Er rieb sich die Augen. »Natürlich wird jemand daherkommen und mich der Voreingenommenheit anklagen und den ganzen Bericht in den Müll schmeißen, aber man will, dass es so aussieht, als würde schnell gehandelt werden.«

»Und der Mann, den sie schicken«, wollte Banks wissen, »was soll der machen?«

»Die Mordermittlung leiten. Du wirst mit ihm arbeiten, genauso Hatchley und Richmond.«

»Weißt du, wer der Typ ist?«

Gristhorpe suchte einen Zettel auf seinem Schreibtisch. »Ja ... wollen wir mal schauen ... Ein Superintendent Burgess. Er gehört zu einem Dezernat, das sich mit politisch heiklen Verbrechen beschäftigt. Keine richtige Sondereinheit, aber auch keine ganze normale Kriminalpolizei. Ich bin mir nicht mal sicher, ob wir wissen dürfen, *welche* Funktion er hat. Wahrscheinlich irgend so eine Art politischer Vermittler.«

»Superintendent Richard Burgess?«, fragte Banks.

»Ja. Warum? Kennst du ihn?«

»Ach du liebe Scheiße.«

»Alan, du wirst ja ganz blass. Was ist los?«

»Ich kenne ihn«, sagte Banks. »Nicht gut, aber ich habe in London ein paar Mal mit ihm zu tun gehabt. Er ist ungefähr in meinem Alter, aber auf der Karriereleiter ist er immer eine Sprosse vor mir gewesen.«

»Ehrgeizig?«

»Kann man wohl sagen. Aber sein Ehrgeiz macht mir gar nicht so zu schaffen«, fuhr Banks fort. »Er ist etwas rechts von ... Egal, um was es geht, Burgess ist immer rechts davon.«

»Ist er denn gut?«

»Er erzielt Resultate.«

»Das ist doch genau das, was wir brauchen, oder?«

»Wahrscheinlich. Aber in der Zusammenarbeit ist er ein absolutes Arschloch.«

»Inwiefern?«

»Er lässt sich nicht in die Karten schauen. Er lässt die rechte Hand nicht wissen, was die linke tut. Er nimmt immer den kürzesten Weg. Egal, auf wessen Kosten das geht.«

»Hört sich an, als hätte er nicht mal eine linke Hand«, sagte Gristhorpe.

Banks lächelte. »Wir nannten ihn immer Dirty Dick Burgess.«

»Warum?«

»Das wirst du schon merken. Mit seinen Sexualpraktiken hatte es auf jeden Fall nichts zu tun. Obwohl er den Ruf hatte, auch in der Sache nichts anbrennen zu lassen.«

»Wie auch immer«, sagte Gristhorpe, »er soll so gegen Mittag hier ankommen. Er hat den frühen Intercity nach York genommen. Damit er nicht zu lange auf einen Anschlusszug warten muss, habe ich Craig losgeschickt, um ihn in York vom Bahnhof abzuholen.«

»Da wird sich Craig aber freuen.«

Gristhorpe runzelte die Stirn. Banks bemerkte seine tiefen Augenringe. »Mach das Beste draus, Alan. Wenn Superintendent Burgess aus der Reihe tanzt, dann kannst du dich an mich wenden. Noch haben wir hier das Sagen. Übrigens, bevor sie abgereist ist, hat Honoria Winstantley angerufen – das heißt, einer ihrer Begleiter. Er sagte, dass alles in Ordnung sei, entschuldigte sich für seine Schroffheit letzte Nacht und dankte dir dafür, alles so beherzt geregelt zu haben.«

»Es geschehen noch Zeichen und Wunder.«

»Ich habe Burgess im Castle Hotel in der York Road einquartiert. Das ist nicht so schick und teuer wie das Riverview, aber Burgess ist ja schließlich auch kein Parlamentsabgeordneter, oder?«

Banks nickte. »Wie sieht es mit einem Büro aus?«

»Wir stecken ihn für die Zeit in ein Verhörzimmer. Da hat er wenigstens einen Schreibtisch und einen Stuhl.«

»Er wird sich wahrscheinlich beschweren. Leute wie Burgess sind pingelig, was Büros und Titel angeht.«

»Soll er«, sagte Gristhorpe und machte eine Handbewegung durch den Raum. »Dieses Büro wird er nicht kriegen.«

»Gibt es Neuigkeiten aus dem Krankenhaus?«

»Nichts von Bedeutung. Die meisten Verletzten sind nach Hause geschickt worden. Susan Gay ist für den Rest der Woche krankgeschrieben.«

»Als du die Aussagen durchgegangen bist«, fragte Banks, »bist du da auf den Namen Dennis Osmond gestoßen?«

»Der Name kommt mir bekannt vor. Ich schau mal nach.« Gristhorpe blätterte durch den Stapel. »Ja, dachte ich mir doch. Ich habe ihn selbst verhört. Einer der Letzten. Was ist mit ihm?«

Banks erzählte ihm von Jennys Besuch.

»Ich nahm seine Aussage auf und schickte ihn nach Hause.« Gristhorpe überflog das Blatt. »Das ist er. Streitlustiger junger Teufel. Er drohte damit, die Polizei anzuklagen und eine eigene Ermittlung durchzuführen. Gesehen hatte er allerdings nichts. Jedenfalls behauptete er das. Nach den Unterlagen ist er Mitglied der Kampagne für atomare Abrüstung, außerdem ist er in der örtlichen Anti-Atomkraft-Bewegung aktiv. Bei Amnesty International mischt er auch mit, und du weißt, was Maggie Thatcher heutzutage von denen hält. Er hat auch Verbindungen zu verschiedenen anderen Gruppierungen, unter anderem zur Sozialistischen Internationale. Ich könnte mir vorstellen, dass Superintendent Burgess bestimmt mit ihm reden will.«

»Mmmh.« Banks fragte sich, wie Jenny das aufnehmen würde. So wie er sie und Burgess kannte, würden mit Sicherheit die Fetzen fliegen. »Hat sich durch die Aussagen etwas ergeben?«

»Niemand hat die Messerstecherei miterlebt. Drei Leute meinten, während des Handgemenges ein Messer auf der Straße gesehen zu haben. Es muss eine ganze Weile da rumgelegen haben. Nichts, was ich bisher gehört habe, bringt Ordnung in das Chaos. Die schwache Beleuchtung hilft auch nicht gerade. Du weißt, wie schlecht diese Straße beleuchtet ist. Dorothy Wycombe hat uns deswegen schon seit Wochen in den Ohren gelegen. Ich habe sie an den Stadtrat verwiesen, aber vergeblich. Sie sagt, es wäre eine Einladung zur Vergewaltigung, besonders bei den ganzen unbeleuchteten Nebengassen, aber der Stadtrat meint, die Gaslaternen sind gut für den Tourismus. Wie auch immer, Constable Gill wurde direkt vor den Stufen zum Gemeindezentrum gefunden, wenn uns das weiterhelfen sollte. Vielleicht kommen wir weiter, wenn wir die Namen von den Leuten rauskriegen, die in der vordersten Reihe gestanden haben.«

Banks erzählte Gristhorpe, was er durch Jenny über die anderen Organisatoren herausgefunden hatte.

»Die Friedensgruppe der Kirche war auch beteiligt«, fügte Gristhorpe hinzu. »Habe ich richtig gehört, dass du Maggie's Farm erwähnt hast, diesen Hof in der Nähe von Relton?«

Banks nickte.

»Hatten wir nicht vor einem Jahr oder so Ärger mit denen?«

»Ja«, sagte Banks. »Aber es war ein Sturm im Wasserglas. Für mich war das ein ziemlich harmloser Haufen.«

»Worum ging es damals? Eine Drogenrazzia?«

»Genau. Aber wir haben nichts gefunden. Wenn sie etwas dahatten, waren sie so klug, es zu verstecken. Wir hatten einen Hinweis von einigen Sozialarbeitern des Krankenhauses. Ich glaube, die haben überreagiert.«

»Wie auch immer«, sagte Gristhorpe, »das war es dann auch schon. Der Rest der Leute, die wir aufgelesen haben, waren nur einfache Bürger, die sich gegen Atomkraft oder die Regierungspolitik im Allgemeinen engagieren.«

»Und was machen wir jetzt?«

»Schau dir am besten mal diese Aussagen an«, sagte Gristhorpe und schob den Papierberg zu Banks hinüber, »und warte auf den großen Mann. Sergeant Hatchley befragt die Leute, deren Wohnungen auf die Straße rausgehen. Obwohl ich nicht glaube, dass sich dabei viel ergibt. Sie werden kaum mehr gesehen haben als ein Meer von Köpfen. Wenn wenigstens ein paar verdammte Fernsehkameras da gewesen wären, sodass wir alles auf Video hätten. Wenn man sie braucht, sind diese Medienärsche nie da.«

»Genau wie Polizisten«, sagte Banks grinsend.

Das Telefon klingelte. Gristhorpe nahm ab, hörte zu und wendete sich wieder an Banks. »Sergeant Rowe sagt, dass Dr. Glendenning auf dem Weg nach oben ist. Er hat die Voruntersuchungen abgeschlossen. Wäre besser, wenn du solange noch hier bleibst.«

Banks lächelte. »Dass der gute Doktor sich hierher bequemt, ist wirklich eine seltene Ehre. Ich wusste gar nicht, dass er auch Hausbesuche macht.«

»Das habe ich genau gehört«, sagte eine schroffe Stimme mit einem ausgeprägten Edinburgher Akzent hinter ihm. »Sollte das ein Witz sein oder was?«

Der große, weißhaarige Doktor schaute mit funkelnden blauen Augen streng auf Banks hinab. Sein Schnurrbart war vom Nikotin gelb gefärbt, eine Zigarette hing in seinem Mundwinkel. Vom Treppensteigen schnaufte er.

»Hier drinnen wird nicht geraucht«, sagte Gristhorpe. »Sie als Doktor sollten es eigentlich besser wissen.«

Glendenning brummte. »Dann gehe ich woanders hin.«

»Gehen wir in mein Büro«, sagte Banks. »Ich könnte auch eine Zigarette vertragen.«

»Sehr gut, mein Junge. Gehen Sie voraus.«

»Verdammter Verräter.« Gristhorpe seufzte und folgte den beiden.

Nachdem sie Kaffee und einen zusätzlichen Stuhl organisiert hatten, legte der Doktor los. »Laienhaft ausgedrückt«, sagte er, »wurde Constable Gill erstochen. Das Messer trat unterhalb der Rippen ein und verursachte genügend Schaden, um den Tod durch innere Blutungen herbeizuführen. Die Klinge war mindestens fünfzehn Zentimeter lang, und es sieht so aus, als wäre sie vollständig eingedrungen. Es handelte sich um eine einschneidige Klinge mit sehr scharfer Spitze. Der Wunde nach zu urteilen, würde ich sagen, es war eine Art feststellbares Klappmesser.«

»Klappmesser?«, wiederholte Banks.

»Genau, mein Junge. Sie wissen, was ein Klappmesser ist, oder? Es gibt sie in allen Formen und Größen. Hier sind sie natürlich illegal, aber auf dem Kontinent kann man sie ganz einfach bekommen. Die Schneide war genau wie die Spitze außerordentlich scharf.«

»Was ist mit Blut?«, fragte Gristhorpe. »Wahrscheinlich hat uns niemand den Gefallen getan, praktischerweise mit Gills Blutgruppe voll gespritzt zu sein, oder?«

Dr. Glendenning zündete sich eine neue Senior Service an und schüttelte den Kopf. »Nein. Ich habe die Untersuchungen aller Leute überprüft. Und ich wäre sehr überrascht gewesen, wenn ich etwas gefunden hätte«, sagte er. »Sofern man nämlich nicht eine Hauptvene oder -arterie öffnet – die Karotis oder die Drosselvene zum Beispiel –, kommt es bei Stichwunden meistens nur zu sehr geringen äußerlichen Blutungen. Ich würde sagen, in diesem Fall gab es so gut wie keine Blutung, und das bisschen Blut, das austrat, wurde fast vollständig von der Kleidung des Mannes aufgesogen. Der Schlitz schließt sich hinter der Klinge, müssen Sie wissen – besonders ein so schmaler –, und der größte Teil der Blutung erfolgt innerlich.«

»Können Sie sagen, ob es die Tat eines Fachmannes war?«, wollte Gristhorpe wissen.

»Ich möchte keine Spekulationen aufstellen. Möglich ist

es, aber es könnte genauso gut ein Zufallstreffer gewesen sein. Der Stich wurde mit der rechten Hand nach oben geführt. Bei so einem Hieb in einer dunklen Nacht bezweifle ich, dass irgendjemand Notiz davon genommen hat, es sei denn, jemand hat die funkelnde Klinge gesehen, aber dafür ist die North Market Street zu schlecht beleuchtet. Wahrscheinlich hat es eher wie ein Schlag auf den Solarplexus ausgesehen, und soweit ich gehört habe, hat es davon eine Menge gegeben. Wenn er allerdings seine Hand über den Kopf erhoben und nach unten gestoßen hätte …«

»Den Gefallen tun uns die Leute normalerweise nicht«, sagte Banks.

»Wenn wir die Art des Messers, das benutzt wurde, in Betracht ziehen«, spekulierte Gristhorpe, »könnte es eine spontane Tat gewesen sein. Profis benutzen normalerweise keine Klappmesser – das sind Waffen der Straße.«

»Okay«, sagte Glendenning und stand auf, »das herauszufinden ist Ihre Aufgabe. Ich sage Ihnen Bescheid, wenn ich bei der Obduktion mehr herausfinden sollte.«

»Wer hat die Leiche identifiziert?«, fragte Banks.

»Die Schwester. War ziemlich betrübt. Ein paar von Ihren Jungs haben den Papierkram erledigt. Glücklicherweise hatte Gill weder Frau noch Kinder.« Ein halber Zentimeter Asche fiel auf das Linoleum. Glendenning schüttelte langsam seinen Kopf. »Überall Schmutz. Wir sehen uns.«

Nachdem der Doktor gegangen war, stand Gristhorpe auf und fuchtelte theatralisch mit seiner Hand vor dem Gesicht herum. »Furchtbare Angewohnheit. Ich gehe wieder zurück in mein Büro, da gibt es wenigstens frische Luft. Raucht dieser Burgess auch?«

Banks lächelte. »Zigarren, wenn ich mich richtig erinnere.«

Gristhorpe fluchte.

II

Über dem Tal von Maggie's Farm klammerte sich Nebel an die Berghänge und in die Kalksteinspalten und tauchte alles in bleiches Licht. Bald nach dem Frühstück war Seth in seine Werkstatt verschwunden, um die Restaurierung von Jack Lippetts walisischer Kommode zu beenden. Rick erledigte ein paar Einkäufe in Helmthorpe und ging dann in sein Atelier in der umgebauten Scheune, um an seinem letzten Gemälde weiterzuarbeiten. Zoe beschäftigte sich in ihrer Wohnung mit Elsie Goodbodys Geburtstabelle. Und Paul machte einen langen Spaziergang über die Heide.

Im Wohnzimmer passte Mara auf Luna und Julian auf, während sie die Risse in Seths Jacke flickte. Die Kinder spielten mit Legosteinen. Oftmals schaute sie zu ihnen hinüber und war immer wieder davon ergriffen, welch durch und durch konzentrierten Ausdruck ihre Gesichter beim Bauen bekamen. Ab und zu brach ein Streit aus, und Julian beschwerte sich, dass die nur wenig jüngere Luna die Dinge nicht richtig machte. Dann beschuldigte ihn Luna, dass er sie herumkommandierte. Mara schritt ein, gab den beiden ihren Rat und bereinigte damit vorübergehend den Zwist.

Eigentlich brauchte man sich keinerlei Sorgen zu machen, sagte sich Mara beim Nähen, doch nach dem, was Seth und Rick von dem toten Polizisten gesagt hatten, wusste sie, dass ihnen eine eingehende Untersuchung bevorstand. Denn schließlich waren sie anders. Wenn sie auch nicht politisch in dem Sinne waren, dass sie einer bestimmten Partei angehörten, so glaubten sie doch an den Schutz der Umwelt. Sie hatten es sogar zugelassen, dass ihr Haus zur Basis für die Planung einer Demonstration benutzt wurde. Es war nur eine Frage der Zeit, bis es an der Tür klopfte. Noch etwas anderes machte Mara Sorgen und ging ihr durch den Kopf, aber sie konnte nicht genau sagen, was es war.

Als Seth und Rick nach zwei Uhr am Morgen zurückkamen, waren sie müde und hungrig gewesen. Seth hatte eine Anzeige wegen Nötigung und Rick wegen Behinderung eines Polizeibeamten bekommen. Dem, was Mara schon früher erfahren hatte, konnten die beiden nicht viel hinzufügen, außer der Nachricht vom Tod des Polizisten Gill, die sich schnell im Polizeirevier verbreitet hatte.

Im Bett hatte Mara versucht, Seth aufzumuntern, aber er wirkte sehr unnahbar. Schließlich sagte er, er sei müde, und schlief ein. Mara hatte noch lange wach gelegen und dem Regen gelauscht und dabei gedacht, wie oft Seth sich so abweisend gab. Mittlerweile lebte sie zwei Jahre mit ihm zusammen, aber sie hatte kaum das Gefühl, ihn zu kennen. Sie wusste nicht einmal, ob er jetzt wirklich eingeschlafen war oder nur so tat als ob. Er war ein Mann, der sich oft in tiefes Schweigen hüllte, so als würde er eine große, traurige Last mit sich herumtragen. Mara wusste, dass seine Frau Alison kurz bevor er den Hof gekauft hatte auf tragische Weise ums Leben gekommen war, doch sonst wusste sie überhaupt nichts von seiner Vergangenheit.

Wie ganz anders Rick dagegen war, dachte sie. Auch Ricks Leben hatte seine Tragik – mit seiner Ex-Frau war er in einen scheußlichen Prozess um Julians Sorgerecht verwickelt gewesen –, aber er war ein offener Mensch und konnte seine Gefühle zeigen, wohingegen Seth nie viel sagte. Doch Seth war stark, dachte Mara, er war die Sorte Mensch, zu der jeder aufschaute, weil er tatsächlich das Kommando zu haben schien. Und er liebte sie. Sie wusste, dass ihre Eifersucht, als Liz Dale aus der psychiatrischen Klinik weggelaufen war und bei ihnen Unterschlupf gesucht hatte, dumm gewesen war. Liz war eine enge Freundin von

Alison gewesen und kannte Seth seit Jahren, sie war ein Teil seines Lebens, zu dem Mara keinen Zugang hatte, und das tat weh. Nacht für Nacht hatte Mara wach gelegen und mit fest umklammerten Kissen bis in die Morgenstunden ihren gedämpften Stimmen unten im Wohnzimmer gelauscht. Es war eine schwierige Zeit gewesen, mit Liz, der Belästigung durch die Sozialarbeiter und der Polizeirazzia, aber jetzt konnte sie zurückschauen und über die Erinnerung an ihre Eifersucht lachen.

Als sie so dasaß, nähte und die Kinder beobachtete, war Mara einfach nur glücklich, hier leben zu dürfen. Die meiste Zeit war sie froh; sie hatte kein Verlangen danach, die Welt zu verändern. Bisher hatte sie ein gutes Leben geführt, wenn auch manchmal ein chaotisches. Nach dem Studium hatte sie sich auf das Leben gestürzt – Reisen, Wohngemeinschaften, Liebesaffären, Drogen – und das alles, ohne sich große Gedanken zu machen.

Dann hatte sie vier Jahre mit der Organisation des Strahlenden Lichts verbracht; sie gipfelten in neun langen Monaten in einem ihrer Ashrams, wo alle Einnahmen an die Gruppe gingen und die Freiheit des Einzelnen äußerst begrenzt war. Es gab keine Kinobesuche, keine Abende im Pub, keine unbeschwerten, geselligen Treffen am Lagerfeuer. Gelacht wurde dort nur selten. Schnell hatte sich Mara wie in einer Falle gefühlt, und so hatte die ganze Episode bei ihr einen üblen Nachgeschmack hinterlassen. Sie hatte sich betrogen gefühlt, dazu verdammt, ihre Zeit zu verschwenden. Es hatte keine Liebe gegeben, keine spezielle Person, mit der man das Leben teilen konnte. Aber das war jetzt alles vorbei. Sie hatte Seth, der, so unnahbar er auch sein konnte, ein solider, zuverlässiger Mann war, sie hatte Paul, Zoe, Rick und vor allem die Kinder. Nachdem sie so lange umhergeirrt und auf der Suche gewesen war, schien sie schließlich die Beständigkeit gefunden zu haben, die sie brauchte. Sie war nach Hause gekommen.

Trotzdem fragte sie sich manchmal, wie sich die Dinge wohl entwickelt hätten, wenn ihr Leben normaler gewesen wäre. Sie hatte von Managern gehört, die in den sechziger Jahren ausgestiegen waren, die sich ihrer Anzüge und Krawatten entledigten, LSD einwarfen und nach Woodstock reisten. Mara dagegen träumte manchmal davon einzusteigen. Sie hatte Köpfchen, ihr Examen in englischer Literatur an der Universität von Essex hatte sie mit »sehr gut« bestanden. Es gab Momente, da sah sie sich ganz adrett und tüchtig im Kostümchen, vielleicht in einer Stellung in der Werbebranche oder vor einer Tafel, wo sie einer gebannten Klasse Keats oder Coleridge näher brachte.

Doch diese Phantasien dauerten nie lang. Sie war mittlerweile achtunddreißig Jahre alt, und selbst für qualifizierte und erfahrene Bewerber war es schwierig, einen Job zu bekommen. All die Gelegenheiten waren an ihr vorbeigezogen. Außerdem wusste sie, dass sie nicht mehr dazu in der Lage wäre, in der Alltagswelt zu arbeiten. Bei dem rasenden Tempo, den belanglosen Bedürfnissen und der Geldgier könnte sie auch gleich der Armee beitreten. Ihre Jahre am Rande der Gesellschaft hatten sie von dem Leben innerhalb des Systems entfernt. Sie wusste nicht einmal mehr, worüber die Menschen heutzutage bei der Arbeit sprachen. Der neue BMW? Urlaub in der Karibik? Alles, was sie wusste, las sie in den Zeitungen, und dabei bekam man den Eindruck, dass die Leute nicht mehr ihr Leben lebten, sondern stattdessen »Lifestyles« hatten.

Am nächsten kam sie einer normalen, bürgerlichen Existenz noch, wenn sie dafür, dass sie ihr Töpferrad und ihren Brennofen benutzen durfte, drei Tage in der Woche in Elsbeths Kunstgewerbeladen arbeitete. Aber Elsbeth war auch nicht gerade ein gewöhnlicher Mensch. Sie war eine freundliche, silberhaarige Lesbe, die seit über dreißig Jahren mit ihrer Lebensgefährtin Dottie in Relton lebte. In ihren Tweedkleidern wirkte sie äußerlich wie eine Matrone vom Land, doch der Schalk in ihren Augen erzählte eine andere Geschichte. Mara liebte die beiden sehr, Dottie war allerdings in letzter Zeit kaum zu sehen. Sie war krank, Mara nahm an, dass sie bald an Krebs sterben würde, und Elsbeth trug diese Last mit der ihr eigenen schroffen, stoischen Ruhe.

Um zwölf Uhr klopfte es und Rick kam durch die Hintertür herein und unterbrach Maras umherschweifende Gedanken. Er sah vom Scheitel bis zur Sohle wie ein Künstler aus: Bart, Kittel und Jeans mit Farben verschmiert, Bierbauch. Seine gesamte Erscheinung führte einem vor Augen, dass er an sich glaubte und keinen Pfifferling darauf gab, was andere Leute von ihm dachten.

»Alles ruhig an der Front?«, fragte er.

Mara nickte. Mit einem Ohr hatte sie über das Klappern des Windspiels hinweg auf einen Polizeiwagen gelauscht. »Aber sie werden kommen.«

»Das wird wahrscheinlich eine Weile dauern«, sagte Rick. »Es waren noch eine Menge anderer beteiligt. Wir sind vielleicht gar nicht so wichtig, wie wir glauben.«

Er hob Julian hoch und wirbelte ihn durch die Luft. Das Kind quiekte vor Freude auf und zappelte, als Rick seinen Bart an seinem Gesicht rieb. Zoe klopfte an die Tür und kam aus der Scheune, um sich zu ihnen zu gesellen.

»Hör auf, Papi!«, schrie Julian. »Das kitzelt. Hör auf!«

Rick setzte ihn ab und zerzauste ihm spielerisch das Haar. »Was baut ihr beiden denn da?«, wollte er wissen.

»Eine Raumstation«, antwortete Luna ernsthaft.

Mara betrachtete das Durcheinander aus Legosteinen und

musste lächeln. Sie konnte nichts darin erkennen, aber es war erstaunlich, was sich Kinder in ihrer Phantasie alles zusammenreimten.

Rick lachte und wandte sich an Zoe. »Alles okay, Mädel?«, fragte er und legte einen Arm um ihre zarte Schulter. »Was sagen uns die Sterne heute?«

Zoe lächelte. Sie liebte Rick offensichtlich über alles, dachte Mara, sonst würde sie es sich mit zweiunddreißig Jahren niemals gefallen lassen, wie eine Jugendliche geneckt und behandelt zu werden. Könnte es da eine Möglichkeit geben, dass die beiden zusammenkommen, fragte sie sich. Für die Kinder wäre es gut.

»Elsie Goodbody verschwendet ihr Leben als Hausfrau«, sagte Zoe. »Nach ihren Tabellen sollte sie in die Politik gehen.«

»Sie macht Hauspolitik«, sagte Rick, »und das ist noch schlimmer. Kommt jemand mit in den Pub?«

Samstags und sonntags zur Mittagszeit gingen sie für gewöhnlich runter ins Black Sheep. Solange sie ruhig blieben, hatte der Wirt nichts gegen die Kinder, und Zoe nahm Malbücher mit, um sie zu beschäftigen. Mara holte Seth aus seiner Werkstatt, und auf dem Weg ritt Julian auf den Schultern seines Vaters und Luna hielt Zoes Hand.

»Nur einen Moment, ich komme gleich nach«, sagte Mara und lief zurück ins Haus. Sie wollte Paul eine Nachricht hinterlassen, damit er wusste, wo sie waren. Eine Förmlichkeit nur, eine liebevolle Geste. Doch als sie schrieb und in Gedanken wieder bei ihm war, fiel ihr plötzlich ein, was sie den ganzen Vormittag gequält hatte.

Letzte Nacht hatte Pauls Hand geblutet, und er hatte ein Pflaster draufgeklebt. Als er an diesem Morgen herunterkam, hatte sich das Pflaster abgelöst, wahrscheinlich als er sich gewaschen hatte, und der Knöchel seines Daumens war so blank wie immer. Es war überhaupt keine Spur eines Schnittes zu sehen.

Maras Herz schlug schnell, als sie loseilte, um die anderen einzuholen.

III

»Superintendent Burgess, Sir«, sagte Constable Craig und verschwand sofort wieder.

Der Mann, der in Gristhorpes Büro vor ihnen stand, unterschied sich ein wenig von dem Burgess in Banks Erinnerung. Über einem weißen Hemd mit offenem Kragen trug er einen abgewetzten schwarzen Lederblouson und steckte in eng anliegenden marineblauen Cordhosen. Das gut aussehende Gesicht mit dem kantigen, entschlossenen Kinn hatte sich kaum verändert, auch wenn seine leicht schiefen Zähne etwas mehr vom Tabak verfärbt waren. Die Tränensäcke unter seinen zynischen grauen Augen passten immer noch gut zu ihm. Sein dunkles Haar, kurz und zurückgekämmt, war an den Schläfen grau geworden, und es sah so aus, als würde er nach wie vor Brylcreme benutzen. Er war ungefähr einen Meter achtzig groß, kräftig gebaut und machte, obwohl ein bisschen füllig geworden, den Eindruck, als würde er immer noch zweimal die Woche Squash spielen. Am auffälligsten an seiner Erscheinung war seine tief gebräunte Haut.

»Barbados«, sagte er, als er ihre Überraschung bemerkte. »Kann ich wärmstens empfehlen, besonders zu dieser Jahreszeit. Ich bin gerade zurückgekommen, als diese Sache passierte.«

Gristhorpe stellte sich vor, dann schaute Burgess Banks an

und kniff die Augen zusammen. »Banks, habe ich Recht? Ich habe gehört, dass Sie versetzt wurden. Sie schauen ein bisschen kränklich aus, oder? Werden Sie hier oben nicht ordentlich gefüttert?«

Banks rang sich ein Lächeln ab. Es war typisch für Burgess, die Versetzung so klingen zu lassen, als wäre es eine Bestrafung und Degradierung. »Wir haben hier nicht besonders viel Sonne«, sagte er.

Burgess schaute in Richtung Fenster. »Das merke ich. Wenn es Sie irgendwie tröstet, in London hat es gepisst, als ich abgereist bin.« Er klatschte knallend in die Hände. »Also, wo ist die nächste Kneipe? Ich verhungere. Den Fraß der britischen Bahn wollte ich lieber nicht probieren. Ein Bier könnte ich auch vertragen.«

Gristhorpe entschuldigte sich und behauptete, ein Treffen mit dem stellvertretenden Polizeipräsidenten zu haben, also führte Banks Burgess hinüber ins Queen's Arms.

»Sieht nicht übel aus, der Laden«, sagte Burgess, schaute sich um und betrachtete den geräumigen Salon und die geschwungenen Tische mit den Kupferplatten und schwarzen schmiedeeisernen Beinen sowie die tiefen Sessel vor dem lodernden Kamin. Dann verweilten seine Blicke auf der Kellnerin hinter der Theke. »Ja. Gar nicht übel. Setzen wir uns an die Theke.«

Einige Einheimische hielten in ihren Gesprächen inne, um sie anzustarren. Banks kannten sie bereits, doch Burgess' Akzent besaß immer noch Spuren seiner Herkunft aus dem East End. So sehr er auch dem rechten Flügel angehörte, Banks erinnerte sich, dass er nicht aus der privilegierten Schule der Torys stammte. Sein Vater war ein Straßenhändler gewesen, und Burgess hatte sich von unten hochgekämpft. Banks wusste auch, dass er sich denjenigen seiner Klasse gegenüber, die es nicht ebenso geschafft hatten, kaum solidarisch fühlte. Für die Einheimischen war er offensichtlich das hohe Tier aus London, das man nach den Ereignissen der letzten Nacht erwartet hatte.

Banks und Burgess setzten sich auf die Barhocker. »Was nehmen Sie?«, fragte Burgess und zog ein glänzendes schwarzes Lederportemonnaie aus seiner Innentasche. »Ich zahle.«

»Vielen Dank. Ich nehme ein Pint Theakton's Bitter.«

»Essen?«

»Der Fleischeintopf ist ganz anständig.«

»Ich glaube, ich bleibe bei Fish & Chips«, sagte Burgess. Er bestellte Essen und Getränke bei der Kellnerin. »Und für mich ein Glas Double Diamond, bitte, Schätzchen.« Er zündete sich eine Tom-Thumb-Zigarre an und stieß sie gegen Banks Glas.

»Ich kann dieses Ale-Gebräu nicht ausstehen«, sagte er, rieb seinen Bauch und schnitt eine Grimasse. »Krieg ich immer Dünnschiss von. Ah, danke, Schätzchen. Wie heißt du?«

»Glenys«, sagte die Kellnerin. Als sie ihm das Wechselgeld gab, schenkte sie ihm ein verschämtes Lächeln und wendete sich dann ab, um einen anderen Gast zu bedienen.

»Hübsch«, sagte Burgess. »Eigentlich nicht gerade der dralle Kellnerinnentyp, aber trotzdem hübsch. Schöner Hintern. Ein Fünfer, dass ich sie flachlege, bevor die Sache hier erledigt ist.«

Banks wünschte, er würde es versuchen. Der muskulöse Mann, der am anderen Ende der Theke Gläser polierte, war Glenys' Ehemann, Cyril. »Abgemacht«, sagte er. Sie gaben sich die Hand. Allerdings hatte Banks keine Ahnung, wie Burgess es beweisen wollte, sollte er gewinnen. Vielleicht würde er Glenys dazu überreden, ihm einen Schlüpfer als Trophäe mitzugeben, wer weiß? Das wahrscheinlichste Ergebnis jedoch würde ein blaues Auge für Burgess und ein Fünfer in Banks' Tasche sein.

»Also, ich habe gehört, ihr hattet hier einen Aufstand letzte Nacht.«

»Nicht gerade einen Aufstand«, sagte Banks, »aber es war schlimm genug.«

»Die Demo hätte gar nicht erlaubt werden dürfen.«

»Sicher. Im Nachhinein sagt sich so etwas leicht, aber wir hatten keinen Grund, Ärger zu erwarten. Eine Menge Leute hier haben Verständnis für die Sache und sie ermorden normalerweise keine Polizisten.«

Burgess kniff seine Augen zusammen. »Sie auch? Verständnis für die Sache?«

Banks zuckte mit den Achseln. »Niemand will eine weitere Luftwaffenbasis in den Dales, und ich bin auch kein großer Freund der Atomkraft.«

»Ein verdammter Bolschewik bei der Polizei, hä? Kein Wunder, dass man Sie hier hochgeschickt hat. Ich wette, das ist so, als würde man nach Sibirien verbannt werden, oder?« Er kicherte über seinen eigenen Witz und schüttete dann die Hälfte seines Bieres in einem Schluck runter. »Was haben wir denn bisher?«

Banks berichtete ihm von den Aussagen, die sie aufgenommen hatten, sowie von den wichtigsten Gruppierungen, die an der Organisation des Protestes beteiligt waren, einschließlich der Leute von Maggie's Farm. Während er zuhörte, kaute Burgess auf seiner Unterlippe und klopfte seine Zigarre auf dem Rand des blauen Aschenbechers ab. Jedes Mal, wenn Glenys vorbeiging, verfolgten sie seine ruhelosen Blicke.

»Einundsiebzig Namen«, bemerkte er, als Banks seinen Bericht beendet hatte. »Und Sie glauben, es waren um die hundert da. Das ist nicht viel, oder?«

»In einer Mordermittlung schon.«

»Mmmh. Schon jemanden ausgeguckt?«

»Wie meinen?«

»Einheimische Unruhestifter, Störenfriede. Seien wir ehrlich, Banks. Es sieht nicht danach aus, dass wir irgendein Beweisstück in die Hand bekommen, es sei denn, jemand findet das Messer. Es besteht die Möglichkeit, dass, wer auch immer es war, zu denen gehört, die abhauen konnten. Ich wollte nur wissen, wer Ihr wahrscheinlichster Verdächtiger ist.«

»Wir haben noch keine Verdächtigen.«

»Ach, hören Sie auf! Ist keiner dabei mit einer Vorstrafe wegen einer politisch motivierten Gewalttat?«

»Nur das hiesige Mitglied der Konservativen.«

»Sehr gut«, sagte Burgess grinsend. »Sehr gut. Meiner Meinung nach«, fuhr er fort, »gibt es zwei Möglichkeiten. Erstens: Es passierte in der Hitze der Gefechts, jemand hat die Beherrschung verloren und mit einem Messer rumgefuchtelt. Oder zweitens: Es handelte sich um den vorsätzlichen Plan, einen Polizisten zu töten, einen terroristischen Akt, der darauf abzielte, Chaos zu verursachen, die Gesellschaft zu beunruhigen.«

»Was ist mit dem Messer?«, meinte Banks. »Der Mörder konnte nicht davon ausgehen, davonzukommen, und wir haben in der ganzen Gegend keine Spur von der Waffe gefunden. Ich würde sagen, das deutet mehr in Richtung Ihrer ersten Theorie. Jemand hat die Beherrschung verloren und nicht mehr an die Konsequenzen gedacht. Und dann hat er einfach Glück gehabt.«

Burgess leerte seine Glas. »Nicht unbedingt«, sagte er. »Diese verdammten Terroristen sind Kamikazetypen. Die interessiert nicht, ob sie geschnappt werden oder nicht. Wie Sie sagten, wer auch immer es war, er hatte diesmal einfach Glück.«

»Möglich.«

»Aber unwahrscheinlich?«

»In Eastvale schon. Wie gesagt, die meisten Leuten auf der Demonstration waren ziemlich harmlos. Selbst die Gruppen, zu denen sie gehören, waren bisher noch nie gewalttätig.«

»Aber Sie haben nicht alle Namen.«

»Nein.«

»Dann haben wir etwas, woran wir arbeiten können. Nehmen Sie diejenigen, die Sie haben, in den Schwitzkasten, und erstellen sie eine vollständige Liste.«

»Detective Constable Richmond arbeitet daran«, sagte Banks, obwohl er sich kaum vorstellen konnte, dass Philip Richmond jemanden in den Schwitzkasten nahm.

»Gut.« Burgess winkte der Kellnerin. »Noch zweimal das Gleiche, Gladys, Schätzchen«, rief er.

»Glenys«, sagte sie und wurde rot. Dann senkte sie ihren Kopf, um sich beim Zapfen auf das Glas zu konzentrieren.

»Tut mir Leid, Schätzchen. Ich bin noch ganz k.o. von der Zugfahrt. Nimm dir auch was, Glenys.«

»Vielen Dank.« Glenys lächelte ihn schüchtern an und nahm das Geld für einen Gin Tonic. »Ich trinke ihn später, wenn nicht mehr so viel los ist, wenn Sie nichts dagegen haben.«

»Wie du willst.« Burgess schenkte ihr ein breites Lächeln und zwinkerte. »Wo waren wir?«, fragte er und drehte sich wieder zu Banks.

»Namen.«

»Genau. Sie müssen eine Liste von ansässigen Roten haben und so was, oder? Sie wissen, welche Sorte ich meine – Anarchisten, Skinheads, Arschficker, Frauenrechtler, aufsässige Nigger.«

»Selbstverständlich. Wir führen sie auf der Rückseite einer Briefmarke.«

»Sie haben vorhin drei Organisationen erwähnt. Was ist FEEF?«

»Frauen von Eastvale für Emanzipation und Freiheit.«

»Klingt ja beeindruckend. So im Stile der Landfrauen von Greenham, oder?«

»Nicht ganz. Sie kümmern sich hauptsächlich um lokale Themen wie unzureichende Straßenbeleuchtung und sexuelle Diskriminierung am Arbeitsplatz.«

»Trotzdem«, sagte Burgess, »es ist ein Anfang. Ihr Mann – Richmond, oder? – sollte sich deshalb mit der Special Branch in Verbindung setzen. Die haben umfangreiche Akten über Bolschewiken, ganz egal wo. Er kann das mit dem Computer machen, falls Sie hier oben einen haben.«

»Haben wir.«

»Gut. Sagen Sie ihm, er soll wegen des Zugangscodes zu mir kommen.« Ihr Essen wurde serviert. Burgess schüttete Salz und Essig auf seine Fish & Chips. »Als Einstieg können wir sie gegeneinander ausspielen«, sagte er. »Simple Taktik: Zersprengen und erobern. Wir erzählen diesen Leuten von FEEF, dass die Studentenvertretung sie für den Mord verantwortlich macht, und andersherum. Wenn irgendjemand etwas weiß, werden sie es uns wahrscheinlich aus Angst erzählen, selbst mit reingezogen zu werden. Wir brauchen Ergebnisse, und zwar schnell. Durch diese Sache haben wir die Möglichkeit, einmal gut dazustehen. Heutzutage stehen wir immer als die Bösen da, besonders nach diesem verdammten Streik der Minenarbeiter. Wir brauchen zur Abwechslung mal ein bisschen gute Presse, und hier ist unsere Chance. Ein Polizist wurde ermordet, damit ist uns schon mal eine Menge Mitgefühl in der Öffentlichkeit sicher. Wenn wir irgendeinen linken Terroristen dafür drankriegen können, haben wir es geschafft.«

»Ich glaube nicht, dass wir einen Schritt weiterkommen, wenn wir die Gruppen gegeneinander ausspielen«, sagte Banks. »So aggressiv sind die einfach nicht.«

»Seien Sie nicht so verdammt negativ, Mann. Denken Sie daran, *irgendjemand* weiß, wer es getan hat, und wenn es nur der Mörder selbst ist. Ich werde mich heute Nachmittag akklimatisieren und morgen« – Burgess klatschte in die Hände und puderte seinen Teller mit Asche – »werden wir zuschlagen.« Er hatte die furchtbare Angewohnheit, eine Ewigkeit regungslos dazustehen oder dazusitzen, um dann eine plötzliche, ruckartige Bewegung zu machen. Banks erinnerte sich daran, wie ihn das schon bei ihren früheren Treffen zur Weißglut gebracht hatte.

»Zuschlagen?«

»Razzien, Kontrollbesuche, nennen Sie es, wie Sie wollen. Wir suchen nach Dokumenten, Briefen, nach allem, was uns einen Hinweis darauf geben könnte, was vorgefallen ist. Gibt es hier Probleme, Durchsuchungsbefehle zu kriegen?«

Banks schüttelte den Kopf.

Burgess spießte einen Chip auf. »Es geht nichts über eine nette kleine Razzia am Sonntagmorgen, sage ich immer. Die Leute haben komische Vorstellungen vom Sonntag, wissen Sie. Besonders religiöse Typen. Nach einem netten kleinen Schwatz mit dem Allmächtigen fühlen sie sich völlig sicher und selbstgefällig, aber wenn irgendetwas ihre Routine stört, gehen sie an die Decke. Der ideale Tag für Razzien und Verhöre, glauben Sie mir. Man muss nur warten, bis sie es sich mit der Sonntagszeitung gemütlich gemacht haben. Sie erwähnten vorhin ein paar Aussteiger auf einem Bauernhof, oder?«

»Das sind keine Aussteiger«, sagte Banks. »Sie versuchen nur, in der Gemeinschaft selbstständig und autark zu leben. Sie nennen den Hof Maggie's Farm«, fügte er hinzu. »Das ist der Titel eines alten Bob-Dylan-Songs. Wahrscheinlich auch eine Anspielung auf Thatcher.«

Burgess grinste. »Immerhin haben sie Sinn für Humor.

Und den werden sie verdammt noch mal auch brauchen, bis wir mir ihnen fertig sind. Wir werden sie aufsuchen und ein bisschen auf Zack bringen. Wenn wir auch sonst nichts finden, Drogen werden da bestimmt rumfliegen. Wollen wir uns die Razzien aufteilen? Irgendwelche Vorschläge?«

Banks hatte keine Lust, erneut mit Dorothy Wycombe aneinander zu geraten, und Sergeant Hatchley in die FEEF-Zentrale zu schicken käme dem Besuch eines Elefanten im Porzellanladen gleich. Das gleiche Ergebnis hätte man, wenn Burgess hoch zu Maggie's Farm fahren würde. Ein Treffen mit Ms. Wycombe jedoch, dachte er, könnte Dirty Dick ganz gut tun.

»Ich nehme den Hof«, sagte er. »Überlassen wir Hatchley die Kirchengruppe, Richmond die Studenten, dann können Sie sich um FEEF kümmern. Während wir die Fragen stellen, können ein paar Uniformierte die Durchsuchungen vornehmen.«

Burgess' Augen verengten sich misstrauisch, dann lächelte er. »Okay, abgemacht«, sagte er.

Er weiß, dass ich ihm die Scheiße anhänge, dachte Banks, aber er lässt sich trotzdem darauf ein. Eingebildetes Arschloch.

Burgess schlang den Rest seines Essens runter. »Ich würde ja gerne noch auf ein Bier bleiben«, sagte er, »und meine Augen weiter an der hübschen Glenys weiden, aber die Pflicht ruft. Wollen wir hoffen, dass wir morgen genug Grund haben, das Mittagessen zu zelebrieren. Warum holen Sie heute Nachmittag nicht einfach etwas Schreibarbeit nach? Noch gibt es nicht viel zu tun. Und heute Abend können Sie mir vielleicht ein paar dieser urigen Dorfkneipen zeigen, von denen ich in den Tourismusbroschüren gelesen habe.«

Die Aussicht auf einen Kneipenbummel mit Dirty Dick

Burgess, gleich nach einem Abend mit der Abgeordneten Honoria Winstantley, reizte Banks ungefähr so sehr wie ein Schlag ins Gesicht mit einem nassen Fisch, doch er sagte höflich zu. Schließlich gehörte es zum Job, und Burgess war sein Vorgesetzter. Wahrscheinlich würden sie für ein paar Tage zusammenarbeiten, und es würde nicht schaden, so gut wie möglich miteinander auszukommen. Mach das Beste draus, hatte Gristhorpe gesagt. Zudem erinnerte sich Banks dunkel, dass Burgess nach ein paar Gläsern nicht die schlechteste Gesellschaft war.

Burgess rutschte vom Hocker und schritt zur Tür. »Ciao, Glenys, Schätzchen«, rief er beim Weggehen über die Schulter. Banks bemerkte, wie Cyrils Hand sich mit finsterem Blick um den Zapfhahn krallte.

Banks schob seinen leeren Teller zur Seite und zündete sich eine Silk Cut an. Er fühlte sich erschöpft. Diesem Burgess nur zuzuhören erinnerte ihn bereits an alles, was er in seiner Zeit bei der Londoner Polizei gehasst hatte. Doch Burgess hatte Recht: Sie untersuchten einen politischen Mord, und die ansässigen Aktivistengruppen zu kontrollieren war der erste logische Schritt.

Es war der offensichtliche Genuss, mit dem der Superintendent die Aufgabe betrachtete, der Banks missfiel und der ihn so sehr an seine Zeit in London erinnerte. Außerdem erinnerte er sich an Burgess' Verhörmethoden, die er wahrscheinlich von der spanischen Inquisition gelernt hatte. Auf ein paar unschuldige Menschen, die einfach an die atomare Abrüstung und die Zukunft der menschlichen Rasse glaubten, kamen schwere Zeiten zu. Burgess ähnelte einem Pitbull-Terrier, er würde nicht loslassen, bis er hatte, was er wollte.

Ach, wie schön wäre jetzt ein netter britischer Mord auf dem Dorfe, dachte Banks, genau so einer wie in den Romanen: eine überschaubare Gruppe von fünf oder sechs Verdächtigen, ein zweifelhaftes Testament und keine Eile, um das Puzzle zusammenzusetzen. Aber so ein Glück hatte er nicht. Er leerte sein Glas, drückte die Zigarette aus und ging zurück über die Straße, um weitere Aussagen zu lesen.

IV

Mara nippte an ihrem kleinen dunklen Bier, ohne es wirklich zu schmecken. Sie schien sich weder entspannen noch wie gewöhnlich die Gesellschaft genießen zu können. Seth saß an der Theke und plauderte mit Larry Grafton über irgendein altes Möbel, das der Wirt von seiner Urgroßmutter geerbt hatte. Rick und Zoe stritten sich über Astrologie. Und die Kinder saßen am Fenster und malten in aller Stille.

Was hatte es zu bedeuten, fragte sich Mara. Als sie Paul in der vergangenen Nacht auf das Blut an seiner Hand angesprochen hatte, war er in die Küche gegangen und hatte ein Pflaster genommen, ohne ihr die Wunde zu zeigen. Jetzt stellte sich heraus, dass es keine Wunde gab. Wessen Blut war es also gewesen?

Natürlich, so sagte sie sich, könnte alles Mögliche passiert sein. Er könnte versehentlich jemanden gestreift haben, der sich bei der Demo verletzt hatte. Es wäre sogar möglich, dass er jemandem helfen wollte. Aber er war eindeutig den ganzen Weg nach Hause gelaufen. Als er angekommen war, war er durcheinander und außer Atem gewesen. Und wenn die Erklärung für das Blut eine unschuldige war, warum hatte er dann gelogen? Denn darauf lief es schließlich hinaus. Anstatt die einfache Wahrheit zu erzählen, hatte er sie glauben lassen, er wäre verletzt, wenn auch nicht schlimm, und sie konnte keinen überzeugenden Grund finden, warum er das getan hatte.

»Du bist still heute«, sagte Seth und kam mit neuen Getränken an den Tisch.

Für dich ist es einfach, wollte sie sagen. Du kannst deine Gefühle verdrängen und über Hämmer und Hobel und Meißel und Beitel und Schleifpapier reden, so als wäre nichts passiert. Doch mit mir spricht niemand. »Es ist nichts«, sagte sie stattdessen. »Ich glaube, ich bin nur etwas müde nach gestern Nacht.«

Seth nahm ihre Hand. »Hast du nicht gut geschlafen?«

Nein, hätte sie fast gesagt, nein, ich habe beschissen geschlafen. Ich habe darauf gewartet, dass du deine Gefühle mit mir teilst, aber das hast du nicht getan. Das tust du nie. Du kannst mit Hinz und Kunz über deine Arbeit reden, aber über nichts anderes, über nichts Wichtiges. Doch sie sagte nichts. Sie drückte seine Hand, küsste ihn flüchtig und sagte, dass alles in Ordnung sei. Sie wusste, dass sie nur gereizt war und sich um Paul sorgte, und sie würde bestimmt bald wieder bessere Laune haben. Kein Grund, einen Streit zu beginnen.

Rick hatte sein Gespräch mit Zoe beendet und wendete sich an die anderen. Mara sah orange und weiße Farbkleckse in seinem Bart. »Alle reden über die Demo in Eastvale«, sagte er. »Als ich in den Lebensmittelladen ging, zerrissen sich alle die Mäuler darüber.«

»Was denken sie denn von der ganzen Sache?«, fragte Mara.

Rick schnaubte verächtlich. »Die denken nicht. Die sind genauso wie ihre Schafe. Aus Angst, sie könnten etwas Falsches sagen, behalten sie ihre Meinung – wenn sie überhaupt eine haben – lieber für sich. Natürlich machen sie sich Sorgen um radioaktiven Niederschlag. Aber wer tut das nicht? Und das ist dann auch schon alles, was sie machen: sich sorgen und jammern. Wenn es darauf ankommt, dann nehmen sie es wie alles andere hin und stecken den Kopf in den Sand. Die Frauen sind noch schlimmer. Alles, was sie tun können, wenn irgendetwas ihr nettes, ordentliches, angenehmes kleines Leben, das sie sich eingerichtet haben, durcheinander bringt, ist zu jammern und noch mal zu jammern.«

Die Tür quietschte in den Angeln und Paul kam herein.

Mara betrachtete die ausgezehrte Gestalt, die mit in den Taschen vergrabenen Händen auf sie zukam. Mit seinem ausgehöhlten, knochigen Gesicht, den tätowierten Fingern und den Narben, Einstichen und selbst zugefügten Brandmalen von Zigaretten, von denen Mara wusste, dass sie sich über seine ganzen Arme erstreckten, machte Paul einen Furcht erregenden Eindruck. Nur seine Frisur ließ ihn weicher erscheinen. Sein blondes Haar war hinten und an den Seiten kurz, oben jedoch so lang, dass ihm der Pony ständig über die Augen fiel. Mit finsterer Miene strich er ihn immer wieder zurück, zog aber nie in Betracht, ihn abzuschneiden.

Mara konnte nicht anders, als an seine Herkunft zu denken. Von Kindheit an war Pauls Leben wüst und hart gewesen. Er redete nie viel über seine tatsächlichen Eltern, aber er hatte Mara von der gefühlskalten Pflegefamilie erzählt, in der von ihm für jede Kleinigkeit, die für ihn getan wurde, ewige Dankbarkeit erwartet worden war. Schließlich war er weggelaufen und hatte als Punk auf der Straße gelebt und alles getan, was zum Überleben nötig war. Ein Leben mit harten Drogen, Gewalt und schließlich Gefängnis. Als sie ihn aufgelesen hatten, war er vollkommen orientierungslos und auf der Suche nach irgendeinem Lebensanker gewesen. Jetzt fragte sie sich, inwieweit er sich wirklich verändert hatte, seit er bei ihnen wohnte.

Bei dem Gedanken an das Blut auf seiner Hand, an die Art, wie er gelogen hatte, und an den ermordeten Polizisten bekam sie auf einmal Angst. Wie würde er reagieren, wenn sie ihn zur Rede stellte? Lebte sie mit einem Mörder unter einem Dach? Und wenn ja, was sollte sie tun?

Während sich die anderen um sie herum unterhielten, spürte Mara, wie sie in einen wirren Gedankenstrudel gezogen wurde. Sie nahm die Töne der anderen auf, nicht aber die Worte, nicht ihre Bedeutung. Sie dachte daran, sich Seth anzuvertrauen, doch was wäre, wenn er irgendwelche Schritte unternahm? Er könnte sich Paul vorknöpfen und ihn sogar fortschicken. Manchmal konnte er sehr streng und unnachgiebig sein. Sie wollte nicht, dass ihre neue Familie auseinander brach, so unvollkommen sie auch war. Sie war alles, was sie auf der Welt besaß.

Nein, entschied sie, sie würde es niemandem erzählen. Noch nicht. Sie wollte Paul nicht das Gefühl geben, sie hätten sich gegen ihn verschworen. Wahrscheinlich waren all ihre Befürchtungen sowieso lächerlich. Sie malte den Teufel an die Wand und baute dumme Ängste auf. Paul würde ihr niemals etwas antun, sagte sie sich, selbst in einer Million Jahren nicht.

VIER

I

Als es am Sonntagmorgen dämmerte, war es klar und kalt. Zu einer frischen Märzbrise schien zaghaft die Sonne und tauchte die unteren Berghänge in die zarten Farben des Frühlings. Frauen hielten ihre Hüte fest und Männer schlugen die Kragen ihrer besten Anzüge hoch, während sie sich über die Mortsett Lane in Relton zur Kirche kämpften. Der Polizeiwagen, ein weißer Fiesta Popular mit den offiziellen roten und blauen Streifen auf beiden Seiten, bog auf die holprige Römerstraße in Richtung Maggie's Farm ein. Constable McDonald fuhr, Craig saß schweigend neben ihm und Banks eingepfercht auf der Rückbank.

Der Blick über das Tal war großartig. In der Talsohle konnte Banks Fortford und auf dem gegenüberliegenden Hang unterhalb von Lyndgarth die Devraulx-Abtei ausmachen. Dahinter erhob sich die nördliche Talwand, aus deren verschneiten Gipfeln Kalksteinfelsen hervorragten, die im Licht funkelten wie Zahnreihen.

Nach einem Abend zu Hause, wo er *Madame Bovary* gelesen hatte, und der darauf folgenden gut durchschlafenen Nacht fühlte sich Banks erholt. Glücklicherweise hatte Dirty Dick angerufen, um ihren Kneipenbummel abzusagen. Angeblich war er zu müde. Banks vermutete, dass er lieber von seinem Hotel aus gleich um die Ecke ins Queen's Arms gegangen war, um Glenys zu bearbeiten, doch Burgess sah am Morgen relativ unversehrt aus. Dennoch erschien er müde, und seine grauen Augen waren trübe wie Champagner, der sein Perlen verloren hatte. Banks fragte sich, wie er mit Dorothy Wycombe zurechtkommen würde.

Als der Wagen auf dem Schotter vor dem Bauernhaus hielt, spähte jemand aus dem Fenster. Banks stieg aus und hörte, wie das Windspiel wie ein Stück experimenteller Musik zu klimpern schien, ein Klang, der seltsam mit dem Wind harmonierte, der ihm um die Ohren blies. Er hatte vergessen, wie hoch Maggie's Farm gelegen war.

Auf sein Klopfen hin tauchte eine große, schlanke Frau auf, die Mitte bis Ende dreißig war und eine Jeans sowie einen rostfarbenen Pullover trug. Banks meinte, sie von seinem früheren Besuch wiederzuerkennen. Gewelltes, walnussfarbenes Haar fiel ihr auf die Schultern und rahmte ein blasses, herzförmiges und ungeschminktes Gesicht ein. Vielleicht war ihr Kinn etwas zu spitz und ihre Nase ein wenig zu lang, aber der Gesamteindruck war angenehm. Ihre klaren, braunen Augen schauten gleichzeitig unschuldig und wissend.

Banks präsentierte seinen Durchsuchungsbefehl, und die Frau trat lustlos zur Seite. Sie wussten, dass wir irgendwann kommen würden, dachte er, und nun wollen sie es einfach hinter sich bringen.

»Wäre schön, wenn die beiden nichts kaputtmachen würden«, sagte sie und deutete auf McDonald und Craig.

»Keine Sorge, das werden sie nicht. Sie werden nicht mal merken, dass sie hier gewesen sind.«

Mara rümpfte ihre Nase. »Ich hole die anderen.«

Während die zwei Uniformierten die Durchsuchung begannen, setzte sich Banks in den Schaukelstuhl am Fenster. Er neigte seinen Kopf zur Seite und überflog die Titel der Bücher in dem Kiefernschrank neben ihm. Hauptsächlich

Romane – Hardy, die Brontës, John Cowper Powys, Fay Weldon, Graham Greene –, dazwischen ein paar esoterische Werke wie eine Einführung in die Psychologie Jungs und ein Überblick über das Okkulte. In den unteren Fächern standen ein paar alte, zerlesene Taschenbücher – *Die Lehren des Don Juan, Naked Lunch, Herr der Ringe*. Außerdem gab es die obligatorischen politischen Texte: Marcuse, Fanon, Marx und Engels.

Auf dem Boden neben Banks lag eine Ausgabe von George Eliots *Die Mühle am Floß*. Er hob das Buch auf. Das Lesezeichen steckte bei der zweiten Seite. Weiter als bis dahin war er mit George Eliot auch nie gekommen.

Mara kehrte mit den anderen aus der Scheune zurück, an drei von ihnen konnte er sich von seinem Besuch vor achtzehn Monaten noch dunkel erinnern: Zoe Hardacre, eine zierliche Frau mit Sommersprossen, krausem, kupferrotem Haar und dunklen Wurzeln; Rick Trelawney, ein Bär von einem Mann in einem weiten, farbverschmierten T-Shirt und zerrissenen Jeans; sowie Seth Cotton, der in einem sandfarbenen Kittel aus seiner Werkstatt kam, ein großer, dünner Mann mit traurigen, braunen Augen, ordentlich gestutztem dunklem Haar und ebensolchem Bart, der ein dunkelhäutiges Gesicht einrahmte. Zu guter Letzt kam ein dürrer, feindselig dreinschauender Jugendlicher herein, den Banks noch nie gesehen hatte.

»Wer sind Sie?«, fragte er.

»Paul wohnt noch nicht lange hier«, sagte Mara schnell.

»Und der Nachname?«

Paul sagte nichts.

»Das muss er nicht sagen«, behauptete Mara. »Er hat nichts getan.«

Seth schüttelte den Kopf. »Sag es ihm besser gleich«, meinte er zu Paul gewandt. »Er kriegt es sowieso heraus.«

»Er hat Recht«, sagte Banks.

»Boyd, Paul Boyd.«

»Schon mal Ärger gehabt, Paul?«

Paul lächelte. Oder es war eine finstere Grimasse, Banks konnte es nicht sagen. »Und wenn? Ich habe keine Bewährung oder so. Ich muss mich nicht jedes Mal bei der örtlichen Wache melden, wenn ich wo hingehe, oder?« Er zog eine Zigarette aus einer schmuddeligen Zehnerpackung Players. Banks fiel auf, dass seine kurzen Finger leicht zitterten.

»Ich möchte einfach nur wissen, wer neu in der Gemeinde ist«, sagte Banks freundlich. Er musste der Sache nicht weiter nachgehen. Wenn Boyd eine Vorstrafe hatte, würde ihn der Polizeicomputer mit allen Informationen versorgen, die er brauchte.

»Also, wozu soll das jetzt hier gut sein?«, sagte Rick und lehnte sich gegen den Kaminsims. »Wenn ich fragen dürfte?«

»Ihnen ist bekannt, was Freitagabend passiert ist. Sie wurden wegen Behinderung eines Polizeibeamten festgenommen.«

Rick lachte.

Banks ignorierte ihn und fuhr fort. »Ihnen ist auch bekannt, dass bei dieser Demonstration ein Polizist ermordet wurde.«

»Wollen Sie sagen, Sie glauben, einer von uns hätte es getan?«

Banks schüttelte den Kopf. »Ach, kommen Sie«, sagte er. »Sie kennen die Regeln genauso gut wie ich. In einer solchen Situation überprüfen wir alle politischen Gruppen.«

»Wir sind nicht politisch«, entgegnete Mara.

Banks schaute sich im Zimmer um. »Seien Sie nicht so naiv. Alles hier, alles, was Sie sagen und tun, ist eine politische Aussage. Es spielt keine Rolle, ob jemand von Ihnen einer offiziellen Partei angehört oder nicht. Das wissen Sie genauso gut wie ich. Außerdem müssen wir auf Hinweise reagieren, die wir erhalten.«

»Was für Hinweise?«, wollte Rick wissen. »Wer hat da geredet?«

»Das spielt keine Rolle. Wir haben nur gehört, dass Sie an der Sache beteiligt waren, das ist alles.« Burgess' Trick schien immerhin einen Versuch wert zu sein.

»Wir waren also dort«, sagte Rick. »Seth und ich. Sie wissen das bereits. Wir haben ausgesagt. Wir haben Ihnen alles erzählt, was wir wissen. Warum kommen Sie jetzt her und belästigen uns? Was suchen Sie?«

»Alles, was wir finden können.«

»Hören Sie«, fuhr Rick fort, »ich verstehe immer noch nicht, warum Sie uns verfolgen. Ich kann mir nicht vorstellen, wer Ihnen etwas erzählt hat oder was das gewesen sein soll, aber Sie sind falsch informiert. Nur weil wir unser Recht in Anspruch nehmen, für eine Sache zu demonstrieren, an die wir glauben, haben Sie noch lange nicht das Recht, hier mit Ihren Gestapomethoden einzufallen und uns zu schikanieren.«

»Die Gestapo hat keinen Durchsuchungsbefehl gebraucht.«

Rick setzte ein spöttisches Lächeln auf und kratzte sich den wilden Bart. »Mit einem derartigen Friedensstifter, wie Sie ihn in Ihrer Tasche haben, halte ich das kaum für ein stichhaltiges Argument.«

»Außerdem«, fuhr Banks fort, »verfolgen oder schikanieren wir Sie nicht. Glauben Sie mir, wenn wir es täten, würden Sie es merken. Erinnert sich jemand von Ihnen noch an etwas in Bezug auf Freitagnacht?«

Seth und Rick schüttelten beide den Kopf. Banks schaute die anderen an. »Kommen Sie, ich nehme mal an, Sie waren alle dort. Keine Angst, beweisen kann ich es nicht. Ich werde Sie nicht verhaften, wenn Sie es zugeben. Es geht mir nur darum, dass jemand von Ihnen vielleicht etwas Wichtiges gesehen hat. Es handelt sich hier um eine Ermittlung in einem Mordfall.«

Stille. Banks seufzte. »Schön. Geben Sie nicht mir die Schuld, wenn die Angelegenheit ungemütlicher wird. Ein Beamter aus London ist angereist. Ein Spezialist. Dirty Dick nennen ihn seine Freunde. Er ist wesentlich gemeiner als ich.«

»Ist das eine Art Drohung?«, fragte Mara.

Banks schüttelte den Kopf. »Ich gebe Ihnen nur Ihre Optionen bekannt, mehr nicht.«

»Wie können wir Ihnen etwas erzählen, wenn wir nichts gesehen haben?«, warf Paul zornig ein. »Sie sagen, Sie wissen, dass wir dort waren. Okay. Vielleicht waren wir es. Ich sage nicht, dass wir dort waren, aber vielleicht. Das bedeutet nicht, dass wir etwas gesehen haben oder etwas Falsches getan haben. Wie Rick gesagt hat, wir hatten das Recht, dort zu sein. Noch ist das hier kein Scheiß-Polizeistaat.« Er wendete sich mürrisch ab und zog an seiner Zigarette.

»Niemand bestreitet Ihr Recht, dort gewesen zu sein«, sagte Banks. »Ich möchte nur wissen, ob Sie etwas gesehen haben, das uns helfen könnte, diesen Mord aufzuklären.«

Stille.

»Besitzt jemand von Ihnen ein Klappmesser?«

Rick verneinte, die anderen schüttelten den Kopf.

»Ist Ihnen hier mal eines unter die Augen gekommen? Kennen Sie jemanden, der eines hat?«

Wieder nichts. Banks meinte, er hätte gesehen, wie ein Anflug von Überraschung über Maras Gesicht huschte, aber es hätte auch eine Lichttäuschung sein können.

In der darauf folgenden Stille kamen Craig und McDonald die Treppen herab, schüttelten den Kopf und gingen raus, um die Außengebäude zu durchsuchen. Zwei kleine Kinder liefen aus der Küche herein und stürmten auf Mara zu, jedes klammerte sich an eine Hand. Banks lächelte sie an, aber sie starrten nur am Daumen nuckelnd zurück.

Er versuchte sich vorzustellen, dass Brian und Tracy, seine eigenen Kinder, unter solchen Bedingungen, isoliert von anderen Kindern, aufwuchsen. Auf jeden Fall schien es in der Wohnung keinen Fernseher zu geben. Banks war generell gegen das Fernsehen und er versuchte immer darauf aufzupassen, dass Brian und Tracy nicht zu viel guckten. Aber wenn Kinder überhaupt nicht fernsahen, dann konnten sie bei ihren Freunden nicht mitreden. Man musste einen Kompromiss finden, heutzutage konnte man die verdammte Glotze nicht einfach ignorieren, so sehr man es sich auch wünschte.

Andererseits machten diese Kinder nicht im Mindesten einen verwahrlosten Eindruck, und es gab keinen Grund anzunehmen, dass Rick und die anderen keine guten Eltern waren. Banks wusste, dass Seth Cotton im Ruf stand, ein guter Tischler zu sein, und Maras Töpferware verkaufte sich gut in der Gegend. Sandra besaß sogar ein Stück von ihr, eine wohlgeformte Vase, die in einer Mischung aus Grün, Ultramarin und dergleichen glasiert war. Er wusste nicht, von welcher Qualität Rick Trelawneys Gemälde waren, aber wenn die heimatliche Landschaft über dem Kamin von ihm war, dann war auch er gut. Nein, er hatte keine Veranlassung, seine beschränkte Sichtweise über ihre zu erheben. Wenn die Kinder zu kreativen, aufgeschlossenen Erwachsenen heranwuchsen, wenn ihr Geist nicht vom Fernsehen und der Massenkultur verschmutzt wurde, was konnte so falsch daran sein?

Abgesehen von den Klängen des Windspiels saßen sie in völliger Stille da, bis Rick schließlich sprach. »Wissen Sie«, sagte er zu Banks, »wie viele Kinder in den Gebieten um Sellafield und anderen Atomkraftwerken mit Leukämie und seltenen Krebsarten zur Welt kommen? Haben Sie auch nur die leiseste Ahnung?«

»Hören Sie«, sagte Banks. »Ich bin nicht hier, um Ihre Ansichten anzuprangern. Es ist Ihr gutes Recht, so zu denken. Vielleicht bin ich sogar Ihrer Meinung. Doch was Freitagabend passiert ist, hat damit nichts zu tun. Ich bin nicht hier, um über Politik oder Philosophie zu diskutieren, ich untersuche einen Mordfall. Warum kriegen Sie das nicht in Ihren Kopf?«

»Vielleicht kann man das nicht so fein säuberlich trennen, wie Sie glauben«, behauptete Rick. »Politik, Philosophie, Mord – das hängt alles zusammen. Schauen Sie sich Lateinamerika, Israel, Nicaragua oder Südafrika an. Außerdem hat die Polizei angefangen. Erst haben sie uns wie Tiere eingepfercht, dann sind sie mit ihren Schlagstöcken auf uns losgegangen. Genau wie so ein chilenisches Schlägerkommando. Wenn auch ein paar Polizisten verletzt wurden, dann haben sie es verdammt noch mal verdient.«

»Einer von ihnen wurde ermordet. Ist das auch in Ordnung?«

Rick wendete sich angewidert ab. »Ich habe nie behauptet, ein Pazifist zu sein«, brummte er und schaute Seth an. »Jetzt gibt es eine Untersuchung durch die hiesige Polizei«, fuhr er fort, »und die ganze Sache wird manipuliert. Sie können von uns nicht erwarten, dass wir dabei noch an Objektivität glauben. Wenn es darauf ankommt, haltet ihr Arschlöcher immer zusammen.«

»Glauben Sie, was Sie wollen«, sagte Banks.

Craig und McDonald kamen durch die Küche zurück.

Sie hatten nichts gefunden. Mittlerweile war es elf Uhr. Um zwölf sollte Banks Burgess, Hatchley und Richmond im Queen's Arms treffen, um die Ergebnisse zu vergleichen. Es hatte keinen Zweck, noch länger über nukleare Ethik mit Rick zu diskutieren, also stand Banks auf und ging zur Tür.

Als er sich die Jacke zuhielt und sich gegen den Wind zum Wagen schob, spürte er, wie ihm jemand durchs Fenster hinterherstarrte. Im Haus hatte eine spürbare Angst in der Luft gelegen. Nicht nur die Angst vor einer Polizeirazzia, die sie erwartet hatten, sondern noch eine andere. Die Atmosphäre war nicht so harmonisch, wie ihm vorgespielt wurde. Doch erst einmal legte er sein unruhiges Gefühl zu den Akten, um es sich später durch den Kopf gehen zu lassen – gemeinsam mit den tausend anderen Dingen, konkreten und nebulösen, die sich während einer Ermittlung von selbst einstellten.

II

»Nichts«, knurrte Burgess und drückte seine Zigarre im Aschenbecher in der Mitte der Kupfertischplatte aus, als wollte er ihr den Hals umdrehen. »Alles absolute Arschlöcher. Und diese Frau ist total verrückt. Ich schwöre, sie war kurz davor, mich zu beißen.«

Zum ersten Mal überhaupt spürte Banks einen plötzlichen Anflug von Zuneigung für Dorothy Wycombe.

Doch alles in allem war der Vormittag für jeden enttäuschend verlaufen. Wie nicht anders zu erwarten, hatten die Durchsuchungen weder die Mordwaffe noch Dokumente zu Tage befördert, die den von Burgess vermuteten terroristischen Hintergrund belegten. Keiner der Zeugen hatte seine Aussage widerrufen, und die Reaktionen auf Burgess' Taktik des Zersprengens und Eroberns waren nicht der Rede wert gewesen.

Sergeant Hatchley berichtete, dass die Friedensgruppe der Kirche fassungslos auf den Mord reagiert und sogar Gebete für Constable Gill bei ihrem morgendlichen Gottesdienst angeboten hätte. Die Studentenvertretung hielt es laut Richmond, der ihre Leiter, Tim Fenton und Abha Sutton, aufgesucht hatte, für typisch, dass die anderen ihnen die Schuld an den Ereignissen in die Schuhe schoben, beide bestanden aber darauf, dass Mordanschläge nicht zu ihrem Programm einer friedlichen Revolution gehörten. Während Burgess Dorothy Wycombe durchaus eines Mordes für fähig hielt, besonders an einem Mitglied der männlichen Spezies, war sie unnachgiebig geblieben und hatte eine derartige Unterstellung lächerlich gefunden.

»Also sind wir wieder da, wo wir angefangen haben«, sagte Hatchley. »Hundert Verdächtige und nicht der kleinste Hinweis.«

»Einer der Jungs, der Freitagabend Dienst hatte«, sagte Richmond, »hat mir erzählt, dass Dorothy Wycombe, Dennis Osmond und ein paar Leute von Maggie's Farm einmal ganz vorne gestanden haben. Aber er sagte, als die Kämpfe begannen, geriet alles durcheinander. Er sagte auch, ihm wäre so ein junger Punk unter ihnen aufgefallen.«

»Das wird Paul Boyd gewesen sein«, sagte Banks. »Er scheint auch auf dem Hof zu wohnen. Checken Sie ihn mal im Computer, Phil, mal sehen, was rauskommt. Ich wäre nicht überrascht, wenn er schon mal gesessen hätte. Wenn Sie schon dabei sind, finden Sie gleich so viel Sie können über den ganzen Haufen da oben heraus. Ich habe das komische Gefühl, dass da nicht alles mit rechten Dingen zugeht.«

Er schaute zu Burgess hinüber, der abwesend Glenys anzustarren schien. Ihr Mann war nicht zu sehen.

»Vielleicht sollten wir mal Gills Hintergrund durchleuchten«, schlug Banks vor.

Burgess drehte sich zu ihm um. »Warum?«

»Vielleicht hatte jemand einen Grund, ihm den Tod zu wünschen. Sollte das Messer nicht auftauchen, werden wir nur auf der Basis von Möglichkeiten und Gelegenheiten nicht weiterkommen, aber wenn wir ein Motiv finden könnten ...«

Burgess schüttelte den Kopf. »Nicht bei so einem Verbrechen. Ob es nun geplant oder ganz spontan war, das Opfer war zufällig. Es hätte jeden anderen Dienst habenden Polizisten erwischen können. Der arme Gill hatte einfach Pech, mehr nicht.«

»Trotzdem«, beharrte Banks, »warum sollen wir es nicht tun? Vielleicht wurde die Demo nur als Deckung benutzt.«

»Nein. Zunächst einmal würde es nicht gut aussehen. Was ist, wenn die Zeitungen herausfinden, dass wir gegen einen von uns ermitteln? Wir haben schon genug Ärger mit einer Untersuchung der ganzen verdammten Scheiße. Das würde der Presse nur genug Munition geben, um auf uns zu feuern, ohne dass wir ihnen die Sache noch extra erleichtern. Mein Gott, es gibt bereits genug Verrückte und Kommunisten zu untersuchen, da müssen wir nicht noch einen anständigen Polizisten mit reinziehen. Was ist mit diesem Osmond? Hat schon jemand mit ihm gesprochen?«

»Nein«, sagte Banks. »Nicht seit Freitagnacht.«

»Na gut, dann werden wir das machen. Würden Sie eine neue Runde holen?« Burgess reichte Richmond einen Fünfer.

Richmond nickte und ging zur Theke. Burgess war von Double Diamond auf einen doppelten Scotch umgestiegen, angeblich weil der für seinen Magen besser verträglich war, aber Banks hatte den Verdacht, er wollte nur Glenys mit seiner Großkotzigkeit beeindrucken. Und jetzt zeigte er ihr, dass er zu wichtig war, um ihre kleine Konferenz zu verlassen und dass er die Macht besaß, andere für ihn bestellen zu lassen. Gute Taktik, aber würde er damit bei ihr Erfolg haben?

»Sie und ich, Banks«, sagte er, »werden heute Nachmittag diesen Osmond aufsuchen. Richmond kann die Aussteiger abchecken, bei denen Sie waren, und den Computer noch mit ein paar weiteren Namen füttern. Sergeant Hatchley hier kann damit anfangen, Akten über die Führer der verschiedenen involvierten Gruppierungen anzulegen. Um Unstimmigkeiten aufzudecken, müssen die Aussagen untereinander überprüft werden, außerdem sollten alle späteren Aussagen mit den ursprünglichen gegengecheckt werden. Irgendjemand wird sich über kurz oder lang verplappern, und wir werden das Arschloch dabei erwischen. Prost.« Er trank seinen Scotch, drehte sich um und zwinkerte Glenys zu. »Übrigens«, sagte er zu Banks, »in diesem Scheißbüro, das Sie mir gegeben haben, kann sich nicht mal eine tote Katze umdrehen. Gibt es kein anderes?«

Banks schüttelte den Kopf. »Tut mir Leid, wir haben Platzmangel. Entweder das oder eine Zelle.«

»Was ist mit Ihrem Büro?«

»Zu klein für zwei.«

»Ich meinte, für einen. Mich.«

»Vergessen Sie es. Ich habe meine ganzen Akten und Berichte da drinnen. Außerdem ist es kalt und die Jalousien funktionieren nicht.«

»Mmmmh. Trotzdem ...«

»Sie könnten den größten Teil Ihres Schreibkrams im Hotelzimmer erledigen«, schlug Banks vor. »Es ist nah genug, groß genug und es gibt ein Telefon.« Und außerdem bist du mir aus dem Weg, dachte er.

Burgess nickte langsam. »Na gut. Im Moment geht es. Kommen Sie!« Er sprang auf und schlug Banks auf den Rücken. »Schauen wir zuerst, ob sich im Revier was ergeben hat, dann fahren wir los und unterhalten uns mit Mr. Dennis Osmond von der Kampagne für atomare Abrüstung.«

Nichts hatte sich ergeben, und sobald Richmond Paul Boyds Akte ausfindig gemacht und Banks einen kurzen Blick darauf geworfen hatte, fuhren die beiden mit Banks' weißem Cortina zu Osmonds Wohnung.

»Erzählen Sie mir von diesem Boyd«, bat Burgess, als Banks losfuhr.

»Üble Sache.« Banks steckte eine Billie-Holiday-Kassette in die Anlage und drehte die Lautstärke runter. »Er fing schon als Jugendlicher an, Bandenkämpfe, Körperverletzung, solche Sachen, schmiss die Schule und lungerte mit den ganzen anderen Kaputten auf der Straße rum. Er wurde dreimal eingelocht, beim letzten Mal für achtzehn Monate. Zum ersten Mal, noch minderjährig, war es Trunkenheit und ungebührliches Benehmen, dann ein tätlicher Angriff auf einen Polizeibeamten, der eine Horde Punks verscheuchen wollte, die in der Stadtmitte von Liverpool die Käufer erschreckten. Danach war es eine Anzeige wegen Drogenbesitzes, er hatte eine geringfügige Menge Amphetamine dabei. Dann wurde er eingesperrt, weil er in eine Apotheke eingebrochen ist, um Pillen zu klauen. Seit einem Jahr ist er jetzt sauber.«

Burgess rieb sein Kinn. »Mit Fußballhooligans hat das nichts mehr zu tun, oder? Vielleicht ist er kein sportlicher Typ. Tätlicher Angriff auf einen Polizeibeamten, sagten Sie?«

»Ja. Er und ein paar andere. Sie haben ihm nichts Schlimmes getan, deshalb kamen sie glimpflich davon.«

»Das ist das verdammte Problem«, sagte Burgess. »Die meisten kommen glimpflich davon. Irgendwelche politischen Verbindungen?«

»Keine, soweit wir bisher wissen. Richmond war noch nicht im Programm der Special Branch, deshalb konnten wir seine Freunde und Bekannten noch nicht überprüfen.«

»Und sonst?«

»Nicht viel. Die meisten seiner Bewährungshelfer und Sozialarbeiter schienen ihn aufgegeben zu haben.«

»Die arme Sau, mir kommen die Tränen. Sieht aus, als hätten wir einen möglichen Kandidaten. Dieser Osmond ist Sozialarbeiter, oder?«

»Ja.«

»Vielleicht weiß er etwas über den Jungen. Erinnern Sie mich daran, ihn zu fragen. Woher kommt Boyd?«

»Liverpool.«

»Verbindungen zur IRA?«

»Nicht, dass ich wüsste.«

»Trotzdem ...«

Dennis Osmond wohnte in einer Zweizimmerwohnung im Nordosten von Eastvale. Die Häuser hier gehörten ursprünglich zum sozialen Wohnungsbau, doch als die Regierung sie zu veräußern begann, ergriffen die Mieter die Gelegenheit und kauften ihre Wohnungen günstig auf.

Osmond öffnete die Tür mit freiem Oberkörper und ließ Banks und Burgess herein. Er war groß und schlank, hatte eine stark behaarte Brust und eine Schmetterlingstätowierung auf seinem rechten Oberarm. Um den Hals trug er eine Kette mit einem goldenen Kruzifix. Mit seinem zotteligen, dunklen Haar und dem südländischen Äußeren sah er wie die Sorte Mann aus, auf die Frauen flogen. Er bewegte sich langsam und ruhig, ihr Besuch schien ihn nicht im Geringsten zu überraschen.

Die Wohnung hatte ein geräumiges Wohnzimmer mit einem großen Fenster mit Blick auf die fruchtbare Ebene im Osten Swainsdales: Ein Schachbrett gepflügter, tiefbrauner Felder, von Hecken begrenzt, die auf den Frühling warteten. Die Einrichtung war modern und einfach. An der Wand über einem imitierten Kamin hing ein großes, gerahmtes Gemälde. Banks musste ganz genau hinsehen, um festzustellen, dass die Leinwand nicht leer war: Sie war mit schwachen roten und schwarzen Linien überzogen.

»Wer ist es?«, rief eine Frauenstimme hinter ihnen. Banks drehte sich um und sah, wie Jenny Fuller ihren Kopf durch die Tür steckte. Soweit er das sagen konnte, trug sie einen weiten Morgenrock und hatte zerzaustes Haar. Als sich ihre Blicke trafen, spürte er, wie sich sein Magen verkrampfte und sein Brustkorb zusammenzog. Sie in einer solchen Situation anzutreffen, hatte er nicht erwartet. Er war überrascht, wie schwer es ihn traf.

»Polizei«, sagte Osmond. Doch Jenny hatte bereits die Tür hinter sich verschlossen.

Burgess, der alles genau beobachtet hatte, machte keine Bemerkung. »Können wir uns setzen?«, fragte er.

»Bitte.« Osmond deutete auf die Sessel. Während es die beiden sich so bequem wie möglich machten, zog er ein schwarzes T-Shirt über den Kopf. Auf der Vorderseite prangte das Symbol der Kampagne für atomare Abrüstung, ein Kreis mit dem weit verbreiteten, umgedrehten Y in der Mitte. In einem Halbkreis darunter stand ATOMKRAFT? NEIN DANKE!

Banks holte seine Zigaretten hervor und schaute sich nach einem Aschenbecher um.

»Es wäre mir lieber, wenn Sie nicht rauchen würden«,

sagte Osmond. »Auch passives Rauchen ist schädlich.« Er hielt inne und musterte Banks. »Sie sind also Detective Chief Inspector Banks, oder? Ich habe schon eine Menge von Ihnen gehört.«

»Hoffentlich nur Gutes«, sagte Banks gelassener, als es seiner Stimmung entsprach. Was hatte ihm Jenny über ihn erzählt? »Das spart uns Zeit beim Kennenlernen, oder?«

»Und Sie sind das Genie, das aus London geschickt wurde«, sagte Osmond zu Burgess.

»Hey, hey, der Nachrichtendienst arbeitet gut, was?« Dirty Dick lächelte. Seine Art zu lächeln machte die meisten Leute nervös, doch bei Osmond schien es nicht zu wirken. Als sich Banks in dem Sessel niederließ, konnte er sehen, wie sich Jenny im Nebenzimmer anzog. Wahrscheinlich das Schlafzimmer, dachte er trübsinnig, mit zerwühltem und beflecktem Doppelbett und dem Feuilletonteil der Sunday Times über den zerknitterten Laken verteilt. Er holte sein Notizbuch hervor und richtete sich so gut es ging auf die Befragung ein.

»Was wollen Sie?«, fragte Osmond, hockte sich auf die Kante des Sofas und beugte sich vor.

»Ich habe gehört, Sie waren einer der Organisatoren der Demonstration am Freitag«, begann Burgess.

»Und wenn?«

»Außerdem sind Sie Mitglied der Kampagne für atomare Abrüstung und der Sozialistischen Internationale, wenn ich mich nicht irre.«

»Bei Amnesty International bin ich auch, nur falls Sie das noch nicht in Ihren Akten haben. Und soviel ich weiß, ist das noch kein Verbrechen.«

»Seien Sie nicht so empfindlich.«

»Können Sie zur Sache kommen? Ich habe nicht den ganzen Tag Zeit.«

»O doch, das haben Sie«, sagte Burgess. »Und die ganze Nacht auch, wenn ich das möchte.«

»Sie haben kein Recht ...«

»Ich habe jedes Recht. Einer aus Ihrem Haufen – vielleicht sogar Sie selbst – hat am Freitagabend einen anständigen, unbescholtenen Polizisten umgebracht, und so was mögen wir nicht, so was mögen wir überhaupt nicht. Tut mir Leid, wenn ich Sie von Ihrer Konkubine fernhalte, aber so ist es nun einmal. Wessen Idee war es?«

Osmond runzelte die Stirn. »Wessen Idee war was? Und ich mag es nicht, wenn Sie so von Jenny sprechen.«

»Ach nein?« Burgess kniff seine Augen zusammen. »Ich kann noch ganz anders von ihr sprechen, Freundchen, wenn Sie nicht bald kooperieren. Wessen Idee war die Demonstration?«

»Keine Ahnung. Sie kam einfach so zusammen.«

Burgess seufzte. »Sie kam einfach so zusammen«, äffte er nach und schaute dabei Banks an. »Was soll das denn bedeuten? Männer und Frauen kommen zusammen, wenn sie Glück haben, aber keine politischen Demonstrationen. Die plant man. Was wollen Sie mir erzählen?«

»Genau das, was ich gesagt habe. Hier gibt es eine Menge Leute, die gegen Atomwaffen sind.«

»Wollen Sie mir erzählen, dass Sie sich an dem Abend alle ganz zufällig vor dem Gemeindezentrum getroffen haben? Wollen Sie mir das sagen? ›Hallo, Fred, schön, dich hier zu treffen. Komm, machen wir eine Demo.‹ Meinen Sie das?«

Osmond zuckte mit den Schultern.

»Sie erzählen Scheiße, Osmond, Schwachsinn ist das. Das war eine organisierte Demonstration, und das bedeutet, dass sie jemand organisiert hat. Vielleicht hat sogar jemand einen kleinen Mord arrangiert, um die Sache aufzupeppen.

Also, der einzige Jemand, von dem wir bisher mit Sicherheit wissen, sind Sie. Vielleicht haben Sie alles allein gemacht, aber ich wette, Sie hatten Hilfe. Nach wessen Pfeife tanzen Sie, Mr. Osmond? Moskaus? Pekings? Oder ist es vielleicht Belfast?«

Osmond lachte. »Da haben Sie die Politik ein bisschen durcheinander gewürfelt, was? Ein Sozialist ist was anderes als ein Maoist. Außerdem ist der große Vorsitzende heutzutage außer Mode. Und was die IRA angeht, Sie können doch wohl nicht ernsthaft glauben …«

»Sie wären überrascht, an wie viele Dinge ich ernsthaft glaube«, unterbrach ihn Burgess. »Und die Scheißbelehrung können Sie sich sparen. Wer hat Ihnen Ihre Befehle gegeben?«

»Sie liegen falsch«, sagte Osmond. »Es war nicht im Entferntesten so. Und selbst wenn noch jemand anderes beteiligt war, glauben Sie, ich würde Ihnen sagen, wer es war?«

»Ja, glaube ich«, sagte Burgess. »Nichts ist sicherer als das. Die einzige Frage ist, wann und wo Sie es mir erzählen werden.«

»Hören Sie«, sagte Banks, »wir finden es sowieso heraus. Es gibt keinen Grund, die ganze Verantwortung auf die eigene Kappe zu nehmen und nachher noch wegen Zurückhaltung von Informationen in einer Mordermittlung angezeigt zu werden. Wenn Sie es nicht getan haben und glauben, dass Ihre Freunde es auch nicht waren, dann brauchen Sie sich keine Sorgen zu machen, oder?« Obwohl er eine ausgeprägte und instinktive Abneigung gegen Osmond hatte, fiel Banks die Rolle des netten Kerls an der Seite des barschen Burgess leicht. Wenn er mit Sergeant Hatchley Verdächtige verhörte, wechselten sie immer ihre Rollen. Doch Burgess kannte nur eine Vorgehensweise: Mit dem Kopf durch die Wand.

»Hören Sie ihm zu«, sagte Burgess. »Er hat Recht.«

»Warum holen Sie sich Ihre Informationen dann nicht von jemand anderem?«, wollte Osmond von Banks wissen. »Ich werde den Teufel tun und Ihnen irgendetwas erzählen.«

»Besitzen Sie ein Klappmesser?«, fragte Burgess.

»Nein.«

»Haben Sie jemals eines besessen?«

»Nein.«

»Kennen Sie jemanden, der eines besitzt?«

Osmond schüttelte den Kopf.

»Kannten Sie Constable Gill?«, fragte Banks. »Hatten Sie vor letztem Freitag jemals Kontakt mit ihm?«

Osmond schien von der Frage verwirrt zu sein, und als er sie schließlich verneinte, klang es nicht wahr. Burgess schien nichts zu bemerken, doch Banks nahm sich vor, die Möglichkeit zu überprüfen, dass Osmond und Gill irgendetwas miteinander zu tun gehabt hatten.

Die Schlafzimmertür öffnete sich und Jenny kam herein. Sie hatte sich das Haar gebürstet und Jeans sowie ein weites, kariertes Hemd angezogen. Banks wettete, dass es Osmond gehörte, und versuchte nicht daran zu denken, was vorher im Schlafzimmer los gewesen sein mochte.

»Hallo, Schätzchen«, sagte Burgess und klopfte auf einen leeren Stuhl neben sich. »Wollen Sie sich zu uns gesellen? Wie heißen Sie?«

»Zuerst einmal«, sagte Jenny steif, »bin ich nicht Ihr Schätzchen und außerdem geht Sie mein Name einen Dreck an. Ich war Freitag nicht mal dabei.«

»Wie Sie wollen«, sagte Burgess. »Ich wollte nur freundlich sein.«

Jenny schaute Banks an, als wollte sie fragen: »Wer ist dieses Arschloch?« Burgess bemerkte den Blickkontakt.

»Kennen Sie sich?«, wollte er wissen.

Banks fluchte innerlich und spürte, wie er rot wurde. Es gab kein Zurück mehr. »Das ist Dr. Fuller«, sagte er. »Sie half uns bei einem Fall vor einem Jahr oder so.«

Burgess strahlte Jenny an. »Verstehe. Nun, vielleicht können Sie uns erneut helfen, Dr. Fuller. Ihr Freund hier will nicht mit uns sprechen, aber da Sie der Polizei ja schon einmal …«

»Lassen Sie sie in Ruhe«, sagte Osmond. »Sie hat nichts damit zu tun.« Banks sah das genauso, er wollte nicht, dass Burgess Jenny in die Krallen bekam. Doch er missgönnte Osmond, dass er in der Position war, sie verteidigen zu können.

»Ziemlich bissig heute, was?«, sagte Burgess. »In Ordnung, Freundchen, wie Sie wünschen. Dann werden wir uns wieder Ihnen widmen.« Aber er schaute weiterhin Jenny an, und Banks wusste, dass er sie für zukünftige Zwecke abspeicherte. Banks fiel es nun schwer, ihr in die Augen zu schauen. Er war lediglich Detective Chief Inspector und Burgess war Superintendent. Solange alles seinen Gang ging, würde Burgess nicht den Vorgesetzten herauskehren, aber sollte Banks nur einen Teil seiner Gefühle zu Jenny zeigen oder versuchen, sie in irgendeiner Weise zu beschützen, dann würde Burgess ihn mit Sicherheit demütigen wollen. Aber ihren Ritter in glänzender Rüstung hatte sie ja sowieso in Gestalt von Osmond. Sollte er die Artillerie übernehmen.

»Weswegen wurden Sie am Freitag angezeigt?«, wollte Burgess wissen.

»Sie wissen verdammt genau, weswegen ich angezeigt wurde. Eine reine Erfindung.«

»Aber was war es? Erzählen Sie es mir. Sagen Sie es. Mir zuliebe.« Burgess griff in seine Jackentasche und holte seine Dose Tom Thumbs hervor. Ohne Osmond aus den Augen zu lassen, zog er langsam eine Zigarre heraus und zündete sie an.

»Ich sagte, ich möchte nicht, dass hier drinnen geraucht wird«, protestierte Osmond wie aufs Stichwort. »Das ist meine Wohnung und ...»

»Halten Sie den Mund«, sagte Burgess, gerade laut genug, um ihn verstummen zu lassen. »Wie lautete die Anklage?«

»Ruhestörung«, brummte Osmond. »Aber wie gesagt, das war reine Erfindung. Wenn jemand die Ruhe gestört hat, dann die Polizei.«

»Haben Sie jemals von einem Jungen namens Paul Boyd gehört?«, fragte Banks.

»Nein.« Eine dreiste Lüge. Osmond hatte geantwortet, noch bevor er Zeit hatte, die Frage aufzunehmen. Banks hätte die Lüge auch dann durchschaut, wenn er nicht durch Jenny wüsste, dass Osmond mit den Bewohnern von Maggie's Farm bekannt war.

»Hören Sie«, fuhr Osmond fort. »Ich beginne eine eigene Ermittlung zu den Ereignissen vom Freitag. Ich werde Aussagen aufnehmen, und glauben Sie mir, ich werde dafür sorgen, dass Ihr Verhalten heute Erwähnung im Abschlussbericht finden wird.«

»Na großartig«, sagte Burgess. Dann schüttelte er langsam den Kopf. »Sie kapieren es nicht, Freundchen, oder? Mit so einer Beleidigten-Leberwurst-Scheiße beeindrucken Sie vielleicht die Einheimischen, aber bei mir zieht das nicht. Und wissen Sie, warum nicht?«

Osmond zog ein finsteres Gesicht und sagte nichts.

»Ich sagte, wissen Sie, warum nicht?

»Okay, nein, ich weiß nicht, warum nicht, verdammt noch mal.«

»Weil ich keinen Fliegenschiss auf Sie oder Ihresgleichen gebe«, sagte Burgess und stieß seine Zigarre in die Luft.

»Soweit es mich betrifft, sind Sie ein Stück Scheiße, und uns würde es allen wesentlich besser ohne Sie gehen. Und die Leute, mit denen ich arbeite, denken genauso. Es spielt keine Rolle, ob Detective Chief Inspector Banks hier heiß auf Ihre Dr. Fuller ist und ihr kein Härchen krümmen kann. Es spielt auch keine Rolle, ob er ein soziales Gewissen hat und die Rechte der Leute respektiert. Denn ich tue es nicht, und meine Bosse auch nicht. Wir scheißen uns nicht in die Hose, wir erledigen die Dinge, und Sie würden gut daran tun, sich das hinter die Ohren zu schreiben, Sie beide.«

Jenny war vor Wut rot und sprachlos geworden; Banks fühlte sich bleich und machtlos. Er hätte sich denken können, dass Burgess nichts entgehen würde.

»Ich kann Ihnen nichts sagen«, wiederholte Osmond müde. »Warum wollen Sie mir nicht glauben? Ich weiß nicht, wer diesen Polizisten umgebracht hat. Ich habe es nicht gesehen, ich habe es nicht getan und ich weiß nicht, wer es getan hat.«

Darauf folgte eine lange Stille. Auf jeden Fall kam sie Banks lang vor, der nur sein eigenes Herzklopfen vernahm. Schließlich stand Burgess auf, ging zum Fenster und drückte seine Zigarre auf dem weißen Sims aus. Dann drehte er sich um und lächelte. Osmond umklammerte die Metalllehnen seines Sessels.

»Okay«, sagte Burgess und wendete sich an Banks. »Dann gehen wir fürs Erste. Tut mir Leid, Ihnen den Nachmittag im Bett versaut zu haben. Sie können ja jetzt weitermachen, wenn Sie wollen.« Er schaute Jenny an und fuhr mit seiner Zunge über die Lippen. »Ein bezauberndes Hemd haben Sie da an, Schätzchen«, sagte er zu ihr. »Aber meinetwegen hätten Sie es ruhig ganz zuknöpfen können. Ich habe nämlich eine Menge Phantasie.«

Unten im Wagen ließ Banks seinen Dampf ab. »Sie sind

da drinnen entschieden zu weit gegangen«, sagte er. »Es gab keinen Grund, Jenny zu beleidigen, und es gab erst recht keine Notwendigkeit, mir derart in den Rücken zu fallen, wie Sie es getan haben. Was zum Teufel wollten Sie damit erreichen?«

»Ich wollte die beiden nur ein bisschen aus der Reserve locken, mehr nicht.«

»Und Sie meinen, wenn Sie mich als geilen Bock hinstellen, locken Sie die beiden aus der Reserve?«

»Verstehen Sie das nicht? Wenn wir Osmond eifersüchtig machen, kommt er vielleicht aus der Deckung.« Burgess grinste. »Und außerdem, zwischen Ihnen beiden war doch nichts, oder?«

»Natürlich nicht.«

»Mich dünkte, der Kerl protestierte zu sehr.«

»Sie können mich mal!«

»Ach, kommen Sie«, sagte Burgess gelassen. »Nehmen Sie es nicht so ernst. Der Zweck heiligt die Mittel. Gott, ich kann es Ihnen nicht verdenken. Ich würde die auch nicht von der Bettkante stoßen. Hübsches Paar Titten unter dem Hemd. Haben Sie gesehen?«

Banks holte tief Luft und griff nach einer Zigarette. Er merkte, dass es zwecklos war, sich weiter aufzuregen. Burgess war eine unaufhaltsame Kraft. So wütend und durcheinander Banks sich auch fühlte, es hatte keinen Sinn, es noch länger zu zeigen. Stattdessen beherrschte er sich, und das hätte er schon von Anfang an tun sollen. Doch die Gefühle brodelten auch noch unter der Oberfläche weiter. Er war sauer auf Burgess, er war sauer auf Osmond, er war sauer auf Jenny und vor allem war er sauer auf sich selbst.

Nachdem er den Wagen ruckartig gestartet hatte, schob er die Kassette wieder ein und drehte die Lautstärke auf. Billie Holiday sang »God Bless the Child«, und während sie durch den strahlenden, stürmischen Märztag zurück zum Marktplatz fuhren, pfiff Burgess munter mit.

III

Sie waren alle ein bisschen betrunken, und das war ungewöhnlich auf Maggie's Farm. Mara war jedenfalls schon lange nicht mehr so beschwipst gewesen. Rick zeichnete sie, wie sie im Wohnzimmer beisammen saßen. Paul trank Dosenbier, und selbst Zoe hatte sich kichernd dem Weißwein hingegeben. Aber Seth war am schlimmsten. Er sprach undeutlich, seine Augen tränten und er hatte seine Bewegungen nicht mehr unter Kontrolle. Außerdem erzählte er rührselig von den sechziger Jahren, was er in nüchternem Zustand nie tat. Mara hatte ihn erst einmal betrunken erlebt, als er sich wegen des Todes seiner Frau hatte gehen lassen. Ansonsten war er sehr zurückhaltend und lebte sein Leben, ohne zu sich zu beklagen.

Alles hatte ganz harmlos begonnen. Nach dem Besuch der Polizei waren sie alle auf einen Drink zum Black Sheep spaziert. Vielleicht hatte sie die Erleichterung, die feierliche Stimmung dazu ermuntert, mehr als sonst zu trinken. Zum Schluß hatten sie ein paar Dosen Carlsberg, einige Flaschen Weißwein und eine Flasche Scotch mit nach Hause genommen. Fast den ganzen Nachmittag hatten Seth und Mara in den Zeitungen geschmökert oder vor dem Kamin gedöst, während Paul in der Werkstatt herumgammelte, Rick in seinem Atelier malte und Zoe mit den Kindern spielte. Am frühen Abend kamen alle wieder zusammen und machten sich über den Whisky und den Wein her.

Seth stolperte zur Stereoanlage und suchte aus seiner

Sammlung eine verkratzte, alte Grateful-Dead-Platte heraus. »Das waren noch Zeiten«, sagte er. »Aus und vorbei. Heute jagen die Leute nur noch dem Geld hinterher. Scheiß-Yuppies.«

Rick schaute von seinem Skizzenblock auf und lachte. »War das jemals anders?«

»Isle of Wright, Knebworth ...« Seth listete alle Rockfestivals auf, bei denen er gewesen war. »Damals ging es den Leuten noch um was.«

Mara hörte seinem Gefasel zu. Seit der Demo hatten sie eine Menge Stress gehabt, dachte sie, und das war Seths Art, sich davon freizumachen. Dem Zauber der Nostalgie zu verfallen war nicht schwer. Auch sie erinnerte sich an die Sechziger – oder besser gesagt an die späten sechziger Jahre, als die Hippiewelle endgültig nach England geschwappt war. Damals hatte tatsächlich alles besser ausgesehen. Einfacher. Klarer. Es gab uns und die anderen, und diese anderen erkannte man an der Kürze ihrer Haare.

»... Santana, Janis, Hendrix, die Doors. Verdammt, selbst die Hare Krishnas machten damals Spaß. Jetzt laufen alle in Schlips und Kragen rum. Ich erinnere mich, wie einmal ...«

»Das ist alles Scheiße!«, schrie Paul und knallte seine leere Dose auf den Boden. »So ist es nie gewesen. Du lügst dir nur selbst in die Tasche, Seth.«

»Woher willst du das wissen?« Seth setzte sich auf und stützte sich wackelig auf seinen Ellbogen. »Du warst nicht dabei, oder? Damals bist du noch mit der Rassel um den Tannenbaum gerannt.«

»Meine Eltern waren Hippies«, sagte Paul verächtlich. »Scheiß-Blumenkinder. Meine Mutter starb an einer Überdosis, und mein Alter war zu stoned, um sich um mich zu kümmern, also hat er mich weggegeben.«

Mara war wie gelähmt. Paul hatte vorher noch nie über

seine leiblichen Eltern gesprochen, sondern nur darüber, wie schlecht er in seiner Pflegefamilie behandelt worden war. Wenn es stimmte, dachte sie, sah er Seth und sie dann tatsächlich im gleichen Licht? Sie waren ungefähr im richtigen Alter. Hasste er auch sie?

Doch das konnte sie nicht glauben. Es gab noch eine andere Seite der Medaille. Paul suchte nach dem, was er verloren hatte, und wenigstens etwas davon hatte er auf Maggie's Farm gefunden. Sie nahmen keine Drogen, und auch wenn sie und Seth in den sechziger Jahren aufgewachsen waren und an einigen der damaligen Ideale festhielten, sahen sie weder wie Hippies aus noch handelten sie so.

»Wir sind anders«, protestierte sie und sah Zoe um Unterstützung heischend an. »Das weißt du, Paul. Wir kümmern uns um dich. Wir haben dich nie im Stich gelassen. Damals hatten viele Leute ihren Spaß. Seth schwelgt nur in seinen Erinnerungen.«

»Ich weiß«, sagte Paul widerwillig. »Aber ich habe keine Erinnerungen, in denen ich schwelgen kann. Ist auch egal, Mara, ich sage nur, dass es nicht nur Frieden und Liebe gab, wie Seth meint. Er redet nur Scheiße.«

»Da hast du Recht, Kumpel«, stimmte ihm Rick zu, legte seinen Skizzenblock weg und schenkte sich einen weiteren Scotch ein. »Ich konnte auch nie viel mit den Hippies anfangen. Ein jammernder, heulender Haufen kleiner Kinder, wenn du mich fragst. Seth ist nur besoffen, das ist alles. Schau ihn dir doch an: Heute ist er ein verdammter Grundbesitzer, sogar ein Vermieter. Schon bald trägt er ausgebeulte Tweedanzüge und geht jeden Nachmittag auf Fasanenjagd. Sir Seth Cotton, Gutsherr von Maggie's Farm.«

Doch Seth lag zurückgesunken auf einem Kissen und schien jedes Interesse an dem Gespräch verloren zu haben. Seine Augen waren geschlossen, und Mara vermutete, dass er entweder eingeschlafen oder ganz in Jerry Garcias schwirrendes Gitarrensolo versunken war.

»Wo ist dein Vater jetzt?«, fragte Mara Paul.

»Ich habe nicht die geringste Ahnung. Und es interessiert mich auch einen Scheiß.« Paul riss eine weitere Bierdose auf.

»Aber hat er sich nie bei dir gemeldet?«

»Warum sollte er? Wie gesagt, selbst als ich bei ihm war, war er viel zu weggetreten, um mich zu bemerken.«

»Trotzdem ist das noch kein Grund, alle Menschen damals über einen Kamm zu scheren«, sagte Mara. »Seth hat nur gesagt, dass die Kraft der Liebe damals viel bedeutet hat. Das ganze Gerede über das ›Age of Aquarius‹ hatte seine Berechtigung.«

»Ja, und was ist daraus geworden? Zweitausend Jahre von diesem Scheißgeschwafel können mir gestohlen bleiben. Vergessen wir doch endlich die Scheißvergangenheit und leben unser Leben.« Und mit diesen Worten stand Paul auf und verließ das Zimmer.

Jerry Garcia spielte weiter. Seth rührte sich, öffnete ein blutunterlaufenes Auge und schloss es gleich wieder.

Mara schenkte sich und Zoe noch etwas Weißwein nach, dann wanderten ihre Gedanken wieder zurück zu Paul. Als wäre sie heute nicht schon verwirrt genug gewesen, brachten seine soeben gezeigte Feindseligkeit und die neuen Informationen über die Gefühle zu seinen Eltern alles noch mehr durcheinander. Sie hatte Angst, ihn auf das Blut an seiner Hand anzusprechen, und sie begann sich davor zu fürchten, weiterhin mit jemandem unter einem Dach zu leben, den sie des Mordes verdächtigte. Dabei hasste sie sich selbst für diese Gefühle, sie hasste sich, weil sie nicht dazu in der Lage war, ihm vollständig zu vertrauen und an ihn zu glauben.

Was sie brauchte, war jemand, mit dem sie reden konnte,

jemand von außerhalb der Farm, dem sie vertrauen konnte. Sie kam sich wie eine Frau mit einem Knoten in der Brust vor, die sich nicht traute, zum Arzt zu gehen, weil sie fürchtete, es könnte tatsächlich Krebs sein.

Und was die Sache noch schlimmer machte, war, dass sie bemerkt hatte, dass das Messer nicht mehr da war. Das Klappmesser, dass Seth nach seiner Aussage vor einigen Jahren in Frankreich gekauft hatte. Die anderen mussten es genauso bemerkt haben, aber niemand hatte ein Wort darüber verloren. Seit sie auf Maggie's Farm wohnte, hatte das Messer für jeden verfügbar auf dem Kaminsims gelegen, und nun war es verschwunden.

IV

Banks aß sein Fish & Chips, das er auf dem Heimweg gekauft hatte, und ging dann ins Wohnzimmer. Zum Teufel mit der Gourmetküche, dachte er. Wenn diese lästige Nachbarin, Selena Harcourt, nicht wieder mit irgendeinem klebrigen Dessert vor der Tür auftauchte, um ihn zu versorgen, »solange sein Frauchen weg war«, würde er sich, anstatt Saucen zusammenzurühren, die sowieso nie etwas wurden, einen ruhigen Abend machen.

Er hatte sich bald wieder beruhigt, nachdem er Burgess im Revier abgeladen hatte. Das Arschloch hatte Recht behalten. Was bei Osmond vorgefallen war, so dachte er jetzt, war nicht besonders seriös gewesen, aber der Schock darüber, Jenny dort anzutreffen, hatte ihn übertrieben reagieren lassen. Für einen Moment hatte er seine Objektivität verloren. Das war alles. So etwas war schon früher passiert und es würde wieder passieren. Kein Weltuntergang.

Er machte sich einen Drink, legte die Füße hoch und schaltete den Fernseher ein. Der regionale Sender von Yorkshire zeigte eine Sondersendung über das Peak District. Er schaute mit einem Auge zu und blätterte dabei durch Tracys letzte Ausgabe von *History Today;* er las einen interessanten Artikel über Sir Titus Salt, der in der Nähe von Bradford für die Arbeiter seiner Textilfabriken eine utopische Siedlung namens Saltaire errichtet hatte. Ein gutes Ziel für einen Ausflug mit Sandra und den Kindern, dachte er. Sandra könnte Fotos machen, Tracy wäre begeistert und bestimmt würde selbst für Brian etwas Interessantes dabei sein. Das Problem war nur, das Sir Titus ein strenger Abstinenzler gewesen war. Offensichtlich war des einen Utopie des anderen Hölle.

Der Artikel ließ ihn an Maggie's Farm denken. Er mochte den Ort und respektierte Seth und Mara. Sie hatten abweisend auf ihn reagiert, aber damit war nur zu rechnen gewesen. In seinem Beruf war er weit Schlimmeres gewohnt. Er nahm es nicht persönlich. Der Beruf des Polizisten hatte in gewisser Weise Ähnlichkeit mit dem des Pfarrers, die Menschen fühlten sich in deiner Anwesenheit nie richtig wohl, selbst wenn man auf ein Bier in die Kneipe ging.

Als die Sendung vorbei war, entschied er, dass man das Unvermeidliche nicht hinausschieben sollte. Er nahm das Telefon und wählte Jennys Nummer. Er hatte Glück, sie ging nach dem dritten Klingeln dran.

»Jenny? Ich bin's, Alan.«

Am anderen Ende trat Stille ein. »Ich bin mir nicht sicher, ob ich mit dir sprechen möchte«, sagte sie schließlich.

»Lässt du dich überreden?«

»Versuch es.«

»Ich wollte mich nur wegen heute Nachmittag entschuldigen. Ich hatte nicht damit gerechnet, dich dort zu treffen.«

Nur das leichte Knistern in der Leitung füllte die Stille. »Mich hat es auch überrascht«, sagte sie. »Du hast ziemlich miesen Umgang.«

Das Gleiche könnte ich dir auch sagen, dachte Banks. »Ja«, sagte er. »Ich weiß.«

»Ich denke, du solltest ihn in Zukunft an der Leine führen. Vielleicht kannst du es auch mit einem Maulkorb versuchen.« Er spürte, dass ihre Sympathie für ihn offensichtlich noch nicht ganz abgestorben war.

»Liebend gern. Aber er ist der Chef. Wie hat es Osmond verdaut?« Der Name kam ihm kaum über die Lippen.

»Er war natürlich stocksauer. Aber nicht lange. Dennis ist unverwüstlich. Schikane durch die Polizei ist er gewohnt.«

Wieder trat Stille ein, diesmal noch betretener.

»Na gut«, sagte Banks. »Ich wollte nur sagen, dass es mir Leid tut.«

»Ja. Das hast du bereits gesagt. Es war nicht deine Schuld. Ich bin es nicht gewohnt, dich in einer Nebenrolle zu erleben. Dabei gibst du kein besonders gutes Bild ab, weißt du.«

»Was hast du von mir erwartet? Dass ich aufspringe und ihm eine reinhaue?«

»Nein, natürlich nicht. Aber als er das über uns sagte, konnte ich sehen, dass du kurz davor warst.«

»Hat man das gesehen?«

»Ich schon.«

»Im Wagen bin ich dann explodiert.«

»Dachte ich mir. Was hat er gesagt?«

»Er hat nur gelacht.«

»Reizend. Ich hätte ihn umbringen können, als er das mit meinem Hemd sagte.«

»Aber es war so.«

»Ich habe mir nur schnell was angezogen. Ich wollte wissen, was los war.«

»Ich weiß. Ich wollte dir nicht unterstellen, dass du es absichtlich getan hast oder so. Es ist nur so, tja, dass man bei einem Kerl wie ihm besonders vorsichtig sein muss.«

»Jetzt weiß ich es. Obwohl ich hoffe, nicht wieder das Vergnügen haben zu müssen.«

»Er gibt nicht so leicht auf«, sagte Banks bedrückt.

»Ich auch nicht. Wo bist du? Was machst du?«

»Zu Hause. Ausspannen.«

»Ich auch. Ist Sandra zurück?«

»Nein.« Wieder knisternde Stille. Banks räusperte sich. »Du«, sagte er, »das mit dem Abendessen neulich habe ich ernst gemeint. Wie sieht es morgen aus?«

»Morgen kann ich nicht. Ich gebe einen Abendkurs.«

»Und Dienstag?«

Jenny überlegte. »Ich könnte meine Verabredung absagen«, sagte sie. »Aber dann sollte es sich auch lohnen.«

»Das Royal Oak lohnt sich immer. Ehrenwort. Ich muss mit dir reden.«

»Beruflich?«

»Vielleicht könntest du mir dabei helfen, an einige Leute von Maggie's Farm heranzukommen. Seth und Mara sind ungefähr in meinem Alter. Komisch, wir sind alle in den Sechzigern aufgewachsen und trotzdem völlig verschieden geworden.«

»Na ja. Jeder ist verschieden.«

»Ich mochte die Musik. Aber ich hatte einfach immer das Gefühl, nicht zu den Langhaarigen zu passen. Unter uns, ein- oder zweimal habe ich sogar gekifft.«

»Alan! Das ist nicht wahr!«

»Doch.«

»Und ich dachte immer, du bist so spießig. Wie hast du reagiert?«

»Beim ersten Mal gar nicht.«

»Und beim zweiten Mal?«

»Bin ich eingeschlafen.«

Jenny lachte.

»Seltsam«, sagte Banks nachdenklich, »auch Burgess ist in meinem Alter.«

»Der lief wahrscheinlich mit Reitstiefeln und Lederjacke rum und zupfte den Fliegen die Flügel aus.«

»Wahrscheinlich. Also, essen gehen. Passt dir acht Uhr?«

»Gut.«

»Ich hole dich ab.«

Jenny sagte gute Nacht und legte auf. Immer noch Freunde. Banks seufzte erleichtert auf.

Er ging zurück zu seinem Sessel und seinem Drink, aber plötzlich spürte er das Bedürfnis, Sandra anzurufen.

»Wie geht es deinem Vater?«, fragte er.

Sandra lachte. »Griesgrämig wie immer. Aber Mutter kommt besser damit zurecht, als ich dachte.« Die Verbindung war schlecht, ihre Stimme klang weit entfernt.

»Wie lange willst du noch dableiben?«

»Nur noch ein paar Tage. Warum? Vermisst du uns?«

»Mehr, als du glaubst.«

»Warte mal einen Moment. Wir haben gestern einen Ausflug nach London gemacht und Tracy will dir davon erzählen.«

Für eine Weile sprach Banks mit seiner Tochter über St. Paul's und den Tower, dann mischte sich Brian ein und erzählte ihm, wie großartig die Plattenläden dort in London seien. Außerdem hatte er genau die Gitarre gesehen, nach der er gesucht hatte ... Schließlich war Sandra wieder dran.

»War bei dir irgendwas los?«

»Das kann man wohl sagen.« Banks erzählte ihr von der Demo und dem Mord.

Sandra pfiff durch die Zähne. »Da bin ich ja froh, dass

ich weg bin. Ich kann mir vorstellen, was sich jetzt in Eastvale abspielt.«

»Danke für die Unterstützung.«

»Du weißt, wie ich es meine.«

»Erinnerst du dich an Dick Burgess? Er war Detective Chief Inspector bei Scotland Yard.«

»War das der, der Lottie bei ihrer Party betatschte und sich dann in die Geranien übergeben hat?«

»Genau der. Er ist jetzt hier, dienstlich.«

»Gott steh dir bei. Jetzt bin ich wirklich froh, hier zu sein. Mich hat er auch im Visier gehabt.«

»Da hat er mal guten Geschmack bewiesen. Aber bilde dir nichts drauf ein, Schatz. Er ist hinter jedem Rock her.«

Sandra lachte. »Machen wir lieber Schluss. Brian und Tracy stehen schon wieder Schlange.«

»Sag ihnen liebe Grüße. Passt auf euch auf. Bis bald.«

Nachdem er aufgelegt hatte, war Banks so deprimiert, dass er es fast bereute, überhaupt angerufen zu haben. Warum, fragte er sich, verstärkt ein Telefonat mit einer entfernten geliebten Person nur die Leere und Einsamkeit, die man fühlte, bevor man zum Hörer gegriffen hatte?

Ohne etwas mit sich anfangen zu können, schaltete er den Fernseher mitten in einer Popmusiksendung ab, die Brian gefallen hätte, und legte die Blueskassette ein, die ihm ein früherer Kollege aus London geschickt hatte. Mit seiner unheimlichen, für einen Bluesmusiker ungewöhnlich dünnen und hohen Stimme sang Reverend Robert Wilkins »Prodigal Son«. Banks ließ sich in den Sessel am Gasofen fallen und nippte an seinem Drink. Wenn er Scotch trank und Musik hörte, konnte er oft am besten nachdenken, und es war an der Zeit, einige der Gedanken zum Mord an Gill zu sortieren.

Eine ganze Reihe von Dingen beschäftigten ihn. Zu jeder

Zeit gab es Demonstrationen, viel größere als die in Eastvale, und obwohl es zwischen den gegnerischen Parteien manchmal zum Schlagabtausch kam, wurden dabei normalerweise keine Polizisten erstochen. Ob man es Statistik, Wahrscheinlichkeit oder nur eine leise Ahnung nannte, auf jeden Fall glaubte er nicht an Burgess' Einschätzung der Angelegenheit.

Und genau da lag das Problem, denn es ließ wenig andere Möglichkeiten zu. Einige Bewohner von Maggie's Farm bereiteten ihm noch ein ungutes Gefühl. Paul Boyd war nach seinen Erfahrungen eine menschliche Zeitbombe, und Mara schien darauf erpicht gewesen zu sein, ihn zu verteidigen. Seth und Zoe waren auffällig still gewesen, dagegen hatte Rick Trelawney weitaus krassere Ansichten vertreten, als Banks erwartet hatte. Er wusste nicht, was sich daraus ergab, aber er hatte das Gefühl, dass jemand etwas wusste oder glaubte, etwas zu wissen, und dass diese Person ihre Verdächtigungen nicht der Polizei mitteilen wollte. Eine Dummheit, aber so verhielten sich die Leute immer wieder. Banks hoffte nur, dass niemandem von ihnen etwas zustieß.

Und Dennis Osmond? Ließ man die persönliche Abneigung außer Acht, so hatte ihn Banks bei zwei Lügen ertappt. Osmond hatte behauptet, Paul Boyd nicht zu kennen, obwohl er es eindeutig tat, und zudem glaubte Banks ihm nicht, als er leugnete, Constable Gill zu kennen. Es lag auf der Hand, warum er gelogen haben könnte: Niemand mochte eine Beziehung zu einem Ermordeten oder einem verurteilten Straftäter zugeben, wenn er nicht dazu gezwungen war. Aber Banks Aufgabe war, herauszufinden, ob hinter den Lügen noch ganz andere Abgründe steckten. Woher könnte Osmond den Polizisten Gill gekannt haben? Vielleicht hatten sie zusammen die Schule besucht. Oder vielleicht hatte Gill bei einem früheren Anti-Atomkraft-Protest

Osmond verhaften lassen. Wenn dies der Fall war, dann würde man den Vorgang in den Akten finden. Am nächsten Morgen würde Richmond die Informationen der Special Branch bekommen.

Dennoch schien das alles bisher noch kein Motiv für einen Mord zu ergeben. Wenn er nicht mit der Tür ins Haus fiel, könnte er vielleicht am Dienstag etwas aus Jenny herausbekommen. Normalerweise sträubte sie sich nicht gegen seine Fragen, doch wenn es um Osmond ging, würde sie mit Sicherheit besonders empfindlich reagieren.

Vielleicht hatte er unprofessionell auf Jennys Anwesenheit in Osmonds Schlafzimmer und auf Burgess' Verhörmethoden reagiert. Andererseits, so erinnerte er sich, hatte ihn Dirty Dick wie einen kompletten Idioten dastehen lassen, und was noch schlimmer war, er hatte Jenny beleidigt. Manchmal dachte Banks, dass Burgess' Technik darin bestand, jeden, der in den Fall verwickelt war, so lange auf die Palme zu bringen, bis er soweit war, ihn erwürgen zu wollen. Dann konnte er ihn wenigstens wegen versuchten Mordes anklagen.

Bei seinem dritten Laphroaig und der zweiten Seite der Kassette kam Banks zu dem Entschluss, dass es nur einen Weg gab, sich an dem Arschloch zu rächen, und zwar indem er den Fall selbst und auf seine Weise löste. Burgess war nicht der Einzige, der mit verdeckten Karten spielen konnte. Sollte er sich auf die Kommunisten hinter jeder Ecke konzentrieren. Währenddessen würde Banks ein paar diskrete Nachforschungen anstellen und versuchen, jemanden zu finden, der ein Motiv für Constable Edwin Gills Tod hatte, und nicht nur den eines beliebigen Polizisten.

Aber wenn der Mensch Gill und nicht der Polizist Gill das Opfer war, dann ergab sich eine Reihe neuer Probleme. Zunächst einmal, wie konnte der Mörder wissen, dass Gill bei der Demo sein würde? Wie konnte er außerdem sicher sein, dass es zu derartigen Ausschreitungen kommen würde, um einen Mord zu vertuschen? Am verwirrendsten war die Frage, wie er davon ausgehen konnte, fliehen zu können. Doch immerhin waren das konkrete Fragen, ein Ansatzpunkt. Je mehr Banks darüber nachdachte, umso idealer erschien ihm das Gedränge einer politischen Demonstration, um einen Mord zu vertuschen.

FÜNF

I

Der Leichenzug schlängelte sich von der Gordon Street, wo Edwin Gill gewohnt hatte, durch die Manor Road zum Friedhof. Irgendwie, dachte Banks, war die Beerdigung eines Kollegen immer feierlicher und trostloser als jede andere. Jeder anwesende Polizist wusste, dass genauso gut er im Sarg liegen könnte. Jede Frau eines Polizisten lebte mit der Angst, dass auch ihr Mann im Dienst erstochen, erschlagen oder, heutzutage, erschossen wird. Und die Öffentlichkeit als Ganzes spürte das Erzittern und die zeitweilige Schwächung der gesellschaftlichen Ordnung.

Zum zweiten Mal innerhalb einer Woche musste Banks Anzug und Krawatte tragen und fühlte sich unwohl dabei. Er lauschte der Grabrede des Pfarrers, den obligatorischen Versen aus dem *Book of Common Prayer*, und starrte auf die stoppeligen Nacken vor ihm. In der ersten Reihe schniefte Gills engster Familienkreis – Mutter, zwei Schwestern, Onkel und Tanten, Neffen und Nichten – und steckte sich gegenseitig Papiertaschentücher zu.

Als es vorbei war, marschierte jeder hinaus und wartete auf die Wagen, die die Trauergäste zum Leichenschmaus brachten. Die Eichen und Birken entlang der Auffahrt zum Friedhof wurden von einer steifen Brise geschüttelt. In einem Moment kam die Sonne hinter den Wolken hervor, und im nächsten wurde man von einem kurzen Schauer überrascht. Es war so ein Tag: wechselhaft, unvorhersehbar.

Banks stand mit Richmond neben dem schwarzen Polizeirover, einem Zivilfahrzeug – sein eigener weißer Cortina war für eine Beerdigung kaum geeignet – und wartete auf jemanden, der ihnen den Weg wies. Er trug einen leichten grauen Regenmantel über seinem marineblauen Anzug, aber keine Kopfbedeckung. Als er den Kragen seines Regenmantels hochschlug und gegen den kalten Wind fest um den Hals zog, glaubte er, mit seinem kurzgeschorenen, schwarzen Haar, der Narbe neben dem rechtem Auge und seinen hageren, kantigen Zügen wie eine verdächtige Gestalt aussehen zu müssen. Richmond, mit Kamelhaarmantel und Filzhut, stand steif und athletisch neben ihm.

Es war früher Dienstagnachmittag. Den Morgen hatte Banks damit verbracht, die von Richmond angelegten Berichte über Osmond und die Bewohner von Maggie's Farm zu lesen. Viel war dabei nicht herausgekommen. Seth Cotton war in den frühen Sechzigern einmal verhaftet worden, weil er bei einer Schlacht zwischen Mods und Rockern in Brighton eine Angriffswaffe (eine Fahrradkette) mit sich geführt hatte. Danach war er mit Marihuana – einer geringen Menge, nichts Ernstes – aufgegriffen und zu einer Geldstrafe verurteilt worden.

Rick Trelawney war nur einmal in Schwierigkeiten gewesen, in St. Ives, Cornwall. Ein Tourist hatte Anstoß daran genommen, wie er sich im betrunkenen Zustand über die Perfidität des Kunstsammelns ausgelassen hatte, woraufhin aus einem lauten Streit eine handfeste Schlägerei wurde. Drei Männer waren nötig gewesen, um Rick wegzuzerren. Der Tourist hatte einen Kieferbruch erlitten, außerdem war ein Ohr zeitlebens taub geblieben.

Die einzige andere Leiche in Ricks Keller war die Frau,

von der er sich kürzlich getrennt hatte. Da sie Alkoholikerin war, fiel ihm ohne Schwierigkeiten das Sorgerecht für Julian zu. Doch jetzt lebte sie mit ihrer Schwester in London und unterzog sich einer Entziehungskur, sodass der Kampf vor Gericht erneut aufflammte. Die Situation war so schlimm geworden, dass Rick einen Gerichtsbeschluss angestrengt hatte, um sie davon abzuhalten, in die Nähe ihres gemeinsamen Sohnes zu kommen.

Über Zoe lag nichts vor, doch Richmond hatte im Standesamt nachgeforscht und herausgefunden, dass der Vater ihres Kindes Luna ein Lyle Greenberg war, ein amerikanischer Student, der schon bald wieder in seine Heimatstadt Eau Claire in Wisconsin zurückgekehrt war.

Über Mara gab es noch weniger. Die Einwanderungsbehörde vermerkte sie als Moira Delacey, geboren in Dublin. Im Alter von sechs Jahren war sie mit ihren Eltern nach England gekommen, wo sie sich in Manchester niedergelassen hatten. Kontakte zur IRA waren nicht bekannt.

Am interessantesten und beunruhigendsten von allem war Dennis Osmonds Vorstrafenregister. Zusätzlich zu seinen Verhaftungen als Teilnehmer an Demonstrationen gegen die Regierung – das Spektrum der Anklagen reichte von Ruhestörung bis zum Diebstahl eines Polizeihelmes – war er vor vier Jahren von einer mit ihm zusammenlebenden Freundin namens Ellen Ventner wegen Körperverletzung angezeigt worden. Auf Drängen der Frau war die Anklage später fallen gelassen worden, doch Ventners Verletzungen – zwei gebrochene Rippen, gebrochene Nase, drei ausgeschlagene Zähne sowie Prellungen – waren vom Krankenhaus eindeutig dokumentiert worden, sodass Osmond bei weitem nicht unschuldig aus dieser Affäre ging. Banks war sich nicht sicher, ob er dieses Thema am Abend beim Essen mit Jenny anschneiden sollte. Er fragte sich, ob sie bereits davon wusste. Wenn sie es nicht wusste, würde sie sich über seine Einmischung wohl nicht unbedingt freuen. Irgendwie bezweifelte er, dass Osmond ihr davon erzählt hatte.

Auf die Informationen der Special Branch, die Akten von Osmond, dem Studentenvertreter Tim Fenton sowie fünf weiteren Teilnehmern an der Demo, warteten sie noch. Anscheinend benötigte die Branch Burgess' persönlichen Zugangscode, Passwort, Sprachprobe und genetischen Fingerabdruck oder irgendeine ähnlich lächerliche Identifikationsreihe. Aber Banks erhoffte sich sowieso nicht viel davon. Nach seiner Erfahrung legte die Special Branch Akten von jedem an, der jemals eine Ausgabe von *Socialist Weekly* gekauft hatte.

Heute, während Banks und Richmond an Gills Beerdigung teilnahmen, wollte Burgess gemeinsam mit Sergeant Hatchley noch einmal die Runde machen. Sie hatten vor, erneut Osmond, Dorothy Wycombe, Tim Fenton und Maggie's Farm aufzusuchen. Mit den Studenten wollte Banks selbst sprechen, also nahm er sich vor, sie zu besuchen, wenn er am Abend wieder zurück war – sollte Burgess ihnen bis dahin nicht jede Gesprächsbereitschaft verleidet haben.

Burgess war bei der Aussicht auf weitere Verhöre regelrecht der Speichel aus dem Mund getropft, und selbst Hatchley schien von der Arbeit begeisterter zu sein als sonst. Vielleicht war es die Chance, mit einem Superstar arbeiten zu dürfen, die ihn erregte, dachte Banks. Der Sergeant hatte Verfolgungsjagden schon immer interessanter gefunden als die tatsächliche Arbeit. Oder vielleicht wollte er Dirty Dick in den Arsch kriechen, weil er sich ausrechnete, für eine Spezialeinheit von Scotland Yard auserwählt zu werden. Und das Schlimme daran war, dass er damit Erfolg haben könnte.

Wenn er darüber nachdachte, regten sich in Banks gemischte Gefühle. Er hatte sich schneller an Sergeant Hatchley gewöhnt, als er erwartet hatte, und mittlerweile arbeiteten sie recht gut zusammen. Doch richtig warm wurde Banks nicht mit ihm. Er brachte es nicht mal übers Herz, Hatchley mit seinem Vornamen, Jim, anzusprechen.

In Banks' Augen war Hatchley ein Sergeant und würde immer einer bleiben. Er besaß nicht diesen besonderen Biss, den man als Inspector brauchte. Phil Richmond besaß ihn, aber unglücklicherweise konnte er auf regionaler Ebene nirgendwohin aufsteigen, wenn nicht auch Hatchley befördert wurde. Und das würde Superintendent Gristhorpe nicht tun, was ihm Banks nicht verdenken konnte. Wenn Burgess genug Gefallen an Hatchley fand, um ihm einen Job in London anzubieten, wären die Probleme eines jeden gelöst. Richmond hatte seine Prüfungen zum Sergeant bereits bestanden – der erste Schritt auf dem langen Weg zur Beförderung – und vielleicht könnte Constable Susan Gay, die bemerkenswerte Begabung für die kriminalistische Arbeit gezeigt hatte, von der uniformierten Abteilung zur Kriminalpolizei auf Richmonds jetzigen Posten versetzt werden. Constable Craig würde sich natürlich dagegen stellen. Er nannte Polizistinnen immer noch »Wopsies«, nach der geschlechterspezifischen Abkürzung des Dienstgrades Woman Police Constable WPC, obwohl diese zugunsten der neutralen Form PC schon 1975 abgeschafft wurde. Aber das war Craigs Problem; mit Hatchley allerdings musste jeder fertig werden.

Schließlich fuhren die glänzenden schwarzen Wagen los. Banks und Richmond folgten ihnen durch die trüben, verlassenen Straßen Scarboroughs zum Empfang. Es gab nichts Trostloseres als einen Urlaubsort außerhalb der Saison. Hätte die Luft nicht leicht nach Meer und Fisch gerochen, wäre niemand auf den Gedanken gekommen, an der Küste zu sein.

»Haben Sie nach dem Essen Lust auf einen Spaziergang die Promenade entlang?«, fragte Banks.

Richmond schniefte. »Kaum das richtige Wetter dafür, oder?«

»Anregend, würde ich sagen.«

»Ich warte lieber in einem netten, warmen Pub auf Sie, wenn Sie nichts dagegen haben, Sir.«

Banks lächelte. »Um Ihre Notizen zu ordnen?« Er wusste, wie pingelig Richmond mit Notizen und Berichten war.

»Muss ich doch, oder? Im Kopf werde ich das nicht lange behalten.«

Auf der Fahrt nach Scarborough hatte Banks ihm von seiner Theorie berichtet, dass der Mord an Gill nicht ganz das war, was er zu sein schien. Obwohl Richmond Vorbehalte geäußert hatte, war auch er der Meinung gewesen, dass es sich immerhin lohnen würde, in dieser Richtung zu ermitteln. Sie hatten beschlossen, bei dem Empfang mit Gills Kollegen zu plaudern, um zu sehen, was sie über den Mann aufschnappen konnten. Burgess sollte davon natürlich nichts erfahren.

Richmond hatte den Standpunkt vertreten, dass, selbst wenn etwas komisch an Gill gewesen wäre, keiner seiner Kumpel auf der Beerdigungsfeier darüber sprechen würde. Banks war anderer Meinung gewesen. Er meinte, dass Beerdigungen wie ein Wunder auf das Gewissen wirkten. Die falschen Plattitüden vor dem Sarg klangen den Leuten noch in den Ohren und veranlassten sie dazu, jemandem die Wahrheit aufzudrängen. Schließlich wollten sie Gill ja nicht der Korruption oder ähnlicher Delikte überführen, sie wollten nur wissen, was für ein Mensch er gewesen war und ob er sich vielleicht Feinde gemacht hatte.

Die Autoschlange hielt auf dem Parkplatz des Crown and Anchor, in dessen Saal ein Büfett aufgestellt worden war, und die Gäste eilten durch einen heftigen Schauer zu den Eingangstüren.

II

»Verdammt noch mal! Unter welchem Stein bist du denn hervorgekrochen?«, sagte Burgess, als Paul in das Wohnzimmer kam, um zu sehen, was dort vor sich ging.

Paul musterte ihn finster. »Lassen Sie mich in Ruhe!«

Burgess machte einen Schritt nach vorn und gab ihm eine Ohrfeige. Paul zuckte zusammen und stolperte zurück. »Nicht so eine große Klappe, Freundchen«, sagte Burgess. »Zeig den Älteren und Besseren ein bisschen Respekt.«

»Warum sollte ich? Sie zeigen mir auch keinen Scheißrespekt, oder?«

»Respekt? Dir?« Burgess kniff seine Augen zusammen. »Wie kommst du darauf, dass du Respekt verdient hast? Du bist ein hässlicher, kleiner Vollidiot mit einem Vorstrafenregister so lang wie mein Arm. Und das beinhaltet auch einen tätlichen Angriff auf einen Polizisten. Und wenn wir schon mal dabei sind, halt deine Zunge im Zaum. Hier sind Damen anwesend. Glaube ich wenigstens.«

Mara lief ein kalter Schauer über den Rücken, als Burgess sie von oben bis unten musterte.

Burgess wandte sich wieder an Paul, der in der Tür stand und eine Hand auf sein Ohr hielt. »Na los, wer hat dich dazu angestiftet?«

»Zu was?«

»Einen Polizeibeamten umzubringen.«

»Habe ich nicht. Ich war nicht mal da.«

»Stimmt, er war nicht da«, platzte Mara heraus. »Er war den ganzen Abend hier bei mir. Jemand musste zu Hause bleiben und auf die Kinder aufpassen.«

Bis zu diesem Moment hatte sie sich zusammengerissen und versucht, aus Burgess schlau zu werden. Er schien nicht so umgänglich wie Banks zu sein, und sie hatte Angst, seine Aufmerksamkeit auf sich zu ziehen. Selbst als sie sprach, krampfte sich ihr der Magen zusammen.

Burgess schaute sie an und schüttelte den Kopf. Sein Blick durchdrang sie wie gesplitterter Schiefer. »Sehr rührend, Schätzchen. Sehr rührend. Haben Ihre Eltern Ihnen nicht beigebracht, dass man nicht lügen soll? Er wurde in der Menge gesichtet. Wir wissen, dass er da war.«

»Das muss sich um eine Verwechslung handeln.«

Burgess warf einen kurzen Blick auf Paul, dann schaute er wieder Mara an. »Verwechslung? Wie kann man dieses Dreckstück mit jemand anderem verwechseln? Sie sollten sich Ihren Mund mit Seife und Wasser auswaschen, Schätzchen.«

»Nennen Sie mich nicht Schätzchen.«

In gespielter Verzweiflung warf Burgess seine Arme hoch. »Was ist los mit euch? Ich dachte, hier oben im Norden sagt jeder zum anderen Schätzchen. Egal, ich kann im Leben nicht verstehen, warum Sie ihn verteidigen. Er hat einen begrenzten Wortschatz, und so wie er aussieht, ist er bestimmt auch eine Niete im Bett.«

»Arschloch«, sagte Mara mit zusammengepressten Zähnen. Mit diesem Typen konnte man nicht reden, so viel war klar. Am besten ließ man es einfach über sich ergehen.

»Richtig, Schätzchen«, sagte Burgess. »Reden Sie es sich von der Seele. Dann fühlen Sie sich gleich besser.« Er musterte sie, als wollte er schauen, ob sich seine Einschätzung bestätigen würde, dann wandte er sich wieder an Paul. »Was hast du mit dem Messer gemacht?«

»Welches Messer?«

»Das, mit dem du Constable Gill erstochen hast. Das Klappmesser. So eine Waffe passt genau zu dir.«

»Ich habe niemanden erstochen.«

»Ach, komm schon! Was hast du damit gemacht?«

»Ich habe kein Scheiß-Messer.«

Burgess drohte ihm mit dem Zeigefinger. »Ich habe dich gewarnt, halte deine Zunge im Zaum. Haben Sie das Ganze aufgenommen, Sergeant Hatchley? Der Junge leugnet alles.«

»Ja, Sir.« Hatchley saß auf den Kissen und sah, so fand Mara, fast wie ein gestrandeter Wal aus.

»Wir brauchen nur das Messer«, sagte Burgess. »Und sobald wir seine Spur zu dir zurückverfolgt haben, bist du schneller im Knast, als du Pups machen kannst. Mit deinen Vorstrafen wirst du keine Chance haben. Bei der Demonstration haben wir dich bereits identifiziert.«

»Da waren über hundert Leute«, sagte Paul.

»Hast sie gezählt, was? Ich denke, du warst nicht da?«

»War ich auch nicht.«

»Woher weißt du dann, wie viele Leute da waren?«

»Das habe ich in der Zeitung gelesen.«

»Gelesen? Du? Du guckst dir doch bloß die Comics an.«

»Sehr witzig«, sagte Paul. »Aber Sie können nichts beweisen.«

»Im Moment hast du vielleicht Recht«, sagte Burgess. »Aber denk daran, was ich beweisen will, das kann ich auch immer beweisen. Und wenn ich soweit bin, dann ... dann ...« Er ließ die Drohung unausgesprochen im Raum stehen und wendete sich an die Gruppe als Ganzes. Außer Rick, der in der Stadt mit den Kindern neue Anziehsachen kaufte, waren alle im Haus versammelt. »Sie machen sich genauso schuldig«, fuhr er fort. »Wenn es zur Anklage gegen diesen Schwachkopf hier kommt, werden Sie alle auch dran sein. Verschweigen von Informationen und Mittäterschaft. Also, wenn jemand von Ihnen etwas weiß, dann sagen Sie es uns jetzt. Denken Sie darüber nach.«

»Wir wissen nichts«, sagte Seth ruhig.

»Na gut, wie Sie wollen.« Burgess seufzte und fuhr sich mit einer Hand durchs Haar. »Sackgasse.«

»Wir werden uns beschweren, dass Sie Paul geschlagen haben, verlassen Sie sich drauf«, sagte Mara.

»Nur zu, Schätzchen. Als ob mich das kümmern würde. Soll ich Ihnen sagen, was passieren wird? Wenn Sie Glück haben, dann kommt Ihre Beschwerde bis zu meinem Boss bei Scotland Yard durch. Und wissen Sie was? Der ist ein noch größeres Arschloch als ich. Nein, Sie kommen am besten raus, wenn Sie die Wahrheit erzählen.«

»Wie gesagt«, meinte Paul. »Ich weiß nichts über die Sache.«

»In Ordnung.« Burgess drückte seine Zigarre in einer Teetasse aus, die auf der Sessellehne balancierte. Die heiße Asche brutzelte, als sie auf den Bodensatz traf. »Aber sagen Sie nachher nicht, ich hätte Sie nicht gewarnt. Gehen wir, Sergeant. Geben wir diesen Leuten noch etwas Zeit zum Nachdenken. Vielleicht kommt einer von ihnen zur Vernunft und setzt sich mit uns in Verbindung.«

Hatchley rappelte sich hoch und folgte Burgess zur Tür. »Aber keine Sorge, wir kommen wieder«, sagte Burgess. Als sie raus auf die kleine Veranda gingen, hob er seinen Arm und schlug gegen das Windspiel. »Scheißkrach«, knurrte er.

III

Mit einem Glas Sherry in der Hand wartete Banks, bis der Andrang am Büfett etwas nachgelassen hatte, dann füllte er seinen Pappteller mit kalten Schnittchen und Salat.

»Gar nicht so übel, oder?«, sagte eine grauhaarige Frau in einem hellblauen Kreppkleid zu ihrer Freundin.

»Ja«, sagte die andere. »Besser als das bei Ida Lathams Beerdigung. Da gab es nur kleine Sandwichschnittchen ohne Kruste. Nicht größer als Briefmarken. Und Gurken. Von Gurken kriege ich immer Blähungen.«

»Chief Inspector Banks?«

Der Mann, der plötzlich neben Banks stand, war ungefähr einen Meter fünfundachtzig groß, hatte einen glänzenden kahlen Schädel, einen krausen, weißen Haarkranz über den Ohren und einen grauen Schnurrbart. Er trug eine schwarze Krawatte und über seinem dunkelgrauen Anzug außerdem eine schwarze Armbinde. Selbst der Rahmen seiner Brille war schwarz. Banks nickte.

»Ich dachte mir, dass Sie es sind«, fuhr der Mann fort. »Sie sehen nicht wie ein Verwandter aus, und ich habe Sie hier noch nie gesehen. Superintendent Gristhorpe hat mir Ihr Kommen angekündigt.« Er streckte seine Hand aus. »Detective Chief Inspector Blake von der Kriminalpolizei Scarborough.« Banks schaffte es, sein Sherryglas auf dem Teller zu balancieren und ihm die Hand zu geben.

»Freut mich«, sagte er. »Schade, dass wir uns durch solch einen Anlass kennen lernen.«

Sie gingen in einen ruhigeren und weniger überfüllten Teil des Saales. Banks stellte seinen Teller auf einem Tisch ab – schließlich konnte er beim Reden schlecht essen – und holte eine Zigarette hervor.

»Haben Sie schon was herausgefunden?«, fragte Blake.

»Noch nicht. Zu viele Verdächtige. In so einer Situation kann alles passiert sein.« Er schaute sich im Saal um. »Eine Menge Leute hier. Constable Gill muss ein beliebter Typ gewesen sein.«

»Mmmmh. Ich kannte ihn nicht besonders gut. Wir haben ein großes Revier.«

»Auf jeden Fall war er eifrig«, sagte Banks. »Hat sich Freitagnacht freiwillig zu Überstunden gemeldet. Die meisten von unseren Jungs wären wohl lieber in den Pub gegangen.«

»Es ist wohl eher so, dass er das Geld brauchte. Sie wissen ja, dass sich das halbe Land durch Überstunden über Wasser hält. Geht bei unseren Gehältern auch nicht anders.«

»Stimmt. Brauchte er Geld?«

Chief Inspector Blake runzelte die Stirn. »Schnüffeln Sie herum?«

»Wir wissen nichts über Gill«, gab Banks zu. »Er war keiner von uns. Jedes Detail bringt uns weiter. Das verstehen Sie sicherlich.«

»Ja. Aber dies ist kaum ein normaler Fall, oder?«

»Trotzdem ...«

»Wie gesagt, ich kannte ihn nicht gut. Wie ich gehört habe, hat so ein hohes Tier von Scotland Yard die Sache übernommen.«

Banks drückte seine Zigarette aus und nahm seinen Teller in die Hand. Von Blake würde er nichts erfahren, also konnte er beim Small Talk auch essen. Im Augenwinkel sah er, wie Richmond mit einem der uniformierten Sargträger sprach, wahrscheinlich einer derjenigen, die gemeinsam mit Gill zur Demo verfrachtet worden waren. Natürlich hatten alle ihre Aussagen gemacht, doch niemand hatte gesehen, wie Gill erstochen wurde. Er hoffte, dass Richmond erfolgreicher als er selbst war.

Nach ungefähr fünf Minuten zog Chief Inspector Blake ab, sodass Banks die Gelegenheit wahrnahm und sein Sherryglas auffüllte. Neben ihm an der Theke stand ein anderer Sargträger.

Banks stellte sich ihm vor. »Trauriger Anlass«, sagte er.

»Ja«, sagte Constable Childers. Er war jung, vielleicht Anfang zwanzig. Banks irritierte seine Angewohnheit, beim Sprechen in eine andere Richtung zu schauen.

»Beliebter Kerl, dieser Constable Gill, wenn man sich hier so umsieht«, sagte Banks.

»O ja. Der gute Eddie war wirklich ein lustiger Vogel.«

»Tatsächlich? Dienstbeflissen?«

»Das kann man wohl sagen. Auf jeden Fall in bestimmten Bereichen.«

»Ich wette, die Überstunden kamen ihm gelegen.«

»Es ist immer gut, ein bisschen was auf der Kante zu haben«, sagte Childers langsam. Banks spürte, dass er etwas zurückhielt, war sich aber unsicher, ob nun aus Freundschaft, aufgrund der Situation oder aus einfachem Pflichtgefühl. Aber irgendetwas stimmte nicht. Childers wurde immer nervöser und starrte die Wand am anderen Ende des Saales an. Schließlich entschuldigte er sich unvermittelt und ging fort, um mit seinem Sergeant zu reden.

Banks bekam das Gefühl, dass seine Mission ins Leere gelaufen war. Außerdem war er sich darüber im Klaren, dass er schon bald, wenn Childers und Blake den anderen von seinen Fragen erzählten, zu einem unwillkommenen Gast werden würde. Gott, dachte er, das ist ein verdammt empfindlicher Haufen hier. Da stellte sich die Frage, ob sie etwas zu verbergen hatten.

Banks ging für eine Portion Trifle zurück zum Büfett und stellte sich neben einen dritten Sargträger, einen mondgesichtigen Jungen mit leuchtend blauen Augen und feinem, spärlichem Haar in der Farbe von Getreide. Nachdem Banks tief durchgeatmet hatte, setzte er ein Lächeln auf und stellte sich vor.

»Ich weiß, wer Sie sind, Sir«, sagte der Constable. »Ernie Childers hat es mir erzählt. Ich bin PC Grant, Tony Grant. Ernie hat mich gewarnt. Er sagte, Sie stellen Fragen über Eddie Gill.«

»Reine Routine«, sagte Banks. »Genau wie in jeder Morduntersuchung.«

Grant schaute kurz über die Schulter. »Hören Sie, Sir«, sagte er. »Hier kann ich nicht mit Ihnen sprechen.«

»Wo dann?« Banks fühlte sein Herz schneller schlagen.

»Kennen Sie das Angel's Trumpet?«

Banks schüttelte Kopf. »Ich kenne mich hier nicht gut aus. Bin erst einmal hier gewesen.«

»Es dauert zu lange, es zu erklären«, sagte Grant. Sie hörten auf, sich vom Dessert zu bedienen, und wendeten sich gerade rechtzeitig vom Büfett ab, um einen von Grants Kollegen auf sie zukommen zu sehen.

»Okay, Marine Drive, gleich beim Rummelplatz«, sagte Banks schnell. Etwas anderes war ihm so spontan nicht eingefallen. »In einer Stunde.«

»Gut«, sagte Grant, als der uniformierte Sergeant sich zu ihnen gesellte.

»Schön, dass Sie gekommen sind, Chief Inspector«, sagte der Sergeant und reichte Banks seine Hand. »Wir wissen es zu schätzen.«

Grant war wieder in der Menge abgetaucht, und als Banks Belanglosigkeiten mit dem Sergeant austauschte, war er in Gedanken bei dem vor ihm liegenden Treffen und der nervösen, verstohlenen Art und Weise, wie es zustande gekommen war.

IV

»Er hat mich dazu gebracht, dass ich mich schmutzig fühle«, sagte Mara zu Seth. »So wie er mich angeschaut hat.«

»Du darfst das nicht an dich herankommen lassen. Das ist nur seine Methode. Er versucht dich so lange zu reizen, bis du etwas sagst, das du bereust.«

»Aber was ist mit Paul? Du hast gesehen, wie er ihn in die Mangel genommen hat. Was können wir tun?«

Sobald Burgess und Hatchley gegangen waren, hatte sich Paul davongemacht. Er hatte gesagt, dass ihm hier die Decke auf den Kopf fiele und er eine Wanderung durch die Heide bräuchte, um sich nach der Erniedrigung wieder zu beruhigen. Gegen Zoes Gesellschaft hatte er nichts einzuwenden gehabt, so waren Mara und Seth allein zurückgeblieben.

»Du hast ja gesehen, wie das Arschloch auf ihn losgegangen ist. Ich würde ihm zutrauen, Paul die Sache anzuhängen, wenn es darauf ankommt. Er *hat* nun mal Vorstrafen.«

»Sie brauchen trotzdem Beweise.«

»Die kann er ihm leicht unterjubeln.«

»Er kann ihm nicht einfach irgendein altes Messer unterjubeln. Es muss schon dasjenige sein, mit dem die Wunde verursacht wurde. Die Polizei hat Wissenschaftler, die für sie arbeiten. So leicht kann man denen nichts vormachen.«

»Wahrscheinlich nicht.« Mara biss sich auf die Lippe und beschloss, den Sprung zu wagen. »Seth? Hast du bemerkt, dass das Messer weg ist? Das alte Klappmesser auf dem Kaminsims.«

Seth schaute sie eine Weile stumm an. Seine braunen Augen sahen traurig aus, und die Ringe unter ihnen deuteten auf Schlafmangel hin. »Ja«, sagte er. »Habe ich. Aber das bedeutet gar nichts. Ich wollte keine Unruhe auslösen. Es wird wahrscheinlich wieder auftauchen.«

»Aber was ist, wenn … wenn es das Messer war?«

»Ach, bitte, Mara, das kannst du doch nicht ernsthaft glauben. Es gibt eine Menge Klappmesser im Land. Warum sollte es dieses sein? Wahrscheinlich hat es sich jemand geliehen. Es wird wieder auftauchen.«

»Ja. Aber was dann? Ich meine, Paul könnte es genommen haben, oder nicht?«

Seth trommelte mit seinen Fingern auf der Stuhllehne. »Du weißt, wie viele Leute Freitagnachmittag hier waren«, sagte er. »Jeder von ihnen könnte es genommen haben. Wann hast du es zum Beispiel das letzte Mal gesehen?«

»Ich kann mich nicht daran erinnern.«

»Siehst du? Und das heißt noch lange nicht, dass es sich um das Messer handelt, das benutzt wurde. Jemand wird es sich geliehen haben und hat vergessen, etwas zu sagen.«

»Wahrscheinlich.« Doch Mara war nicht überzeugt. Es war ein zu großer Zufall, dass ein Polizist mit einem Klappmesser getötet worden war und das Klappmesser vom Kaminsims verschwunden war. In ihren Augen klammerte sich Seth an einen Strohhalm, wenn er das Verschwinden des Messers so erklärte, wie er es tat, aber sie wollte ihm glauben.

»Und außerdem«, sagte er. »Warum nimmst du an, es war Paul? Nur weil er eine gewalttätige Vergangenheit hat? Er ist nicht mehr derselbe. Du denkst genauso wie die Polizei.«

Obwohl sie wollte, konnte sich Mara nicht dazu überwinden, Seth von dem Blut zu erzählen. Irgendwie erschien diese Information, zusammen mit allem anderen, so endgültig, so belastend.

Sie hatte beschlossen, Kontakt mit der Freundin von Dennis Osmond aufzunehmen, mit Jenny. Mara mochte sie, auch wenn ihr Osmond nicht ganz koscher vorkam. Außerdem war Jenny Psychologin. Mara könnte ihr mit den Details von Pauls Vergangenheit einen theoretischen Fall darstellen und sie fragen, ob die Wahrscheinlichkeit besteht, dass so ein Mensch gefährlich ist. Sie könnte sagen, es handele sich um die Recherche für eine Geschichte oder so etwas. Jenny würde ihr glauben.

»Vielleicht sollte er von hier verschwinden«, sagte Seth nach einer Weile.

»Paul? Aber warum?«

»Vielleicht ist es das Beste für ihn. Für uns alle. Bis die Sache vorüber ist. Man sieht ja, wie ihn das Ganze mitnimmt.«

»Das nimmt uns alle mit«, sagte Mara. »Dich auch.«

»Ja, aber ...«

»Wo soll er hingehen? Du weißt, dass er niemanden hat, an den er sich wenden kann.« Trotz ihrer Ängste konnte Mara nicht anders, als Paul zu beschützen. Sie verstand ihre Gefühle selbst nicht, aber so sehr sie ihn auch verdächtigte, sie konnte nicht einfach aufgeben und ihn wegschicken.

Seth starrte auf den Boden.

»Außerdem könnte es einen schlechten Eindruck machen«, argumentierte Mara. »Die Polizei würde denken, er läuft davon, weil er schuldig ist.«

»Dann lass ihn hierbleiben. Entscheide dich einfach.«

»Ist er dir egal?«

»Natürlich ist er mir nicht egal. Deswegen habe ich ja vorgeschlagen, dass er von hier verschwinden sollte. Bitte, Mara, wie willst du es nun haben? Wenn ich vorschlage, er soll gehen, bin ich grausam, und wenn er bleibt, wird er sich wahrscheinlich noch wesentlich mehr von diesem faschistischen Arschloch gefallen lassen müssen, das heute Nachmittag hier war. Was willst du? Glaubst du, dass er damit zurecht kommt? Schau, wie er auf die Plauderei heute reagiert hat. Das war ein Picknick verglichen damit, was passieren wird, wenn sie ihn zum Verhör mit ins Revier nehmen. Und wir können ihn nicht beschützen. Okay? Wie viel mehr kann er deiner Meinung nach ertragen?«

»Ich weiß es nicht.« Plötzlich war für Mara alles noch komplizierter geworden. »Ich will nur das Beste für Paul.«

»Dann fragen wir ihn. Wir können nicht für ihn die Entscheidungen treffen.«

»Nein! Wir müssen zu ihm halten. Wenn wir ihn darauf ansprechen, könnte er denken, dass wir ihn für schuldig halten und ihn aus dem Weg haben wollen.«

»Aber wir müssen ihn ansprechen, um ihn zu fragen, ob er für eine Weile weggehen will, bis die Sache sich beruhigt hat.«

»Dann lassen wir es eben. Wenn er bleiben will, dann bleibt er, und wir halten zu ihm, wie auch immer. Wenn er geht, dann ist es seine Entscheidung. Wir drängen ihn nicht hinaus. Er ist nicht dumm, Seth, ich bin mir sicher, dass er weiß, welche Schikane von der Polizei auf ihn zukommt. Das Letzte, was er braucht, ist das Gefühl, dass auch wir gegen ihn sind.«

»Okay.« Seth nickte und stand auf. »Belassen wir es dabei. Ich muss jetzt an der alten Kommode weiterarbeiten. Ist mit dir alles in Ordnung?«

Mara sah zu ihm auf und lächelte. »Ich werde es schon schaffen.«

»Gut.« Er beugte sich hinab und küsste sie, dann ging er hinaus, zurück in seine Werkstatt.

Aber Mara ging es nicht gut. Allein gelassen, begann sie sich alle möglichen furchtbaren Dinge vorzustellen. Am Anfang schien ihr die Welt von Maggie's Farm die Beständigkeit, Liebe und Freiheit gegeben zu haben, nach der sie immer gesucht hatte, doch jetzt war all dies zusammengebrochen. Das Gefühl ähnelte dem, das sie ihrer Erinnerung nach während eines leichten Erdbebens in Kalifornien hatte, als sie vor einer Ewigkeit mit Matthew durch die Staaten gereist war. Der Boden des Zimmers, die Fundamente des Hauses und die massive Erde, auf der es stand, waren plötzlich nicht stabiler als Wasser erschienen. Eine kleine Welle im Boden hatte sich flüchtig unter ihr vorbeigekräuselt, und das, was sie immer für beständig gehalten hatte, stellte sich als zerbrechlich, unzuverlässig und kurzlebig heraus. Das Beben hatte nur zehn Sekunden gedauert und war nicht über fünf auf der Richterskala registriert worden, aber der Eindruck war ihr seitdem geblieben. Nun kam er stärker denn je zurück.

Auf dem Kaminsims, inmitten des Durcheinanders von Muscheln, Kieselsteinen, Fossilien und Federn, konnte sie an der Stelle, wo das Messer gelegen hatte, die schwachen Staubumrisse erkennen. Als sie die Oberfläche sauber wischte, dankte sie ihrem Glücksengel, dass die Polizei nach greifbaren Dingen gesucht hatte und nicht nach abwesenden.

V

Banks fuhr die Foreshore Road und die Sandside am alten Hafen entlang. Die Kirmesbuden und Andenkenläden waren alle geschlossen. In der Saison scharten sich Massen von Urlaubern um die Ständer mit frechen Postkarten, Teenager standen Schlange vor der Geisterbahn und Kinder zogen ihre Eltern zu den Buden, in denen Zuckerwatte und Bonbons verkauft wurden. Doch jetzt war die Promenade verlassen. Selbst an der Seeseite gab es keine Stände, die Herzmuscheln, Strandschnecken und gekochte Garnelen anboten. Dichte, hohe Wolken waren aufgezogen, und das Meer klatschte wie flüssiges Metall gegen die mit Algen verkrusteten Hafenmauern. Fischerboote schaukelten in ihrer Verankerung, und Stapel von Hummerkörben schwankten auf dem Kai. Hoch oben auf dem Kap thronte die Burgruine über der Szenerie und sah aus wie einem schwarz-weißen Horrorfilm entsprungen.

Banks ließ Richmond vor einem Pub nahe des West Piers aussteigen, fuhr den Marine Drive weiter und parkte genau gegenüber der geschlossenen Kirmes. Er knöpfte seinen Regenmantel zu und ging die Straße entlang, die zwischen den hohen Klippen und dem Meer um die Landspitze herumführte. An den Klippen warnten Schilder vor herunterstürzenden Felsen. Wellen schlugen gegen die Ufermauer und warfen Gischt auf die Straße.

Tony Grant war bereits da, er lehnte auf dem Geländer und starrte hinaus auf den Punkt, wo Meer und Himmel zu einem gleichförmigen Grau verschmolzen. Er trug einen Dufflecoat der Marine, die Kapuze war heruntergeklappt, sodass sein babyfeines Haar im Wind wehte. Ein einsamer Öltanker bewegte sich langsam am Horizont entlang.

»So ist es mir am liebsten«, sagte er, als Banks sich neben ihm stellte. »Wenn es Ihnen nichts ausmacht, ein bisschen nass zu werden.«

Sie schauten beide raus auf das gekräuselte Wasser. Eine salzige Gischt erfüllte die Luft, und Banks fühlte, wie der Sauerstoff seine Lungen erfrischte, als er tief einatmete. Er zitterte und fragte: »Was wollen Sie mir erzählen?«

Grant zögerte. »Hören Sie, Sir«, sagte er, nachdem er eine halbe Minute dem Öltanker hinterhergestarrt hatte, »ich möchte nicht, dass Sie mich falsch verstehen. Ich bin kein Spitzel oder so was. Ich bin noch nicht lange bei der Polizei, und größtenteils gefällt es mir gut. Zuerst hätte ich das nicht gedacht, doch jetzt gefällt es mir. Ich möchte bei der Polizei Karriere machen.« Er schaute Banks eindringlich an. »Ich würde gerne zur Mordkommission. Ich bin nicht dumm. Ich habe was im Kopf. Ich war auf der Universität, und eigentlich wollte ich Lehrer werden, so hatte ich mir das gedacht, aber, tja, Sie kennen den Arbeitsmarkt. Heutzutage scheint man keine andere Chance mehr zu haben, als zur Polizei zu gehen. Also habe ich das getan. Aber wie gesagt, es gefällt mir. Es ist eine Herausforderung.«

Banks holte eine Zigarette hervor und legte eine hohle Hand um sein blaues Bic-Feuerzeug. Er brauchte vier Versuche, um seine Zigarette anzuzünden. Er wünschte, Grant würde zur Sache kommen, aber er wusste auch, dass er geduldig sein und zuhören musste. Der Junge war dabei, aus der Reihe zu scheren und einen Kollegen zu verpetzen. Die Rechtfertigungen für ein solches Verhalten hatte Banks schon tausendmal anhören müssen, und auch diesmal waren sie der Preis, den er für Informationen zu zahlen hatte.

»Es ist nur so«, fuhr Grant fort, »tja ... es läuft da nicht alles so sauber ab, wie ich dachte.«

Naiver Kerl, dachte Banks. »Es ist überall das Gleiche«, sagte er, um den Jungen zu ermutigen. »Egal, was man macht, es gibt immer eine Menge Arschlöcher. Vielleicht zieht unsere Branche mehr als die normale Quote von Rüpeln, Faulenzern, Sadisten und so weiter an. Aber das heißt nicht, dass wir alle so sind.« Banks zog an seiner Zigarette. Gemischt mit der Meeresluft schmeckte sie anders. Unter ihnen brach eine Welle gegen die Mauer, und die Gischt spritzte ihre Füße voll.

»Ich weiß, was Sie meinen«, sagte Grant, »und ich glaube, dass Sie Recht haben. Ich wollte nur, dass Sie wissen, auf welcher Seite ich stehe. Ich glaube nicht, dass der Zweck die Mittel heiligt. Für mich ist jeder, wie es so schön heißt, so lange unschuldig, bis seine Schuld bewiesen ist. Ich behandele die Menschen mit Respekt, egal welche Hautfarbe sie haben und wie sie angezogen sind oder welche Frisur sie tragen. Ich sage nicht, dass ich jeden Typen gut finde, mit dem wir zu tun haben, aber ich bin kein Schläger.«

»Und Gill war einer?«

»Ja.« Eine große Welle drohte kurz vor der Mauer zu brechen, und die beiden traten schnell einen Schritt zurück, um der Gischt zu entgehen. Trotzdem bekamen sie einen leichten Schauer ab. Banks Zigarette wurde nass, er warf sie weg.

»War das allgemein bekannt?«

»O ja. Er hielt damit nicht hinter dem Berg. Schauen Sie, für Gill ging es nicht nur um Überstunden, um das Geld. Er hatte Spaß an seinem Job, aber manche Seiten daran mochte er besonders, wenn Sie wissen, was ich meine.«

»Ich glaube schon. Fahren Sie fort.«

»Gill war sehr geschickt mit seinem Schlagstock. Und es machte ihm Spaß. Jedes Mal, wenn wir um Unterstützung für Demos, Streiks und so weiter gebeten wurden, war er der Erste, der sich meldete. Während des Streiks der Minenarbeiter, als man Polizei von überall her gebraucht hat, ist er auf den Geschmack gekommen. Er gehörte zu der Sorte, die mit ein paar Scheinen vor den streikenden Minenarbeitern rumwedelten, um sie zu verspotten, bevor man auf sie eindrosch. Er wurde in der Tactical Aid Group ausgebildet.«

Die TAG, so wusste Banks, war eine Art Polizei innerhalb der Polizei. Die Mitglieder der Gruppe wurden paramilitärisch ausgebildet und lernten, mit Waffen, Gummigeschossen und Tränengas umzugehen. Wenn ihre Ausbildung beendet war, kehrten sie in den normalen Dienst zurück und blieben für besondere Situationen auf Abruf – Situationen wie Demos und Streiks. Die offizielle Bezeichung war in PSU – Police Support Unit – abgeändert worden, weil die TAG in der Öffentlichkeit einen schlechten Ruf besaß und der Name zu martialisch klang.

»Hat er sich in Eastvale auch so verhalten?«, fragte Banks.

»Ich kann es nicht beschwören, aber ich bin mir ziemlich sicher, dass Gill die Verantwortung für die Ereignisse trägt. Schauen Sie, die Situation hatte sich ziemlich zugespitzt. Wir waren alle dicht eingeschlossen. Gill stand mit ein paar anderen oben auf den Stufen und schaute nur runter, wie die Leute drängelten und schoben. Sehen konnte man allerdings nicht viel, durch diese altmodischen Straßenlaternen war es verdammt dunkel. Wie auch immer, einer der Demonstranten schmiss mit einer Flasche, und jemand von dort oben, hinter mir, brüllte: ›Haut den Arschlöchern auf die Fresse.‹ Ich glaube, es war Gills Stimme. Dann stürmten sie runter und … tja, Sie wissen ja, was passiert ist. Was ich sagen will – es hätte nicht passieren müssen. Klar, die Leute waren ziemlich aggressiv, aber wir hätten das in den Griff kriegen können, wenn jemand den Befehl gegeben hätte, ein bisschen locker zu lassen und den Leuten Platz zum Atmen zu geben. Stattdessen ging Gill mit seinem Scheißknüppel auf sie los. Ich weiß, dass man von uns Polizisten annimmt, wir würden alle zusammenhalten, aber …« Grant schaute zitternd aufs Meer hinaus.

»Es gibt Zeiten, wo man zusammenhalten muss«, sagte Banks, »aber nicht in diesem Fall. Gill ist umgebracht worden, denken Sie daran.«

»Aber ich kann nichts beschwören. Ich meine, offiziell …«

»Keine Sorge. Das hier bleibt unter uns.« Wenigstens im Moment, sagte sich Banks. Wenn durch dieses Gespräch irgendetwas herauskommen sollte, würde der junge Grant vielleicht ein paar ernste Entscheidungen treffen müssen.

»Wie waren die anderen Gill gegenüber eingestellt?«, fragte er.

»Oh, die meisten fanden das alles ganz lustig und hielten es für Spaß. Ich meine, Gill hat die ganze Zeit davon gesprochen, Schwule und Kommunisten platt zu machen. Ich glaube, sie haben ihn nicht wirklich ernst genommen.«

»Aber es war nicht nur Gerede? Sie sagen, er hat gerne Schädel eingeschlagen.«

»Ja. Er war ein echtes Arschloch.«

»Sicherlich wussten die anderen davon?«

»Ja, aber ...«

»Haben sie es gebilligt?«

»Nun, ich würde sagen, nein. Manche vielleicht ... aber ich zum Beispiel nicht.«

»Aber niemand hat ihn gewarnt oder ihm gesagt, er soll damit aufhören?«

Grant zog seinen Kragen hoch. »Nein.«

»Hatten die Kollegen Angst vor ihm?«

»Manche schon. Er war ein ziemlich schwieriger Fall.«

»Was ist mit Ihnen?«

»Mit mir? Nun, ich hätte bestimmt nichts gegen ihn unternommen. Ich nehme es selbst nicht immer ganz genau mit den Vorschriften, und Gill war ein großes Arschloch.«

Über ihnen schrie eine Möwe, ein weißer Tupfer vor dem grauen Himmel, und begann, auf der Jagd nach Fischen über dem Wasser zu kreisen. Der Tanker war an den äußersten rechten Rand des Horizonts gelangt. Banks spürte, wie ihm die Kälte unter die Haut kroch. Er steckte seine Hände tief in die Taschen und spannte alle Muskeln gegen den kalten, feuchten Wind an.

»Hat jemand von den anderen ihn eigentlich gemocht?«, fragte er. »Hatte er echte Kumpels auf dem Revier?«

»Würde ich nicht sagen, nein. Er war kein besonders sympathischer Kerl. Er war zu angeberisch, zu sehr von sich eingenommen. Ich meine, man konnte nicht mit ihm reden, man musste ihm immer zuhören. Zu allem hatte er eine Meinung, aber von nichts hatte er Ahnung. Er hat nie etwas wirklich durchdacht. Bei ihm ging immer alles um Pakis und Rastas und Studenten und Skinheads und arbeitslose Rowdys.«

»Also war er nicht beliebt innerhalb des Reviers?«

»Nein, eigentlich nicht. Aber Sie wissen ja, wie es ist. Ein paar Jungs hängen im Revier zusammen, besonders wenn sie die TAG-Ausbildung hatten, und dann kommen diese ganzen Machosprüche, wie in amerikanischen Polizeiserien. Darin war Gill gut, Sprücheklopfen und mit Kämpfen und riskanten Erlebnissen angeben.«

»Gibt es auf Ihrem Revier noch mehr von der Sorte?«

»Nicht so Schlimme, nein. Es gibt ein paar, die ab und zu nichts gegen eine anständige Schlägerei haben, und manche Kerle kassieren auf Verdacht schon mal ein paar Kids ein, um ein bisschen Schwung in den Nachtdienst zu bringen. Aber niemand geht so weit wie Gill.«

»Hatte er außerhalb des Reviers Freunde?«

»Keine Ahnung, mit wem er nach Dienstschluss zusammen war.«

»Hatte er eine Freundin?«

»Keine Ahnung. Er hat nie eine erwähnt.«

»Also hat er nicht auf die gleiche Art mit Frauen geprahlt wie mit Schlägereien?«

»Nein, das habe ich nie von ihm gehört. Wenn er über Frauen geredet hat, dann sprach er immer nur von Schlampen und Nutten. Er war ein unflätiges Arschloch. Bei Demos hat er auch Frauen geschlagen. Für ihn machte es keinen Unterschied.«

»Glauben Sie, er könnte der Typ Mann gewesen sein, der mit der Freundin oder Frau eines anderen rummacht?«

Grant schüttelte den Kopf. »Nicht dass ich wüsste.«

Mit einem zappelnden Fisch im Schnabel flog die Möwe auf die Klippen hinter ihnen zu. Das Meer hatte sich etwas beruhigt, und da es jetzt rhythmisch gegen die Steinmauer klatschte, warf es kaum noch Gischt auf. Banks riskierte erneut eine Zigarette.

»Hatte Gill Feinde, von denen Sie wussten?«

»Bei seiner Haltung gegenüber der Öffentlichkeit muss er sich im Lauf der Jahre eine Menge davon gemacht haben«, sagte Grant. »Aber ich kann keinen benennen.«

»Jemand bei der Polizei?«

»Was?«

»Sie sagten, dass ihn auf dem Revier keiner wirklich mochte. Hatte jemand gute Gründe, etwas gegen ihn zu haben? Hat er jemandem Geld geschuldet, hat er Leute betrogen, gespielt? Hatte er finanzielle Probleme?«

»Ich glaube nicht. Er hat die Leute nur gegen sich aufgebracht, das ist alles. Er erzählte etwas von Pferdewetten, ja, aber ich glaube nicht, dass er das oft gemacht hat. Das schien ihm nur zu seinem Machoimage zu passen. Von mir wollte er sich nie Geld leihen, wenn Sie darauf hinaus wollen. Und ich glaube nicht, dass er ein Betrüger war, was Geld angeht. Wenigstens in dem Bereich war er ehrlich.«

Banks wandte dem kabbeligen Wasser seinen Rücken zu und schaute hoch zur düsteren Burgruine. Von seinem Blickwinkel aus konnte er nicht viel erkennen. Die steilen Klippen, in denen Meeresvögel ihre Nester angelegt hatten, waren mit Gras, Moos und blankem Felsen gesprenkelt. »Können Sie mir sonst noch etwas sagen?«, fragte er.

»Ich glaube nicht. Ich wollte nur, dass Sie wissen, dass die ganze Scheiße bei der Beerdigung genau das war. Scheiße.

Gill war ein brutales Arschloch. Ich will nicht sagen, dass er verdient hat, was ihm passiert ist, das verdient niemand, doch wer mit dem Feuer spielt …«

»Haben Sie einen speziellen Grund, etwas gegen Gill zu haben?«

Die Frage schien Grant zu erschrecken. »Ich? Was wollen Sie damit sagen?«

»Das, was ist sage. Hat er Ihnen jemals persönlich etwas getan?«

»Nein. Hören Sie, wenn Sie meine Motive wissen wollen, Sir, glauben Sie mir, es ist genau so, wie ich es Ihnen erzählt habe. Ich hörte, dass Sie Fragen über Gill stellen, und ich dachte, jemand sollte die Wahrheit sagen, das ist alles. Ich bin keiner, der herumgeht und schlecht über die Toten redet, nur weil sie sich nicht mehr verteidigen können.«

Banks lächelte. »Tut mir Leid, ich bin nur ein alter Zyniker. Es ist lange her, dass ich bei der Polizei einem jungen Idealisten wie Ihnen über den Weg gelaufen bin.« Banks dachte an Superintendent Gristhorpe, der sich über die Jahre einen gewissen Idealismus bewahrt hatte. Aber er gehörte zur alten Garde. Bei der Jugend heutzutage war es eine seltene Qualität, besonders bei denen, die in den Polizeidienst gingen. Selbst Richmond konnte man kaum als Idealisten bezeichnen. Eifrig war er, ja, aber so pragmatisch, wie der Tag lang war.

Grant brachte ein dünnes Lächeln hervor. »Nett, dass Sie das sagen, aber es entspricht nicht ganz der Wahrheit. Schließlich«, sagte er, »bin ich letzten Freitag genau wie die anderen auf die Demonstranten losgegangen, oder? Und wissen Sie was?« Seine Worte schienen ihm im Halse stecken zu bleiben. Er konnte Banks nicht mehr in die Augen schauen. »Nach einer Weile begann es mir sogar zu gefallen.«

Aha, dachte Banks, vielleicht hatte Grant nur deswegen alles erzählt, weil er sich dafür schämte, wie Gill gehandelt und das Ganze genossen zu haben. Vom Schlachteifer übermannt zu werden war nicht ungewöhnlich. Der Ausstoß von Adrenalin erzeugte in Männern, die normalerweise jede gewalttätige Auseinandersetzung kilometerweit umgehen würden, eine Art Hochgefühl. Aber offensichtlich bedrückte es Grant. Vielleicht war dies sein Weg, um das, was er als Gills Teufel in sich sah, auszutreiben. Was auch immer seine Gründe waren, er hatte Banks eine Menge Stoff zum Nachdenken geliefert.

»Das kommt vor«, sagte Banks aufmunternd. »Machen Sie sich deshalb keine Sorgen. Passen Sie auf, würden Sie mir einen Gefallen tun?«

Sie begannen, zurück zu ihren Autos zu gehen.

Grant zuckte mit den Achseln. »Kommt drauf an.«

»Ich würde gerne mehr über Gills Überstunden wissen. Zum Beispiel, wo und wann er eingesetzt wurde. Darüber sollte es Berichte geben. Außerdem wäre es nützlich, wenn ich von möglichen offiziellen Beschwerden gegen ihn wüsste. Und dann möchte ich alles über sein Privatleben wissen.«

Grant runzelte die Stirn und stieß mit seiner Zunge gegen die linke Wange, als hätte er dort ein Furunkel. »Ich weiß nicht«, sagte er schließlich und suchte in den Taschen seines Dufflecoats nach den Wagenschlüsseln. »Ich möchte nicht erwischt werden. Meine Kollegen würden mir das Leben hier ganz schön zur Hölle machen, wenn sie nur wüssten, was ich Ihnen erzählt habe. Können Sie nicht einfach seine Akte anfordern?«

Banks schüttelte den Kopf. »Mein Chef möchte nicht, dass man erfährt, dass wir über Gill nachforschen. Er meint, es würde keinen guten Eindruck machen. Aber wenn es keiner erfährt ... Schicken Sie mir die Unterlagen an meine

Privatadresse, nur um sicherzugehen.« Banks kritzelte seine Adresse auf eine Karte und reichte sie Grant.

Grant stieg in seinen Wagen und kurbelte das Fenster runter. »Ich kann nichts versprechen«, sagte er langsam, »aber ich werde es versuchen.« Er fuhr mit der Zunge über seine Lippen. »Wenn dabei irgendetwas Wichtiges herauskommen sollte ...« Er hielt inne.

Banks beugte sich hinab und legte seine Hände auf das feuchte Wagendach.

»Also«, fuhr Grant fort, »ich möchte nicht, dass Sie denken, ich bin nur auf meinen Vorteil aus, aber Sie werden sich erinnern, dass ich sagte, ich würde gerne zur Mordkommission, oder?« Und er sah Banks mit einem fetten, breiten, unschuldigen und offenen Lächeln an.

Teufel noch mal, den Jungen legte man nicht so leicht rein. Banks wurde nicht schlau aus ihm. Zuerst kam er so moralisch daher, dass Banks schon vermutete, die Kirche spiele eine große Rolle in seiner Vergangenheit. Doch trotz seines ganzes Idealismus und Respektes für das Gesetz entwickelte sich hier vielleicht ein neuer Dirty Dick. Dann wieder sah dieses verdammte, lächelnde Mondgesicht so verflucht engelsgleich aus ...

»Ja«, sagte Banks und lächelte zurück. »Keine Sorge, ich werde Sie nicht vergessen.«

SECHS

I

In den Querstraßen zwischen der York Road und der Market Street, ganz in der Nähe von Banks' Wohnung, hatten Stadtplaner eine Reihe großer viktorianischer Familienhäuser zu Studentenwohnungen umgebaut. In einer davon, einer Zwei-Zimmer-Mansardenwohnung, lebten Tim Fenton und Abha Sutton.

Nicht nur, dass Tim und Abha sich äußerlich sehr unterschieden, sie waren ganz und gar nicht so wie die meisten Revolutionäre. Der blonde Tim besaß das gut aussehende Äußere eines amerikanischen College-Boys und kleidete sich dementsprechend. Abha, eine Halbinderin, hatte goldene Haut, rabenschwarzes Haar und einen Perlenknopf im linken Nasenflügel. Sie studierte Grafikdesign, Tim war in Sozialwissenschaften eingeschrieben. Sie glaubten an den Marxismus als Lösung der weltweiten Ungerechtigkeit, waren aber immer schnell dabei, darauf hinzuweisen, dass sie den sowjetischen Kommunismus für eine extreme Perversion der Wahrheit des Propheten hielten. Beide waren im Großen und Ganzen freundliche Menschen und gehörten keineswegs zu der Sorte, die Polizisten Schweine nannte.

Sie saßen auf einem ramponierten Sofa unter einem Che-Guevara-Poster, während es sich Banks auf einem gebrauchten Bürodrehstuhl am Schreibtisch bequem machte. Auf dem Monitor eines Amstrad-Computers blinkte der Cursor auf, Papierstapel und Bücher überschwemmten den Tisch, den Boden und jeden freien Stuhl.

Nachdem er aus Scarborough zurückgekommen war, hatte Banks gerade noch Zeit gehabt, im Revier vorbeizuschauen, um zu sehen, was die Special Branch herausgefunden hatte. Wie gewöhnlich waren ihre Akten so spärlich wie Kojaks Haar. Tim Fenton wurde zum Beispiel bei ihnen geführt, weil er an einem Seminar in Slough teilgenommen hatte, das von *Marxism Today* gesponsert worden war, und weil man einige der Redner dort verdächtigt hatte, für die Sowjets zu arbeiten. Dennis Osmond hatte die Aufmerksamkeit der Branch dadurch auf sich gezogen, dass er während des Streiks der Minenarbeiter eine Reihe leidenschaftlicher regierungskritischer Artikel für verschiedene Magazine geschrieben und einige politische Demonstrationen organisiert hatte – vor allem gegen die amerikanische Militärpräsenz in Europa. Wie Banks vemutet hatte, lieferten ihre Verbrechen gegen das Königreich kaum Gründe für Verbannung oder Hinrichtung.

Wie vorauszusehen war, verhielten sich Tim und Abha nach Burgess' Besuch feindselig und verschreckt. Als Banks im vergangenen November erfolgreich eine Reihe von Einbrüchen in Studentenwohnheimen untersucht hatte, war er mit den beiden eigentlich gut ausgekommen. Selbst Marxisten, so schien es, wussten den Wert ihrer Stereoanlagen und Fernsehgeräte zu schätzen. Doch jetzt waren sie vorsichtig und zurückhaltend. Es brauchte eine Menge Small Talk, damit sie sich entspannten und öffneten. Als Banks dann schließlich auf die Demo zu sprechen kam, schienen sie ihn nicht mehr mit Burgess zu verwechseln.

»Haben Sie etwas gesehen?«, wollte Banks zuerst wissen.

»Nein, konnten wir nicht«, antwortete Tim. »Wir standen mitten in der Menge. Einer von den Polizisten rief etwas, und das war es dann. Als das Durcheinander losging, waren wir viel zu sehr damit beschäftigt, uns in Sicherheit zu bringen, als dass wir noch darauf achten konnten, was mit anderen passierte.«

»Sie waren an der Organisation der Demo beteiligt, stimmt das?«

»Ja. Aber das heißt nicht ...«

Banks hob eine Hand. »Ich weiß«, sagte er. »Und das will ich auch nicht andeuten. Hatten Sie den Eindruck, dass jemand von den Organisatoren vielleicht mehr im Sinn hatte, als nur gegen Honoria Winstantleys Besuch zu protestieren?«

Beide schüttelten den Kopf. »Als wir auf der Farm zusammenkamen«, erklärte Abha, »war jeder einfach nur aufgeregt, dass in so einem konservativen Ort wie Eastvale überhaupt eine Demo zustande kommen könnte. Ich weiß, dass nicht viele Leute teilgenommen haben, aber für uns waren es viele.«

»Auf der Farm?«

»Ja. Maggie's Farm. Kennen Sie den Hof?«

Banks nickte.

»Sie haben uns zu sich eingeladen, um dort Plakate und so zu machen«, sagte Tim. »Am Freitagnachmittag. Sie sind wirklich großartig dort. Sie haben es echt geschafft. Ich meine, Seth und Mara, sie sind so wie die unabhängigen Handwerker früher, sie machen ihr Ding, außerhalb des Systems. Und Rick ist ein ziemlich strammer Marxist.«

»Ich dachte, er wäre Künstler.«

»Ist er auch«, sagte Tim und sah beleidigt aus. »Aber er versucht nicht, etwas Kommerzielles zu malen. Er ist gegen Kunst als verkäufliche Ware.«

Also konnte das hübsche Aquarell, das Banks über dem

Kamin auf Maggie's Farm ins Auge gefallen war, nicht von Rick gewesen sein.

»Was ist mit Paul Boyd?«

»Wir kennen ihn nicht gut«, sagte Abha. »Und er hat nicht viel gesagt. Einer der Unterdrückten, nehme ich an.«

»Das kann man wohl sagen. Und Zoe?«

»Oh, die ist in Ordnung«, sagte Tim. »Sie steht auf diesen ganzen bürgerlichen Esoterikscheiß, ein bisschen viel Nabelschau für meinen Geschmack. Aber ansonsten ist sie okay.«

»Wissen Sie etwas von ihren Hintergründen, wo sie herkommen?«

Sie schüttelten den Kopf. »Nein«, sagte Tim schließlich. »Ich meine, wir reden nur darüber, wie die Dinge jetzt sind, wie man sie verändern kann und so. Und ein bisschen über politische Theorie. Rick ist von seiner Scheidung und dem ganzen Kram angepisst, aber weiter gehen die persönlichen Gespräche auch nicht.«

»Und sonst wissen Sie nichts von ihnen?«

»Nein.«

»Wer war sonst noch dort?«

»Nur wir und Dennis.«

»Osmond?«

»Genau.«

»Kann einer von Ihnen sich daran erinnern, an dem Tag ein Klappmesser gesehen oder gehört zu haben, wie jemand eines erwähnte?«

»Nein. Darauf wollte der andere Kerl auch immer hinaus«, sagte Tim und wurde unruhig. »Dieser verfluchte Burgess. Immer wieder kam er mit einem Klappmesser an.«

»Er beschuldigte uns auch fast sofort, diesen Polizisten getötet zu haben«, sagte Abha.

»Das ist so seine Art. Ich würde mir darüber nicht den

Kopf zerbrechen. Hat jemand bei dem Treffen namentlich Constable Gill erwähnt?«

»Habe ich nicht gehört«, sagte Tim.

»Ich auch nicht«, sagte Abha.

»Haben Sie jemals gehört, dass jemand von ihm gesprochen hat? Dennis Osmond zum Beispiel? Oder Rick?«

»Nein. Alles, was wir von ihm wissen«, sagte Abha, »ist, dass er bei den TAG-Gruppen ausgebildet wurde und sich gerne bei Massenveranstaltungen einsetzen ließ. Sie wissen schon, bei Demos, Streiks und so.«

Der Stuhl quietschte auf, als Banks sich abrupt herumdrehte. »Woher wissen Sie das?«

»Vom Hörensagen«, meinte Abha. »Wir haben ...«

Tim stieß ihr in die Rippen, und sie hielt den Mund.

»Was Sie sagen will«, erklärte er, »ist, wenn man hier oben politisch engagiert ist, dann lernt man schnell diejenigen kennen, auf die man aufpassen muss. Die Polizei hört uns ab, oder? Ich bin mir auf jeden Fall ziemlich sicher, dass die Special Branch eine Akte über mich hat.«

»Na gut«, sagte Banks und musste über die Absurdität des Ganzen lächeln. Spiele. Nichts weiter als Kleine-Jungen-Spiele. »War das allgemein bekannt? Konnte jeder gewusst haben, dass mit Gill auf der Demo in der Nacht zu rechnen war?«

»Mit Sicherheit jeder, der an der Organisation beteiligt war«, sagte Tim. »Und außerdem jeder, der schon mal bei einer Demo in Yorkshire gewesen ist. Gott sei Dank gibt es nicht so viele wie ihn. Er hatte so seinen Ruf.«

»Haben Sie *gewusst*, dass er Dienst haben wird?«

»Nicht mit Sicherheit, nein. Ich meine, er hätte Grippe haben können oder sich sein Bein gebrochen haben.«

»Aber ansonsten?«

»Ansonsten war er eigentlich immer dabei. Hören Sie, ich

habe keine Ahnung, worauf das alles hinauslaufen soll«, sagte Tim, »aber ich denke, Sie sollten wissen, dass wir unsere eigene Untersuchung durchführen werden.«

»Über den Mord?«

Tim sah ihn verwirrt an. »Nein. Über die Brutalität der Polizei. In ein paar Tagen werden wir uns wieder alle auf der Farm treffen und unsere Notizen vergleichen.«

»Gut, wenn Sie irgendetwas über den Tod von Constable Gill herausfinden, lassen Sie es mich wissen.«

Banks schaute auf seine Uhr und stand auf. Es war Zeit zu gehen und sich für das Abendessen mit Jenny fertig zu machen. Nachdem er sich verabschiedet hatte und durch das düstere Treppenhaus zurück auf die Straße gegangen war, dachte er darüber nach, wie seltsam es war, dass, wo immer er auch hinging, alle Wege zu Maggie's Farm zu führen schienen. Darüber hinaus hätte fast jeder Beteiligte wissen müssen, dass Gill mit aller Wahrscheinlichkeit in jener Nacht vor Ort sein würde. Wenn Gill Spaß daran hatte, den Leuten in Yorkshire eins überzubraten, dann sprach viel dafür, dass ein paar Leute einen ziemlichen Groll gegen ihn hegten. Er hoffte, dass Tony Grant sich beeilen und schnell die Informationen aus Scarborough schicken würde.

II

Mara zog ihren Armeeparka an und ging den Weg nach Relton hinunter. Mittlerweile war es dunkel, und die Sterne sahen auf dem klaren Himmel wie funkelnde Eisflecken aus. Die entfernten Hügel und Felsspalten zeigten sich nur als verschwommene Silhouetten, schwarz vor einem schwarzen Hintergrund. Eine schiefe Mondsichel stand dort oben, wie auf dem Bühnenprospekt einer Varietènummer. Mara hätte sich nicht gewundert, wenn ein Mann mit Zylinder, Umhang und Spazierstock über den Himmel getanzt wäre. Der Kies knirschte unter ihren Füßen, und der Wind pfiff durch die Lücken der mit Efeu überwucherten Natursteinmauer. In der Ferne glitzerten die Lichter der Häuser und Dörfer unten im Tal wie Sterne auf.

Sie würde mit Jenny reden, beschloss sie, steckte ihre Hände tiefer in die Taschen und zog gegen die Kälte die Schultern hoch. Jenny kannte auch Chief Inspector Banks. Obwohl sie keinem Polizisten über den Weg traute, musste selbst Mara zugeben, dass er ein wesentlich angenehmerer Mensch als Burgess war. Vielleicht könnte sie auch herausfinden, was die Polizei wirklich dachte und ob sie Paul von nun an in Ruhe ließ.

Maras Gedanken schweiften wieder zum I Ching ab, das sie zu Rate gezogen hatte, bevor sie losgegangen war. Worum zum Teufel ging es dabei eigentlich? Es sollte ein Orakel sein und Einsichten vermitteln, wenn man sie wirklich brauchte, doch Mara war nicht überzeugt davon. Ein Problem war, dass es Fragen immer indirekt beantwortete. Man konnte nicht fragen: »Hat Paul den Polizisten ermordet?« und ein klares Ja oder Nein bekommen. Dieses Mal hatte das Orakel gelautet: »Die Frau hält den Korb, aber es sind keine Früchte darin. Der Mann ersticht das Schaf, aber es fließt kein Blut.« Bedeutete das, dass Paul niemanden umgebracht hatte, dass das Blut an seiner Hand von etwas anderem stammte? Und was war mit dem leeren Korb? Hatte der etwas zu tun mit Maras unfruchtbarer Gebärmutter? Wenn ein praktischer Hinweis darin lag, dann lautete er, nichts zu tun, und dennoch wanderte sie jetzt den Pfad hinab, um Jenny anzurufen. Alles, was das Buch getan hatte, war, ihre Ängste in Worte und Bilder zu fassen.

Am Ende des Weges ging Mara die Mortsett Lane entlang, vorbei an den geschlossenen Geschäften und den Häusern mit ihren flimmernden Fernsehgeräten hinter den Gardinen. In der schwach beleuchteten Telefonzelle wählte sie Jennys Nummer. Auf ein Klicken folgte eine fremde, geisterhafte Stimme, die sie schließlich als die von Jenny erkannte. Die Stimme erklärte, dass ihre Besitzerin nicht zu Hause sei, dass aber nach dem Signalton eine Nachricht hinterlassen werden könne. Mara, die bisher noch nie mit einem Anrufbeantworter zu tun gehabt hatte, wartete unruhig und war aufgeregt, dass sie ihren Einsatz verpassen könnte. Doch schon bald ertönte das unverkennbare, hohe Piepen. Mara sprach schnell und laut, so wie man mit Ausländern redet, und kam sich komisch vor, als sie ihre eigene Stimme sagen hörte: »Jenny, hier ist Mara. Ich hoffe, ich mache das hier richtig. Würdest du mich bitte morgen Mittag im Black Sheep in Relton treffen? Es ist wichtig. Ich werde um eins da sein. Ich hoffe, du kannst kommen.« Sie hielt einen Moment inne, lauschte der Stille und hatte das Gefühl, noch etwas hinzufügen zu müssen, aber sie wusste nicht, was sie noch sagen sollte.

Behutsam hängte sie den Hörer ein. Es war ein bisschen wie ein Telegramm zu verschicken, was sie bisher einmal getan hatte. Das Gefühl, dass jedes Wort Geld kostete, war sehr hemmend, und genauso, auf andere Weise, war die Vorstellung, dass sich ein Band am Tonkopf vorbei um eine Spule drehte, während sie sprach.

Jedenfalls war es nun geschafft. Sie verließ die Telefonzelle, eilte in Richtung des Black Sheep und fühlte sich jetzt unbeschwerter, da sie wenigstens einen praktischen Schritt unternommen hatte, um mit ihren Ängsten klarzukommen.

III

Banks und Jenny saßen bei einem Aperitif an der Bar und studierten die Speisekarte. Das Royal Oak war ein gemütliches Lokal mit gedämpftem Licht, Butzenscheibenfenstern und glänzenden Kupferobjekten in jedem kleinen Winkel. An der Decke waren zwischen den dunklen Balken horizontal etliche Wanderstöcke aufgehängt worden: Knorrige Eschenzweige, Stockdegen und glatte Rohrstöcke, viele davon mit kunstvollen Metallgriffen. Auf einem langen Bord über der Bar standen eine Reihe Trinkkrüge in Form berühmter Gesichter wie die von Charles II., Shakespeare und Beethoven. Andere stellten Zeitgenossen wie Margaret Thatcher oder Paul McCartney dar.

Während sie ihr Menü auswählten, nippte Jenny an einem Wodka Tonic und Banks an einem trockenen Sherry. Nachdem sie sich ausgiebig beklagt hatte, damit ihre Figur zu ruinieren, entschied sich Jenny schließlich für ein *Steak au poivre* mit Wein-Sahne-Soße. Banks nahm gebratene Lammkeule. Er liebte es, jeden Frühling zuzuschauen, wie die kleinen Racker durch das Tal tobten, doch noch lieber aß er sie. Sie würden sowieso nur zu Schafen heranwachsen, sagte er sich.

Sie folgten der Kellnerin in den Speiseraum und freuten sich, dass nur ein weiterer Tisch besetzt war, von einem ruhigen Paar, das bereits den Nachtisch vor sich hatte. Im Hintergrund lief leise das Klarinettenquintett von Mozart. Banks beobachtete die vor ihm gehende Jenny. Sie trug ein weites Oberteil mit geradem Ausschnitt quer über dem Schlüsselbein, das so aussah, als wäre es in verschiedenen Blau- und Rottönen gebatikt worden. Ihr geschlitzter Faltenrock war einfarbig rostrot, genau in der Farbe ihres langen, gewellten Haares, und reichte ihr bis an die Waden.

Das Muster ihrer Strumpfhosen sah für Banks wie eine Reihe blauer Flecken auf ihren Beinen aus. Doch als Gentleman hatte er ihr zu ihrem Aussehen Komplimente gemacht.

Die Kellnerin zündete eine Kerze an, nahm ihre Bestellungen auf und zog sich lautlos zurück, um die beiden der Weinkarte zu überlassen. Banks nahm eine Zigarette und lächelte Jenny an.

Trotz der Behauptungen, die der Playboy oder die Wahl zur Miss Universum über das Frauenbild der Männer in die Welt setzten, waren es für Banks die scheinbar unwichtigsten Details, die eine Frau körperlich anziehend machten. Ein Leberfleck an der richtigen Stelle, eine bestimmte Wölbung der Lippen oder die Rundung der Knöchel. Oder eine Eigenheit, zum Beispiel wie sie ein Glas hielt, ihren Kopf neigte, bevor sie lächelte, oder mit der Halskette spielte, während sie redete.

Im Falle von Sandra, seiner Frau, waren es die dunklen Augenbrauen und der Kontrast, den sie zu ihrem naturblonden Haar bildeten. Bei Jenny waren es ihre Augen, oder eher der Zusammenfluss der Fältchen an ihren äußeren Rändern, besonders wenn sie lächelte. Sie sahen aus wie eine Landkarte, deren Konturen einen Sinn für Humor und eine sonderbare Mischung aus Härte und Verletztlichkeit erkennen ließen, mit der sich Banks sehr gut identifizieren konnte. Ihr schönes rotes Haar, die grünen Augen, ihre wohlproportionierte Figur, ihre langen Beine und vollen Lippen, das alles war wunderbar, aber es war nur das Sahnehäubchen auf dem Kuchen. Was Banks wirklich faszinierte, waren die Fältchen um ihre Augen.

»Woran denkst du?«, fragte Jenny und schaute von der Karte auf.

Banks versuchte es ihr zu beschreiben.

»Tja«, sagte sie nach einem Lachanfall. »Ich nehme es als

Kompliment, obwohl viele Frauen es anders sehen würden. Welchen Wein wollen wir nehmen?«

»Sie haben hier einen guten achtziger Séguret, wenn ich mich richtig erinnere. Der ist auch nicht zu teuer. Vorausgesetzt, du magst Weine von der Rhône.«

»Ich habe nichts dagegen.«

Als die Kellnerin mit geräuchertem Lachs und Melonen als Vorspeise zurückkehrte, bestellte Banks den Wein.

»Also, wozu die ganze Dekadenz?«, fragte Jenny. Im Kerzenlicht funkelten ihre Augen. »Willst du mich verführen oder willst du mich nur vor dem Verhör weich klopfen?«

»Und wenn ich sagen würde, ich will dich verführen?«

»Dann würde ich sagen, du stellst es genau richtig an.« Sie lächelte und schaute sich im Raum um. »Kerzenschein, romantische Musik, schöne Atmosphäre, gutes Essen.«

Der Wein wurde serviert, kurz darauf das Hauptgericht, und mit der Untermalung eines Flötenquartetts genossen sie bald ihr Mahl.

Während des Essens jammerte Jenny über ihren Tag. Sie musste zu viele Kurse geben, und die einfältigen Vorstellungen, die sich ihre Studenten von Psychologie machten, ermüdeten sie. Manchmal, so gestand sie, hatte sie von der ganzen Psychologie genug und wünschte, sie hätte stattdessen Literatur oder Geschichte studiert.

Banks erzählte ihr von der Beerdigung, ließ aber seine Begegnung mit Tony Grant sicherhaltshalber aus. Es könnte nützlich sein, später noch etwas in der Hinterhand zu haben, sollte er sie dazu bringen können, über Osmond zu sprechen. Er erwähnte auch seinen Besuch bei Tim und Abha und wie Burgess mit seiner Art nichts als verbrannte Erde bei ihnen hinterlassen hatte.

»Dein Dirty Dick ist ein verdammter Redneck«, sagte Jenny und wandte damit einen Amerikanismus an, auf den

Burgess stolz gewesen wäre. »Was dagegen, wenn ich ein Dessert bestelle?«, fragte sie und schob ihren leeren Teller zur Seite.

»Es ist *deine* Figur.«

»Wenn das so ist, nehmen ich eine Mousse au chocolat. Die hat ja bekanntlich überhaupt keine Kalorien. Und dazu Kaffee und Cognac.«

Als die Kellnerin vorbeikam, bestellte Banks das Dessert und den Digestif für Jenny sowie ein Stück Stiltonkäse und ein Glas Sauternes für sich. »Du hast meine Frage noch nicht richtig beantwortet«, sagte er.

»Welche Frage?«

»Wie das wäre, wenn ich dich verführen wollte.«

»Ach, die. Aber ich habe sie beantwortet. Ich sagte, du stellst es genau richtig an.«

»Aber du hast nicht gesagt, ob ich damit Erfolg haben würde oder nicht.«

Um Jennys Augen zeigten sich Lachfältchen. »Alan! Fängt es an zu jucken, kaum dass Sandra weg ist?«

Banks kam sich blöd vor, weil er gleich mit diesem Thema begonnen hatte. Mit Jenny zu flirten mochte ein Spaß sein, hatte allerdings auch eine so ernste Basis, dass keiner von beiden zu weit gehen wollte. Wenn es nicht diesen verdammten Vorfall in Osmonds Wohnung gegeben hätte, dachte er, dann hätte er niemals mit solchen Spielchen angefangen. Doch als er gesehen hatte, wie Jenny aus Osmonds Schlafzimmer schaute – mit dem von der Schulter gerutschten Morgenrock, dem zerzausten Haar und dem entrückten, verschwommenen Blick, der dem Liebesspiel folgt – da war er nicht nur eifersüchtig geworden, da waren auch alte Sehnsüchte wieder aufgeflammt. Niemand sollte das genießen dürfen, was er nicht genießen konnte. Und er konnte es nicht, daran gab es keinen Zweifel. Deshalb hatte er dieses

Spielchen begonnen und nun beide in Verlegenheit gebracht.

Um sich an etwas festhalten zu können, steckte er sich eine Zigarette an und schenkte sich dann den Rest Séguret ein. »Themenwechsel?«

Jenny nickte. »Gute Idee.«

Das Dessert kam zeitgleich mit einer Gruppe lärmender Geschäftsleute. Glücklicherweise gab ihnen die Kellnerin einen Tisch am anderen Ende des Raumes.

»Köstlich«, sagte Jenny, als sie ihre Mousse löffelte. »Ich nehme an, du willst mir jetzt Fragen stellen, oder? Mich beschleicht so das Gefühl, dass eine Verführung wahrscheinlich eine Menge mehr Spaß gemacht hätte.«

»Bring mich nicht in Versuchung«, sagte Banks. »Aber du hast Recht. Ich hätte bei ein paar Dingen gerne deine Hilfe.«

»Dann mal los. Kann ich meinen Nachtisch erst aufessen?«

»Sicher.«

Als der Teller leer war, nahm Jenny einen Schluck Cognac. »Okay«, sagte sie, salutierte und richtete sich konzentriert auf.

»Warst du dort?«, fragte Banks.

»Wo?«

»Bei der Demo. Du bist um zwei Uhr morgens bei mir vorbeigekommen und hast gesagt, du hättest zu Hause auf deinen Freund ...«

»Dennis!«

»Ja, okay. Dennis.« Banks fragte sich, warum er den Klang des Namens so sehr hasste. »Aber du hättest auch auf der Demo sein können.«

»Soll das heißen, ich könnte gelogen haben?«

»Darauf will ich nicht hinaus. Du könntest einfach vergessen haben, es zu erwähnen.«

»Du hältst mich doch wohl nicht für eine Verdächtige? Da lasse ich mich ja lieber von Quasimodo verführen.«

Banks lachte. »Darum geht es mir nicht. Denk darüber nach. Wenn du mit Osmond dort warst, bis er verhaftet wurde, dann bist du Zeugin, dass er Constable Gill nicht erstochen hat.«

»Verstehe. Also ist Dennis deiner Meinung nach der Hauptverdächtige?«

»Burgess' Meinung nach. Und die allein zählt.«

Banks fragte sich, ob auch er wollte, dass Osmond schuldig war. Ein Teil von ihm, das musste er zugeben, wollte es. Zudem fragte er sich, ob er Jenny von der Anklage wegen Körperverletzung erzählen sollte oder nicht. Aber zu diesem Zeitpunkt würde es nur gehässig sein, denn er konnte seinen Motiven nicht trauen. Würde er es ihr erzählen, um ihr zu helfen, oder doch eher deshalb, weil er eifersüchtig war und ihrer Beziehung zu Osmond schaden wollte?

»Ich verstehe, was du meinst«, sagte Jenny schließlich. »Nein, ich war nicht bei der Demo. Ich weiß nicht, was dort passiert ist. Natürlich hat Dennis mir davon erzählt. Übrigens, er ist mitten in seiner eigenen Untersuchung der Ereignisse, gemeinsam mit Tim und Abha. Und Burgess wird dabei ziemlich schlecht wegkommen. Anscheinend war er zusammen mit Hatchley heute wieder bei ihm.«

Banks wusste das. Er wusste auch, dass das schmierige Duo aus niemandem mehr Informationen herausbekommen hatte als beim ersten Mal. Wahrscheinlich ertränkten die beiden in diesem Moment ihren Kummer im Queen' Arms, und mit ein bisschen Glück würde sich Dirty Dick bei Glenys zu weit vorwagen und von ihrem Cyril ein paar verpasst bekommen.

»Zurück zur Demo«, sagte Banks. »Was genau hat Dennis erzählt?«

»Er hat keine Ahnung, was mit diesem Polizisten passiert ist. Glaubst du, ich würde hier sitzen und mit dir reden, deine Fragen beantworten, wenn ich dich nicht davon überzeugen wollte, dass er nichts damit zu tun hat?«

»Also hat er nichts gesehen?«

»Nein. Er sagte, er hätte gehört, wie jemand etwas rief – was genau, konnte er nicht verstehen – und danach ging das Chaos los.«

Das schien mit dem übereinzustimmen, was Tony Grant und Tim und Abha über den Ursprung der Ausschreitungen gesagt hatten. Banks nahm einen Schluck Sauternes und beobachtete, wie der Rest auf den Grund des Glases zurückschwappte.

»Hat er dir gegenüber jemals Constable Gill erwähnt?«

Jenny zuckte mit den Schultern. »Möglich. Aber wie gesagt, ich hatte mit der Demo nicht viel zu tun.«

»Hast du den Namen jemals gehört?«

»Keine Ahnung.« Jenny war giftig geworden. »Ich kümmere mich nicht gerade besonders um Dennis' politische Belange. Und wenn du daraus schnelle Schlüsse ziehen willst, vergiss es. Es sei denn, du willst heißen Kaffee über den Schoß geschüttet bekommen.«

Banks hielt es für das Beste, nicht weiter nach Osmond zu fragen. »Du kennst die Leute von Maggie's Farm, nicht wahr?«, fragte er.

»Ja. Dennis ist mit Seth und Mara befreundet. Wir sind ein paar Mal dort gewesen. Ich mag sie, besonders Mara.«

»Was weißt du über die Farm?«

Jenny schwenkte ihren Cognac und nahm noch einen Schluck. »Seth hat den Hof vor ungefähr drei Jahren gekauft«, sagte sie. »Anscheinend war er ganz schön heruntergekommen, deswegen hat er ihn auch ziemlich billig gekriegt. Er hat alles repariert, die alte Scheune umgebaut und vermietet. Nach Mara kam als Nächstes Rick mit Julian, glaube ich. Er hatte Probleme mit seiner Frau.«

»Ja, ich habe davon gehört«, sagte Banks. »Weißt du mehr von der Frau?«

»Nein. Außer, dass sie laut Rick Schlampe heißen muss.«

»Was ist mit Zoe?«

»Ich weiß nicht genau, wie sie dazugekommen ist. Sie zog erst später ein. Soweit ich weiß, stammt sie von der Ostküste. Sie macht den Eindruck, ein bisschen weggetreten zu sein, aber ich vermute, in Wirklichkeit ist sie ziemlich gewitzt. Es ist schon überraschend, wie viele Leute heutzutage auf diesen Esoterikkram abfahren. Wahrscheinlich sind sie auf der Suche ... nach Bestätigung oder so, keine Ahnung. Auf jeden Fall lebt sie gut davon. Sie schreibt die wöchentlichen Horoskope in der *Gazette* und hat an Sommerwochenenden eine kleine Bude an der Küste, wo sie Tarotkarten legt und so weiter. Du weißt schon, Madame Zoe, die Wahrsagerin ...«

»An der Ostküste. In Scarborough?«

Jenny schüttelte den Kopf. »Whitby, glaube ich.«

»Trotzdem«, murmelte Banks, »es ist nicht weit weg.«

»Wie?«

Die Kellnerin brachte den Kaffee, und Banks zündete sich eine neue Zigarette an, darum bemüht, den Rauch von Jenny fern zu halten.

»Erzähl mir von Mara.«

»Ich mag Mara sehr. Sie ist intelligent und sie hat ein interessantes Leben hinter sich. Bevor sie auf die Farm zog, lebte sie in irgendeiner religiösen Gemeinschaft, aber sie war enttäuscht davon. Jetzt scheint sie sich ein bisschen zur Ruhe setzen zu wollen. Ich kann nicht genau sagen, warum, aber wir verstehen uns ziemlich gut. Von Seth weiß ich nicht viel, wie gesagt. Er ist in den Sechzigern groß geworden und hat seine Ideale nie aufgegeben. Ich meine, immerhin ist er kein Börsenmakler oder Steuerberater geworden. Sein Hauptinteresse gilt seiner Tischlerei. In seiner Vergangenheit war auch irgendwas mit einer Frau.«

»Was für eine Frau?«

»Mara hat nur mal was erwähnt. Anscheinend spricht Seth nicht gerne darüber. Eine Freundin von ihm ist gestorben. Vielleicht waren sie sogar verheiratet, keine Ahnung. Das war, bevor er die Farm gekauft hat.«

»Wie hieß sie denn?«

»Alison, glaube ich.«

»Wie ist sie gestorben?«

»Irgendein Unfall.«

»Was für einer?«

»Mehr weiß ich nicht, wirklich. Ich würde es sagen. Mara weiß auch nicht mehr. Seth hat es ihr nur mal erzählt, als er betrunken war. Sonst scheint er aber nicht zu trinken.«

»Und das ist alles, was du weißt?«

»Ja. Es war irgendein Autounfall. Sie wurde überfahren oder so.«

»Wo haben sie damals gelebt?«

»Hebden Bridge, glaube ich. Was spielt das für eine Rolle?«

»Wahrscheinlich keine. Ich will nur so viel wie möglich von den Leuten wissen, mit denen ich zu tun habe. Sie waren an der Demo beteiligt, und jedes Mal, wenn ich jemanden befrage, kommt das Gespräch auf Maggie's Farm.«

Es wäre ein Leichtes gewesen, die Unfallberichte von Hebden Bridge zu überprüfen, doch Banks hatte keine Ahnung, was Gill damit zu tun haben könnte. Vielleicht war er zu der Zeit Streife gefahren? Zu einer religiösen Gemeinschaft hatte er wohl auch kaum Kontakt gehabt, sofern er nicht befürchtet hatte, ein naher Freund oder Bekannter sei von so einer Gemeinschaft der Gehirnwäsche unterzogen worden.

»Was ist mit Paul Boyd?«, fragte er.

Jenny dachte nach. »Er ist noch ganz neu auf der Farm. Ich kann nicht behaupten, dass ich ihn gut kenne. Um dir die Wahrheit zu sagen – und jetzt muss ich mich recht unprofessionell ausdrücken –, bei ihm kriege ich das kalte Grausen. Doch Mara hängt sehr an ihm, wie an einem jüngeren Bruder oder sogar an einem Sohn. Sie ist siebzehn Jahre älter als er. Und er gehört wirklich einer anderen Generation an. Ein Punk. Mara glaubt, dass er einfach liebevolle Fürsorge braucht, denn davon hat er anscheinend nie viel bekommen.«

»Und was hältst du in beruflicher Hinsicht von Paul?«

»Schwer zu sagen. Weißt du, ich habe mich wirklich noch nicht oft mit ihm unterhalten. Er macht einen zornigen, antisozialen Eindruck. Vielleicht gibt ihm das Leben auf der Farm eine Art Zugehörigkeitsgefühl. Wenn man darüber nachdenkt, welchen Grund soll er auch haben, die Welt zu lieben? Kein Erwachsener hat ihm jemals eine Chance gegeben, die Gesellschaft auch nicht. Er fühlt sich wertlos und abgelehnt, also läuft er herum wie der letzte Dreck, klammert sich an dieses Selbstbild und provoziert damit, eine menschliche Reaktion. Und das«, sagte Jenny mit einer gespielten Verbeugung, »ist Dr. Fullers bescheidene Meinung.«

Banks nickte. »Macht Sinn.«

»Aber das macht ihn noch nicht zum Mörder.«

»Nein.« Jede weitere Frage, die ihm jetzt noch einfiel, würde ihn nur zurück auf das schwierige Thema Dennis Osmond bringen. Doch in der letzten halben Stunde hatte sich die Atmosphäre so entspannt, dass er nicht riskieren wollte, dem Abend einen bitteren Nachgeschmack zu geben. Wenn er sich tatsächlich wieder über Osmond auslassen würde, würde Jenny mit Sicherheit dichtmachen.

Banks nahm die Rechnung, doch Jenny bestand darauf,

sie zu teilen. Dann verließen sie das Lokal. Es war eine ruhige Heimfahrt, aber Banks fühlte sich schuldig, weil er sicher war, die Promillegrenze ein bisschen überschritten zu haben. Wenn sich jemand über die Gefahren von Alkohol am Steuer im Klaren sein sollte, dann doch wohl ein Polizist. Er fühlte sich nicht betrunken, schließlich hatte er nicht viel zu sich genommen, meinte, sich völlig unter Kontrolle zu haben, aber das behaupten alle, wenn die Drogen die Wahrnehmung verändern. Er solle keinen Unsinn reden, sagte Jenny zu ihm, er sei völlig in Ordnung. Als er sie zu Hause rausließ, lud sie ihn nicht zu einem Kaffee ein, und er war froh darum.

Im Bett, beim Versuch einzuschlafen, dachte er, dass Jenny ihn glücklicherweise nicht dazu aufgefordert hatte, seine eigenen Theorien zu dem Fall preiszugeben. Hätte sie es getan, hätte er ihr – im Vertrauen, dass sie es nicht weitergab – von seinem Gespräch am Marine Drive mit Tony Grant erzählt, dessen Aussagen ein ganz neues Licht auf den Fall warfen.

Auf der einen Seite machten Grants Informationen die Möglichkeit eines persönlichen Motives für den Mord an Gill sehr viel wahrscheinlicher. Noch wusste er nicht, wer ein solches Motiv gehabt haben könnte, aber angesichts dessen, was Tim und Abha gesagt hatten, dürfte jeder Teilnehmer der Demonstration – besonders die Organisatoren und ihnen nahe stehende Leute – gewusst haben, dass bei der Demo mit Gill zu rechnen gewesen war. Und mußte Gills Anwesenheit nicht zwangsläufig zu Ausschreitungen führen?

Auf der anderen Seite, ging es Banks durch den Kopf, bestand die Möglichkeit, dass Gill Feinde innerhalb der Polizei hatte und statt eines Demonstranten ein Polizist die Gelegenheit genutzt haben könnte, um ihn loszuwerden. Zum Beispiel jemand, an dessen Frau oder Freundin sich

Gill herangemacht hatte. Oder ein Komplize, wenn er in Gaunereien verwickelt gewesen war. Tony Grant hatte das ausgeschlossen, aber er war schließlich nur ein naiver Neuling bei der Polizei.

Mit dieser Theorie würde er bei Burgess auf taube Ohren stoßen, denn sie würde alle politischen Überlegungen vom Tisch fegen. Doch ein anderer Polizist hätte damit rechnen können, dass Gill bei der Demo Ärger verursachen würde, und sich mit ihm für die Überstunden melden können. Und vor allem hätte er im Gegensatz zu einem Demonstranten nicht vor dem Problem gestanden, unbemerkt in den dunklen Gassen entkommen zu müssen. Niemand hat die Polizisten kontrolliert, niemand hat ihre Uniformen nach Gills Blut untersucht.

Vielleicht war dies nur eine der üblichen weit hergeholten Theorien kurz vor dem Einschlafen, die bei Tageslicht völlig absurd erschienen. Aber Banks konnte sie nicht ganz ausschließen. Bei der Londoner Polizei hatte er Männer gekannt, die mehr als fähig dazu waren, einen Kollegen zu ermorden, und in den meisten Fällen hätte das Opfer wahrlich keinen Verlust für die Menschheit dargestellt. Allerdings gab es nur einen Weg, mehr über diese Spur zu erfahren, nämlich indem er Tony Grant noch weiter in die Pflicht nahm. Wenn an dieser Spur irgendetwas dran sein sollte, dann war es umso besser, je weniger Leute von Banks Ermittlung wussten. Dieser Weg könnte gefährlich werden.

Und mit dem Gefühl des warm durch seine Adern fließenden Sauternes und einer kalten, leeren Betthälfte neben sich schlief Banks ein, im Gedanken bei dem Opfer, überzeugt, dass jemand ganz in der Nähe sehr gute Gründe gehabt hatte, Constable Edwin Gills Tod zu wollen.

SIEBEN

I

Banks bog auf den Weg zu Gristhorpes altem Bauernhaus am Hang über Lyndgarth ein und fragte sich, was der Superintendent an einem Mittwochmorgen zu Hause machte. Die Nachricht, die von Sergeant Rowe auf seinen Schreibtisch gelegt worden war, enthielt keine Erklärung, sondern nur die Einladung zu einem Besuch.

Als er vor dem gedrungenen, massiven Haus parkte, drückte er seine Zigarette aus und stoppte die Lightning-Hopkins-Kassette, die er gehört hatte. Er atmete die frische, kalte Luft ein, sah hinunter über Swainsdale und war beeindruckt, wie Relton und Maggie's Farm genau auf der gegenüberliegenden Seite des Tals beinahe ein Spiegelbild von Lyndgarth und Gristhorpes Haus darstellten. Wie Letzteres befand sich Maggie's Farm höher am Berghang als das nahe gelegene Dorf, ganz weit oben am Rande der Heidelandschaft, die sich kilometerweit über die Gipfel zwischen den einzelnen Tälern erstreckte.

Als er vor dem Bauernhaus den Hang hinunterschaute, konnte Banks westlich von Lyndgarth die graubraunen Ruinen der Devraulx-Abtei erkennen. In der Talsohle markierte Fortford die westliche Grenze der Flussauen. Dort, wo der Fluss Swain sich durch die Ebene schlängelte, und zwar bevor er mit einer scharfen Kurve südöstlich nach Eastvale weiterströmte und schließlich außerhalb Yorks in den Ouse mündete, war die breiteste Stelle des Tales.

Im Sommer waren die saftigen grünen Auenwiesen mit goldenen Butterblumen gesprenkelt. Am Flussufer im Schatten der Eschen und Weiden wuchsen Glockenblumen, Vergissmeinnicht und Bärlauch. Die Wiesen, Leas wurden sie im Volksmund genannt, waren beliebte Ausflugsziele für Familienpicknicks. Zudem stellten Künstler ihre Staffeleien dort auf, und an den Ufern verbrachten Angler müßige Nachmittage oder wateten in der Dämmerung ins seichte Wasser. Obwohl sich die Vorboten des Frühlings bereits in der Farbe des Grases zeigten und wie ein grüner Dunst über den Zweigen der Bäume hingen, schienen die Wiesen jetzt ein unheimlicher und trostloser Ort zu sein. Zwischen den Bäumen funkelte der sich dahinschlängelnde Fluss, der Wind jagte die Wolken von Westen herüber. Ihre Schatten flitzten mit einer solchen Geschwindigkeit über die steilen grünen Hänge, dass einem beim Zuschauen fast schwindelig wurde.

Gristhorpe öffnete die Tür, führte Banks ins Wohnzimmer, wo im Kamin ein Torffeuer brannte, und verschwand dann in der Küche. Banks zog seine mit Schaffell gefütterte Jacke aus und rieb vor dem Feuer seine Hände. Draußen vor dem Fenster stand ein Stapel Steine neben der unvollendeten Natursteinmauer, die der Superintendent in seiner Freizeit errichtete. Sie zäunte nichts ein und verlief ins Nirgendwo, doch Banks hatte mit Gristhorpe schon viele Stunden in kameradschaftlicher Stille damit zugebracht, weitere Steine aufzuschichten. Heute war es allerdings zu kalt für eine solche Beschäftigung im Freien.

Gristhorpe brachte auf einem Tablett Tee und Scones herbei und setzte sich in seinen Lieblingssessel, um den Tee einzuschenken. Nachdem sie ein wenig über die Mauer und das Wetter – sollte es noch einmal schneien? – gesprochen hatten, erzählte der Superintendent Banks die Neuigkeit: Die Untersuchung über die Demonstration war eingestellt worden.

»Ich wurde einfach abserviert, wie man so schön sagt«, meinte er. »Der stellvertretende Polizeipräsident möchte, dass jemand von außerhalb den Bericht beendet. Vielleicht jemand aus der Abteilung von Avon und Somerset.«

»Weil wir zu voreingenommen sind?«

»Ja, teilweise. Ich habe nichts anderes erwartet. Sie haben mich erst mal nur deshalb darauf angesetzt, damit es so aussieht, als würden wir schnell handeln.«

»Hast du was herausgefunden?«

»Es sieht so aus, als hätten ein paar von unseren Jungs überreagiert.«

Banks erzählte ihm, was er von Jenny sowie Tim und Abha erfahren hatte.

Gristhorpe nickte. »Dem stellvertretenden Polizeipräsidenten gefällt das nicht. Wenn du mich fragst, ich glaube nicht, dass es eine offizielle Untersuchung geben wird. Das wird so lange aufgeschoben, bis es kein Thema mehr ist. Er hofft, dass Superintendent Burgess schnell einen Mörder findet. Dann wäre jeder zufrieden, die restlichen Umstände werden die Leute schnell vergessen.«

»Was heißt das für dich?«

»Ich nehme ein paar Tage Urlaub, wie mir der Stellvertretende geraten hat. Sollte nichts anderes passieren, irgendwas, das nichts mit Gills Tod zu tun hat, dann bleibe ich, wo ich bin. Er hat natürlich Recht. Das ist Burgess' Fall und da müssen wir uns nicht gegenseitig auf den Füßen rumtrampeln. Aber wehe, du lässt das Arschloch mit seinen stinkigen Zigarren in mein Büro! Wie kommst du mit ihm klar?«

»Geht schon irgendwie. Er hat eine Menge Energie, und

blöd ist er auch nicht. Das Problem ist nur, dass er sich auf Terroristen und Linke im Allgemeinen eingeschossen hat.«

»Und du siehst das anders?«

»Ja.« Banks erzählte ihm von seinem Treffen mit Tony Grant und den Möglichkeiten, die sich daraus für den Fall ergeben hatten. »Außerdem«, fügte er hinzu, »wenn irgendeine terroristische Aktion geplant gewesen wäre, dann kann man ja wohl davon ausgehen, dass die Special Branch davon gewusst hätte, oder?«

Gristhorpe verdaute die Informationen und grübelte einen Augenblick darüber nach. Dann sah er Banks mit seinen hellblauen Augen an und rieb sich das Kinn. »Ich möchte nicht bestreiten, dass du Recht haben könntest«, sagte er, »aber bleib um Himmels willen auf dem Boden. Wenn du dich in diese Sache verrennst, kannst du dir eine Menge Ärger einhandeln – und mir auch. Ich habe Verständnis dafür, dass du deinem Riecher folgen willst – andernfalls wärst du ein schlechter Polizist – und vielleicht möchtest du es auch Dirty Dick zeigen. Aber sei vorsichtig. Nur weil sich Gill als Arschloch erwiesen hat, muss er deswegen noch nicht umgebracht worden sein. Burgess könnte Recht haben.«

»Ich weiß. Es ist nur eine Theorie. Aber danke für die Warnung.«

Gristhorpe lächelte. »Nimm keine Rücksicht darauf. Aber häng es nicht an die große Glocke. Wenn Burgess herausfindet, dass du eine private Ermittlung durchführst, dann macht er aus deinen Eingeweiden Hosenträger. Und nicht nur er. Der stellvertretende Polizeipräsident wird mit deinen Eiern Billard spielen.«

»Da werden mir wohl schnell die Organe ausgehen«, sagte Banks grinsend.

»Und dieses Gespräch hat nie stattgefunden. Ich habe keine Ahnung, was du vorhast, abgemacht?«

»Abgemacht.«

»Aber halte mich auf dem Laufenden. Gott, wie ich diese verdammte Taktiererei hasse.«

Banks wusste, dass Grishtorpe aus einer radikal gesinnten Familie stammte – Anhänger der ersten organisierten Arbeiterbewegung waren darunter, der Chartisten, sowie Gegner der Getreidegesetze. Im Familienstammbaum lauerte sogar ein Luddit, einer jener aufrührerischen Arbeiter, die Anfang des neunzehnten Jahrhunderts aus Furcht vor Arbeitslosigkeit Maschinen zerstörten. Gristhorpe selbst war konservativ, allerdings nicht im Sinne einer Parteizugehörigkeit. Er war wertkonservativ; die Menschenrechte, für die jahrhundertelang gekämpft und schließlich gewonnen worden war, lagen ihm am Herzen. So sah er auch seinen Job, er wollte die Menschen verteidigen und nicht angreifen. Banks vertrat die gleiche Berufsauffassung, und das war ein Grund, warum die beiden sich so gut verstanden.

Banks trank seinen Tee aus und schaute auf die Uhr. »Wo wir gerade bei Dirty Dick sind, ich muss los. Er hat für ein Uhr eine Konferenz im Queen's Arms anberaumt.«

»Sieht so aus, als hätte er sich ganz dort niedergelassen.«

»Da liegst du gar nicht so falsch.« Banks erzählte von Glenys und zog seine Jacke an. »Davon mal abgesehen«, fügte er hinzu, »säuft er wie ein Loch.«

»Also ist er nicht nur wegen Glenys und ihrer Reize dort?«

»Nein.«

»Hast du ihn schon besoffen erlebt?«

»Noch nicht.«

»Gut, pass auf ihn auf. Hier trinkt zwar jeder, aber irgendwann ist der Spaß vorbei. Das Letzte, was du gebrauchen kannst, ist, in einer brenzligen Situation auf einen Schluckspecht angewiesen zu sein.«

»Ich glaube nicht, dass man sich da Sorgen machen muss«, sagte Banks und ging zu seinem Wagen. »Er hat schon immer gut geschluckt. Und ein geiler Bock war er auch immer. Aber was soll ich machen, wenn er es übertreibt? Ich sehe schon seinen Blick vor mir, wenn ich ihm vorschlage, sich bei den Anonymen Alkoholikern zu melden.«

Gristhorpe stand neben dem Wagen. Banks kurbelte das Fenster herunter, schob die Lightning-Hopkins-Kassette wieder in den Schlitz und zündete sich eine Zigarette an.

Der Superintendent schüttelte den Kopf. »Es wird auch Zeit, dass du diese furchtbare Angewohnheit aufgibst«, sagte er. »Und was diesen Krach angeht, den du Musik nennst ...«

Banks lächelte und drehte den Schlüssel im Zündschloss herum. »Weißt du was?«, sagte er. »Ich glaube, du wirst langsam ein unerträglicher, alter Kauz. Ich weiß, dass du kein Gehör für Musik hast und Mozart nicht von den Beatles unterscheiden kannst, aber vergiss nicht, es ist noch nicht lange her, dass du selbst mit Rauchen aufgehört hast. Hast du gar keine schlechten Angewohnheiten mehr?«

Gristhorpe lachte. »Habe ich alle vor Jahren sein lassen. Meinst du, ich sollte mir wieder ein paar aneignen?«

»Keine schlechte Idee.«

»Und womit soll ich anfangen?«

»Versuch es mit Schafeficken«, sagte Banks, nachdem er das Fenster hochgekurbelt hatte. Doch seinen erhobenen Augenbrauen und dem überraschten Lächeln nach zu urteilen, war Gristhorpe anscheinend des Lippenlesens mächtig. Grinsend bog Banks in den Weg, blickte auf die friedlichen, verlassenen Flussauen unten im Tal und fuhr auf die Straße nach Eastvale zu.

11

Jenny hatte bereits fünf Minuten Verspätung. Mara stellte ihr kleines Bier ab und drehte sich eine Zigarette. Es war Mittwochmittag, und das Black Sheep war fast leer. Außer dem Wirt, der die *Sun* las, und zwei alten Männern, die Domino spielten, war sie der einzige andere Gast in der gemütlichen Bar.

Jetzt, wo Jenny bald da sein würde, wurde sie unruhig und kam sich blöd vor. *So* gut kannte sie Jenny schließlich nicht, außerdem klang ihre Geschichte ziemlich fadenscheinig. Sie wusste nicht, wie sie das wirkliche Problem in Worte fassen sollte. Wie konnte sie beschreiben, dass sie Paul des Mordes an dem Polizisten verdächtigte und sogar schon Angst bekam, mit ihm unter einem Dach zu leben, sie ihn aber trotzdem nicht gehen lassen würde, sondern weiterhin wollte, dass er bei ihnen blieb? Ohne die Gefühle, die damit verbunden waren, klang es verrückt. Und Jenny zu erzählen, dass sie lediglich Informationen für eine Geschichte brauchte, an der sie schrieb, erklärte kaum die Wichtigkeit des Treffens, die sie am Telefon vorgeschoben hatte. Vielleicht kam Jenny ja gar nicht. Vielleicht hatte Mara nicht richtig auf den Anrufbeantworter reagiert und sie hatte die Nachricht nicht mal erhalten.

Alles, was sie hören konnte, war das asthmatische Atmen von einem der alten Männer, ein gelegentliches Rascheln der Zeitung sowie das Klacken der Dominosteine, wenn sie auf die harte Spielfläche gelegt wurden. Sie schwenkte das Bier auf dem Grund des Glases und blinzelte erneut auf ihre Uhr. Viertel nach eins.

»Noch ein Bier, Schätzchen?«, rief Larry Grafton.

Mara lächelte ihn an und schüttelte den Kopf. Wie kam es, dass es ihr nicht so viel ausmachte, von den Einheimischen »Schätzchen« genannt zu werden, sie aber vor lauter Wut an die Decke gegangen war, als Burgess sie so angesprochen hatte? Es muss an der Betonung liegen, dachte sie sich. Die alten Männer aus Yorkshire, die das Wort benutzten, waren wahrscheinlich genauso chauvinistisch wie der Rest, denn die Geschlechterrollen waren in den Familien der Dales nicht weniger traditionell als irgendwo sonst in England, doch wenn die Männer hier Frauen »Schätzchen« nannten, dann schwang dabei wenigstens noch ein liebevoller Unterton mit. Bei Burgess allerdings war das Wort eine Waffe, mit der er die Frauen erniedrigte und sich über sie stellte.

Da erschien Jenny und unterbrach ihren Gedankenfluss.

»Tut mir Leid, dass ich zu spät dran bin«, sagte sie atemlos. »Der Kurs dauerte länger, als ich gedacht hatte.«

»Kein Problem«, sagte Mara. »Ich bin auch noch nicht lange hier. Willst du was trinken?«

»Ich gehe was holen.«

Jenny ging zur Theke, und Mara beobachtete sie. Jedes Mal, wenn sie Jenny sah, fühlte sie sich von ihrem Auftreten eingeschüchtert. Immer schien Jenny die richtige, teuer aussehende Kleidung zu tragen. Heute war es eine taillenlange Pelzjacke (natürlich ein Imitat, Jenny würde niemals mit echtem Tierfell herumlaufen), eine grüne Seidenbluse, eine eng sitzende, rostfarbene Kordhose und blank polierte, kniehohe Stiefel. Mara würde sich nicht so kleiden wollen, es passte nicht zu ihrer Persönlichkeit, aber neben Jenny fühlte sie sich in ihrem von Motten zerfressenen Pullover und den schlammverschmierten Gummistiefeln schäbig. Ihre Jeans waren auch nicht gebleicht wie die von Jugendlichen, es war alles echt daran.

»Nicht viel los hier, was?«, sagte Jenny und stellte die Gläser ab. »Du hast so nachdenklich ausgesehen, als ich reinkam. Woran hast du gedacht?«

Mara erzählte ihr von ihren Empfindungen, wenn sie »Schätzchen« genannt wurde.

»Ich weiß, was du meinst. Ich hätte Burgess erwürgen können, als er mich so genannt hat.« Sie lachte. »Dorothy Wycombe hat einmal ihren Drink über einen Stallburschen gekippt, weil er sie ›Schätzchen‹ genannt hat.«

»Dorothy hat mit uns nicht viel zu tun«, sagte Mara. »Ich glaube, für ihren Geschmack sind wir zu traditionell.«

Jenny lachte. »Dann kannst du dich ja glücklich schätzen.« Sie zog ihre Pelzjacke aus und setzte sich hin. »Ich habe gehört, dass sie Hackfleisch aus Burgess gemacht hat. Alan hat sie auch schon mal den Marsch geblasen. Er macht jetzt einen weiten Bogen um sie.«

»Alan? Ist das der Polizist, den du kennst? Chief Inspector Banks?«

Jenny nickte. »Er ist in Ordnung. Warum? Wolltest du darüber mit mir reden?«

»Was meinst du?«

»Tu doch nicht so geheimnisvoll. Ich weiß, dass ihr seit der Demo die Polizei auf dem Hals habt. Ich habe mich nur gefragt, ob du deswegen mit mir sprechen wolltest. Deine Nachricht war ja nicht gerade aufschlußreich.«

Mara lächelte. »Ich kenne mich mit Anrufbeantwortern einfach nicht so gut aus, tut mir Leid.«

»Kein Problem. Du hast dich nur furchtbar besorgt und ernst angehört. Bist du das?«

Ein Dominostein klackte laut auf das Spielbrett, offensichtlich der letzte Zug zum Sieg. »Nein, nicht so sehr, wie ich wahrscheinlich geklungen habe«, sagte Mara. »Aber es geht um die Demo. Jedenfalls zum Teil.« Da Jenny Banks erwähnt hatte, konnte sie auch gleich versuchen, etwas über den Stand der Ermittlung und die Gedanken der Polizei herauszufinden.

»Dann schieß los.«

Mara holte tief Luft und erzählte Jenny von den jüngsten Vorgängen auf der Farm, besonders von Burgess' Besuch.

»Ihr solltet euch beschweren«, riet ihr Jenny.

Mara schnaubte. »Beschweren? Bei wem denn? Er hat uns erzählt, was passieren würde, wenn wir es tun. Anscheinend ist sein Boss ein noch größeres Arschloch als er.«

»Versuch es hier. Superintendent Gristhorpe ist kein schlechter Kerl.«

Mara schüttelte den Kopf. »Du verstehst das nicht. Die Polizei würde sich niemals eine Beschwerde von Leuten wie uns anhören.«

»Sei dir da nicht so sicher, Mara. Alan möchte es verstehen. Er ist nur hinter der Wahrheit her.«

»Ja, aber ... ich kann es nicht richtig erklären. Was denken sie wirklich von uns, Jenny? Glauben die, dass einer von uns den Polizisten umgebracht hat?«

»Keine Ahnung. Wirklich, ich weiß es nicht. Ihr steht im Mittelpunkt des Interesses, ja. Ich würde lügen, wenn ich das bestreiten wollte. Aber ich glaube nicht, dass es so weit geht, dass sie wirklich jemanden verdächtigen. Noch nicht.«

»Aber warum belästigen sie uns dann die ganze Zeit? Wann wird das aufhören?«

»Wenn sie den Mörder gefunden haben. Sie belästigen nicht nur euch, sondern jeden, der bei der Demo engagiert war. Sie waren auch bei Dennis, bei Dorothy Wycombe und den Studenten. Einstweilen werdet ihr das über euch ergehen lassen müssen.«

»Sieht so aus.« Die alten Männer mischten die Dominosteine für ein neues Spiel. Im Kamin verrutschte ein Holzscheit und schickte einen Funkenschwall und eine Rauchwolke in den Raum. Die Flammen stiegen wieder auf und züngelten vor der schwarzen Schornsteinwand. »Hör mal«, fuhr Mara fort, »würdest du mir eine fachliche Frage beantworten? Es geht um Psychologie. Ich brauche es für eine Geschichte, an der ich arbeite.«

»Ich wusste gar nicht, dass du schreibst.«

»Ach, ich schreibe eigentlich nur für mich. Ich meine, ich habe bisher noch nicht versucht, etwas zu veröffentlichen.« Schon während sie es aussprach, wusste Mara, dass ihre Ausrede nicht wahr klang.

»Okay«, sagte Jenny. »Ich hole nur erst noch eine neue Runde.«

»O nein. Jetzt bin ich dran.« Mara ging an die Theke und bestellte ein weiteres kleines Bier für sich und einen Wodka Tonic für Jenny. Wenn sich nur nach diesem Gespräch einige ihrer Befürchtungen wegen Paul zerstreuen würden – natürlich ohne sie preiszugeben –, dann würde sie sich mit Sicherheit um einiges besser fühlen.

»Also, worum geht es?«, fragte Jenny, als Mara mit den Getränken zurückkam.

»Ich bin mir nur im Unklaren über einen Begriff, den ich gehört habe, und würde gerne wissen, was dahinter steckt. Was ist ein Soziopath?«

»Ein Soziopath? Du lieber Gott, das ist ja fast eine Prüfungsfrage. Lass mich ein bisschen nachdenken. Aber ohne Lehrbuch werde ich dir wohl eine vereinfachte Antwort geben müssen.«

»Das reicht völlig aus.«

»Nun ... ich schätze, im Grunde ist es jemand, der ständig auf Kriegsfuß mit der Gesellschaft steht. Ein Rebell ohne Grund, wenn du so willst.«

»Aber warum? Ich meine, wie werden Menschen so?«

»Dafür gibt es keine Regeln«, sagte Jenny, »aber man glaubt, dass es viel mit den familiären Verhältnissen zu tun hat. Die Menschen, die wir Soziopathen nennen, haben normalerweise von klein auf Missbrauch, Grausamkeit und Ablehnung durch ihre Eltern erlitten, oder wenigstens von einem Elternteil. Als Reaktion darauf lehnen sie die Gesellschaft ab und werden selbst grausam.«

»Was sind die Anzeichen?«

»Antisoziale Handlungen: Diebstahl, Rücksichtslosigkeit, Grausamkeit zu Tieren. Schwer zu sagen.«

»Was sind das für Menschen?«

»Sie fühlen nichts bei dem, was sie tun. Sie können jede grausame Handlung – selbst Mord – vor sich rechtfertigen. Sie erkennen nicht wirklich, dass sie etwas Falsches getan haben.«

»Kann man ihnen helfen?«

»Manchmal. Das Problem ist, dass sie durch das, was ihnen widerfahren ist, vom Rest der Gesellschaft isoliert sind. Sie haben selten Freunde und keinerlei Sinn für Treue.«

»Also ist es unmöglich, ihnen zu helfen?«

»Für sie ist es sehr schwer, anderen Menschen Liebe und Vertrauen zu schenken oder die Gefühle anderer zu erwidern. Wenn man seine Liebe nicht zeigt, dann besteht auch nicht die Gefahr, im Falle einer Zurückweisung verletzt zu werden. Da steckt das eigentliche Problem: Sie brauchen jemanden, der ihnen vertraut und Gefühle für sie hat, aber genau diese Dinge können sie am schwersten annehmen.«

»Also ist es hoffnungslos.«

»Oft ist es zu spät«, sagte Jenny. »Wenn sie früh behandelt werden, kann man ihnen helfen, doch manchmal sitzt das Verhaltensmuster schon wenn sie in die Pubertät kommen so tief, dass es beinahe unabänderlich ist. Aber hoffnungslos ist es nie.« Sie beugte sich nach vorn und legte ihre Hand auf Maras. »Du sprichst von Paul, nicht wahr?«

Schroff wich Mara zurück. »Wie kommst du darauf?«

»Dein Gesichtsausdruck, der Ton in deiner Stimme. Es

geht nicht um eine Geschichte, die du schreibst. Es ist eine wahre Geschichte, oder?«

»Und wenn?«

»Ich kann dir nicht sagen, ob Paul ein Soziopath ist oder nicht, Mara. Ich kenne ihn nicht gut genug. Aber das Leben auf der Farm scheint ihm gut zu tun.«

»O ja«, sagte Mara. »Es tut ihm gut, meine ich. Seit er bei uns lebt, ist er wesentlich offener und freundlicher. Abgesehen von den letzten Tagen.«

»Tja, logisch, dass ihn diese Polizeibesuche mitnehmen. Aber das hat nichts zu bedeuten. Du glaubst doch nicht, er könnte den Polizisten umgebracht haben, oder?«

»Du darfst niemandem von diesem Gespräch erzählen«, sagte Mara schnell. »Besonders Inspector Banks nicht. Die Polizei sucht ja nur nach einem Grund, um Paul mit der Sache in Verbindung zu bringen. Und ich bin mir sicher, dass Burgess dann ein Geständnis aus ihm herauspresst.«

»Das werden sie nicht tun«, sagte Jenny. »Du hast doch keinen konkreten Grund, Paul für schuldig zu halten, oder?«

»Nein.« Mara war unsicher, ob sie überzeugend klang. Das Gespräch war ihr aus den Händen geglitten, aber jetzt schien es unmöglich zu sein, sich auf neutralen Boden zurückzuziehen. »Ich mache mir nur Sorgen um ihn, das ist alles«, fuhr sie fort. »Er hat es immer schwer gehabt. Seine Eltern haben ihn abgelehnt und seine Pflegeeltern haben ihn gefühllos behandelt.«

»Aber das hat nicht viel zu bedeuten«, sagte Jenny. »Wenn das alles ist, worüber du dir Sorgen machst, dann solltest du dir nicht weiter den Kopf zerbrechen. Viele Menschen stammen aus zerrütteten Verhältnissen und schlagen sich durch. Es sind schon extreme Umstände nötig, um einen Soziopathen hervorzubringen. Man hat auch nicht bei jedem Wehwehchen oder Schmerz gleich Krebs, oder?«

Mara nickte. »Tut mir Leid, dass ich versucht habe, dich anzuschwindeln«, sagte sie. »Das war nicht fair von mir. Aber jetzt fühle ich mich besser. Vergessen wir das einfach alles, ja?«

»Na gut, wenn du willst. Aber sei vorsichtig, Mara. Ich habe nicht gesagt, dass Paul ungefährlich ist. Ich weiß es einfach nicht. Wenn du einen wirklichen Verdacht hast ...«

Doch Mara hörte nicht mehr zu. Die Tür ging auf und ein seltsam aussehender Mann kam herein. Aber es war nicht seine merkwürdige Erscheinung, die ihr zu schaffen machte, es war das Messer, das er vorsichtig in seiner Hand hielt. Bleich und zitternd stand sie auf.

»Ich muss gehen«, sagte sie. »Entschuldige, mir ist da gerade was eingefallen ...« Und schon war sie verschwunden und ließ eine erstaunte Jenny zurück, die ihr mit offenem Mund hinterherstarrte.

III

»Schwachsinn!«, sagte Burgess. »Das sind verdammte Unruhestifter. Mittlerweile sollten Sie das wissen. Warum wollen sie wohl ein atomwaffenfreies England? Was glauben Sie? Weil sie den Frieden lieben? Träumen Sie weiter, Constable.«

»Ich weiß nicht«, sagte Richmond und strich sich über den Schnurrbart. »Es sind nur Studenten, die ...«

»Nur Studenten? Schwachsinn! Wer versucht denn in solchen Ländern wie Korea oder Südafrika die Regierung zu stürzen? Die verdammten Studenten, wer sonst. Nur Studenten! Wachen Sie auf, Mensch! Erinnern Sie sich an das Chaos, das Studenten während des Vietnamkrieges in Amerika angerichtet haben. Die haben den Krieg fast im Alleingang für die Kommunisten gewonnen.«

»Was ich sagen will, Sir«, fuhr Richmond fort, »ist, dass keiner von ihnen als militant bekannt ist. Sie sitzen nur zusammen und reden über Politik, mehr nicht.«

»Aber die Special Branch führt eine Akte über Tim Fenton.«

»Ich weiß, Sir. Aber er hat nichts verbrochen.«

»Nicht bis jetzt, vielleicht.«

»Aber was hätte er davon, Constable Gill umzubringen?«

»Anarchie, was sonst?«

»Bei allem Respekt«, mischte sich Banks ein, »aber das passt nun wirklich nicht zusammen. Die Studenten unterstützen die Abrüstung, stimmt, aber Marxisten sind keine Anarchisten. Sie glauben an das Klassen…«

»Ich weiß, woran die verdammten Marxisten glauben«, unterbrach ihn Burgess. »Sie glauben an alles, was ihre Sache weiter bringt.«

Banks gab auf. »Setzen Sie sich besser noch mal dran, Phil«, sagte er. »Vielleicht können Sie einen von ihnen mit einer extremeren Gruppierung oder mit früheren politischen Gewaltakten in Verbindung bringen. Ich bezweifle, dass Sie irgendetwas herausfinden werden, was die Branch nicht schon weiß, aber versuchen Sie es.«

»Ja, Sir.«

»Ich brauche noch einen Drink«, sagte Burgess.

Sergeant Hatchley ging freiwillig zum Bestellen an die Theke. Das Queen's Arms war voll. Mittwochs fand in Eastvale der Bauernmarkt statt und die ganze Stadt war mit Käufern und Händlern bevölkert. Selbst wenn sie gewollt hätte, Glenys war zu beschäftigt, um mit Burgess Blicke auszutauschen.

Burgess wandte sich an Banks. »Und was Osmond angeht, bin ich auch nicht zufrieden. Er ist ebenfalls aktenkundig, und ich habe das untrügliche Gefühl, dass er jedes Mal lügt, wenn ich mit ihm spreche.«

Banks war der gleichen Meinung.

»Wir werden noch einmal zu ihm gehen«, sagte Burgess. »Sie können mich wieder begleiten. Wer weiß, vielleicht ist seine Tussi auch wieder da. Wenn ich die Kleine ein bisschen in die Mangel nehme, wendet sich Osmond vielleicht Hilfe suchend an Sie und lässt etwas raus.«

Banks griff nach einer Zigarette, um seine Wut zu verbergen. Das Letzte, worauf er Lust hatte, war, erneut Osmond und Jenny gemeinsam gegenüberzustehen. Doch irgendwo hatte Burgess ja Recht. Sie suchten nach einem Polizistenmörder und brauchten Ergebnisse. Mit jedem Tag, der verstrich, wurde der Aufschrei der Medien lauter.

Als Constable Craig hereinkam und vor ihrem Tisch stehen blieb, schien er unsicher zu sein, an wen er sich wenden sollte. Nachdem er wie ein den Tennisball verfolgender Zuschauer erst Banks und dann Burgess anschaute, entschied er sich für Banks.

»Wir haben gerade einen Anruf aus Relton erhalten, Sir. Ein Mann im Pub dort behauptet, er hätte ein Messer gefunden. Ich dachte nur ... Sie wissen schon ... es könnte das sein, wonach wir suchen.«

»Worauf warten wir?« Burgess sprang so schnell auf, dass er gegen den Tisch stieß und den Rest seines Bieres verschüttete. Er zeigte auf Hatchley und Richmond. »Sie beide gehen zurück ins Revier und warten, bis Sie von uns hören.«

Die beiden liefen zu Banks' weißem Cortina, der auf dem Parkplatz hinter dem Polizeirevier stand. Die Market Street und der Platz waren so bevölkert, dass Banks über Nebenstraßen zur Hauptstraße nach Swainsdale fuhr.

Automatisch schob er eine Kassette in das Autoradio.

»Was dagegen?«, fragte er Burgess und drehte die Lautstärke auf. »Hello Central« ertönte.

»Nein. Das ist Lightning Hopkins, oder? Ich stehe selbst auf Blues. Billie Holiday neulich hat mir auch gut gefallen.« Er lehnte sich zurück und steckte sich mit dem Zigarettenanzünder eine Zigarre an. »Mein Vater ist im letzten Krieg mit einem Geschwader Yankees getürmt. Da ist er auf den Geschmack an Jazz und Blues gekommen. Das richtig gute Zeug konnte man hier damals natürlich kaum kriegen, aber nach dem Krieg blieb er mit den Yankees in Kontakt, und sie schickten ihm 78er-Platten. Ich bin mit dieser Musik aufgewachsen und sie scheint einfach haften geblieben zu sein.«

Banks fuhr schnell, achtete aber auf Wanderer am Straßenrand. Selbst im März machten sich ganze Rudel mit Rucksäcken auf in die Berge. Als sie sich Fortford näherten, schaute Burgess hinaus auf die Flussauen. »Sehr hübsch«, sagte er. »Kein schlechter Platz, um sich zur Ruhe zu setzen, wenn hier nicht so ein Scheißwetter wäre.«

In Fortford bogen sie scharf nach links ab, folgten der unbefestigten Nebenstraße den Talhang hinauf nach Relton und parkten vor dem Pub. Banks war bereits im Black Sheep gewesen, das Lokal war im ganzen Tal berühmt für das Bier, das der Wirt selbst braute. Das Black Sheep Bitter, das nirgendwo sonst ausgeschenkt wurde, hatte bei nationalen Wettbewerben schon Preise gewonnen.

Auch wenn Banks beim Eintreten nicht als Erstes an Bier dachte, der Einladung des Wirtes zu einem Pint konnte er auf jeden Fall nicht widerstehen. Burgess lehnte das hausgebraute Bier ab und bestellte ein Pint Watney's.

Banks wusste, dass es in dieser Gegend Schafhirten gab, aber es war ein so zurückgezogenes Völkchen, dass er noch nie ein Exemplar von ihnen zu Gesicht bekommen hatte. Bauern, die ihre eigenen Schafe hüteten, waren ein gewohntes Bild. In den südlichen Gemeinden Swainsdales jedoch hatten sich die Bauern zusammengetan und drei Schafhirten angestellt. Die meisten Schafe wurden auf den Farmen groß und streunten nicht weit herum. Aber nicht alle. In harten Wintern wurden viele Tiere von Schneeverwehungen begraben. Die Schafhirten kannten die Heidemoore, jede Schlucht und jedes Erdloch besser als alle anderen. Außerdem konnten sie die einzelnen Schafe genauso voneinander unterscheiden wie Menschen.

Jack Crockers Gesicht hatte mehr Falten als der Rock mancher Frau und die Haut sah aus wie das gegerbte Leder einer Handtasche. Seine Nase war ein verunstalteter Klumpen und seine Augen lagen so tief, dass sie aussahen, als wären sie gegen den Wind ständig zusammengekniffen. Eine Wollmütze und ein alter, flatternder Mantel rundeten sein Erscheinungsbild ab. Sein Hirtenstab, ein langer Haselnussschaft mit einem Metallhaken, lehnte gegen die Wand.

»Himmel«, hörte Banks Burgess hinter sich murmeln. »Ein verdammter Schafhirte.«

»Da sage ich nicht nein«, meinte Crocker und nahm die Einladung zu einem Bier an. »Ich hab nur gerad ein paar Mutterschafe zum Lammen eingefangen, da bin ich auf dieses Messer getreten.« Er legte das Messer auf den Tisch. Es war ein Klappmesser mit fünfzehn Zentimeter langer Klinge und einem abgegriffenen Knochenknauf. »Ich habe es nicht berührt«, fuhr er fort und legte einen überraschend gepflegten und schlanken Zeigefinger auf den Nasenflügel. »Das habe ich schon mal im Fernsehen mitbekommen.«

»Wie haben Sie es aufgehoben?«, wollte Burgess wissen. Banks fiel auf, dass seine Stimme einen respektvollen und nicht wie gewöhnlich herrischen Tonfall hatte. Vielleicht hatte er eine Schwäche für Schafhirten.

»So.« Crocker hielt das Ende des Griffes zwischen Daumen und Zeigefinger. Er hatte wirklich schöne Hände, bemerkte Banks, Hände, die man sich bei einem Konzertpianisten vorstellen würde.

Burgess nickte und nahm einen Schluck von seinem Watney's. »Gut. Das haben Sie richtig gemacht, Mr. Crocker.«

Banks nahm einen Umschlag aus seiner Tasche, ließ das Messer hineinfallen und versiegelte ihn.

»Ist es denn das richtige? Das, mit dem dieser Bobby umgebracht wurde?«

»Können wir noch nicht sagen«, erklärte Banks. »Wir müssen es erst untersuchen lassen. Aber wenn es das richtige ist, dann haben Sie uns einen großen Dienst erwiesen.«

»Keine Ursache. Ich habe ja nicht extra danach gesucht«, Crocker schaute verlegen weg und hob sein Glas an die Lippen. Banks bot ihm eine Zigarette an.

»Danke, mein Junge«, sagte er. »Aber in meinem Job braucht man so viel Luft, wie man nur kriegen kann.«

»Wo haben Sie das Messer gefunden?«, fragte Burgess.

»Oben in der Heide. Am Weg nach Eastvale.«

»Können Sie uns die Stelle zeigen?«

»Klar.« Crocker lächelte schüchtern. »Aber es ist ein ganzes Stück. Und mit dem Auto kommt man da nicht hin.«

Burgess schaute Banks an. »Tja«, sagte er. »Das ist Ihre Heimat. Sie sind der Naturbursche. Warum gehen Sie nicht mit Mr. Crocker da hoch, während ich im Revier anrufe und mir einen Wagen schicken lasse?«

Genau, dachte Banks, und dann trinkst du noch ein Pint Watney's und wärmst dir vor dem Kamin die Hände.

Banks nickte. »Wenn ich Sie wäre, würde ich das Messer direkt ins Labor bringen«, sagte er. »Auf normalem Weg kann es Tage dauern, bis die Tests fertig sind. Fragen Sie nach Vic Manson. Wenn er einen Moment Zeit hat, dann wird er es gleich nach Fingerabdrücken untersuchen und einen der Jungs überreden, mögliche Blutspuren auf die Blutgruppe zu überprüfen. Es war Wind und Wetter schon ein Weilchen ausgesetzt, aber vielleicht kann man trotzdem noch was finden.«

»Klingt gut«, sagte Burgess. »Wo ist das Labor?«

»Kurz vor Wetherby. Der Fahrer kann Sie direkt hinbringen.«

Während Burgess zum Telefon ging, tranken Banks und Crocker ihre Pints Black Sheep Bitter aus und machten sich auf den Weg.

Am östlichen Ende der Mortsett Lane kletterten sie über einen Zaunübertritt und gingen weiter über die offene Heidelandschaft. Das mit Moosflechten und Heidekrautbüscheln durchzogene Gras machte Banks das Gehen nicht leicht. Crocker, immer voraus, schien wie ein Luftkissenboot darüber zu schweben. Je höher sie kamen, desto rauer und stärker wurde der Wind.

Zudem war Banks für so eine Wanderung nicht vernünftig gekleidet. Seine Schuhe waren bald schlammig und nass. Wenigstens hatte er seine warme, mit Schaffell gefütterte Jacke an. Der Anstieg war nicht besonders steil, schien aber nicht aufhören zu wollen, sodass Banks bald außer Atem war. Trotz des kalten Windes, der ihm ins Gesicht blies, begann er zu schwitzen.

Schließlich gelangten sie auf das ebene, hochgelegene Heidemoor. Crocker hielt an und wartete mit einem Lächeln, bis Banks zu ihm aufschloss.

»Herrgott noch mal, Junge, was machen Sie denn, wenn Sie hinter einem Gangster herjagen müssen?«

»Das kommt glücklicherweise nicht so oft vor«, keuchte Banks.

»Na gut. Hier habe ich auf jeden Fall das Messer gefunden. Genau hier im Gras.« Er deutete mit seinem Hirtenstab auf den Boden. Banks beugte sich hinab und stocherte in den Grassoden herum. Nichts deutete mehr darauf hin, dass das Messer hier gelegen hatte.

»Sieht so aus, als ob es einfach hier hingeworfen wurde«, sagte er.

Crocker nickte. »Es wäre kein Problem gewesen, es zu verstecken«, sagte er. »Hier sind eine Menge Felsen, unter die man es legen könnte. Er hätte es auch vergraben können.«

»Hat er aber nicht. Wer immer es war, muss also in Panik gewesen sein und es einfach weggeworfen haben.«

»Das müssen Sie wissen.«

Banks schaute sich um. Die Stelle lag ungefähr drei Kilometer von Eastvale entfernt. Unten in der Talsohle, wo der Ort lag, waren in der Entfernung gerade noch die gezackten Burgzinnen sichtbar. In der anderen Richtung, ebenfalls ungefähr drei Kilometer entfernt, konnte er das Haus und die Nebengebäude von Maggie's Farm erkennen.

Es hatte den Anschein, dass das Messer ungefähr auf der Hälfte der Strecke zwischen Eastvale und der Farm in die wilde Heidelandschaft geworfen worden war. Wenn jemand von der Farm einer Verhaftung oder Verletzung während der Demo entgangen war, dann wäre dies die natürliche Richtung gewesen, um nach Hause zu laufen. Da Rick und Seth verhaftet und durchsucht worden waren, konnte es sich nur um Paul oder Zoe handeln. Oder um die andere Frau, Mara, die dann mit ihrer Aussage, den ganzen Abend zu Hause gewesen zu sein, gelogen hätte.

Andererseits konnte in den letzten paar Tagen jeder hier hochgekommen sein, um das Messer wegzuwerfen. Doch da dies eine einfallslose Methode der Beseitigung und eher eine spontane denn eine geplante Handlung war, erschien diese Möglichkeit wesentlich unwahrscheinlicher. Auf jeden Fall fiel Banks' Theorie, dass ein anderer Polizist den Mord begangen haben könnte, dadurch wie ein Kartenhaus zusammen. Erneut schien alles auf Maggie's Farm hinzudeuten.

Banks zog den Schaffellkragen eng um seinen Hals und kniff die Augen zusammen, um die Tränen, die der Wind hervorpresste, zu unterdrücken. Kein Wunder, dass Crockers Augen so tief lagen, dass sie fast geschlossen schienen. Hier oben gab es nichts mehr zu tun, entschied er. Er würde die Stelle nur noch irgendwie markieren müssen.

»Würden Sie die genaue Stelle wiederfinden?«, fragte er.

»'türlich«, antwortete der Schafhirte.

Banks hatte keine Ahnung, wie er das anstellen wollte. Die Stelle unterschied sich in nichts vom Rest der Heidelandschaft. Aber es war ja Crockers Job, mit jedem Quadratzentimeter seines Gebietes vertraut zu sein.

Er nickte. »Gut. Wir werden wohl ein paar Leute hier hochbringen müssen, um die Gegend gründlicher abzusuchen. Wo kann ich Sie erreichen?«

»Ich wohne in Mortsett.« Crocker gab ihm seine Adresse.

»Kommen Sie wieder mit runter?«

»Nee. Ich muss noch mehr Mutterschafe einfangen. Sie lammen gerade, wissen Sie.«

»Na gut, danke jedenfalls, dass Sie sich die Zeit genommen haben.«

Crocker nickte knapp und marschierte weiter den Hang hinauf, genauso so schnell und mühelos, als wäre er in der Ebene. Wenigstens, dachte Banks, als er sich umdrehte, würde der Abstieg einfacher werden. Aber kaum hatte er diesen Gedanken vollendet, blieb er mit seinem Fuß in einem Heidekrautbüschel hängen und fiel mit dem Gesicht nach vorne zu Boden. Er fluchte, bürstete sich mit der Hand ab und ging weiter. Glücklicherweise war Crocker in die entgegengesetzte Richtung gegangen und hatte seinen kleinen Unfall nicht gesehen. Sonst wäre er am Abend wohl zum Gespött des ganzen Tales geworden.

Ohne weitere Vorfälle gelangte er wieder zum Zaunübertritt; er kehrte auf ein schnelles Bier und um sich aufzuwärmen kurz im Black Sheep ein. Jetzt konnte er nur noch darauf warten, dass Burgess aus dem Labor zurückkam. Selbst dies bedeutete noch nicht, dass zwangsläufig Resultate zu erwarten waren. Doch auf einer glatten Oberfläche konnte ein hübscher Satz schwitziger Fingerabdrücke die schlechtesten Wetterbedingungen überstehen, und Banks meinte zudem, ein paar Spritzer getrockneten Blutes im Schlitz zwischen Klinge und Griff gesehen zu haben.

ACHT

I

Ein plötzlicher, kräftiger Schauer trieb die Händler vom Marktplatz. Es war sowieso bereits an der Zeit, zusammenzupacken und zu gehen; im Winter und zu Frühlingsanfang waren die Markttage oft kalt und wenig einträglich. Aber der Regen hörte so schnell auf, wie er begonnen hatte, und im Nu kam die Sonne wieder hervor. Das nasse Kopfsteinpflaster reflektierte das schwache, bronzene Sonnenlicht, welches über die kleinen Pfützen tanzte, wenn der Wind ihre Oberflächen kräuselte.

Die goldenen Zeiger auf dem blauen Ziffernblatt der Kirchturmuhr standen auf zwanzig nach vier. Burgess war noch nicht vom Labor zurückgekehrt. Banks saß wartend am Fenster, die schwere Jalousie hochgezogen, rauchte, trank schwarzen Kaffee und schaute hinunter auf die Szenerie. Menschen überquerten den Platz und platschten durch die Pfützen, die sich dort angesammelt hatten, wo die Pflastersteine ausgetreten oder weggebrochen waren. Alle trugen graue Regenmäntel oder grelle wasserfeste Kleidung, manche hatten sogar einen Schirm dabei, als vertrauten sie nicht darauf, dass sich das Wetter hielt. Und bald würde es dunkel werden. Schon jetzt warf die Tudorfassade des Polizeireviers einen langen Schatten über den Platz.

Um Viertel nach fünf hörte Banks hektische Betriebsamkeit vor seinem Büro, dann kam Burgess mit einem gelbbraunen Ordner hereingestürmt.

»Sie haben es geschafft«, sagte er. »Hat lange genug gedauert, aber sie haben es hingekriegt: deutliche Fingerabdrücke, und das Blut passt mit Gills Blutgruppe überein. Kein Zweifel, das war das Messer. Constable Richmond überprüft bereits die Fingerabdrücke. Wenn sie registriert sind, dann können wir loslegen.«

Er zündete eine Tom Thumb an und rauchte, wobei er die Zigarre regelmäßig auf die Kante des Aschenbechers stippte, egal ob sich Asche angesammelt hatte oder nicht. Banks ging zurück zum Fenster. Die Schatten waren länger geworden. Auf dem Platz gingen Sekretärinnen und Angestellte auf dem Heimweg kurz beim Zeitschriftenhändler Joplin vorbei, um sich die Abendzeitung zu kaufen; junge Paare spazierten Hand in Hand in das Café El Toro, um sich gegenseitig von den Höhen und Tiefen ihres Tages im Büro zu erzählen.

Als Richmond klopfte und eintrat, sprang Burgess auf. »Und?«

Richmond strich sich über den Schnurrbart. Er konnte kaum ein triumphierendes Grinsen zurückhalten. »Es ist Boyd«, sagte er und hielt die Listen hoch. »Paul Boyd. Eine Übereinstimmung in achtzehn Punkten. Genug, um vor Gericht damit zu bestehen.«

Burgess klatschte in die Hände. »Gut! Genau wie ich dachte. Gehen wir. Kommen Sie doch auch mit, Constable. Wo ist Sergeant Hatchley?«

»Weiß ich nicht, Sir. Ich glaube, er überprüft noch ein paar Zeugenaussagen.«

»Egal. Drei sind genug. Holen wir uns Boyd zu einem kleinen Plausch.«

Sie zwängten sich in Banks' Cortina und fuhren zu

Maggie's Farm. Diesmal spielte Banks keine Musik. Als die im nebligen Zwielicht unheimlich aussehenden Flussauen vorbeirauschten, saßen die drei in angespannter Stille da. Sie näherten sich der Farm, und der Schotter knirschte unter den Rädern. Als sie vor dem Haus anhielten, zuckte die Gardine in einem der vorderen Fenster.

Mara Delacey öffnete die Tür, noch bevor Burgess zu klopfen aufgehört hatte. »Was wollen Sie diesmal?«, fragte sie zornig, trat aber zur Seite, um sie hereinzulassen. Sie folgten ihr in die Küche, wo die anderen am Tisch beim Abendessen saßen. Mara widmete sich wieder ihrer unterbrochenen Mahlzeit. Julian und Luna rutschten näher an sie heran.

»Wie praktisch«, sagte Burgess und lehnte sich gegen den brummenden Kühlschrank. »Da sind ja alle beisammen, außer einem. Wir suchen Paul Boyd. Ist er da?«

Seth schüttelte den Kopf. »Nein. Keine Ahnung, wo er ist.«

»Wann haben Sie ihn zum letzten Mal gesehen?«

»Gestern Abend, würde ich sagen. Heute war ich fast den ganzen Tag unterwegs. Als ich zurückkam, war er nicht da.«

Burgess schaute Mara an. Niemand sagte etwas. »Einer von Ihnen wird ja wohl wissen, wo er ist. Wie wollen Sie es haben – jetzt und hier oder unten auf dem Revier?«

Immer noch Stille.

Burgess machte einen Schritt nach vorn und wollte Julians Kopf tätscheln, doch der Junge zog ein Gesicht und verbarg den Kopf unter Ricks Achsel. »Wäre doch eine Schande«, sagte Burgess, »wenn es so weit kommt, dass Sie sich nicht mehr um Ihre Kinder kümmern können und man sie Ihnen wegnehmen muss.«

»Das werden Sie nicht wagen!«, sagte Mara mit erhitztem Gesicht. »Selbst Sie können nicht so ein Arschloch sein.«

Burgess hob seine linke Augenbraue. »Kann ich nicht, Schätzchen? Sind Sie sicher, ob Sie es herausfinden wollen? Wo ist Boyd?«

Rick erhob sich. Er war so groß wie Burgess und gut dreißig Pfund schwerer. »Suchen Sie sich einen ebenbürtigen Gegner«, sagte er. »Wenn Sie sich an meinem Kind vergreifen wollen, dann werden Sie sich verdammt noch mal mit mir auseinander setzen müssen.«

Burgess grinste spöttisch und wandte sich ab. »Ich mach mir in die Hose. Wo ist Boyd?«

»Wir wissen es nicht«, sagte Seth ruhig. »Er ist hier kein Gefangener, müssen Sie wissen. Er zahlt seine Miete, es steht ihm frei zu tun, was er will, und zu gehen und zu kommen, wie es ihm gefällt.«

»Jetzt nicht mehr«, sagte Burgess. »Vielleicht bitten Sie Zigeuner-Lieschen hier lieber, die Sterne zu fragen, wo er ist, denn wenn wir ihn nicht bald finden, wird es sehr hart für Sie alle.« Er wandte sich an Banks und Richmond. »Schauen wir uns ein bisschen um. Wo ist sein Zimmer?«

»Oben, das erste auf der linken Seite«, sagte Seth. »Aber Sie verschwenden Ihre Zeit. Er ist nicht da.«

Die drei Polizisten stiegen die enge Treppe hinauf. Richmond überprüfte die anderen Zimmer, während Banks und Burgess in das von Paul gingen. Es hatte gerade genug Platz für eine Einzelmatratze und einen kleinen Kleiderschrank an der gegenüberliegenden Seite, wo ein schmales Fenster nach Eastvale hinauszeigte. Knittrige Kissen und Laken bedeckten das ungemachte Bett, auf dem Boden war ein Stapel dreckiger Socken und Unterwäsche. Ein muffiger Geruch nach toter Haut und ungewaschenen Kleidern lag in der Luft. In dem winzigen Schrank hingen ein paar Jacken, ein Parka, auf dem Boden lag ein Paar abgewetzter Slipper. In den Schubladen des Kleiderschrankes befanden sich nur etwas saubere Unterwäsche, T-Shirts und ein paar vermottete Pullover. Auf dem Kopfkissen lag aufgeschlagen und mit der Schrift nach unten eine abgegriffene Taschenbuchausgabe von H.P. Lovecrafts *Der Schatten über Innsmouth*. Das Cover zierte das Bild eines halb durchsichtigen, froschgesichtigen Monsters, das mit so etwas wie einem Abendanzug bekleidet war. Aus reiner Gewohnheit hob Banks das Buch auf und blätterte darin. Vielleicht hatte Boyd ja irgendetwas auf die Ränder oder die leeren Seiten am Ende des Buchs geschrieben. Doch er fand nichts. Richmond kam herein und gesellte sich zu ihnen.

»Hier ist nichts«, sagte Burgess. »Sieht aber nicht so aus, als wäre er getürmt. Es sei denn, er besaß wesentlich mehr Klamotten als die hier. Wenn ich er gewesen wäre, hätte ich den Parka und ein paar Pullover mitgenommen. Wie war das Wetter in der Nacht, als Gill erstochen wurde?«

»Kalt und regnerisch«, antwortete Banks.

»Parka-Wetter?«

»Würde ich sagen, ja.«

Burgess nahm den Parka aus dem Schrank und untersuchte ihn. Er krempelte jedes Taschenfutter nach außen, und als er zur rechten Tasche kam, zeigte er Banks einen leicht verfärbten Fleck. »Das haben Ihre Leute wohl übersehen. Könnte Blut sein. Er muss das Messer zurück in die Tasche gesteckt haben, nachdem er Gill ermordet hat. Nehmen Sie das, Richmond. Ab ins Labor damit. Warum schauen Sie beide sich nicht in den Nebengebäuden um? Wer weiß, vielleicht versteckt er sich im Holzhaufen. Ich schnüffele hier noch ein bisschen weiter rum.«

Unten gingen Banks und Richmond zurück in die Küche und baten Mara, sie mit den Schlüsseln zu begleiten. Durch die Hintertür kamen sie in einen großen, rechteckigen Garten, der von einem niedrigen Zaun umgeben war. Der meiste Platz wurde von Gemüsebeeten beansprucht, die zu dieser Jahreszeit dunkle, leere Furchen waren. Außerdem gab es eine kleine, quadratische Sandkiste, in der ein Plastiklastwagen mit großen roten Rädern, ein gelber Eimer und eine Schaufel lagen. Am anderen Ende des Gartens stand ein mit Teerpappe bedecktes Backsteingebäude, kaum größer als eine Garage, links davon führte ein Tor zur Scheune.

»Wir schauen uns zuerst in der Scheune um«, sagte Banks zu Mara, die hinter ihnen herging und mit dem Schlüsselring spielte. Im Gegensatz zu vielen anderen Scheunen, die zu Ferienwohnungen für Touristen umgebaut worden waren, schien diese nicht besonders groß. Sie war aus Stein errichtet und entsprach zumindest von außen der traditionellen Bauweise der Dales.

Mara öffnete die Tür im Erdgeschoss, in dem sich Zoes Wohnung befand. Die Verwandlung von einer bescheidenen Scheune in komfortable Wohnungen überraschte Banks. Seth hatte wirklich gute Arbeit geleistet. Die Holzarbeiten waren zum größten Teil unlackiert, und wenn auch alles ein bisschen improvisiert aussah, in seiner Einfachheit war es mit Sicherheit robust und ansprechend gebaut. Jede Wohnung hatte nicht nur einen eigenen Eingang, stellte er fest, sondern auch eine eigene Küche und ein eigenes Bad. Unten gab es zudem ein großes, sparsam eingerichtetes Wohnzimmer, ein Schlafzimmer für Zoe und ein kleineres für Luna. Aber keine Spur von Paul Boyd.

Die Wohnungen waren völlig separat angelegt, bemerkte Banks, und wenn Rick und Zoe sich nicht mit Seth und Mara angefreundet hätten, dann hätten sie leicht ein ziemlich getrenntes Leben führen können. In Anbetracht von Maras Reaktion auf Burgess' Drohung und in Erinnerung an das, was Jenny beim Essen gesagt hatte, vermutete Banks, dass Maras Zuneigung zu den Kindern ein Punkt war, der alle verband. Wer hätte nicht gern einen jederzeit verfügbaren Babysitter? Ihre gemeinsamen politischen Ansichten waren vielleicht ein weiterer Punkt.

Die Wohnung oben hatte einen anderen Schnitt. Beide Schlafzimmer waren ziemlich klein, der meiste Raum wurde von Ricks Atelier eingenommen, das wesentlich unaufgeräumter als Zoes großer Arbeitstisch unten war, auf dem Bücher und Tabellen ausgebreitet waren. Seth hatte über die Länge des Daches drei Deckenstrahler angebracht, um den Raum mit genügend Licht zu versorgen. Überall lagen Leinwände, Paletten und einzelne Farbtuben herum. Soweit Banks sehen konnte, waren Rick Trelawneys Gemälde, genau wie Tim Fenton gesagt hatte, recht unkommerziell. Hauptsächlich handelte es sich bei seiner Kunst um willkürliche Farbspritzer oder Collagen aus gefundenen Objekten. Sandra kannte sich ganz gut mit Kunst aus, von ihr hatte Banks gelernt, dass viele Gemälde, die er nicht mal auf dem Dachboden lagern würde, von Experten für Geniestreiche gehalten wurden. Doch diese hier, das konnte selbst er beurteilen, waren von anderer Qualität. Gemessen an Ricks Gemälden sahen Jackson Pollacks zornige Explosionen so durchschaubar wie Constables Landschaften aus.

Doch als er sich genauer im Atelier umschaute, entdeckte Banks einen Stapel kleiner Landschaftsaquarelle, die von einem alten Sack bedeckt waren. Sie erinnerten an das Bild, das Banks bei seinem ersten Besuch aufgefallen war. Das war also die andere Seite von Ricks Arbeit. Und anscheinend verdiente er damit sein Geld. Er verkaufte hübsche Heimatlandschaften an Touristen und kleine alte Damen, um seine revolutionäre Kunst finanzieren zu können.

Mara hatte ihnen die ganze Zeit stumm und mit verschränkten Armen zugeschaut. Als sie fertig waren, schloss sie ab und führte Banks und Richmond zurück zum Haus.

»Gehen Sie beide doch schon vor«, sagte Banks, als er das Tor hinter ihnen geschlossen hatte. »Ich werfe noch einen Blick in den Schuppen. Er ist nicht abgeschlossen, oder?«

Mara schüttelte den Kopf und ging mit Richmond zurück ins Haus.

Banks öffnete die Tür. Im Inneren des Schuppens war es dunkel und roch nach Holzspänen, Sägemehl, geöltem Metall, Leinöl und Lack. Als er die Kette zog, die vor ihm baumelte, ging eine nackte Glühbirne an und brachte Seths Werkstatt zum Vorschein. An den Wänden lehnten Latten, Bretter und Möbelteile in verschiedenen Fertigungsstadien. Die dunklen Ecken waren mit Spinnenweben überzogen. Seth besaß eine Drehbank und eine vollständige Garnitur gut gepflegter Werkzeuge: Hobel, Sägen, Hämmer, Beitel. Auf den einfachen Regalbrettern an den Wänden lagerten Schachteln voll Nägel und Schrauben. Für ein Versteck gab es keinen Platz.

Am hinteren Ende der Werkstatt stand eine alte Remington-Büroschreibmaschine auf einem Schreibtisch. In dem geöffneten Aktenschrank daneben fand Banks lediglich Briefe, die mit Seths Tischlerei in Verbindung standen. Kostenvoranschläge, Rechnungen, Quittungen, Aufträge. Dann gab es noch ein kleines Bücherregal. Bei den meisten Büchern handelte es sich um solche über antike Möbel und Schreinertechniken, doch waren auch ein paar alte Taschenbuchromane darunter sowie zwei Bücher über das menschliche Gehirn, von denen eines *Die Spitze des Eisberges* hieß. Vielleicht, so dachte Banks, hegte Seth im Geheimen den Wunsch, eines Tages Gehirnchirurg zu werden. Da er bereits Tischler war, würde es ihm wahrscheinlich leichter als den meisten anderen fallen.

Er ging zurück zur Tür und wollte gerade das Licht ausschalten, als ihm auf einer Ablage neben der Tür ein zerfleddertes Notizbuch ins Auge fiel. Lauter Maßangaben, Adressen und Telefonnummern standen darin, also war es wahrscheinlich Seths Arbeitsbuch. Als er es durchblätterte, bemerkte er, dass eine Seite unordentlich herausgerissen worden war. Auf der nächsten Seite konnte man noch schwach die mit starkem Druck geschriebenen Zahlen erkennen. Banks nahm ein Blatt seines eigenen Notizbuches, legte es auf diese Seite und rieb mit einem Bleistift darüber. Die Nummer, die zum Vorschein kam, lautete 1139. Man konnte schwer sagen, ob es sich um die gleiche Handschrift handelte, denn die restlichen Zahlen im Notizbuch waren wesentlich größer und genauer geschrieben worden.

Er legte das Buch wieder weg, drehte sich um und wäre beim Hinausgehen beinahe mit Seth zusammengestoßen, der in der Tür stand.

»Was machen Sie hier?«

»Dieses Buch«, sagte Banks, »wofür benutzen Sie das?«

»Arbeitsnotizen. Manchmal muss ich neues Material bestellen, Maßangaben oder Kundenadressen aufschreiben. Dafür benutze ich das Buch.«

»Da fehlt eine Seite.« Banks zeigte es ihm. »Was bedeutet das: 1139?«

»Sie werden nicht erwarten, dass ich mich daran erinnern kann«, sagte Seth. »Das muss lange her gewesen sein. Wahrscheinlich das eine oder andere Maß.«

»Warum haben Sie die Seite herausgerissen?«

Seth schaute ihn mit seinen dunkelbraunen Augen misstrauisch und verärgert an. »Keine Ahnung. Vielleicht war es unwichtig. Vielleicht habe ich etwas auf die Rückseite geschrieben, eine Notiz, die ich irgendwohin mitnehmen musste. Das ist nur ein altes Notizbuch.«

»Aber es fehlt nur eine Seite. Kommt Ihnen das nicht komisch vor?«

»Ich sagte bereits, dass es ganz normal ist.«

»Haben Sie die Seite herausgerissen, um sie Paul Boyd zu geben? Ist das hier eine Nummer, die er anrufen kann? Oder Teil einer Adresse?«

»Keine Ahnung.«

»Ich muss dieses Notizbuch mitnehmen.«

»Warum?«

»Da drin stehen Namen und Adressen. Wir müssen sie überprüfen und schauen, ob Boyd eine von ihnen aufgesucht hat. Soweit ich weiß, hat er hier ziemlich oft mit Ihnen gearbeitet.«

»Aber das ist *mein* Notizbuch. Warum sollte er bei einer dieser Adressen sein? Das sind nur Leute, die hier leben und für die ich gearbeitet habe. Ich möchte nicht, dass die Polizei sie belästigt. Das kann mein Geschäft ruinieren.«

»Wir werden es trotzdem überprüfen müssen.«

Seth fluchte in sich hinein. »Bedienen Sie sich. Aber geben Sie mir eine Quittung dafür.«

Banks schrieb ihm eine, zog dann die Kette, um das Licht auszuschalten. Stumm gingen sie zurück zum Haus.

Seth setzte sich an den Tisch und widmete sich wieder seinem Essen. Mara folgte Banks in das vordere Zimmer. Von oben konnte man hören, wie Burgess und Richmond immer noch herumschnüffelten.

»Mr. Banks?«, sagte Mara leise, als sie am Fenster dicht neben ihm stand.

Banks zündete sich eine Zigarette an. »Ja?«

»Was er über die Kinder gesagt hat ... Das stimmt doch nicht, oder? Das kann er doch nicht tun, oder?«

Banks setzte sich in den Schaukelstuhl, Mara ließ sich auf einen kleinen dreibeinigen Stuhl ihm gegenüber nieder. Auf dem Tisch neben Banks lag ein Satz von Zoes Tarotkarten. Die Karte »Der Mond« war aufgedeckt. Aus dem Mond schien Blut auf einen Pfad zu tropfen, der zwischen zwei Türmen in die Ferne führte. Im Vordergrund krabbelte eine Krabbe aus einem Teich an Land, und ein Hund und ein Wolf heulten den Mond an. Es war ein verstörendes und hypnotisches Bild. Banks überlief ein Schauder, als hätte er gerade das Angesicht des Todes gesehen, und er wandte sich wieder Mara zu.

»Die beiden sind nicht Ihre Kinder, oder?«, sagte er.

»Sie wissen genau, dass es nicht meine sind. Aber ich liebe sie so, als wären es meine. Jenny Fuller hat mir erzählt, dass sie Sie kennt. Sie sagte, Sie wären nicht so schlimm wie die anderen. Sagen Sie mir, dass man uns die Kinder nicht wegnehmen kann.«

Banks musste lächeln. Nicht so schlimm wie die anderen, aha. Bei Gelegenheit würde er Jenny auf dieses zweifelhafte Kompliment ansprechen müssen.

Er schaute Mara an. »Superintendent Burgess wird alles tun, um der Sache auf den Grund zu gehen. Ich glaube nicht, dass es soweit kommt, dass Ihnen die Kinder weggenommen werden, aber denken Sie daran, dass er keine leeren Drohungen macht. Wenn Sie etwas wissen, sollten Sie es uns erzählen.«

Mara kaute auf ihrer Unterlippe. Sie schien den Tränen nahe zu sein. »Ich weiß nicht, wo Paul ist«, sagte sie schließlich. »Sie glauben doch nicht ernsthaft, dass er es getan hat?«

»Wir haben ein paar Beweise, die auf diese Möglichkeit hindeuten. Haben Sie ihn jemals mit einem Klappmesser gesehen?«

»Nein.«

Banks hatte den Eindruck, dass sie log, aber er wusste, dass es keinen Sinn hatte, sie unter Druck zu setzen. Als

Ablenkungsmanöver würde sie ihm vielleicht ein paar Informationen geben, die ganze Wahrheit würde sie jedoch nicht erzählen.

»Er ist weg«, sagte sie schließlich. »Ich weiß. Aber ich weiß nicht, wohin er gegangen ist.«

»Woher wissen Sie, dass er weg ist?«

Mara zögerte, und ihre Stimme klang für die Wahrheit zu gleichgültig. Bevor sie redete, strich sie sich das lange walnussfarbene Haar hinter die Ohren. Dadurch sah ihr Gesicht schmaler und ausgezehrter aus. »In den letzten paar Tagen ist er durcheinander gewesen, besonders nachdem Ihr Superintendent Burgess hierher gekommen war und ihn schikaniert hatte. Er dachte, am Ende hängen Sie ihm die Sache an, weil er schon mal im Gefängnis war und weil er … weil er anders aussieht. Er wollte uns nicht in Schwierigkeiten bringen, also ist er gegangen.«

Banks drehte eine weitere Tarotkarte um: »Der Stern.« Eine schöne, nackte Frau schüttete Wasser aus zwei Vasen in einen Teich am Boden. Hinter ihr blühten Bäume und Sträucher. Ein großer, heller Stern am Himmel war von sieben kleineren umgeben. Aus irgendeinem Grund erinnerte ihn die Frau an Sandra, was seltsam war, denn es gab keine nennenswerte äußerliche Ähnlichkeit.

»Woher wissen Sie, warum er gegangen ist?«, fragte Banks. »Hat er eine Nachricht hinterlassen?«

»Nein, er hat es mir erzählt. Er sagte, dass er letzte Nacht daran dachte wegzugehen. Er sagte nicht, wann.«

»Oder wohin?«

»Nein.«

»Hat er den Mord an Constable Gill erwähnt?«

»Nein. Er hat nicht gesagt, dass er wegläuft, weil er schuldig wäre, wenn Sie darauf hinauswollen.«

»Und Sie haben nicht daran gedacht, uns davon zu benachrichtigen, dass er abhaut, obwohl die Möglichkeit besteht, dass er der Mörder ist?«

»Er ist kein Mörder.« Mara sprach zu schnell. »Ich habe jedenfalls keine Veranlassung, das zu denken. Was uns anbelangt, konnte er gehen, wann er wollte.«

»Was hat er mitgenommen?«

»Was meinen Sie?«

Banks schaute zum Fenster. »Draußen ist es saukalt, außerdem regnet es die ganze Zeit. Was hat er angehabt? Hat er einen Koffer oder einen Rucksack mitgenommen?«

Mara schüttelte den Kopf. »Das weiß ich nicht. Ich habe nicht gesehen, wie er gegangen ist.«

»Haben Sie ihn heute Morgen gesehen?«

»Ja.«

»Wann?«

»So um elf oder halb zwölf. Er steht immer spät auf.«

»Wann ist er gegangen? Ungefähr.«

»Ich weiß es nicht. Ich war mittags nicht hier. Ich bin um zwanzig vor eins gegangen und so um zwei zurück gewesen. Da war er schon weg.«

»War zu der Zeit sonst jemand im Haus?«

»Nein. Seth war mit dem Wagen unterwegs. Er hat Zoe mitgenommen, weil sie eine paar Horoskope ausliefern musste. Und Rick war mit den Kindern in Eastvale.«

»Und Sie wissen nicht, was Boyd getragen oder mitgenommen hat?«

»Nein. Wie gesagt, ich habe ihn nicht weggehen sehen.«

»Kommen Sie mit hoch.«

»Was?«

Banks ging zur Treppe. »Kommen Sie hoch mit mir. Jetzt gleich.«

Mara folgte ihm hinauf in Pauls Zimmer. Banks öffnete den Schrank und zog die Schubladen heraus. »Was fehlt?«

Mara legte eine Hand auf die Stirn. Burgess und Richmond schauten durch die Tür und gingen dann nach unten.

»Ich ... ich weiß nicht«, sagte Mara. »Ich kenne nicht alle seine Sachen.«

»Wer macht hier die Wäsche?«

»Ich, hauptsächlich. Manchmal auch Zoe.«

»Dann müssen Sie auch wissen, was für Sachen Boyd hatte. Was fehlt?«

»Er hatte nicht viel.«

»Er muss einen anderen Mantel gehabt haben. Seinen Parka hat er hiergelassen.«

»Nein, er hatte keinen Mantel. Aber einen Anorak. Einen blauen Anorak.«

Banks schrieb es auf. »Was noch?«

»Jeans, nehme ich an. Er trug keine anderen Hosen.«

»Schuhe.«

Mara sah die abgewetzten Slipper auf dem Boden. »Er hatte noch so ein Paar alter Slipper. Hush Puppies, glaube ich.«

»Farbe?«

»Schwarz.«

»Und das ist alles?«

»Soweit ich weiß.«

Banks klappte sein Notizbuch zu und lächelte Mara an. »Hören Sie, machen Sie sich nicht so viele Sorgen wegen der Kinder. Wenn Superintendent Burgess Paul Boyd geschnappt hat, wird er all seine Drohungen wieder vergessen. Zumindest, wenn er ihn bald schnappt.«

»Ich weiß wirklich nicht, wo er hingegangen ist.«

»Okay. Aber wenn Ihnen irgendetwas einfällt ... denken Sie darüber nach.«

»Menschen wie Burgess dürfte man nicht frei herumlaufen lassen«, sagte Mara. Sie verschränkte fest ihre Arme und starrte auf den Boden.

»Ach? Was schlagen Sie vor, das wir mit ihm tun sollten? Einschließen?«

Sie schaute Banks an. Ihr Unterkiefer bebte und ihre Augen glänzten feucht.

»Oder sollen wir ihn umlegen lassen?«

Mara fegte an ihm vorbei und lief die Treppe hinab. Banks folgte ihr langsam. Burgess und Richmond standen im vorderen Zimmer, bereit zum Aufbruch.

»Na los, gehen wir«, sagte Burgess. »Hier gibt es nichts mehr zu tun.« Dann wandte er sich an Seth, der in der Küchentür stand. »Wenn ich herausfinden sollte, dass Sie Boyd irgendwie geholfen haben, dann sehen wir uns wieder, darauf können Sie Gift nehmen. Und dann werden Sie mehr Ärger am Hals haben, als Sie sich in Ihren kühnsten Träumen vorstellen können. Liebe Grüße an die Kinder.«

II

Mara beobachtete, wie der Wagen auf dem Weg nach unten langsam verschwand. Banks' Worte hatten ihr ein sicheres Gefühl gegeben, trotzdem fragte sie sich, wie viel er noch ausrichten konnte, wenn sich Burgess etwas in den Kopf gesetzt hatte. Wenn man ihnen die Kinder wegnehmen würde, dachte sie, dann wäre sie dazu in der Lage, den Superintendent mit den bloßen Händen umzubringen.

Sie wurde sich der anderen hinter ihr im Zimmer bewusst. Sie hatte ihnen kein Wort davon erzählt, was mit Paul passiert war, und noch wusste keiner von ihnen, dass er zu seinem Schutz weggelaufen war. Ein Grund war, dass sie kaum Zeit gefunden hatte, etwas zu sagen. Alle waren erst kurz vor dem Abendessen zurückgekehrt, als sie noch in der Küche beschäftigt gewesen war. Und dann war schon die Polizei erschienen.

»Was ist los, Mara?«, fragte Seth, kam zu ihr und legte eine Hand auf ihre Schulter. »Weißt du etwas?«

Mara nickte. Sie versuchte, die Tränen zurückzuhalten.

»Komm.« Seth nahm ihre Hand und führte sie zu einem Stuhl. »Erzähl es uns.«

Als sie sah, wie sie von allen erwartungsvoll angeschaut wurde, fasste sich Mara wieder. Sie griff nach ihrer Old-Holborn-Dose und drehte sich eine Zigarette.

»Er ist weggegangen, das ist alles«, sagte sie und erzählte ihnen, wie sie den alten Schafhirten mit dem Messer im Black Sheep hatte auftauchen sehen. »Ich bin zurückgelaufen, um ihn zu warnen. Ich wollte nicht, dass die Polizei ihn erwischt, und ich dachte, wenn sie das Messer haben, könnten sie vielleicht seine Fingerabdrücke oder so was finden. Er ist im Gefängnis gewesen, also müssen sie registriert sein.«

»Aber was hat Paul damit zu tun?«, fragte Zoe. »Das Messer hat doch nur wie immer auf dem Kaminsims gelegen. Niemand hat sich jemals darum gekümmert. Jeder, der am Freitagnachmittag hier gewesen ist, kann es mitgenommen haben.«

Mara zog an ihrer Zigarette und erzählte ihnen schließlich von dem Blut, das sie auf Pauls Hand gesehen hatte, als er von der Demo zurückgekommen war. Auf der Hand, die sich am nächsten Morgen als unverletzt erwiesen hatte.

»Warum hast du uns nichts davon erzählt?«, wollte Seth wissen. »Ich nehme an, du hast Paul auch nicht darauf angesprochen. Vielleicht hat es eine ganz einfache Erklärung dafür gegeben.«

»Ich weiß«, sagte Mara. »Du kannst mir glauben, dass ich immer wieder darüber nachgedacht habe. Ich hatte

Angst vor ihm. Ich meine, wenn er es getan hatte ... Aber ich wollte zu ihm halten. Wenn ich es euch allen erzählt hätte, hättet ihr ihn vielleicht gebeten zu gehen oder so.«

»Wie hat er reagiert, als du ihm erzählt hast, dass das Messer gefunden wurde?«, fragte Rick.

»Er wurde kreidebleich. Er konnte mir nicht mehr in die Augen schauen. Wie ein verängstigtes Tier sah er aus.«

»Also hat du ihm Geld und Klamotten gegeben?«

»Ja. Ich habe ihm deinen roten Anorak gegeben, Zoe. Tut mir Leid.«

»Schon in Ordnung«, sagte Zoe. »Ich hätte genauso gehandelt.«

»Und ich habe der Polizei erzählt, dass er wahrscheinlich einen blauen trägt. Er hat seinen blauen Anorak auch mitgenommen, aber er hat ihn nicht getragen.«

»Wo ist er hin?«, fragte Rick.

»Keine Ahnung. Ich wollte nicht, dass er es mir erzählt. Er ist jemand, der sich durchschlagen kann, er kommt auf der Straße zurecht. Ich habe ihm etwas von dem Geld gegeben, das ich aus der Arbeit im Laden und durch die Verkäufe meiner Töpferei gespart habe. Er hat genug, um dahin zu kommen, wo er hin will.«

Später am Abend, als die anderen wieder in der Scheune verschwunden waren und Seth es sich mit einem Buch bequem gemacht hatte, dachte Mara an die wenigen Monate, die Paul bei ihnen gewesen war. Wie lebendig sie sich durch ihn gefühlt hatte. Am Anfang war er mürrisch und unansprechbar gewesen, und es hatte einen Moment gegeben, wo Seth in Erwägung gezogen hatte, ihn wieder wegzuschicken. Aber damals war Paul erst vor kurzem aus dem Gefängnis entlassen worden, er war es einfach nicht gewohnt, mit Menschen umzugehen. Zeit und Fürsorge hatten Wunder gewirkt. Bald hatte er allein lange Spaziergänge durch das Heidemoor unternommen und die Klaustrophobie, die seine Nächte im Gefängnis unerträglich gemacht hatten, in den Griff bekommen. Obwohl niemand ihn dazu drängte, begann er tatsächlich mit Seth zu arbeiten.

Wenn sie an seine Fortschritte dachte und wozu sie letztlich geführt hatten, dann wurde Mara unwillkürlich traurig. Wenn er wieder geschnappt und ins Gefängnis gesteckt würde, wäre alles für die Katz gewesen. Wenn sie sich ihn frierend und einsam in einer fremden und beängstigenden Welt außerhalb Swainsdales vorstellte, wollte sie am liebsten losheulen. Doch dann sagte sie sich, dass er stark und findig war, jemand, der sich durchschlagen konnte. Für ihn würde es nicht so schlimm sein, wie es für sie wäre. Außerdem waren die schrecklichen Bedingungen, die man sich vorstellte, immer weitaus schlimmer als die Realität.

»Ich hoffe, Paul kommt so weit wie möglich«, sagte Seth in die Stille, die auf ihr Liebesspiel in dieser Nacht folgte. »Ich hoffe, sie werden ihn niemals erwischen.«

»Wie werden wir erfahren, wo er ist, wie es ihm ergangen ist?«, fragte Mara.

»Er wird einen Weg finden, es uns wissen zu lassen. Mach dir keine Sorgen darum.« Er legte seinen Arm um sie, und sie legte den Kopf auf seine Brust. »Du hast richtig gehandelt.«

Aber sie konnte nicht anders, als sich Sorgen zu machen. Sie glaubte nicht daran, jemals wieder von Paul zu hören, nicht nach allem, was passiert war. Sie wusste nicht, was sie sonst hätte tun sollen, aber sie war sich nicht sicher, ob sie richtig gehandelt hatte. Während sie versuchte einzuschlafen, sah sie wieder sein Gesicht vor sich, seinen Gesichtausdruck, bevor er ging. Er war dankbar gewesen, ja, dankbar für die Warnung, das Geld und die Kleidungsstücke, aber sie hatte ihm auch Verärgerung und Enttäuschung ablesen können. Er hatte sie angesehen, als würde er in die Verbannung geschickt werden. Sie wusste nicht, ob er von ihr erwartet hatte, dass sie ihn zum Bleiben aufforderte. Ganz gewiss hatte sie ihm nicht gesagt, dass er gehen *musste*. Doch in seinen Bewegungen hatte auch eine Spur Anklage gelegen, so als wollte er sagen: »Du glaubst, ich habe es getan, nicht wahr? Du willst nicht, dass ich hier Probleme mache. Und vor allem vetraust du mir nicht. Ich bin ein Außenseiter und ich werde immer einer sein.« Davon hatte sie Seth und den anderen nichts erzählt.

III

Banks war an der Reihe und wartete an der voll besetzten Theke des Queen's Arms, während Burgess an einem runden Tisch nahe der Tür zur Market Street saß. Es war halb neun. Hatchley war gerade gegangen, um sich mit Carol Ellis zu treffen, und Richmond war zu einer Party im Rugby Club verschwunden.

Dirty Dick war eindeutig zufrieden mit sich. Er thronte auf seinem Stuhl und strahlte jeden, der in seine Richtung schaute, wohlwollend an. Allerdings erntete er dafür nur finstere Blicke.

»Äh, Mr. Banks«, sagte Cyril, »haben Sie eine Minute Zeit?«

»Selbstverständlich. Für Sie immer, Cyril. Und dabei könnten Sie mir auch gleich ein Pint Bitter und ein Pint Double Diamond zapfen.«

»Es ist wegen Ihres Kumpels da.« Cyril deutete mit seinem Kopf aggressiv in Burgess' Richtung.

»Ein Kumpel ist er eigentlich nicht«, sagte Banks. »Eher der Boss.«

»Aha. Auch gut. Sagen Sie ihm, er soll aufhören, meine Glenys zu belästigen. Sie hat zu viel zu tun, um sich den ganzen Tag noch mit Typen wie ihm rumzuschlagen.« Cyril beugte sich vor und senkte die Stimme. Unter seinen hochgekrempelten Hemdsärmeln wölbten sich die Muskeln. »Und Sie können ihm auch ausrichten, dass es mir egal ist, ob er ein Bulle ist – nichts gegen Sie, Mr. Banks. Aber wenn er mir nicht aus dem Weg geht, muss ich ihm wohl oder übel ein paar auf die Nuss hauen.«

Glenys, die wohl aufgeschnappt hatte, worüber sie sprachen, wurde rot und machte sich geschäftig daran, am anderen Ende der Theke ein Pint zu zapfen.

»Es wird mir eine Freude sein, diese Nachricht zu übermitteln«, sagte Banks und bezahlte die Getränke.

»Vergessen Sie nicht das Double Diamond für seine Lordschaft«, sagte Cyril verächtlich.

»Ihr dämliches Grinsen können Sie sich sparen«, sagte Burgess, nachdem Banks ihm Cyrils Warnung wiedergegeben hatte. »Den Fünfer haben Sie noch lange nicht in der Tasche. Die kleine Glenys steht auf mich, daran gibt es überhaupt keinen Zweifel. Und es geht nichts über ein bisschen Gefahr und einen Hauch Risiko, um die guten Hormone in Wallung zu bringen. Schauen Sie sie an.« Traurig, aber wahr, kaum schaute Cyril weg, lächelte Glenys Burgess mit erhitzten Wangen an. »Wenn wir nur diesen Knilch loswerden könnten ... Egal, am Montagabend hat sie frei. Normalerweise geht sie dann mit ihren Freundinnen ins Kino.«

»Wenn ich Sie wäre, würde ich vorsichtig sein«, sagte Banks.

»Ja, aber Sie sind nicht ich, oder?« Er stürzte das halbe Glas in einem Schluck runter. »Ah, das tut gut. So, wir haben den Scheißkerl. Oder bald.«

Banks nickte. Deswegen feierten sie wohl. Burgess war bereits bei seinem vierten Pint, Banks bei seinem dritten.

Sie hatten alles getan, was in ihrer Macht stand. Boyd hatte eindeutig Reißaus genommen, obwohl sich Banks nicht vorstellen konnte, wie er von der Entdeckung des Messers erfahren haben sollte. Wahrscheinlich war er zu Fuß nach Eastvale gegangen und hatte dort einen Bus genommen. Der Dreiundvierziger fuhr den Cardigan Drive entlang, am Westrand der Stadt. Er hätte einfach nur über das Moor wandern und Gallows View hochgehen müssen, um dorthin zu gelangen. Außerdem passierten die Busse nach York und Ripon dieselbe Straße. Jemand musste ihn gesehen haben. Banks hatte eine Beschreibung von Boyd bei der Busgesellschaft verteilt und ein Fahndungsfoto an die Polizei im ganzen Land verschickt, wobei Leeds, Liverpool und London besonders im Blickpunkt standen. Wie Burgess sagte, es war nur eine Frage der Zeit, bis er geschnappt wurde.

»Wo haben Sie diese verdammte Narbe her?«, wollte Burgess wissen.

»Die?« Banks berührte den weißen Halbmond neben seinem rechten Auge. »Aus Heidelberg. Eine Duellnarbe.«

»Haha, Scheiße, haha! Sie sind ein Witzbold, was? Kennen Sie den, wo …« Burgess hielt inne und schaute zu der Person auf, die vor ihnen stand. »Schau mal an«, sagte er und rutschte mit seinem Stuhl zur Seite, um Platz zu machen. »Wenn das nicht …«

»Dr. Fuller«, sagte Jenny. Sie schaute Banks an und zog einen Stuhl neben seinen.

»Natürlich. Wie konnte ich das vergessen? Was zu trinken, Schätzchen?«

Jenny lächelte süßlich. »Ja, danke. Ich nehme ein kleines Bier.«

»Ach, kommen Sie, nehmen Sie ein Pint«, insistierte Burgess.

»Na gut. Ein Pint.«

»Schön.« Burgess rieb seine Hände und machte sich auf an die Theke. Beim Aufstehen knallte er mit der Hüfte gegen den Tisch. Das Bier in den Gläsern plätscherte, schwappte aber nicht über.

Jenny sah Banks fragend an. »Was ist denn mit dem los?«

Banks grinste. »Er feiert.«

»Das sehe ich.« Sie rutschte näher. »Hör zu, ich muss dich was fragen ...«

Banks legte einen Finger auf die Lippen. »Nicht jetzt«, sagte er. »Er wird schon bedient. Gleich ist er zurück.« Tatsächlich war Burgess im Nu auf dem Rückweg, drei Pints in den Händen, aus denen das Bier auf seine Schuhe schwappte.

»Und was wird gefeiert?«, wollte Jenny wissen, nachdem Burgess es geschafft hatte, die Gläser auf den Tisch abzustellen, ohne noch mehr zu verschütten.

Banks erzählte ihr von Paul Boyd.

»Schade.«

»Schade? Du hast gesagt, dass du bei ihm das kalte Grausen kriegst.«

»Stimmt. Ich habe nur an die anderen gedacht. Das muss ein fürchterlicher Schlag für Seth und Mara sein. Sie haben so viel für ihn getan. Besonders Mara.« Jenny schien bei dem Gedanken an Mara Delacey ungewöhnlich beunruhigt zu sein, und Banks fragte sich, warum.

»Wissen Sie«, sagte Burgess, »mir tut es fast ein bisschen Leid, dass sich herausgestellt hat, es war Boyd.«

Jenny schaute ihn überrascht an. »Ja? Warum?«

»Nun ...« Er rückte näher an sie heran. »Ich habe gehofft, es wäre Ihr Freund. Dann könnten wir ihn für eine ganze

Weile einbuchten, und Sie und ich könnten … na Sie wissen schon.«

Zu Banks Überraschung lachte Jenny. »Sie haben eine blühende Phantasie, das muss man Ihnen lassen, Superintendent Burgess.«

»Nennen Sie mich Dick. So nennen mich fast alle meine Freunde.«

Jenny unterdrückte ein Lachen. »Ich glaube wirklich nicht, dass ich das kann. Ehrlich.«

»Bist du nicht erleichtert, dass es vorbei ist?«, fragte Banks sie. »Ich wette, Osmond ist erleichtert.«

»Natürlich. Vor allem, wenn das bedeutet, wir müssen uns keine weiteren Besuche von ihm gefallen lassen.« Sie deutete mit ihrem Kopf auf Burgess.

»Ich könnte immer noch vorbeischauen«, sagte Dirty Dick und zwinkerte.

»Oh, legen Sie mal eine andere Platte auf. Und was glaubt ihr, wo Paul ist?«, fragte sie Banks.

»Wir haben keine Ahnung. Er ist am frühen Nachmittag verschwunden, kurz bevor wir die Bestätigung bekommen haben. Er kann überall sein.«

»Aber du bist zuversichtlich, dass ihr ihn kriegt?«

»Ich denke schon.«

Jenny wandte sich an Burgess. »Dann ist Ihr Job ja erledigt, oder? Ich nehme nicht an, dass Sie noch länger in diesem gottverlassenen Kaff rumhängen wollen, was?«

»Ach, ich weiß nicht.« Burgess zündete sich eine Zigarre an und grinste sie lüstern an. »Andere Dinge machen das wieder wett.«

Jenny hustete und wedelte den Rauch weg.

»Spaß beiseite«, fuhr er fort, »ich werde hier bleiben, bis er gefasst ist. Da gibt es eine Menge Fragen, die ich ihm stellen möchte.«

»Aber das kann doch Tage oder Wochen dauern.«

Burgess zuckte mit den Achseln. »Es ist das Geld des Steuerzahlers, Schätzchen. Sie sind wieder dran, Banks.«

»Für mich nichts mehr«, sagte Jenny. »Ich muss gleich wieder los.« Ihr Glas war noch halb voll.

Leicht benommen ging Banks an die Theke.

»Haben Sie es ihm gesagt?«, wollte Cyril wissen.

»Ja.«

»Gut. Ich hoffe nur, dass er weiß, was gut für ihn ist. Gucken Sie sich diesen Scheißkerl an, er kann die Finger nicht von ihnen lassen.«

Banks drehte sich um. Dirty Dick schien noch näher an Jenny herangerückt zu sein, sein Ellbogen lag jetzt auf der Rückenlehne ihres Stuhls. Sie verhält sich sehr ruhig, dachte Banks. Eigentlich nahm sie eine solche sexistische Vereinnahmung nicht so einfach hin. Vielleicht steht sie auch auf ihn, ging Banks plötzlich durch den Kopf. Wenn Glenys auf ihn steht, dann vielleicht auch Jenny. Möglicherweise hatte er wirklich den Schlag weg bei Frauen. Immerhin war er frei und ungebunden. Außerdem sah er einigermaßen gut aus. Dieses lässige Äußere, die abgewetzte Lederjacke, das aufgeknöpfte Hemd, es stand ihm gut, genau wie die grauen Strähnen an den Schläfen.

Banks fegte den Gedanken beiseite. Lächerlich. Jenny war eine intelligente Frau, die Geschmack hatte. Eine Frau wie sie würde niemals auf Dirty Dicks dreisten Charme reinfallen. Andererseits waren Frauen geheimnisvolle Wesen, dachte Banks bedrückt, als er die Getränke zum Tisch trug. Sie fielen immer auf Männer herein, die nichts wert waren. Er konnte sich noch genau an die schöne Anita Howarth erinnern, Objekt der Begierde seiner Jugendzeit. Für den schlanken, gut aussehenden Banks hatte sie kein Auge gehabt und war stattdessen hinter diesem pickeligen Tunichtgut Steve Naylor her gewesen. Und Naylor hatte sich einen Dreck um sie geschert. Er hatte den Eindruck gemacht, lieber Cricket oder Rugby zu spielen, als irgendetwas mit Anita anstellen zu wollen. Aber dadurch war sie nur noch verrückter nach ihm geworden. Und währenddessen hatte sich Banks die ganze Zeit damit herumschlagen müssen, ungebetene Annäherungsversuche von Cheryl Wagstaff abzuwehren. Das war die mit den gelben, vorstehenden Zähnen.

»Ich habe dieser schönen, jungen Dame gerade angeboten, ihr die Sehenswürdigkeiten von London zu zeigen«, sagte Burgess.

»Ich bin mir sicher, die hat sie bereits gesehen«, entgegnete Banks steif.

»Aber nicht so, wie ich sie ihr zeigen würde.« Burgess manövrierte seinen Arm so, dass seine Hand jetzt auf Jennys Schulter lag.

Banks überlegte, ob er sich diesmal galant verhalten und Jennys Ehre verteidigen sollte. Schließlich waren sie jetzt gewissermaßen außer Dienst. Aber dann erinnerte er sich daran, dass sie sehr gut auf sich selbst aufpassen konnte. Ihr Gesicht nahm einen bedrohlich süßlichen Ausdruck an.

»Bitte nehmen Sie Ihre Hand von meiner Schulter, Superintendent«, sagte sie.

»Ach, kommen Sie, Schätzchen«, sagte Burgess. »Seien Sie nicht so schüchtern. Und sagen Sie Dick zu mir.«

»Bitte!«

»Geben Sie mir eine Chance. Wir hatten kaum ...«

Burgess hielt abrupt inne, denn Jenny hatte seelenruhig und langsam ihr Glas genommen und den Rest ihres kühlen Bieres auf seinen Schoß gekippt.

»Ich hatte Ihnen ja gesagt, dass ich nur ein kleines Bier wollte«, sagte sie, nahm ihren Mantel und verschwand.

Burgess stürzte auf die Herrentoilette. Da Jenny so unaufgeregt gehandelt hatte und alle anderen Gäste um sie herum so ins Gespäch vertieft waren, blieb der Vorfall im Großen und Ganzen unbemerkt. Cyril hatte es jedoch gesehen und schüttelte sich vor Lachen.

Draußen holte Banks Jenny ein. Sie lehnte gegen das historische, steinerne Marktkreuz in der Mitte des Platzes, eine Hand vor dem Mund. »Mein Gott«, sagte sie, lachte lauthals los und klopfte sich auf die Brust. »Seit Jahren habe ich nicht mehr so viel Spaß gehabt. Der Mann bringt alles Gute in mir zurück. Was mich allerdings überrascht, ist, dass du dich anscheinend prächtig mit ihm verstehst.«

»So schlimm ist er nicht«, sagte Banks. »Besonders nach ein paar Gläsern.«

»Genau, man muss mindestens halb besoffen sein, um ihn auszuhalten. Und man muss ein Mann sein. Wenn es drauf ankommt, seit ihr alle pubertierende Bengels.«

»Er hat einen ziemlichen Ruf als Frauenheld.«

»Dann müssen die im Süden ganz schön verzweifelt sein.«

Banks' Glaube an die Frauen war teilweise wiederhergestellt.

Es war kalt draußen auf dem verlassenen Platz. Das Kopfsteinpflaster, immer noch nass vom Regen, glitzerte im schwachen Licht der Laternen. Die Kirchenglocken schlugen halb zehn. Banks schlug seinen Jackenkragen hoch und zog ihn fest um den Hals. »Was wolltest du mich fragen?«

»Nichts. Spielt keine Rolle.«

»Komm schon, Jenny, du verheimlichst mir etwas. Ich sehe es dir sofort an. Hat es mit Paul Boyd zu tun?«

»Indirekt. Aber wie gesagt, es spielt keine Rolle.«

»Weißt du, warum er weggelaufen ist?«

»Natürlich nicht.«

»Schau, ich weiß, dass du mit Mara befreundet bist. Hat es mit ihr zu tun? Es könnte wichtig sein.«

»Okay, okay«, sagte Jenny und hob ihre Hand. »Mach mal halblang. Ich erzähle dir alles, was du willst. Du wirst schon fast genauso schlimm wie dein Kumpel da drinnen. Mara hat sich nur gefragt, wie die Ermittlung verläuft, das ist alles. Oben auf der Farm sind alle ein bisschen angespannt und wollen wissen, ob sie noch weitere Besuche von Gottes Geschenk an die Frauenwelt erwarten müssen. Glaubst du mir jetzt, dass es keine Rolle spielt?«

»Wann hast du mit ihr gesprochen?«

»Heute Mittag im Black Sheep.«

»Sie muss das Messer gesehen haben«, sagte Banks, mehr zu sich selbst.

»Was?«

»Der Schafhirte, Jack Crocker. Er hat das Messer gefunden. Sie muss es gesehen haben, muss es als das von Paul identifiziert haben und ist dann losgestürmt, um ihn zu warnen. Deshalb hat er sich gerade noch rechtzeitig aus dem Staub gemacht.«

»Alan, das kann doch nicht wahr sein?!«

»Als ich heute Nachmittag mit ihr sprach, hatte ich den Eindruck, dass sie lügt. Ist dir etwas aufgefallen?«

»Sie ist ziemlich hastig aufgebrochen, aber mir war nicht klar, warum. Du wirst sie doch nicht festnehmen, oder?«

Banks schüttelte den Kopf. »Dadurch hat sie sich mitschuldig gemacht«, sagte er, »aber ich bezweifle, dass wir es beweisen können. Und wenn Burgess Boyd kriegt, glaube ich nicht, dass er noch einen Gedanken an Mara und die anderen verschwendet. Es war nur verdammt dumm von ihr, so zu handeln.«

»Tatsächlich? Würdest du einfach so einen Freund verpfeifen? Was würdest du tun, wenn jemand Richmond des Mordes anklagt? Oder mich?«

»Das ist was anderes. Natürlich würde ich alles tun, was in

meiner Macht steht, um dich da rauszuboxen. Aber sie hätte uns benachrichtigen sollen. Boyd könnte gefährlich sein.«

»Paul ist ihr ans Herz gewachsen. Sie würde ihn niemals einfach so an die Polizei ausliefern.«

»Ich frage mich, ob sie ihm gesagt hat, wo er hingehen und sich verstecken soll.«

Jenny fröstelte. »Es ist kalt hier draußen«, sagte sie. »Ich gehe besser, bevor Dirty Dick rauskommt und mich zusammenschlägt. Das würde genau seinem Niveau entsprechen. Und du gehst lieber wieder rein, sonst denkt er noch, du hättest ihn verlassen. Richte ihm alles Liebe von mir aus.« Sie küsste ihn schnell auf die Wange und lief dann zu ihrem Wagen. Für einen Augenblick stand Banks noch in der Kälte und dachte an Mara und das, was Jenny gesagt hatte, dann ging er zurück ins Queen's Arms, um zu schauen, was aus dem besudelten Superintendent geworden war.

»Auf jeden Fall hat sie Mut, das muss man ihr lassen«, sagte Burgess, kein bisschen verärgert über den Vorfall. »Noch ein Bier?«

»Lieber nicht.«

»Ach, na los, Banks. Seien Sie kein Spielverderber.« Ohne auf eine Antwort zu warten, ging Burgess an die Theke.

Banks hatte das Gefühl, bereits genug getrunken zu haben. Er befand sich kurz vor dem Punkt, an dem es kein Zurück mehr gab. Andererseits, dachte er, noch ein paar Bier mehr und dann ist alles scheißegal. Er spürte, dass Burgess einsam war und im Moment seines Triumphes Gesellschaft brauchte, und fühlte sich nicht dazu in der Lage, den Scheißkerl einfach im Stich zu lassen. Außerdem erwartete ihn zu Hause nur ein leeres Haus. Er könnte den Cortina auf dem Parkplatz des Reviers stehen lassen und später zu Fuß nach Hause gehen, ganz egal, wie viel er noch trinken würde. Er hatte es nicht viel weiter als einen Kilometer.

Und so tranken sie fröhlich immer weiter. Wenn man sich erst mal an seine großkotzige Art gewöhnt hatte und Themen wie Politik und Polizeimethoden ausklammerte, war Burgess ein recht unkomplizierter Gesprächspartner, fand Banks. Er hatte ein breit gefächertes Repertoire an Witzen auf Lager, kannte sich außerordentlich gut mit Jazz aus und wusste eine Menge Anekdoten über Einsätze zu erzählen, die in die Hose gegangen waren. So wie Banks sich erinnerte, gab es bei der Polizei der Hauptstadt derart viele verschiedene Abteilungen und Dezernate, die in ihre eigenen Operationen verstrickt waren, dass es nicht ungewöhnlich war, wenn ein Einsatzkommando in eine Überwachung des Betrugsdezernats platzte und die Aktion völlig vermasselte.

Eine Stunde und zwei Pints später, als Burgess sich dem Ende einer Geschichte über einen vom Pech verfolgten Constable des Drogendezernates näherte, der sich selbst in den Fuß geschossen hatte, meinte Banks, dass es an der Zeit sei zu gehen.

»Sieht wohl so aus«, sagte Burgess widerstrebend, trank sein Bier aus und stand auf.

Er schien kein bisschen betrunken zu sein. Er sprach normal und seine Augen waren klar. Als sie jedoch nach draußen kamen, hatte er Schwierigkeiten, über das Pflaster zu gehen. Um sich aufrecht zu halten, legte er einen Arm um Banks' Schulter, und so schaukelten die beiden über den Markplatz. Gott sei Dank ist das Hotel gleich um die Ecke, dachte Banks.

»Das ist mein einziges Problem, wissen Sie«, sagte Burgess. »Im Kopf glockenklar, das Gedächtnis intakt, aber jedes Mal, wenn ich mal einen über den Durst trinke, macht mein Fahrgestell, was es will. Wissen Sie, wie mich meine Kumpels bei Scotland Yard nennen?«

»Keine Ahnung.«

»Bambi.« Er lachte. »Scheiß-Bambi. Sie wissen schon, dieses kleine Dingsda aus dem Zeichentrickfilm. Ich laufe so wie dieses verfluchte Vieh. Die nennen mich nicht Bambi, weil ich so ein süßer und sanfter Kerl bin.« Er legte eine Hand auf die Leiste. »Verfluchte Scheiße, das fühlt sich immer noch an, als hätte ich mich vollgepisst. Diese gottverdammte Frau.«

Die Einladung, Burgess auf sein Zimmer zu begleiten, um noch gemeinsam eine Flasche Scotch zu leeren, lehnte Banks ab. Ganz egal, wie Leid ihm dieser einsame Scheißkerl auch tat, so ein Masochist war er nun auch wieder nicht. Widerwillig ließ Burgess ihn gehen. »Dann trinke ich sie eben alleine«, lauteten seine letzten Worte, die er in Anwesenheit eines verlegenen Nachtportiers in die Hotellobby posaunte.

Auf dem Nachhauseweg hätte Banks gerne seinen Walkman dabei gehabt. Dann hätte er beim Gehen Blind Willie McTell oder Bukka White hören können. Aber er war auch so gut zu Fuß und erreichte die Eingangstür des leeren Hauses in ungefähr zwanzig Minuten. Da er müde war und mit Sicherheit nichts mehr trinken wollte, ging er geradewegs ins Bett. Doch wie immer, wenn ihn bestimmte Dinge beschäftigten, konnte er nicht sofort einschlafen. Und Gills Ermordung warf eine Menge Fragen auf, die ihn immer noch vor ein Rätsel stellten.

Ein Problem war das Motiv, es sei denn, Burgess hatte Recht und Boyd hatte einfach wahllos um sich geschlagen. Zu wissen, *wer* es getan hatte, schien in diesem Fall nicht das *Warum* zu erklären. So weit bekannt, war Boyd nicht politisch engagiert, und selbst Punks von der Straße wie er hatten nicht die Angewohnheit, bei Anti-Atomkraft-Demos wahllos Polizisten niederzustechen. Wenn jemand private Gründe hatte, um Gill aus dem Wege zu räumen, dann gab es bei den anderen Verdächtigen eine Menge zu berücksichtigen: Osmonds Anklage wegen Körperverletzung, Maras Religionsgemeinschaft, der Unfall von Seths Frau und sogar Zoes Wahrsagerei an der Küste. Zu diesem Zeitpunkt war es schwer, sich eine Verbindung vorzustellen, aber es waren schon seltsamere Dinge passiert. Tony Grants Bericht könnte sich als hilfreich erweisen, vorausgesetzt, er traf jemals ein.

Seltsam erschienen Banks auch die Fingerabdrücke auf dem Messer. Wenn normalerweise ein Messer in einen Körper gestoßen wird, verrutschen die Finger, die den Griff halten, sodass jeder Abdruck verwischt wird. Boyds Abdrücke waren jedoch vollkommen deutlich gewesen, gerade so, als hätte er jeden einzelnen sorgfältig aufgetragen. Das könnte dabei passiert sein, als er das Messer zusammengeklappt und in der Hand gehalten hat, bevor er es wegwarf. Oder aber er hat es einfach aufgehoben, nachdem es jemand anderes benutzt hatte. Unter den seinen waren noch andere Abdrücke zu sehen, aber auch die waren zu verschwommen, um sie identifizieren zu können. Natürlich könnte es sich ebenfalls um seine handeln, doch mit Sicherheit konnte man das nicht wissen.

Auf jeden Fall hatte Boyd das Messer in seiner Tasche getragen. Die Spuren im Taschenfutter des Parkas stimmten mit Constable Gills Blutgruppe überein. Aber wenn er das Messer benutzt hatte, warum war er dann so dumm gewesen, es wieder aufzuheben, nachdem er es bereits fallen gelassen hatte? Denn er musste es zu einem bestimmten Zeitpunkt fallen gelassen haben, weil mehrere Leute gesehen hatten, dass es von der Menge hin und her getreten wurde. Hätte er das Messer einfach dort liegen lassen, wäre es sehr unwahrscheinlich gewesen, die Spur bis zur Farm zurückverfolgen zu können.

Wenn Boyd jedoch nicht der Mörder gewesen war, warum hatte er dann ein Messer aufgehoben, das nicht ihm gehörte? Um jemanden zu schützen? Und wen würde er mit größerer Wahrscheinlichkeit schützen als die Bewohner von Maggie's Farm? Oder war dort noch jemand anderes gewesen, den er kannte und der ihm etwas bedeutete, der Zugriff auf das Messer hatte? Immer mehr Fragen wollten jetzt beantwortet werden, dachte Banks, und Burgess war sehr voreilig gewesen, schon heute Abend seinen Sieg zu feiern.

Dann war da noch die Sache mit der Nummer auf der aus Seths Notizbuch gerissenen Seite. Banks wusste nicht, welche Bedeutung sie hatte, aber aus irgendeinem Grund kam sie ihm bekannt vor, verdammt bekannt. Boyd stand Seth nahe und verbrachte eine Menge Zeit bei ihm in der Werkstatt. Könnte die Nummer etwas mit ihm zu tun haben? Könnte ihnen die Nummer einen Hinweis darauf geben, wohin er verschwunden war?

Natürlich könnte es sich um eine Telefonnummer handeln. In der Gegend von Swainsdale gab es noch viele vierstellige Telefonnummern. Aus einem Impuls heraus stieg Banks aus dem Bett und ging nach unten. Es war bereits nach elf Uhr, aber er beschloss, es trotzdem zu versuchen. Er wählte 1139 und hörte am anderen Ende das Telefon klingeln. Lange ging niemand heran. Er wollte schon aufgeben, als sich eine Frau meldete. »Hallo. Rossghyll Gästehaus, Bed and Breakfast.« Die Stimme klang höflich, aber angespannt.

Banks stellte sich vor, und als klar wurde, dass er kein potenzieller Gast war, verblasste die Höflichkeit der Frau ein wenig. »Wissen Sie, wie spät es ist?«, sagte sie. »Konnte das nicht bis morgen warten? Wissen Sie, wann ich morgen wieder raus muss?«

»Es ist wichtig.« Banks gab ihr eine Beschreibung von Paul Boyd und fragte, ob sie ihn gesehen hatte.

»An solche Leute vermiete ich nicht«, meinte die Frau ärgerlich. »Für wen halten Sie uns? Dies ist ein anständiges Haus.« Und mit diesen Worten legte sie auf.

Banks trottete zurück ins Bett. Er würde natürlich jemanden hinschicken müssen, nur um sicherzugehen, aber es war höchst unwahrscheinlich, dass etwas dabei herauskommen würde. Und wenn es sich um eine Telefonummer außerhalb der Region handelte, dann könnte es fast überall sein. Ohne die dazugehörige Vorwahl konnte man nichts mit ihr anfangen.

Banks lag noch eine Weile länger wach, bis er schließlich in den Schlaf driftete und von einem Burgess träumte, der sich reumütig geschlagen geben musste.

NEUN

I

Der bewölkte Himmel schien Banks' hämmernde Kopfschmerzen noch zu verstärken, als er sich am nächsten Vormittag um halb zwölf auf den Weg zu Maggie's Farm machte. Burgess hatte eine Weile vorher angerufen, um zu sagen, dass er im Hotelzimmer etwas Schreibarbeit erledigen und nicht gestört werden wollte, es sei denn, Boyd tauchte auf. Das passte Banks gut, er wollte mit Mara Delacey sprechen, und je weniger Dirty Dick davon wusste, desto besser.

Er stellte den Wagen vor dem Bauernhaus ab und klopfte. Es überraschte ihn nicht, als Mara die Tür öffnete und »Nicht schon wieder!« stöhnte.

Widerwillig ließ sie ihn herein. Sonst war niemand in der Wohnung. Wahrscheinlich arbeiteten die anderen.

Banks wollte Mara aus dem Haus kriegen, auf neutralen Boden. Er hoffte, dass sie dann vielleicht etwas gesprächiger wurde.

»Ich möchte nur gerne mit Ihnen reden, mehr nicht«, sagte er. »Das ist kein Verhör, nichts Offizielles.«

Sie sah verblüfft aus. »Bitte.«

Banks tippte auf seine Uhr. »Es ist fast Mittagszeit und ich habe noch nichts gegessen«, sagte er locker. »Hätten Sie Lust auf einen Abstecher runter ins Black Sheep?«

»Wozu? Ist das ein raffinierter Versuch, mich aufs Revier zu kriegen?«

»Keine Tricks. Ehrenwort. Was ich zu sagen habe, könnte auch für Sie von Nutzen sein.«

Sie betrachtete ihn immer noch misstrauisch, aber der Köder war zu verlockend, um abzulehnen. »In Ordnung.« Sie nahm einen Anorak und zog ihn über Pullover und Jeans. »Ich gehe heute Nachmittag sowieso in den Laden.« Sie strich ihr dichtes, walnussfarbenes Haar zurück und band es zu einem Pferdeschwanz.

Im Wagen beugte sich Mara nach vorn und untersuchte die Kassetten, die Banks in dem Gestell aufbewahrte, das ihm Brian zu seinem Geburtstag im vergangenen Mai geschenkt hatte, seinem achtunddreißigsten. Dort befanden sich neben Zemlinskys *Der Zwerg*, Mozarts *Zauberflöte*, Dowlands *Lachrymae* und Purcells *Airs* Kassetten von Lightning Hopkins, Billie Holiday, Muddy Waters, Robert Wilkins und eine Reihe von Bluessamplern.

Mara nahm die Billie-Holliday-Kassette und brachte ein dünnes Lächeln zustande. »Ein Polizist, der Blues mag, kann kein so schlechter Kerl sein«, sagte sie.

Banks lachte. »Ich mag so ziemlich jede Musik«, sagte er, »außer Country & Western und Schnulzen – Sie wissen schon, Frank Sinatra, Engelbert Humperdinck und Konsorten.«

»Sogar Rockmusik?«

»Sogar Rockmusik. Auf jeden Fall einiges davon. Ich muss zugeben, was das anbelangt, bin ich in den sechziger Jahren stehen geblieben. Nachdem sich die Beatles aufgelöst haben, habe ich das Interesse verloren. Aber ich weiß immerhin, woher der Name Ihres Hofes kommt.«

Banks freute sich, dass er so mühelos mit Mara ins Gespräch gekommen war. Es war das erste Mal, dass sein

Interesse an Musik eine Art Eintracht erzeugt hatte, die er bei Zeugen brauchte. Häufig hielten es die Leute nur für eine Marotte, doch jetzt half sie ihm bei einer wichtigen Ermittlung. Das gemeinsame Interesse an Jazz und Blues hatte ja auch schon geholfen, die Spannung zwischen ihm und Burgess ein wenig zu lockern. Wenn sie allerdings seine ganzen Fragen über sich ergehen lassen musste, dachte er, würde sie wohl schnell ihre Unbeschwertheit verlieren.

Im Pub fanden sie eine ruhige Ecke in der Nähe des gekachelten Kamins. In einem Glaskasten an der Wand neben ihnen befand sich eine Sammlung Schmetterlinge, die mit Nadeln auf ein Brett geheftet worden waren. Banks holte von der Theke ein kleines Bier für Mara und ein Pint Black Sheep Bitter für sich. Vielleicht könnte er seinen Kater kurieren, wenn er weitermachte, womit er aufgehört hatte. Er bestellte einen Ploughman's Lunch, eine kalte Platte; Mara wollte Lasagne.

»Der Ploughman's Lunch wurde in den Siebzigern für die Touristen erfunden«, sagte Mara.

»Kein ursprüngliches Gericht?«

»Kein bisschen.«

»Na ja, ich kann mir schlimmere Erfindungen vorstellen.«

»Ich nehme an, Sie wollen gleich zur Sache kommen, oder?«, sagte Mara. »Hat Ihnen Jenny Fuller von unserem Treffen erzählt?«

»Nein, ich habe es herausgefunden. Ich glaube, sie macht sich Sorgen um Sie.«

»Das muss sie nicht. Mir geht es gut.«

»Wirklich? Ich dachte, Sie sind krank vor Sorge um Paul Boyd.«

»Und wenn ich es wäre?«

»Glauben Sie, er ist schuldig?«

Nachdenklich nahm Mara ihr Glas und trank einen Schluck Bier. Bevor sie antwortete, strich sie eine einzelne Haarsträhne von ihrer Wange. »Vielleicht dachte ich es zuerst, ein bisschen«, sagte sie. »Auf jeden Fall machte ich mir Sorgen. Ich meine, wir wissen nicht viel von ihm. Ich schätze, ich habe ihn plötzlich mit anderen Augen gesehen. Aber jetzt nicht, nein. Und es ist mir egal, welche Beweise Sie gegen ihn haben.«

»Warum haben Sie Ihre Meinung geändert?«

»Es ist ein Gefühl, mehr nicht. Nichts Konkretes, nichts, was Sie verstehen würden.«

Banks beugte sich vor. »Ob Sie's glauben oder nicht, Mara, aber auch Polizisten haben solche Gefühle. Wir nennen sie Ahnungen, oder wir sagen, wir verlassen uns auf unsere Nase, auf unseren Instinkt für die Wahrheit. Sie könnten in der Sache mit Boyd Recht haben. Ich sage nicht, Sie haben Recht, aber es besteht die Möglichkeit. Die Dinge liegen nicht so klar, wie es den Anschein hat. Irgendwie ist Paul als Täter zu offensichtlich.«

»Kommt Ihnen das nicht gerade gelegen? Weil es so leicht ist, ihn zu beschuldigen?«

»Nicht für mich, nein.«

»Aber ... ich meine ... Ich dachte, Sie wären sich sicher und hätten Beweise?«

»Das Messer?«

»Genau.«

»Sie haben es erkannt, nicht wahr, als Jack Crocker es gestern Mittag hier hereingebracht hat?«

Mara sagte nichts. Bevor Banks weitersprechen konnte, kam das Essen an, und die beiden ließen es sich schmecken.

»Schauen Sie«, sagte Banks, nachdem er den größten Teil des Stückes Wensleydale-Käses und eine eingelegte Zwiebel verputzt hatte, »nehmen wir rein theoretisch an, Boyd ist unschuldig.« Mara sah ihn an, doch ihr Ausdruck war schwer zu deuten. Misstrauen? Hoffnung? Welche Reaktion auch immer, sie war nur zu verständlich. »Wenn er unschuldig ist«, fuhr Banks fort, »dann ergeben sich daraus mehr Fragen als Antworten. Für jeden ist es einfacher, wenn sich Boyd als schuldig herausstellt. Außer für ihn selbst natürlich. Aber der einfachste Weg muss nicht unbedingt der richtige sein. Verstehen Sie, was ich meine?«

Mara nickte. Ein Lächeln huschte kurz über ihre Lippen. »Klingt wie der Achtteilige Pfad«, sagte sie.

»Wie was?«

»Der Achtteilige Pfad. Das ist der buddhistische Weg zur Erleuchtung.«

Banks spießte noch eine eingelegte Zwiebel auf. »Also, ich habe keine Ahnung von Erleuchtung«, sagte er, »aber ein bisschen mehr Licht könnten wir bei diesem Fall schon gebrauchen.« Er erzählte ihr von dem Blut und den Fingerabdrücken auf dem Messer. »Das ist alles, was wir wissen«, sagte er. »Das sind die Beweise, die Fakten, wenn Sie so wollen. Boyd war am Tatort, und wir können beweisen, dass er die Mordwaffe in der Hand hatte. Superintendent Burgess glaubt, das ist genug, um ihn zu verurteilen, aber ich bin mir da nicht so sicher. Was allerdings den politischen Aspekt angeht, hat er wohl Recht. Wenn Boyd schuldig gesprochen wird, stehen wir gut da. Außerdem würde es jeden diskreditieren, der ein bisschen anders zu sein scheint.«

»Ist das nicht genau das, was Sie wollen?«

»Wäre schön, wenn Sie damit aufhören könnten, solche Unterstellungen von sich zu geben. Sie hören sich an wie ein bekiffter Hippie auf einem Rockfestival. Vielleicht nennen Sie mich jetzt noch Bullenschwein und lassen es dann damit gut sein? Oder Sie werden endlich erwachsen!«

Mara sagte nichts, aber Banks sah, wie eine leichte Röte über ihr Gesicht strömte.

»Ich will die Wahrheit«, fuhr Banks fort. »Ich will nicht irgendeine Gruppe oder Person drankriegen, ich will einzig und allein den Mörder. Wenn wir annehmen, dass Boyd es nicht getan hat, warum sind dann seine Fingerabdrücke auf dem Messer und warum wurde es ungefähr auf halbem Weg zwischen Eastvale und Maggie's Farm im Heidemoor gefunden?«

Mara schob ihre halb aufgegessene Lasagne beiseite und drehte sich eine Zigarette. »Ich bin kein Detektiv«, sagte sie, »aber vielleicht hat er es aufgehoben und auf dem Nachhauseweg weggeworfen, als ihm klar wurde, was er da mitgenommen hatte.«

»Aber warum? Hätten Sie etwas derart Dummes getan? Hätten Sie sich auf der Demonstration gebückt, um ein blutverschmiertes Messer aufzuheben? Überlegen Sie sich das mal. Boyd hatte keinerlei Garantie wegzukommen. Was wäre gewesen, wenn er am Tatort mit dem Messer geschnappt worden wäre?«

»Er hätte wahrscheinlich noch Zeit gehabt, das Messer fallen zu lassen, wenn er die Polizisten auf sich zukommen gesehen hätte.«

»Ja, aber trotzdem wären seine Fingerabdrücke drauf gewesen. Ich bezweifle, dass er ruhig genug gewesen wäre, es noch abzuwischen, bevor sie ihn gegriffen hätten. Und selbst wenn, wahrscheinlich hätte er etwas von Gills Blut abbekommen.«

»Das ist alles schön und gut«, sagte Mara, »aber ich habe keine Ahnung, worauf Sie hinauswollen.«

»Das werde ich Ihnen gleich sagen.« Banks ging zur Theke und bestellte noch zwei Bier. Seit sie hereingekommen waren, hatte sich der Pub einigermaßen gefüllt. Am Kamin ruhten sogar zwei warm eingepackte Wanderer ihre Beine aus.

Banks setzte sich wieder an den Tisch und trank einen Schluck. Die Kur gegen den Kater schlug wunderbar an. »Das Messer hat eine Schlüsselrolle«, sagte er. »Sie haben es wiedererkannt, und Paul muss es auch erkannt haben. Es stammt von der Farm, nicht wahr?«

Mara drehte sich zur Seite und studierte die Schmetterlinge.

»Sie helfen niemandem, wenn Sie etwas verheimlichen. Ich möchte nur, dass Sie bestätigen, was wir bereits wissen.«

Mara drückte ihre Zigarette aus. »Na gut, dann stammt es also von der Farm. Na und? Wenn Sie es bereits wissen, warum fragen Sie mich dann noch?«

»Weil Paul jemanden geschützt haben könnte, oder nicht? Wenn er das Messer gefunden und mitgenommen hat, dann muss er gedacht haben, es wäre ein Beweis gegen jemanden, und zwar gegen jemanden von der Farm. Es sei denn, Sie glauben, er ist einfach durch und durch dumm.«

»Einer von uns, meinen Sie?«

»Ja. Wen würde er am ehesten schützen wollen?«

»Das weiß ich nicht. An dem Nachmittag waren einige Leute oben auf der Farm.«

»Ja, ich weiß, wer dort war. Könnte jemand das Messer eingesteckt haben?«

Mara zuckte mit den Achseln. »Es lag auf dem Kaminsims, jeder konnte es sehen.«

»Wem gehört das Messer?«

»Keine Ahnung. Es ist immer da gewesen.«

»Na gut, auch egal. Dann war es eben das Gemeinschaftsklappmesser. Könnten Sie sich vorstellen, dass es Paul aufgehoben hat, um Dennis Osmond zu schützen? Oder Tim und Abha?«

Mara zwirbelte eine lose Haarsträhne. »Weiß ich nicht«, sagte sie. »Er kannte sie nicht besonders gut.«

»Welche Rolle hat er an dem Nachmittag gespielt? War er dabei?«

»Ja, die meiste Zeit, aber er hat nicht viel gesagt. Paul hat einen Minderwertigkeitskomplex, wenn es um Studenten oder politische Gespräche geht. Er hat keine Ahnung von Karl Marx und so weiter, außerdem fehlt ihm das Selbstvertrauen, um seine eigenen Ideen einbringen zu können.«

»Also war er dabei, aber nicht besonders engagiert?«

»Stimmt. Im Prinzip war er mit allem einverstanden. Ich meine, er war nicht nur auf der Demo, um ... um ...«

»Ärger zu machen?«

»Genau. Er war dort, um zu demonstrieren. Er hatte nie einen Job, wissen Sie. Er hat keinen Grund, der Thatcher-Regierung dankbar zu sein.«

»Sie sagen, das Messer hat immer auf dem Kaminsims gelegen. Haben Sie an dem Nachmittag gesehen, dass es jemand genommen hat, vielleicht nur um damit zu spielen?«

»Nein.«

»Wann haben Sie bemerkt, dass es weg ist?«

»Was?«

»Sie müssen bemerkt haben, dass das Messer weg ist. Haben Sie es bemerkt, bevor Sie gestern sahen, dass Jack Crocker damit hier reingekommen ist?«

»Ich ... ich ...«

Banks machte eine abwehrende Handbewegung. »Vergessen Sie es. Ich glaube, ich habe verstanden. Sie haben bemerkt, dass es fehlt, und aus irgendeinem Grund glaubten Sie, dass es Paul letzten Freitag mitgenommen haben könnte.«

»Nein!«

»Warum sind Sie dann losgerannt und haben ihn gewarnt?«

»Weil ich dachte, Sie nehmen ihn in die Mangel, wenn das Messer in dieser Gegend gefunden wurde. Jack Crocker arbeitet im Heidemoor. Als ich ihn sah, wusste ich, dass er es hier in der Nähe gefunden haben muss.«

»Klingt plausibel«, sagte Banks. »Aber überzeugt bin ich nicht. Sie waren nicht bei der Demo, oder?«

»Nein. Es ist nicht so, dass ich nicht an die Sache glauben würde, aber jemand musste zu Hause bleiben und auf die Kinder aufpassen.«

»Sie haben sie nicht etwa früh ins Bett gesteckt und sind dann rausgeschlichen?«

»Beschuldigen Sie mich?«

»Ich frage Sie.«

»Also, ich weiß nicht, wie Sie darauf kommen. Die anderen hatten den Wagen genommen, und bis nach Eastvale sind es gut sechs Kilometer durchs Moor.«

»Also bleiben Paul, Zoe, Seth und Rick. Seth und Rick sind verhaftet worden, aber wenn Paul das Messer bei der Demo aufgehoben hat, kann auch einer von ihnen Gill erstochen haben.«

»Das glaube ich nicht.«

»Hat Osmond oder einer der anderen eine so große Abneigung gegen Sie, dass er einem von Ihnen die Schuld anhängen würde?«

»Glaube ich nicht. Niemand hat Grund, uns so sehr zu hassen.«

»Wenn Sie das Messer wirklich eine ganze Zeit lang nicht bemerkt haben, dann könnte es doch jemand schon früher weggenommen haben, oder nicht? Hatten Sie während der Woche Besuch?«

»Ich ... ich kann mich nicht erinnern.«

»Schließen Sie das Haus immer gut ab?«

»Sie machen wohl Witze. Wir besitzen überhaupt nichts Wertvolles.«

»Denken Sie mal darüber nach. Sie verstehen mein Problem, oder? Es wird immer dann kompliziert, wenn wir Boyd außen vor lassen. Und wenn jemand das Messer weggenommen hat, dann ist Vorsatz im Spiel. Kennen Sie jemanden, der Grund hätte, Constable Gill zu ermorden?«

»Nein.«

»Wurde er an dem Nachmittag oben auf der Farm erwähnt?«

»Habe ich nicht gehört. Aber ich saß auch nicht die ganze Zeit dabei. Ich habe Tee gekocht, abgeräumt und so weiter.«

Banks trank noch einen Schluck Black Sheep Bitter. »Sagt Ihnen die Nummer 1139 etwas?«

Mara runzelte die Stirn. Die Falten begannen auf beiden Seiten ihrer Stirn und liefen am Nasenansatz zusammen.

»Nein«, sagte sie. »Glaube ich wenigstens. Warum? Wo haben Sie die her?«

»Könnte sie nicht zum Beispiel Teil einer Adresse oder Telefonnummer sein?«

»Wie gesagt, nein. Nicht dass ich wüsste. Sie kommt mir irgendwie bekannt vor, aber ich weiß nicht, woher.«

»Haben Sie jemals vom Rossghyll-Gästehaus gehört?«

»Ja, es ist am Talende. Warum?«

Banks studierte eingehend ihren Gesichtsausdruck, konnte aber kein Anzeichen dafür erkennen, dass das Haus ihr etwas Besonderes bedeutete. »Egal. Benachrichtigen Sie mich, wenn Ihnen irgendetwas einfällt. Es könnte wichtig sein.«

Mara trank ihr Bier aus und rutschte unruhig auf ihrem Stuhl hin und her. »Sonst noch was?«

»Nur eine Sache. Da er weggelaufen ist, sieht es schlecht für Paul aus. Mir ist klar, dass ich Sie nicht darum bitten kann, ihn zu verpfeifen, selbst wenn Sie wissen, wo er steckt. Aber es wäre wirklich das Beste für ihn, wenn er sich stellt. Sehen Sie da eine Chance?«

»Unwahrscheinlich. Er hat Angst vor der Polizei, besonders vor diesem Arschloch von Superintendent.« Sie schüttelte den Kopf. »Ich glaube nicht, dass er sich von allein stellen wird.«

»Wenn Sie von ihm hören, erzählen Sie ihm, was ich gesagt habe. Erzählen Sie ihm, dass ich ihm eine faire Behandlung verspreche.«

Mara nickte langsam. »Aber ich glaube nicht, dass es viel bringen wird«, sagte sie. »Er würde mir nicht glauben. Er traut uns jetzt genauso wenig wie Ihnen.«

»Warum?«

»Er weiß, dass ich ihn verdächtigt habe, wenn auch nur für eine Weile. Paul hat in seinem Leben so wenig Liebe bekommen, dass es ihm sowieso schon schwer fällt, anderen Menschen zu vertrauen. Wenn sie ihn dann auch noch im Stich lassen, und sei es nur für einen Moment, dann war es das.«

»Trotzdem«, sagte Banks, »wenn Sie die Möglichkeit haben, legen Sie ein Wort ein.«

»Ich werde es ihm sagen. Aber ich halte es für unwahrscheinlich, dass einer von uns noch mal von ihm hört. Kann ich jetzt gehen?«

»Wenn Sie einen Moment warten, fahre ich Sie.« Banks' Glas war noch halb voll und er machte sich daran, es auszutrinken.

Mara stand auf. »Nein, ich werde zu Fuß gehen. Der Laden ist nicht weit, und ein bisschen frische Luft wird mir gut tun.«

»Sicher?«

»Ja.«

Nachdem sie gegangen war, entspannte sich Banks und ließ sich den Rest des Bieres schmecken. Das Treffen war besser verlaufen, als er erwartet hatte, und er hatte tatsächlich etwas über das Messer erfahren. Mara hatte ausweichende Antworten gegeben, hauptsächlich um sich nicht selbst zu belasten, aber damit war nur zu rechnen gewesen. Das konnte er ihr nicht verübeln.

Banks beschloss, Burgess seine Erkenntnisse eine Weile zu verheimlichen. Er wollte nicht, dass Dirty Dick in gewohnter Manier wie ein Elefant im Porzellanladen losstürmte und jeden in sein Schlupfloch zurückscheuchte. Banks war es gelungen, Maras generelle Abneigung gegen die Polizei zum Teil zu überwinden, ob nun durch Jennys Einfluss, seinen Musikgeschmack oder durch bloßen Charme. Wenn jedoch Burgess wieder auftauchte, würde Maras Hass auf ihn bestimmt auch auf Banks abfärben.

Als er sich auf den Rückweg nach Eastvale machte, waren seine Kopfschmerzen verschwunden, sodass er sich wieder dazu in der Lage fühlte, etwas Musik zu ertragen. Aber er hatte den Eindruck, dass ihm etwas Offensichtliches entgangen war. Er hatte das seltsame Gefühl, dass zwei unwichtige Dinge, die entweder er oder Mara gesagt hatten, sich zu einer Wahrheit verbinden müssten. Wenn sie aufeinander trafen, würde eine kleine Glühbirne aufleuchten und er wäre der Lösung des Falles um einiges näher. Ohne sich darum zu kümmern, sang Billie Holiday:

Sad am I, glad am I
For today I'm dreaming of
Yesterdays.

II

Mit gesenktem Kopf ging Mara die Straße entlang und dachte an ihr Gespräch mit Banks. Wie jeder Polizist hatte er nur furchtbar unangenehme Fragen gestellt. Und Mara hatte genug von unangenehmen Fragen. Warum konnte nicht alles wieder normal werden, damit sie endlich in Ruhe ihr Leben weiterführen konnte?

»Hallo, meine Liebe«, grüßte Elsbeth, als sie den Laden betrat.

»Hallo. Wie geht's Dottie?«

»Sie will nichts essen. Ich weiß wirklich nicht, wie sie gesund werden will, wenn sie nichts isst.«

Sie wussten beide, dass Dottie nicht mehr gesund werden würde, aber niemand sprach darüber.

»Und was ist mit dir los?«, fragte Elsbeth. »Du machst ein Gesicht wie drei Tage Regenwetter.«

Mara erzählte ihr von Paul.

»Ich will ja jetzt nicht damit anfangen, dass ich dir das immer gesagt habe«, sagte Elsbeth und strich ihr dunkles Tweedkleid glatt, »aber ich dachte sofort, dass der Junge nur Ärger macht. Es ist das Beste für euch alle, wenn ihr ihn los seid.«

»Du hast wohl Recht.« Mara war anderer Meinung, aber es hatte keinen Sinn, mit Elsbeth über Paul zu streiten. Sie hatte auch gar nicht mit Verständnis gerechnet.

»Geh nach hinten und setz dich ans Töpferrad, Liebes«, sagte Elsbeth. »Dann kommst du wieder auf andere Gedanken.«

Der vordere Teil des Ladens war voll gestopft mit Artikeln für Touristen. Auf den Regalen an der Wand lagen die für die Gegend typischen Strickpullover, auf Tischen stand Töpferware – einiges davon aus Maras Produktion – und in Auslagekästchen befanden sich kleine Schmuckstücke wie

Schlüsselringe, die mit dem Emblem der Nationalparks verziert waren, dem schwarzen Gesicht eines Schafes aus Swaledale. Und als wäre das noch nicht genug, wurde der Rest des Raumes von feinem Briefpapier, gläsernen Briefbeschwerern, Kuscheltieren und Kühlschranktürmagneten in Form von Erdbeeren oder Comicfiguren eingenommen.

Im hinteren Teil herrschten allerdings ganz andere Zustände. In der kleinen Töpferwerkstatt stand die Töpferscheibe neben zahlreichen Behältern mit brauner oder schwarzer Metalloxidglasur, dahinter war der Trockenraum mit einem kleinen elektrischen Ofen. Die Werkstatt war staubig und unaufgeräumt, alles war mit einer harten Schicht alten Tons überzogen, eine Atmosphäre, die zu einem Teil zu Maras Charakter passte. Eigentlich zog sie Sauberkeit und Ordentlichkeit vor, doch hatte es für ihr Gefühl etwas Besonderes, schöne Dinge in einer chaotischen Umgebung zu schaffen.

Sie band sich die Schürze um, nahm einen Klumpen Ton aus dem Eimer und wog die Menge ab, die sie für eine kleine Vase brauchte. Der Ton war zu feucht, deshalb walkte sie ihn auf einer flachen Betonplatte, welche die austretende Feuchtigkeit aufsaugte. Sie drückte kräftig mit ihren Händen und zog den Ton dann auseinander, um alle Luft herauszubekommen, aber heute schien sie sich nicht wie sonst in dieser Tätigkeit verlieren zu können. Die ganze Zeit musste sie an ihr Gespräch mit Banks denken.

Stirnrunzelnd teilte sie den Klumpen mit einem Käseschneider in zwei Hälften, um ihn nach Luftblasen zu untersuchen, dann knallte sie die beiden Teile mit ungewöhnlicher Wucht wieder zusammen. Ein Tonkrümel löste sich und traf ihre Stirn genau über dem rechten Auge. Sie legte den Ton hin, holte ein paar Mal tief Luft und versuchte sich nur auf das zu konzentrieren, was sie gerade tat.

Doch es ging nicht. Natürlich war das Banks' Schuld. Er hatte ihr gegenüber Spekulationen angestellt, die nichts anderes als Sorgen verursachten. Richtig, sie wollte nicht, dass Paul schuldig war, aber wenn Banks' Worte bedeuteten, dass jemand anderes, den sie kannte, den Polizisten getötet hatte, dann wurde alles nur noch schlimmer.

Seufzend startete sie mit dem Fußpedal die Töpferscheibe und knallte den Ton so nah wie möglich auf die Mitte zu. Dann befeuchtete sie sowohl den Ton als auch ihre Hände mit Wasser aus der Schüssel neben sich. Als sie die Scheibe drehte, floss mit Ton vermischtes Wasser herunter und spritzte auf ihre Schürze.

Sie konnte nicht glauben, dass einer ihrer Freunde Gill erstochen hatte. Dann wäre es schon besser, wenn es Osmond oder einer der Studenten aus politischen Motiven getan hätte. Tim und Abha machten einen ziemlich netten, wenn auch etwas naiven und schwärmerischen Eindruck. Osmond jedoch hatte Mara nie über den Weg getraut, er war ihr immer zu schmierig und rechthaberisch erschienen.

Aber was war mit Rick? Er vertrat radikale politische Ansichten, viel radikalere als Seth oder Zoe. Oft hatte er gesagt, jemand sollte einen Anschlag auf Margeret Thatcher verüben, woraufhin Seth gemeint hatte, dass dann nur jemand genauso Übles ihren Platz einnehmen würde. Aber es war ja auch nur ein Polizist ermordet worden, kein Politiker. Auch wenn Rick immer behauptete, dass Polizisten nichts als Handlanger des Staates wären, bezahlt, um für die Einhaltung der Gesetze zu sorgen, konnte sie nicht glauben, dass er deshalb tatsächlich einen von ihnen töten würde.

Sie beugte sich mit angewinkelten Ellbogen nach vorn und drückte den Ton mit aller Kraft in die Mitte der Scheibe. Als sie es schließlich geschafft hatte, gestattete sie sich ein zufriedenes Lächeln. Dann hielt sie ihren Daumen oben an die

Spitze des Tonklumpens und drückte ihn wenige Zentimeter nach unten. Sie füllte das Loch mit Wasser, fuhr mit dem Daumen hinein und begann den Vasenboden festzulegen.

Während sie die Innenseite mit einem Finger hielt, verlangsamte sie die Scheibe und fing an, am Boden einen äußeren Rand zu modellieren und von dort den Ton auf die gewünschte Höhe zu ziehen. Dafür benötigte sie ein paar Versuche, sie zog jedes Mal nur ein kleines Stückchen weiter und beobachtete, wie auf der Außenseite des Tons Wellen entstanden und wieder verschwanden.

Sie durfte sich von Banks nicht aus der Bahn werfen lassen. Auf keinen Fall würde sie damit anfangen, Rick auf die gleiche Weise zu verdächtigen, wie sie Paul verdächtigt hatte. Sie hatte gute Gründe gehabt, sich um ihn Sorgen zu machen, sagte sie sich. Seine gewalttätige Vergangenheit, die vermeintliche Wunde. Außerdem waren seine Fingerabdrücke auf dem Messer. Aber sie hatte überhaupt keine Gründe, jemand anderen zu verdächtigen. Hoffentlich war Paul weit fort und ließ sich nie wieder sehen. Das wäre am besten. Wenn die Polizei weiterhin glauben würde, dass er es getan hatte, ohne ihn jemals zu finden.

Draußen im Laden konnte sie Elsbeth hören, die versuchte, einen Pullover an einen Kunden zu verkaufen. »Traditionelles Dalesmuster … selbstverständlich Wolle aus der Gegend … handgestrickt, natürlich …«

Sie hatte es fast geschafft. Aber ihre Hände waren unruhig, und als sie in ihre Gedanken abgetaucht war, hatte sie unkonzentriert den Druck ihres rechten Fußes verstärkt und die Scheibe beschleunigt. Plötzlich begann der Ton wie wild aus der Mitte herauszuquellen. Verrückte Formen entstanden, wie auf einem Gemälde von Salvador Dalí. Der Ton sah aus wie Plastik, das in einem Feuer schmolz. Schließlich brach der ganze Klumpen auf der Scheibe in sich selbst zusammen. Und das war es dann. Mit dem Käseschneider schnitt Mara die Sauerei auseinander. Mit dem Rest hätte man vielleicht noch einen Eierbecher töpfern können, aber sie konnte sich nicht dazu aufraffen, noch einmal von vorne zu beginnen. Dieser verfluchte Banks hatte ihr den ganzen Tag ruiniert.

Angewidert riss sie sich die Schürze herunter und säuberte die Scheibe vom Rest des Tons. Dann zog sie wieder ihren Anorak an und ging nach vorne in den Laden.

»Tut mir Leid, Elsbeth«, sagte sie, »ich kann mich heute einfach nicht konzentrieren. Vielleicht mache ich einen Spaziergang.«

Elsbeth runzelte die Stirn. »Ist auch wirklich alles in Ordnung?«

»Ja. Mach dir keine Sorgen, mir geht's gut. Grüß Dottie von mir.«

»Mach ich.«

Als sie den Laden verließ, dröhnte die Klingel laut hinter ihr her.

Anstatt nach Hause zu gehen, kletterte sie am Ende der Mortsett Lane über den Zaunübertritt und machte sich auf in das Heidemoor. In Gedanken ging sie die Ereignisse des letzten Freitagnachmittags oben auf der Farm durch.

Die meiste Zeit hatte sie in der Küche zugebracht, um einen Eintopf zum Abendessen vorzubereiten, der sie alle gegen Regen und Kälte stärken sollte, und um Tee zu kochen. Zudem waren die Kinder eine Plage gewesen, erinnerte sie sich. Aufgedreht, weil so viele Erwachsene da waren, hatten sie sie nicht in Ruhe gelassen und die ganze Zeit an ihren Schürzenzipfeln gehangen. Den Gesprächen der anderen hatte sie selbst dann nicht viel Aufmerksamkeit geschenkt, wenn sie dabeigesessen hatte. Ihr war auch nicht aufgefallen, dass jemand irgendetwas vom Kaminsims genommen hatte.

Nur die Nummer, die Banks erwähnt hatte, rief etwas in ihr wach. 1139 lautete sie, oder? Kürzlich war sie erwähnt worden, bildete sie sich ein. Sie hatte nur mit einem Ohr hingehört, denn in dem Moment hatte sie an etwas anderes gedacht. An den Ashram, genau. Sie hatte sich daran erinnert, wie sie alle nach dem Abendessen, das wie jeden Tag aus wildem Reis und Gemüse bestand, im Schneidersitz im Meditationszimmer vor dem Schrein des Gurus gesessen hatten. In der Luft lag ein intensiver Geruch nach Räucherstäbchen. Sie hatten darüber gesprochen, wie leer ihr Leben für sie alle gewesen war, bevor sie den Wahren Weg gefunden hatten. Wie sie an den falschen Orten nach den falschen Dingen gesucht hatten. Und dann hatten sie händehaltend miteinander gesungen. »Amazing Grace« war damals eines ihrer Lieblingslieder. Aus irgendeinem Grund hatte sie bei der Versammlung an dem Nachmittag auf der Farm an jene Zeit denken müssen, obwohl so gut wie nichts daran erinnerte.

Das war ihr durch den Kopf gegangen, als die Nummer erwähnt worden war. Und sie war in der Küche gewesen, denn sie konnte sich noch deutlich an das erdige Gefühl des Kartoffelnschälens erinnern. Es war schon komisch, wie die Erinnerung funktionierte. Jedes Einzelteil des Ereignisses war ihr gegenwärtig, aber sie konnte sich nicht daran erinnern, wer die Nummer erwähnt hatte oder in welchem Zusammenhang sie genannt worden war. Und den ganzen Nachmittag waren die Leute in der Küche ein und aus gegangen.

Während sie sich wieder Sorgen um Paul machte und sich fragte, wo er jetzt war, senkte sie den Kopf gegen den Wind und marschierte weiter durch das struppige Gras und Heidekraut.

III

Es gab nicht viel mehr zu tun, als darauf zu warten, dass Boyd auftauchte. Egal, welchen Verdacht Banks hatte, ihm fehlten konkrete Anhaltspunkte und die würde er wahrscheinlich nicht erhalten, bevor er Boyd verhört hatte. Dirty Dick schlief in seinem Hotelzimmer immer noch den Rausch der letzten Nacht aus, und Richmond rannte herum und versuchte, so viel Informationen wie möglich über die Verdächtigen zu sammeln. Polizeiberichte reichten da nicht aus, sie neigten dazu, die Kleinigkeit des menschlichen Faktors auszulassen, aber der war eben wichtig, wollte man Hinweise auf die Motivation bekommen oder ein Verhaltensmuster erkennen.

Banks rauchte eine nach der anderen und starrte meistens düster aus seinem Fenster auf den grauen Marktplatz. Um vier Uhr hörte er ein Klopfen an der Tür. »Herein«, rief er.

Constable Craig stand da und freute sich wie ein Schneekönig. »Wir haben eine Spur, Sir«, sagte er und schob eine korpulente Frau mittleren Alters mit Lockenwicklern in den Haaren herein.

Banks schob ihr einen Stuhl hin.

»Das ist Mrs. Evans«, sagte Craig. »Ich habe an jeder Haustür in der Cardigan Road geklopft, um jemanden zu finden, der Boyd gesehen hat. Und Mrs. Evans behauptet, ihn gesehen zu haben. Sie ist freundlicherweise gleich mit mir gekommen, um mit Ihnen zu reden, Sir.«

»Gute Arbeit«, sagte Banks. Craig lächelte und ging.

Banks fragte Mrs. Evans, was sie gesehen hatte.

»Es war ungefähr drei Uhr gestern Nachmittag«, begann sie. »Ich kann mich noch genau an die Zeit erinnern, weil ich mit dem Einkauf von Tesco's kam und mich damit aus dem Bus kämpfen musste.«

»Welcher Bus war das?«

»Der Vierundvierziger. Fährt um zwei Uhr sechsundvierzig vom Busbahnhof ab.«

Banks kannte die Route. Der Bus nahm den einheimischen Passagieren zuliebe den langen Weg über die Cardigan Road und fuhr dann weiter nach York.

»Und Sie haben Paul Boyd gesehen?«

»Ich sah einen Jungen, der dem auf dem Foto ähnelt.« Constable Craig hatte bei seinem Rundgang allen Leuten ein Gefängnisfoto von Boyd gezeigt. »Er trägt sein Haar jetzt anders, aber ich weiß, dass er es war. Ich habe ihn schon früher gesehen.«

»Wo?«

»In der Stadt. Er kam häufig aus dem Arbeitsamt. Wenn ich ihn gesehen habe, habe ich immer meine Handtasche an mich gepresst. Ich weiß, dass es nicht fair ist, nur nach dem Äußeren zu gehen, aber für mich sah er nach einem schlimmen Finger aus.«

»Wo haben Sie ihn diesmal gesehen?«

»Er kam von den Wiesen und rannte Gallows View hoch.«

»Von Relton her?«

»Genau, querfeldein.«

»Und wo ist er hingegangen?«

»Gegangen? Er ist nirgendwo hingegangen. Er ist zum Bus gelaufen. Hat ihn gerade noch so erwischt. Mich hat er fast umgestoßen, und ich hatte zwei schwere Einkaufstaschen in der Hand.«

»Was hat er angehabt? Erinnern Sie sich?«

»Natürlich erinnere ich mich. Einen roten Anorak. Das ist mir aufgefallen, weil er ihm irgendwie zu klein war. Die Ärmel waren ein bisschen kurz und an den Achseln hat er gespannt.«

Warum, fragte sich Banks, war er kein bisschen überrascht, dass ihn Mara in Bezug auf Boyds Sachen angelogen hatte?

»Hat er etwas bei sich gehabt?«

»Eine von diesen Taschen einer Fluglinie – British Airways, glaube ich.«

»Erinnern Sie sich sonst noch an etwas?«

»Nur dass er ganz schön in Eile zu sein schien und ziemlich besorgt geguckt hat. Ich meine, wie gesagt, normalerweise bin ich diejenige, die Angst vor ihm hat, aber diesmal hat er ausgesehen, als wenn er zu Tode erschreckt wäre.«

Banks ging zur Tür und rief Craig zurück. »Danke, Mrs. Evans«, sagte er. »Es war sehr nett von Ihnen, dass Sie gleich vorbeigekommen sind. Constable Craig wird Sie nach Hause fahren.« Mrs. Evans nickte ernst, und Craig begleitete sie hinaus.

Sobald er wieder allein war, kontrollierte Banks den Busfahrplan und fand heraus, dass der Bus, der um zwei Uhr sechsundvierzig von Eastvale abfuhr, tatsächlich die regelmäßige Verbindung nach York war. Vor vier Uhr neun kam er dort nicht an. Als Nächstes telefonierte er mit dem Bahnhof in York. Nachdem er mit einer Reihe missmutiger Angestellter gesprochen hatte, wurde er schließlich mit einer freundlichen Frau verbunden, die für Informationen zuständig war. Durch sie stellte er fest, dass Boyd fast jeden Zug zwischen vier Uhr fünfzehn und fünf Uhr genommen haben konnte, Züge nach Leeds, London, Newcastle, Liverpool sowie Edinburgh. Natürlich könnte er mitten auf einer dieser Verbindungen ausgestiegen sein und Anschlusszüge nach überallhin genommen haben. Auch wenn es aussichtslos zu sein schien, rief er Sergeant Hatchley zu sich und beauftragte ihn damit, die Belegschaften der Zugrestaurants und die Zugschaffner ausfindig zu machen. Das bedeutete eine Fahrt nach York und könnte einige Zeit in Anspruch nehmen, aber wenigstens taten sie etwas. Natürlich machte Hatchley ein langes Gesicht – anscheinend hatte er bereits Pläne für den Abend –, aber Banks kümmerte sich nicht darum. Hatchley war mit keiner anderen Arbeit beschäftigt. Und warum sollte man mit dem eigenen Schwanz wedeln, wenn man einen Hund hat?

Am Abend aß Banks zu Hause eine Dose Irish Stew und trabte in Erwartung eines Anrufes von Hatchley ruhelos durchs Haus. Um neun Uhr, unfähig, sich aufs Lesen zu konzentrieren und beinahe voller Reue, dass er nicht selbst nach York gefahren war, schaltete er den Fernseher ein und sah einer schönen, blonden Polizistin zu, die gemeinsam mit ihrem großmäuligen amerikanischen Partner durch London jagte und die Stadt mit Blei übersäte. Es war nur Hintergrundlärm, mit dem er versuchte, die Leere des Hauses zu füllen. Schließlich hielt er es mit sich selbst nicht mehr aus und telefonierte mit Sandra.

Dieses Mal fühlte er sich nach dem Telefonat noch einsamer als sonst. Aber das Gefühl dauerte nicht lange an. Zwanzig Minuten später meldete sich Hatchley aus York. Er hatte es geschafft, die Adressen der meisten Zugschaffner und Restaurantmitarbeiter aus den von York abfahrenden Zügen zu bekommen, aber niemand von ihnen wohnte in der näheren Umgebung. Alles in allem schien diese erste Spur im Sande zu verlaufen. Das konnte vorkommen. Banks forderte Hatchley auf, das Revier der Kriminalpolizei von York aufzusuchen und von dort mit möglichst vielen Bahnangestellten zu telefonieren. Für den Fall, dass dabei etwas herauskam, sollte er ihn zurückrufen. Aber er meldete sich nicht mehr. Um halb zwölf ging Banks ins Bett. Vielleicht würden sie morgen früh, wenn Boyds Foto in allen Tageszeitungen des Landes erschien, den Durchbruch erzielen, den sie brauchten.

ZEHN

I

Der entscheidende Durchbruch kam am frühen Freitagmorgen. Das Rossghyll-Gästehaus erwies sich als Sackgasse, die gesamte Belegschaft der aus York abfahrenden Züge war zu beschäftigt gewesen, um sich an irgendjemanden zu erinnern, doch aus Edinburgh meldete sich ein Frisör, der Paul Boyd auf dem Foto in der Morgenzeitung wiedererkannt hatte. Obwohl Banks den Akzent des Mannes nur schwer verstehen konnte, erfuhr er von ihm, wie Pauls neue Frisur aussah. Noch viel wichtiger aber war die Erkenntnis, dass Paul den roten Anorak gegen einen neuen grauen Dufflecoat eingetauscht hatte.

Sobald er aufgelegt hatte, orientierte sich Banks auf der Landkarte. Paul war statt nach London oder Liverpool nach Norden gereist. Das war ein cleverer Schritt gewesen, durch den er Zeit gewonnen hatte. Doch jetzt, wo sein Foto auf den ersten Seiten aller Boulevardzeitungen war, lief seine Zeit ab. Banks und seine Männer hatten nicht nur sein Foto so schnell wie möglich in die Zeitungen gebracht, sondern auch eine Beschreibung von Boyd an die Polizei aller größeren Städte, Häfen und Flughäfen verteilt. Das war reine Routine und alles, was sie bei ihrem begrenzten Erkenntnisstand tun konnten, aber nun gab es einen konkreten Anhaltspunkt.

In der Annahme, dass Paul mit Sicherheit das Land würde verlassen wollen, holte Banks seine nationale Straßenkarte hervor, fuhr mit dem Finger die schottische Küstenlinie entlang und suchte nach Wegen, die von dort wegführten. An der Ostküste konnte er nur zwei Fährverbindungen nördlich von Edinburgh entdecken. Mit der ersten, von Aberdeen nach Lerwick auf den Shetlandinseln, könnte Boyd weiter nach Bergen und Torshavn in Norwegen oder nach Seydhisfjördhur auf Island gelangen. Doch als er das Kleingedruckte las, bemerkte Banks, dass diese Fähren nur im Sommer verkehrten. Und wie der graue Himmel und der Nieselregen draußen belegten, war es mit Sicherheit nicht Sommer.

Eine weitere Fähre fuhr noch weiter nördlich von Scrabster nach Stromness auf die Hauptinsel der Orkneys, aber das schien kaum der richtige Fluchtort zu sein. Boyd würde dort auffallen wie ein Eskimo in den Tropen.

An der Westküste sah Banks Dutzende von roten, gestrichelten Linien, die zu Orten wie Brodick auf der Insel Arran, Port Ellen auf Isley oder Stornaway auf Lewis, einer Insel der Äußeren Hebriden, führten. Die gesamte Karte war ein einziges Gewirr aus kleinen Inseln und Fährverbindungen. Aber keiner dieser abgelegenen Orte würde für Boyd infrage kommen, dachte Banks. Auf jeder schottischen Insel, besonders zu dieser Jahreszeit, würde er nicht nur in der Falle sitzen, sondern auch furchtbar auffallen.

Die einzige Route, die in dieser Gegend irgendeinen Sinn ergab, war die von Stranraer nach Larne. Dann wäre Boyd in Nordirland. Von dort brauchte er keinen Pass, um die Grenze nach Irland zu überqueren. Boyd stammte aus Liverpool, erinnerte sich Banks, und wahrscheinlich hatte er irische Freunde.

Nachdem er Richmond und Hatchley beauftragt hatte,

zur Sicherheit die anderen schottischen Fährhäfen zu informieren, rief er die Polizei in Stranraer an. Ihm wurde gesagt, dass am vergangenen Tag wegen starken Sturms auf See keine Fähre ausgelaufen war, es aber diesen Morgen ruhig war. Die Fähren fuhren um 11.30, 15.30, 19.00 sowie 3.00 Uhr ab und waren alle leicht per Zug von Edinburgh oder Glasgow aus zu erreichen. Banks gab eine Beschreibung von Boyd durch und bat darum, dass die Leute vor Ort ein besonderes Augenmerk auf ihn hatten, vor allem beim Besteigen der Fähren. Als Nächstes übermittelte er der Polizei von Edinburgh, Glasgow, Inverness, Aberdeen und Dundee die neue Beschreibung und gab eine Liste der kleineren Orte an die Constables Craig und Tolliver im Erdgeschoss weiter. Dann rief er Burgess an, der seit ihrer gemeinsamen Saufnacht sein Hotelzimmer nicht mehr verlassen hatte, und informierte ihn über die Neuigkeiten.

Banks wusste aus Erfahrung, dass es eine Frage von Minuten oder aber Tagen sein könnte, bis solche Spuren zu Ergebnissen führten. Er konnte es nicht mehr abwarten, Boyd vor sich zu haben und die Wahrheit aus ihm herauszukriegen, um damit genauso sehr seine eigenen Theorien zu überprüfen wie alles andere. Aber es brachte ihn auch nicht weiter, wenn er die ganze Zeit wie ein Tiger durch sein Büro marschierte. Also ließ er sich einen Kaffee bringen und ging die Akten durch, die Richmond zusammengestellt hatte.

Informationen sind der Lebensnerv eines Polizisten. Er kann sie aus vielen Quellen erhalten: Befragungen, Tratsch, Polizeiberichte, Informanten, Arbeitgeber, Zeitungsreporter und Standesämter. In der Hoffnung, dass sie sich eines Tages als nützlich erweisen werden, müssen sie verglichen, gespeichert und mit Querverweisen versehen werden. Constable Richmond war der beste Schnüffler in Eastvale, zudem war er praktisch unsichtbar bei einer Überwachung und geschickt bei einer Verfolgung. Sergeant Hatchley, obwohl hart, beharrlich und gut bei Verhören, war zu faul und nachlässig, wenn es darum ging, Verknüpfungen herzustellen. Er übersah vermeintlich unbedeutende Details und wählte immer die einfachste Lösung. Kurz gesagt, Richmond hatte Spaß daran, Daten zu sammeln und zu vergleichen, und Hatchley nicht. Das war der feine Unterschied.

Banks breitete die Blätter vor sich aus. Über Seth Cotton wusste er bereits ein bisschen, aber er musste alles noch einmal gründlich durchgehen. Trotzdem war die einzige zusätzliche Information, die er am Ende in Erfahrung gebracht hatte, dass Seth Cotton in Dewsbury geboren worden war und sich Mitte der siebziger Jahre in Hebden Bridge niedergelassen hatte, wo er, soweit es die örtliche Polizei betraf, ein ruhiges Leben geführt hatte. Richmond hatte den Unfallbericht über Alison Cotton bekommen, der nicht besonders viel aussagte. Banks nahm sich vor, ihn später noch einmal genauer durchzusehen.

Auch über Rick Trelawney gab es nichts Neues, nur den Namen und die Adresse der Schwester seiner Frau in London. Ein Anruf könnte sich lohnen, um weitere Einzelheiten über die Scheidung zu erhalten.

Zoe Hardacre war ein Mädchen aus der Gegend. Zumindest beinahe. Wie Jenny gesagt hatte, stammte sie aus Whitby an der Ostküste, nicht weit von Gills Heimatstadt Scarborough. Nach der Schule hatte sie sich als Sekretärin versucht, war aber nicht dabei geblieben. Die Arbeitgeber hatten beklagt, dass sie sich nicht auf die ihr angetragenen wichtigen Aufgaben konzentrieren konnte und dass sie immer in einer anderen Welt zu sein schien. Diese andere Welt war das Okkulte: Astrologie, Handlesen und Tarotkarten. Sie hatte sich mit diesen Themen gründlich genug auseinander gesetzt, um von denen, die sich mit solchen Dingen auskannten, als eine Art Expertin angesehen zu werden. Jetzt, wo das Okkulte unter den New-Age-Yuppies anscheinend in Mode gekommen war, konnte man sagen, dass sie davon lebte, detaillierte Geburtstabellen anzulegen und Tarotsitzungen zu geben. Jeder schien darin übereinzustimmen, dass Zoe harmlos war, ein wahres Blumenkind, obwohl zu jung, um die Blütezeit der Hippies miterlebt zu haben. Sie schien auch so politisch wie ein Blume zu sein: Sie unterstützte die Menschenrechte und war gegen Atomwaffen, aber weiter ging es auch nicht.

Soweit für Banks ersichtlich, hatte sie niemals Kontakt mit Constable Gill gehabt. Banks stellte sich vor, wie er mit gezücktem Schlagstock ihren Stand in Whitby stürmte, um sie wegen Scharlatanerie zu verhaften; oder vielleicht hatte sie ihm aus der Hand gelesen und gesagt, er wäre latent homosexuell. Die Absurdität von Banks' Theorien diente nur als Maßstab seiner Frustration wegen eines fehlenden Motivs. Irgendwo gab es eine Verbindung zwischen einem der Verdächtigen und Gills Ermordung, aber Banks hatte noch nicht genug Informationen, um sie zu erkennen. Er kam sich vor, als würde er versuchen, ein Bild, bei dem erst tausend kleine Punkte miteinander verbunden werden mussten, mit zu wenig Punkten auszumalen.

Obwohl Banks ziemlich sicher war, dass Mara Delacey zu der Zeit, als Constable Gill erstochen wurde, auf der Farm war und auf die Kinder aufgepasst hatte, blätterte er ihre Akte durch. Sie hatte als gescheites Mädchen begonnen, war eine viel versprechende Studentin und hatte einen guten Abschluss in Englisch erzielt. Als jedoch LSD, Acidrock, Bandanas und grelle Kaftane der letzte Schrei waren, hatte sie sich den Hippies angeschlossen. Die Polizei wusste, dass sie Drogen nahm, verdächtigte sie aber nie, damit zu handeln. Außer bei ein oder zwei Razzien in Wohnungen, in denen sie gerade lebte, war sie nie mit Drogen aufgegriffen worden.

Wie Zoe hatte Mara gelegentlich als Sekretärin gearbeitet, meistens als Aushilfskraft. Ihre Universitätsausbildung hatte sie nie praktisch genutzt. In den späten siebziger Jahren hatte sie einige Zeit in den USA verbracht, hauptsächlich in Kalifornien. Zurück in England hatte sie sich eine Weile treiben lassen, bekam dann Kontakt zu einem Guru und lebte schließlich für ein paar Jahre in einem seiner Ashrams in Muswell Hill. Danach zog sie auf die Farm. Nichts verband Mara mit Constable Gill, es sei denn, sie waren sich während der zwei Jahre, die sie in Swainsdale lebte, zufällig über den Weg gelaufen.

Um seine Augen auszuruhen, ging Banks zum Fenster und zündete sich eine Zigarette an. Draußen blieben zwei ältere Touristen, Reiseführer in den Händen, staunend vor dem normannischen Kirchturm stehen und gingen dann in die Kirche.

Nichts von dem, was Banks gelesen hatte, schien ihn weiterzubringen. Wenn Gill in irgendeiner Beziehung zu jemandem von der Farm gestanden hatte, dann war es gut verborgen und Banks musste tief danach graben. Seufzend setzte er sich wieder hin und schlug den nächsten Ordner auf.

Tim Fenton war in Ripon geboren worden und studierte mittlerweile im zweiten Jahr am Eastvale College. Gemeinsam mit Abha Sutton leitete er die dortige Studentenvertretung. Es war eine kleine Vertretung, die sich normalerweise mit collegeinternen Themen beschäftigte, doch waren die Studenten verärgert über die Gesundheits- und Bildungspolitik der Regierung – besonders, wenn Stipendien in Gefahr waren – und nutzten jede Gelegenheit, um ihr Missfallen zu demonstrieren. Tim, Sohn eines Buchhalters, war erst neunzehn Jahre alt und hatte eine weiße Weste, allerdings hatte er eben an dem Seminar teilgenommen, durch das er bei der Special Branch aktenkundig geworden war.

Abha Sutton war in Bradford als Tochter einer Inderin und eines Einheimischen geboren worden. Auch sie entstammte der anständigen Mittelklasse, und wie bei Tim – Richmond hatte versucht, es Burgess beizubringen – gab es in ihrer Vergangenheit weder Gewaltdelikte noch hatte sie mit extremistischen Gruppen zu tun. Seit sechs Monaten lebte sie nun mit Tim zusammen, gemeinsam hatten sie die Marxistische Gesellschaft am College gegründet, die jedoch nur wenige Mitglieder hatte. Viele Studenten waren hier ansässige Bauernsöhne, die Landwirtschaft studierten. Doch die sozialwissenschaftliche Abteilung und die Fakultät für Kunst wuchsen, außerdem hatten sie ein paar Mitglieder aus den literarischen Kreisen rekrutiert.

Als er zu Dennis Osmonds Akte kam, las Banks noch etwas gründlicher. Osmond war fünfunddreißig, geboren in Newcastle-on-Tyne. Sein Vater hatte dort bei den Werften gearbeitet, doch als Osmond zehn Jahre alt war, wurde er entlassen und die Familie war gezwungen wegzuziehen. Mr. Osmond hatte einen Job in der Schokoladenfabrik gefunden, wo er als strammer Gewerkschafter bekannt und in seinen letzten Jahren in die erbitterten und manchmal gewaltsamen Tarifverhandlungen verwickelt gewesen war. Obwohl Osmond anfänglich nach geistig Anspruchsvollerem gestrebt hatte, war er politisch in die Fußstapfen seines Vaters getreten.

Ein Radikaler das ganze Studium hindurch, war er nach seinem dritten Jahr mit der Begründung von der Universität abgegangen, dass die dort vermittelte Bildung nichts weiter war als eine Indoktrination mit bürgerlichen Werten. Danach hatte er als Sozialarbeiter in Eastvale begonnen und machte diesen Job seit mittlerweile zwölf Jahren. Während dieser Zeit war er gemeinsam mit Dorothy Wycombe zum wichtigsten Sprecher in der Stadt für die Unterdrückten, Vernachlässigten und ungerecht Behandelten geworden. Außerdem hatte er Ellen Ventner, eine ehemalige Lebensgefährtin, zusammengeschlagen. Einige seiner Freunde gehörten genau zu der Sorte Menschen, die Burgess am liebsten auf der Stelle erschossen hätte: Vertrauensleute der Gewerkschaft, Feministinnen, Dichter, Anarchisten und Intellektuelle.

Wie viel Gutes Osmond auch für diese Gegend getan haben mochte, Banks konnte immer noch nicht anders, als den Mann abzulehnen und in ihm irgendwie einen Scharlatan zu sehen. Er konnte nicht verstehen, was Jenny zu ihm hinzog, es sei denn, es war etwas rein Körperliches. Und natürlich wusste Jenny immer noch nicht, dass Osmond einmal gegen eine Frau tätlich geworden war.

Es war nach ein Uhr, Zeit für eine Pastete und ein Pint im Queen's Arms. Doch kaum hatte es sich Banks in seinem Lieblingssessel am Kamin gemütlich gemacht, um den *Guardian* zu lesen, da kam Constable Craig in den Pub gestürmt.

»Sie haben ihn, Sir«, sagte er atemlos. »Boyd. Sie haben ihn geschnappt, als er gerade auf die Fähre um halb zwölf nach Larne wollte.«

Banks schaute auf seine Uhr. »Hat ja lange gedauert, bis sie sich bei uns gemeldet haben. Halten sie ihn fest?«

»Nein, Sir. Sie bringen ihn her. Sie sagten, sie wären so am späten Nachtmittag hier.«

»Na, dann haben wir ja keine Eile, oder?« Banks zündete sich eine Zigarette an und raschelte mit der Zeitung. »Scheint also alles vorbei zu sein.«

Aber er hatte nicht das Gefühl, als wäre alles vorbei. Vielmehr hatte er das Gefühl, dass jetzt erst alles begann.

II

Burgess lief durch das Büro wie ein werdender Vater, paffte seine Zigarre und schaute alle zehn Sekunden auf die Uhr.

»Wo zum Teufel bleiben die denn?«, wollte er, so erschien es Banks, zum hundertsten Mal an diesem Nachmittag wissen.

»Bald. Es ist eine lange Fahrt, und die Straßenverhältnisse können bei dem Wetter unangenehm sein.«

»Sie sollten doch längst hier sein.«

Die zwei warteten in Banks' Büro auf Paul Boyd. Da er die Beute witterte, schien sich Burgess nicht mehr entspannen zu können. Banks fühlte sich dagegen ungewöhnlich ruhig. Entlang der Market Street machten die Ladenbesitzer Feierabend, es wurde bereits dunkel. Im Büro keuchte die Heizung, Leuchtstoffröhren brummten.

Banks drückte seine Zigarette aus. »Ich hole mir einen Kaffee«, sagte er. »Wollen Sie auch einen?«

»Ich bin so schon nervös genug. Ach, zum Teufel. Warum nicht? Schwarz, drei Stück Zucker.«

Im Flur traf Banks auf Sergeant Hatchley, der gerade nach unten gehen wollte. »Und?«, fragte er.

»Nichts«, sagte Hatchley. »Ich warte auch noch und wollte gerade runter zu Sergeant Rowe. Mal sehen, ob irgendwelche Nachrichten eingegangen sind.«

Banks ging mit zwei Bechern Kaffee zurück in sein Büro und musste lächeln, als Burgess beim Öffnen der Tür sofort aufsprang. »Alles okay«, sagte Banks. »Keine Aufregung. Ich bin's nur.«

»Glauben Sie, dass sich die dämlichen Kerle verfahren haben?«, fragte Burgess und machte ein finsteres Gesicht. »Oder ob sie eine Panne hatten?«

»Ich bin mir sicher, dass die sich genauso gut auskennen wie jeder andere.«

»Bei den verdammten Schotten weiß man nie«, klagte Burgess. Weiter nördlich als Eastvale war er nie gewesen, und er hatte bereits ziemlich klar gemacht, dass er sich auch nicht weiter vorwagen würde. »Wenn sie das Arschloch entkommen lassen haben ...«

Doch er wurde vom Telefon unterbrochen. Es war Sergeant Rowe. Boyd war eingetroffen.

»Sie sollen ihn hochbringen.« Burgess holte eine neue Tom Thumb hervor. Er zündete sie an, wischte etwas Asche von seinem Hemd und nahm den Kaffee entgegen.

Wenige Augenblicke später klopfte es an der Tür, und zwei uniformierte Männer traten mit Paul Boyd in ihrer Mitte ein. Er sah blass und eingeschüchtert aus – wozu er auch allen Grund hatte, dachte Banks.

»Tut mir Leid, Sir«, sagte der Fahrer. »Es hat eine Verzögerung gegeben. Wir mussten erst warten, bis der Doktor fertig war.«

»Der Doktor?«, sagte Burgess. »Warum, was war los? Unser Schwachkopf wird doch wohl niemanden verletzt haben, oder?«

»Verletzt? Nein.« Der Constable schaute Paul verächtlich an. »Fiel in Ohnmacht, als er geschnappt wurde, das war alles. Als er wieder zu sich kam, schrie er etwas von Mauern, die immer näher kommen. Ein Arzt wurde geholt und musste ihm ein Beruhigungsmittel geben.«

»Mauern kommen näher?«, meinte Burgess. »Interessant. Klingt mir nach einem Anflug von Klaustrophobie. Na, egal. Setzen Sie ihn hin, dann können Sie beide wieder abzischen.«

»Fragen Sie unten den Dienst habenden Sergeant wegen Spesen und Übernachtung«, sagte Banks zu den beiden

Schotten. »Ich nehme nicht an, dass Sie heute Abend gleich wieder zurückfahren wollen, oder?«

Der Fahrer lächelte. »Nein, Sir. Vielen Dank, Sir.«

»Ich danke *Ihnen*«, sagte Banks. »Gleich über die Straße ist ein guter Pub. Das Queen's Arms. Können Sie nicht verfehlen.«

»Ja, Sir.«

Burgess konnte es kaum abwarten, die Tür hinter ihnen zu schließen. Paul saß in einem Metallröhrenstuhl mit Holzsitzfläche und -rückenlehne gegenüber von Banks. Burgess zog die Bewegungsfreiheit und den Vorteil einer erhöhten Position vor, lehnte sich lieber gegen die Wand oder schritt beim Reden auf und ab.

»Holen Sie den Sergeant, ja?«, bat er Banks. »Er soll sein Notizbuch mitbringen.«

Banks schickte nach Hatchley, der nach einer Minute mit erhitztem Gesicht und atemlos erschien. »Schon wieder diese verfluchten Treppen«, brummte er. »Die bringen mich noch mal um.«

Burgess deutete auf einen Stuhl in der Ecke, auf den sich Hatchley folgsam setzte. Er fand eine leere Seite in seinem Notizbuch und holte einen Stift hervor.

»Okay«, sagte Burgess und schlug in die Hände. »Legen wir los.«

Paul sah ihn an, Hass und Angst flammten in seinen Augen auf.

Wenn Burgess beruflich einen Fehler machte, dachte Banks, dann war es seine Verhörmethodik. Er schien dabei nicht anders zu können, als seine plumpe, aggressive Seite auszuspielen. Mit der Guter-Bulle-böser-Bulle-Taktik, die Banks und Hatchley entwickelt hatten, würden sie bei Boyd wesentlich weiter kommen, aber jetzt hatten sie keine andere Wahl. Banks wusste, dass er wieder bis zum

Ende in die Rolle des netten Kerls und Beichtvaters gezwungen wurde.

»Warum erzählst du uns nicht einfach alles?«, begann Burgess. »Dann müssen wir nicht auf die chinesische Wasserfolter zurückgreifen.«

»Es gibt nichts zu erzählen.« Boyd blinzelte nervös aus dem Fenster. Die Jalousie war hochgezogen und ließ das graue Licht von der Straße herein.

»Warum hast du ihn getötet?«

»Ich habe niemanden getötet.«

»Hast du nur die Beherrschung verloren, war es so? Oder hat dich jemand bezahlt? Na los, wir wissen, dass du es warst.«

»Ich habe gesagt, ich habe niemanden getötet.«

»Wie kommt es dann, dass auf dem Messer neben Constable Gills Blut auch deine Fettfinger waren? Willst du mir erzählen, dass du es nie berührt hast?«

»Das habe ich nicht gesagt.«

»Was willst du dann sagen?«

Paul fuhr mit der Zunge über seine Lippen. »Kann ich eine Zigarette haben?«

»Nein, Scheiße noch mal, kannst du nicht«, knurrte Burgess. »Erst wenn du uns erzählt hast, was passiert ist.«

»Ich habe nichts getan, ehrlich. Ich habe noch nie jemanden getötet.«

»Warum bist du dann abgehauen?«

»Ich hatte Angst.«

»Wovor?«

»Ich hatte Angst, dass Sie es mir trotzdem anhängen. Sie wissen, dass ich schon mal gesessen habe.«

»Glaubst du, das ist unsere Art, Paul?«, fragte Banks sanft. »Glaubst du das wirklich? Da liegst du falsch. Wenn du uns einfach die Wahrheit erzählst, hast du nichts zu befürchten.«

Burgess ignorierte ihn. »Wie sind deine Fingerabdrücke auf das Messer gekommen?«

»Ich muss es in der Hand gehabt haben, nehme ich an.«

»Das klingt schon besser. Und wann hast du es in der Hand gehabt? Und warum?«

Paul zuckte mit den Achseln. »Könnte jederzeit gewesen sein.«

»Jederzeit?« Burgess schüttelte mit übertriebener Langsamkeit den Kopf. »Nein, es könnte nicht jederzeit gewesen sein, Freundchen. Nein. Willst du wissen warum? Deine Fingerabdrücke waren ganz oben drauf, numero uno, glasklar. Du warst die letzte Person, die das Messer in der Hand hatte, bevor wir es gefunden haben. Wie erklärst du dir das?«

»Na gut, dann hatte ich es eben in der Hand, nachdem es benutzt worden war. Das bedeutet aber noch lange nicht, dass ich jemanden getötet habe.«

»Doch, das bedeutet es, solange du keine bessere Erklärung hast. Und bisher habe ich noch keine gehört.«

»Woher wusstest du, dass wir das Messer gefunden haben?«, fragte Banks.

»Ich habe gesehen, wie dieser Schafhirte es im Heidemoor gefunden hat, deshalb bin ich abgehauen.«

Er lügt, dachte Banks. Mara hatte es ihm erzählt. Doch im Moment ging er nicht weiter darauf ein.

Paul verstummte. Der Boden knarrte, als Burgess im Büro auf und ab marschierte. Banks zündete sich eine Silk Cut an, die Letzte in der Packung, und lehnte sich auf seinem Stuhl zurück. »Hör zu, Paul«, sagte er, »denk mal an die Fakten. Erstens: Auf dem Messer war Constable Gills Blut, und der Doktor bestätigt, dass es die Tatwaffe ist. Zweitens: Auf dem Griff sind deine Fingerabdrücke. Drittens: Wir wissen, dass du auf der Demo warst, du wurdest gesehen.

Viertens: Sobald wir uns die Dinge zusammenreimen, haust du nach Schottland ab. Jetzt erzähl du mir, welche Schlüsse man daraus ziehen soll. Was würdest du an meiner Stelle denken?«

Paul sagte immer noch nichts.

»Ich habe die Schnauze voll«, knurrte Burgess. »Sperren wir das Arschloch einfach ein. Er ist auf Haftbefehl hier. Wir haben genug Beweise. Wir brauchen kein Geständnis. Scheiße, wir brauchen noch nicht mal ein Motiv.«

»Nein!«, schrie Paul.

»Nein was? Du willst nicht, dass wir dich einsperren? Es ist dunkel da unten, nicht wahr? Selbst ein normaler Mensch spürt da unten im Dunklen, wie die Mauern immer näher kommen.«

Paul war jetzt ganz blass geworden und begann zu schwitzen. Sein Mund war so fest zusammengepresst, dass die Muskeln seines Kiefers zuckten.

»Na los«, sagte Banks. »Warum erzählst du es uns nicht einfach? Das würde uns allen eine Menge Ärger ersparen. Du sagst, du hast nichts verbrochen. Wenn das stimmt, musst du nichts befürchten. Warum hältst du den Mund?«

»Hören Sie auf, ihn zu verhätscheln«, sagte Burgess. »Er wird nicht reden, das wissen Sie genauso gut wie ich. Er ist schuldig, und er weiß es.« Er wandte sich an Hatchley. »Sergeant, schicken Sie ein paar Leute her, die unseren Schwachkopf hier runter in die Zelle bringen.«

»Nein!« Paul beugte sich nach vorn und krallte sich an der Tischkante fest, bis seine Knöchel weiß wurden.

Burgess gab Hatchley ein Zeichen, dass er sich wieder hinsetzen sollte. Das Kommando war etwas voreilig, denn der Sergeant bewegte sich sehr langsam und hatte gerade erst sein Notizbuch beiseite gelegt.

»Ich versuche, es dir leichter zu machen, Paul«, sagte Banks. »Ich werde dir erzählen, was meiner Meinung nach passiert ist, und du sagst mir, ob es stimmt. Okay?«

Paul holte tief Luft und nickte.

»Du hast das Messer von der Farm an dich genommen. Es lag normalerweise immer nur in der Wohnung herum. Mara hat es gelegentlich benutzt, um eine Schnur oder Wolle abzuschneiden. Vielleicht hat Seth es manchmal benutzt, um ein Stück Holz zu schnitzen. Aber an dem Tag hast du es eingesteckt, bist damit zur Demo gegangen und hast Constable Gill getötet. Dann hast du es wieder zusammengeklappt, hast dich bis zum Rand der Menge durchgekämpft und bist in eine Seitenstraße geflohen. Du bist bis zum Stadtrand gelaufen und dann durchs Heidemoor zurück zur Farm – fast sechs Kilometer. Ungefähr auf halbem Wege ist dir in den Sinn gekommen, was du getan hast, du bist in Panik geraten und hast das Messer weggeworfen. Habe ich Recht, Paul?«

»Ich habe niemanden getötet«, wiederholte Paul.

»Aber mit allem anderen habe ich Recht?«

Stille.

»Sieht so aus, als wären jetzt die Daumenschrauben an der Reihe, Freundchen.« Burgess beugte sich vor, sein Gesicht war nur noch Zentimeter von Pauls entfernt. »Mir wird langweilig. Ich habe die Schnauze voll vom Norden und diesem beschissenen Wetter hier. Ich will zurück nach London, in die zivilisierte Welt. Kapiert? Und du stehst mir dabei im Wege. Ich mag Leute nicht, die mir im Wege stehen, und wenn sie das zu lange machen, dann geraten sie unter die Räder. Klaro?«

Paul wandte sich an Banks. »Sie haben mit allem anderen Recht«, sagte er. »Aber ich habe das Messer nicht mitgenommen. Ich habe den Bullen nicht getötet.«

»Polizeibeamter heißt das, du Schwachkopf«, bellte Burgess.

»Wie bist du dann dazu gekommen?«, fragte Banks.

»Ich wurde niedergeschlagen«, sagte Paul. »Bei der Demo. Und ich krümmte mich zusammen, wie ... mit meinen Händen hinter dem Kopf und angezogenen Knien, wie ein ... ein ... wie heißt das?«

»Fötus?«

»Ja, wie ein Fötus. Drumherum waren überall Leute, es war furchtbar. Ich wurde die ganze Zeit getreten. Dann wurde dieses Messer zu mir gekickt. Ich hob es auf und bin dann abgehauen, genau wie Sie sagten. Aber ich wusste nicht, dass damit jemand getötet wurde. Ich dachte nur, es ist ein gutes Messer, zu gut, um es liegen zu lassen, deshalb habe ich es mitgenommen. In der Heide habe ich dann gesehen, dass Blut darauf war, und da habe ich es weggeworfen. So ist es passiert.«

»Du bist ein verdammter Lügner«, sagte Burgess. »Glaubst du, ich bin ein Idiot? Ist es das, wofür du mich hältst? Ich bin vielleicht ein Stadtjunge, aber selbst ich weiß, dass es in der beschissenen Heide kein Licht gibt. Und selbst du bist nicht so bescheuert, dass du da auf der Straße rumliegst, die Stiefel fliegen dir um die Ohren, überall Polizei, und denkst: ›Oh, was für ein schönes, blutverschmiertes Messer. Das muss ich mit nach Hause nehmen!‹ Du hast Märchen erzählt.« Er drehte sich zu Banks um. »Das haben Sie nun davon, wenn Sie ihn mit Samthandschuhen anfassen. Da fängt er an, den Märchenonkel zu spielen.«

Unvermittelt packte er von hinten Pauls Nacken und drückte fest zu. Paul baumelte zappelnd vor der Tischkante und stieß fast seinen zerbrechlichen Stuhl um. Dann ließ ihn Burgess genauso abrupt wieder los und lehnte sich lässig gegen die Wand.

»Noch mal von vorn«, sagte er.

Paul massierte seinen Hals und schaute flehend Banks an, der gelassen blieb.

»Es stimmt, wirklich«, sagte Paul. »Ich schwöre. Ich habe ihn nicht getötet. Ich habe nur das Messer aufgehoben.«

»Nehmen wir an, wir glauben dir«, sagte Banks. »Dann haben wir immer noch ein Problem, oder? Und das Problem lautet: Warum? Warum hast du die Mordwaffe aufgehoben und sie vom Tatort weggeschmuggelt? Verstehst du, was ich meine? Das passt nicht zusammen.«

Paul rutschte auf seinem Stuhl umher und warf immer wieder nervöse Blicke auf Burgess, der in seiner Beobachterposition verharrte. »Ich wusste ja nicht mal, dass dort ein Mord passiert ist«, sagte er.

»Wen deckst du, Paul?«, fragte Banks.

»Niemanden.« Doch Pauls Antwort war so schnell und laut erfolgt, dass selbst der leichtgläubigste Mensch auf Erden gemerkt hätte, dass das eine Lüge war. Als er seinen Patzer bemerkte, wurde er rot und starrte auf seine Knie hinab.

»Die Leute von Maggie's Farm haben dich aufgenommen und sich um dich gekümmert, nicht wahr?«, sagte Banks. »Sie waren wahrscheinlich die ersten Menschen, die das getan haben. Deine Lage war aussichtslos, du warst gerade aus dem Gefängnis gekommen, hattest keinen Job, wusstest nicht wohin, du warst am Ende, und dann bist du ihnen begegnet. Es ist keine Überraschung, dass du sie in Schutz nehmen willst, Paul, aber verstehst du nicht, wie durchschaubar du bist? Wen verdächtigst du?«

»Keine Ahnung. Niemanden.«

»Osmond, Tim Fenton, Abha Sutton? Würdest du so weit gehen, sie zu schützen?«

Paul sagte nichts.

Burgess haute auf den Metalltisch. »Antworte!«

Paul zuckte erschreckt zusammen. »Vielleicht«, sagte er und starrte Burgess zornig an. »Vielleicht würde ich jemanden in Schutz nehmen, der ein Schwein getötet hat.«

Burgess schlug ihm mit dem Handrücken ins Gesicht. Paul wurde von dem Schlag zurückgeworfen und wäre fast vom Stuhl gefallen.

»Noch mal von vorn, Schwachkopf.«

Banks packte Burgess am Ellbogen und zog ihn zum Fenster hinüber. »Glauben Sie nicht«, sagte er mit zusammengepressten Zähnen, »dass es besser wäre, wenn Sie mal Ihren Kopf gebrauchen statt Ihrer verdammten Fäuste?«

»Was ist los mit Ihnen, Banks? Weich geworden? Sind Sie deshalb hier hochgeschickt worden?«

Banks deutete mit einem kurzen Nicken auf Paul. »Er ist an harte Schläge gewöhnt. Die machen ihm überhaupt nichts aus, und Sie sollten das verdammt noch mal wissen. Sie befriedigen nur Ihre sadistischen Triebe, mehr nicht.«

Burgess rümpfte seine Nase und ging zurück zu Paul, der sich mit dem Handrücken das Blut vom Mund wischte und die beiden spöttisch angrinste. Er hatte mitgehört, wie Banks bemerkte, und dachte wahrscheinlich, dass die ganze Szene nur inszeniert worden war, um ihn aus dem Gleichgewicht zu bringen. »Du gibst zu, dass du das Messer, als du es auf dem Boden gefunden hast, wiedererkannt hast, richtig?«, fragte Banks.

»Ja.«

»Und du möchtest nicht, dass einer deiner Freunde von der Farm Ärger bekommt.«

»Stimmt.«

»Deshalb hast du es mitgenommen und weggeworfen.«

»Ja. Ich bin ein paar Mal zurück in die Heide gegangen, um es zu suchen. Mir war klar, dass es dumm war, es wegzuwerfen, ohne es abzuwischen oder so, aber ich war in

Panik gewesen. Ich hätte es zurück zur Farm nehmen und säubern sollen, damit es wieder blank aussieht. Jetzt ist mir das klar. Ich bin kilometerweit gelaufen, um das verfluchte Ding zu suchen, aber ich konnte es einfach nicht finden. Und dann taucht dieser Schafhirte damit auf.«

»Wen glaubst du also zu schützen?«

»Ich weiß es nicht.« Paul holte ein zerknülltes Taschentuch hervor und tupfte es auf das schmale Blutrinnsal an seinem Mundwinkel. »Ich habe Ihnen schon gesagt, ich habe nicht gesehen, wer das Messer mitgenommen hat, und ich habe nicht gesehen, wer es benutzt hat.«

»Dann belassen wir es jetzt dabei.« Banks sah zu Burgess hinüber. »Was glauben Sie?«

»Ich glaube immer noch, dass er lügt. Vielleicht ist er gar nicht so doof, wie er aussieht. Er versucht ganz raffiniert die Schuld auf seine Kumpels zu schieben.«

»Da bin ich mir nicht so sicher«, sagte Banks. »Er könnte die Wahrheit sagen. Das Problem ist nur, er hat keinen Beweis, nicht wahr? Ich meine, er könnte uns alles erzählen.«

»Und von uns erwarten, dass wir es glauben. Sperren wir ihn trotzdem für eine Weile ein. Soll er ein bisschen Däumchen drehen. Wir verhören ihn später noch einmal und gucken, ob er bei seiner Geschichte bleibt.«

Paul, der mit offenem Mund von einem zum anderen geschaut hatte, ließ einen Schrei los. »Nein! Ich habe Ihnen gesagt, dass es die Wahrheit ist. Was wollen Sie noch von mir?«

Burgess zuckte mit den Schultern und lehnte sich gegen die Wand. Banks griff nach seinen Zigaretten, aber die Packung war leer. »Tja, ich neige dazu, ihm zu glauben. Auf jeden Fall vorläufig. Bist du sicher, dass du nicht gesehen hast, wer das Messer eingesteckt hat, Paul?«

»Ja. Es hätte jeder tun können.«

»Dann haben wir also sieben Verdächtige, habe ich Recht?« Banks zählte sie mit den Fingern ab. »Seth, Rick, Zoe, Mara, Osmond, Tim und Abha. War sonst jemand während der Woche vor der Demo bei euch oben? Jemand, von dem wir noch nicht wissen?«

»Nein. Und Mara war nicht dabei.«

»Aber die anderen schon, oder? Zoe auch?«

Er nickte.

»Hatte jemand von ihnen einen Grund, Constable Gill zu töten?«, fragte Banks. »Kannte ihn jemand? War jemand schon mal mit ihm aneinander geraten?«

Paul schüttelte den Kopf. »Vielleicht die Studenten. Ich weiß nicht.«

»Aber ich glaube nicht, dass du so weit gehen würdest, sie zu schützen, Paul, das glaube ich wirklich nicht. Wurde an diesem Nachmittag über Gill geredet?«

»Habe ich nicht gehört.«

»Das klingt alles immer noch nicht sehr wahrscheinlich«, sagte Banks. »Jemand steckt absichtlich das Messer ein und nimmt es mit, so als wüsste derjenige, der es getan hat, dass er einen Mord begehen würde. Vorsätzlich nennt man das.«

»Ich weiß nicht, worauf Sie hinauswollen.«

»O doch, ich glaube schon.« Banks lächelte und stand auf. »Ich hole nur eben Zigaretten«, sagte er zu Burgess. »Ich bezweifle, dass wir noch viel mehr aus ihm rauskriegen.«

»Vielleicht«, stimmte ihm Burgess zu. »Bringen Sie mir eine Dose Thumbs mit?«

»Klar.«

»Und liebe Grüße an Glenys.«

Banks war dankbar für die kalte, frische Luft vor dem Revier. Er blieb einen Moment stehen, atmete tief durch und überquerte dann die Market Street zum Queen's Arms.

»Ein Schachtel Silk Cut und eine Dose Tom Thumbs, bitte, Cyril«, sagte er.

»Sind die für Ihren Kumpel?«, wollte Cyril wissen, als er die Zigarren auf den Tresen knallte.

»Bitte nennen Sie ihn nicht immer meinen Kumpel. Sie bringen mich noch in Verruf.«

»Tja, meine Glenys ist in letzter Zeit ein bisschen komisch gewesen. Sie lässt sich leicht beeindrucken, wenn Sie wissen, was ich meine, außerdem ist sie dickköpfig. Das hat sie von ihrer verfluchten Mutter. Es sind nur Kleinigkeiten, die man nur als Ehemann bemerkt, aber wenn ich herausfinde, dass Ihr Kumpel dahinter steckt, dann ... Na ja, ich muss es nicht aussprechen, oder, Mr. Banks?«

»Nicht nötig, Cyril, nein. Nicht nötig. Ich werde ihn von Ihrer Sorge in Kenntnis setzen.«

»Wenn Sie das bitte tun würden.«

Draußen fiel Banks auf, dass das Licht in seinem Bürofenster ausgegangen war. Bestimmt hatten sie Boyd nach unten in eine Zelle geschickt und waren einen Kaffee trinken gegangen. Als er die Straße überquerte, hörte er einen Schrei. Er kam von oben, da war er sicher, aber genau lokalisieren konnte er ihn nicht. Verunsichert lief er die Treppen hinauf und öffnete die Tür. Das Büro war dunkel, aber es war nicht leer.

Als er das Neonlicht anknipste, sah Banks, dass Sergeant Hatchley weggeschickt worden war und nur Boyd und Burgess zurückgeblieben waren. Die Jalousie war vollständig geschlossen und ließ kein Straßenlicht mehr herein, ein Kunststück, das Banks in all der Zeit, die er jetzt in Eastvale war, noch nie zustande gebracht hatte.

Wimmernd saß Boyd auf dem Stuhl, er war schweißgebadet und rang nach Atem. In panischer Angst schaute er hoch zu Banks. »Er hat das Licht ausgemacht«, sagte er, wobei er die Worte nur mühsam hervorbrachte, »und die Jalousien runtergezogen, das Arschloch.«

Zornig starrte Banks Burgess an, der wie ein Unschuldsengel zurückblickte. »Ich glaube, er hat die Wahrheit erzählt«, sagte er. »Wenn nicht, dann hat er gerade die überzeugendste Vorstellung seines Lebens gegeben.«

»Unter Zwang.« Banks warf ihm die Zigarren zu. Burgess fing die Dose geschickt auf, machte sie auf und bot Banks eine Zigarre an. »Feiern Sie mit mir?«

»Ich ziehe diese vor.« Banks zündete sich eine Silk Cut an.

»Jetzt kannst du rauchen, wenn du willst, Junge«, sagte Burgess zu Paul. »Obwohl ich bei deinem Atmungsproblem ein bisschen aufpassen würde.«

Paul zündete sich eine Zigarette an und hustete, bis sein Gesicht rot war. Burgess lachte.

»Und was jetzt?«, fragte Banks.

»Wir sperren ihn ein und gehen nach Hause.« Burgess schaute Paul an. »Du wirst eine Menge Zeit haben, um mit dem Seelenklempner des Gefängnisses deine Klaustrophobie zu bequatschen«, sagte er. »Eigentlich tun wir dir ja einen Gefallen. Sagt man nicht, dass man Phobien am besten kuriert, wenn man sich ihnen stellt? Und diese Behandlung ist umsonst. Was kann man mehr verlangen? Für so einen Service müsstest du bei der Krankenkasse Jahre warten.«

Pauls Kiefer lockerte sich. »Aber ich habe es nicht getan. Sie sagten, dass Sie mir glauben.«

»So leicht kann man mich nicht überzeugen. Außerdem haben wir da noch Missbrauch von Beweismaterial, Beihilfe zum Mord, Widerstand gegen Vollstreckungsbeamte. Du wirst dich mit einer ganzen Reihe von Anklagen auseinander setzen müssen.«

Burgess rief im Erdgeschoss an, zwei Constables kamen

herauf und führten Paul in eine Zelle. Diesmal wehrte er sich nicht, er schien zu wissen, dass es keinen Sinn hatte.

Als sie allein im Büro waren, knöpfte sich Banks Burgess vor. »Wenn Sie noch mal so eine miese Show in meinem Revier abziehen«, sagte er, »dann reiße ich Ihnen den Arsch auf, Scheiß-Superintendent hin oder her.«

Burgess hielt seinem Blick stand, doch Banks spürte, dass er diese Drohung ernster nahm als die von Rick Trelawney.

Nachdem sie diese eisigen Blicke ausgetauscht hatten, lächelte Burgess. »Gut«, sagte er, »ich bin froh, dass wir das geklärt haben. Kommen Sie, ich könnte ein Bier um die Ecke bringen.«

Er legte einen Arm um Banks' Schulter und lotste ihn zur Tür.

ELF

I

Am frühen Samstagmorgen wurde Banks vom Klappern des Briefschlitzes und der auf den Teppich knallenden Post geweckt. Sein Mund schmeckte wie der Boden eines Vogelkäfigs und seine Zunge fühlte sich von zu viel Zigaretten und Bier trocken und pelzig an. Nach Boyds Verhör hatten er und Burgess mehr als ein Bier um die Ecke gebracht. Es schien zur Gewohnheit zu werden.

Banks kam immer noch nicht damit zurecht, allein in dem großen Bett aufzuwachen. Er vermisste Sandras warmen Körper, der sich neben ihm regte, und er vermisste das Nörgeln und Jammern von Brian und Tracy, die bereits fertig für die Schule oder einen Einkaufsbummel am Samstagmorgen waren. Aber in ein paar Tagen würden die drei zurück sein. Und mit ein bisschen Glück war der Gill-Fall bis dahin gelöst und er würde ein wenig Zeit mit ihnen verbringen können.

Bei Kaffee und verbranntem Toast – Banks hatte keine Ahnung, warum der Toaster den Toast nur dann verbrannte, wenn *er* ihn benutzte – schaute er die Post durch: Zwei Rechnungen, ein Brief sowie eine neue Blueskassette von Barney Merritt, einem alten Freund von der Londoner Polizei. Und zu guter Letzt genau das, worauf er gewartet hatte: Das Paket von Tony Grant.

Die Informationen, die Grant handschriftlich aus Constable Gills Akte übertragen hatte, erwiesen sich als interessante Lektüre. Seit einem Einsatz bei der Überwachung der Streikposten der Kokerei in Orgreave während des Streiks der Minenarbeiter 1984 hatte sich Gill für nahezu jede Demonstration in Yorkshire auf Überstundenbasis freiwillig gemeldet. Proteste vor amerikanischen Raketenstützpunkten, Demonstrationen gegen Südafrika oder Versammlungen der National Front, er war bei jedem Einsatz dabei, der leicht in ein Gerangel ausarten konnte. Gill war bestimmt nicht der Einzige, aber er schien genau zu der Sorte Mensch gehört zu haben, deren Karriere vom Schulhofrabauken nahtlos zum legitimierten Schläger überging. Banks wäre nicht überrascht gewesen, wenn er sich für jedes Opfer eine Kerbe in seinen Schlagstock geritzt hätte.

Es hatte auch Beschwerden über ihn gegeben, hauptsächlich wegen übertriebener Gewaltanwendung gegen bereits überwältigte Demonstranten. Aber es waren überraschend wenige gewesen, und nie hatte man ernsthaft etwas gegen Gill unternommen. Die interessanteste Beschwerde kam von Dennis Osmond, der Gill wegen unnötiger Gewalt bei einer Demonstration zur Unterstützung der Frauenvereinigung von Greenham vor zwei Jahren angezeigt hatte. Ein weiterer vertrauter Name auf der Liste war Elizabeth Dale, die Gill beschuldigt hatte, während einer friedlichen Anti-Atomkraft-Demonstration in Leeds willkürlich auf sie und ihre Freunde eingeschlagen zu haben. Banks konnte sie nicht sofort einordnen, denn sie schien nicht zu den Leuten um Paul Boyd und Dennis Osmond zu gehören. Doch er kannte den Namen. Er machte sich eine Notiz und las dann sorgfältig den Rest des Materials. Keine weiteren Namen stachen hervor.

Doch die wichtigste Information, die Banks aus den Akten zog, hatte nichts mit Gills Verhalten zu tun. Eigentlich lag sie auf der Hand, und er fluchte lauthals über sich, dass er nicht früher darauf gekommen war. Wie die meisten Polizisten, besonders die zivilen Ermittler, kannte er seine Kollegen bei ihrem Namen, selbst die uniformierten. Für Außenstehende war das jedoch eine andere Angelegenheit. Wie konnte ein normaler Bürger einen bestimmten Polizeibeamten in einer Beschwerde oder gar in anerkennenden Briefen benennen? Er konnte es nicht. Deshalb waren die Dienstnummern so wichtig. Sie wurden »Kragennummern« genannt, weil sie sich ursprünglich auf den schmalen Stehkragen der früheren Polizeiuniform befanden. Mittlerweile waren die Metallnummern jedoch an den Schulteraufsätzen der Beamten befestigt. Und jetzt sprang ihm Gills Nummer direkt ins Auge: PC 1139.

Er erinnerte sich daran, wie er nach seinem mittäglichen Gespräch mit Mara vom Black Sheep zurückgefahren war. Er hatte Billie Holiday gehört und sich gefragt, welche seiner Worte im Zusammenhang mehr bedeutet haben könnten, als er in dem Moment, da er sie ausgesprochen hatte, begriffen hatte. Jetzt wusste er es. Er hatte Gills Namen erwähnt und gleich darauf in seiner nächsten Frage die Nummer. Beinahe hätte sich beides zusammengefügt und den Kreis geschlossen, aber eben nur beinahe.

Banks legte die Papiere weg, griff nach seinem Mantel und lief hinaus zum Wagen. Es war ein herrlicher Morgen. Noch wehte ein kühler Wind, aber am wolkenlosen Himmel schien die Sonne. Nach dem furchtbaren Spätwinterwetter der letzten Zeit war der Frühlingsgeruch in der Luft, diese seltsame Mischung aus feuchtem Gras und der Fäulnis des letzten Herbstes, fast überwältigend. Er erweckte ein besonderes Erwartungsgefühl und stärkte dadurch spürbar die Lebenskräfte. Dieser Duft ließ in ihm den Wunsch aufkommen, Shakespeares Lieder in der Aufnahme des Deller Consort in seinen Walkman zu schieben und leichtfüßig zur Arbeit zu schreiten. Aber er würde für einen Besuch, den er im späteren Verlauf des Tages machen musste, den Wagen brauchen. Trotzdem kein Grund, dachte er, dem musikalischen Impuls nicht dahin zu folgen, wohin er ihn führte, besonders an einem Tag wie diesem. Also ging er noch einmal zurück ins Haus und suchte die Kassette, um sie im Auto zu hören.

Als er im Büro ankam, war es nach neun. Richmond spielte mit dem Computer, und Hatchley mühte sich mit einem Kreuzworträtsel im *Daily Mirror* ab. Keine Spur von Dirty Dick. Er ließ sich Kaffee bringen und ging zum Fenster, um hinauszustarren. Offensichtlich hatte das gute Wetter die Leute nach draußen gelockt. Touristen strömten in die Kirche hinein und trotteten wieder heraus, andere, mit Anoraks über warmen Pullovern, saßen auf dem angeschlagenen Sockel des Marktkreuzes und machten mit Schokoriegeln und Tee aus Thermosflaschen bereits ein Päuschen.

Eine Stunde oder länger starrte Banks auf den belebten Platz und versuchte dabei auszutüfteln, warum sich Constable Gills Nummer in Seth Cottons altem Notizbuch befunden hatte. War es überhaupt Cottons Handschrift gewesen? Er untersuchte das Buch erneut. Da nur ein schwacher Abdruck zurückgeblieben war, konnte man es schwer feststellen. Außerdem waren die Ziffern im Gegensatz zum kleineren Gekritzel der meisten Maßangaben übertrieben groß. Sorgfältig rieb er noch einmal mit einem weichen Bleistift über die Seite, ohne jedoch einen besseren Abdruck zu erhalten.

Er erinnerte sich, wie Mara Delacey ihm erzählt hatte, dass Paul häufig mit Seth in dem Schuppen gearbeitet hatte. Also könnte die Nummer genauso gut von ihm aufgeschrieben worden sein. Wenn das der Fall war, dann war Vorsatz im Spiel. Boyds Name war nicht auf der Liste der Beschwerdeführer gegen Gill gewesen, aber das hieß nicht, dass die beiden vorher noch keinen Konflikt gehabt hatten. Ein Vorbestrafter wie Paul würde kaum aufs nächste Polizeirevier laufen und eine Beschwerde einreichen.

Die einzige Sache, deren sich Banks nach zwei Tassen Kaffee und drei Zigaretten sicher sein konnte, war, dass jemand von Maggie's Farm schon vor der Demonstration von Constable Gill wusste und ihn dort erwartete. Die Nummer war mit so viel Druck aufgeschrieben worden, dass sich ihr Abdruck auf der nächsten Seite eingeprägt hatte, und das ließ auf einen gewissen Grad an Leidenschaft und Aufregung schließen. Wer hegte einen Groll gegen Gill? Und wer hatte Zugriff auf Seth Cottons Notizbuch? Eigentlich jeder, denn der Schuppen war nie abgeschlossen. Angesichts der Beweise gegen ihn war Boyd der erste Kandidat, doch Banks zweifelte kaum noch daran, dass er die Wahrheit erzählt hatte, besonders nachdem er auch bei seiner Geschichte geblieben war, als Burgess das Licht ausgeschaltet hatte. Aber wenn Boyd die Wahrheit erzählt hatte, wen würde er eher schützen als Seth, Mara, Rick oder Zoe?

Und was, fragte sich Banks, bedeutete das für Osmond, Tim und Abha?

Tim und Abha hatten bisher als Einzige zugegeben, von Constable Gills Existenz zu wissen, was wahrscheinlich darauf schließen ließ, dass sie nichts zu verbergen hatten. Tatsächlich bezweifelte Banks, dass sie irgendetwas mit dem Mord zu tun hatten. Vor allem verband sie mit den Bewohnern der Farm kaum mehr als das gemeinschaftliche Interesse, die menschliche Rasse vor der totalen Auslöschung retten zu wollen.

Osmond jedoch war ein Freund von Rick, Seth und den

anderen. Er war häufig oben auf der Farm gewesen, außerdem kannte er Gills Nummer bereits, denn er hatte sie in seiner Beschwerde benutzt. Vielleicht hatte sogar er sie in das Notizbuch geschrieben, oder er hatte sie dort stehen sehen und wiedererkannt. Paul Boyd mochte in dem Punkt die Wahrheit erzählt haben, dass er Constable Gill nicht getötet hatte, aber war er ein Komplize gewesen? Waren zwei Leute an der Tat beteiligt gewesen?

Wie so viele von Banks Grübeleien führte auch diese zu weit mehr Fragen als Antworten. Manchmal dachte er, er könnte einen Fall nur dann lösen, nachdem er ein Übermaß an Fragen formuliert hatte. Wenn der Sättigungsgrad erreicht war, produzierte dann der Überschuss die Antworten.

Doch bevor er irgendetwas anderes tat, musste er erst einmal etwas gegen sein Magenknurren unternehmen. Verbrannter Toast war für einen Ermittler kein ausreichender Treibstoff.

Auf dem Weg zu einem zweiten Frühstück im Golden Grill traf er auf Mara Delacey, die gerade das Revier betrat.

»Ich möchte Paul sehen«, sagte sie und fuchtelte mit der Morgenzeitung herum. »Hier steht, dass Sie ihn verhaftet haben. Stimmt das?«

»Ja.«

»Wo ist er?«

»Unten.«

»Geht es ihm gut?«

»Selbstverständlich. Für wen halten Sie uns, für die spanische Inquisition?«

»Burgess würde ich alles zutrauen. Kann ich Paul sehen?«

Banks überlegte einen Moment. Eine solche Erlaubnis zu geben wäre ungewöhnlich, und Burgess wäre es nicht recht, wenn er davon erfahren würde, aber eigentlich gab es keinen Grund, warum Mara Paul nicht sehen sollte. Außerdem hätte Banks dadurch die Gelegenheit, ihm in Maras Anwesenheit ein paar Fragen zu stellen. Wenn Freunde oder Feinde in der Nähe waren, gaben die Menschen durch Körpersprache und Mienenspiel oft mehr preis, als sie beabsichtigten.

»In Ordnung«, sagte er und führte sie die Treppen hinab. »Aber ich werde dabei sein müssen.«

»Wie Sie sehen können, habe ich ihm keine Geburtstagstorte mit einer Feile drin mitgebracht.«

Banks lächelte. »Die würde ihm auch nicht viel helfen. Vor den Fenstern sind keine Gitter. Er könnte nur zur Treppe fliehen und müsste dann hier hochlaufen.«

»Aber seine Klaustrophobie«, sagte Mara erschrocken. »Das muss ja unerträglich für ihn sein.«

»Wir haben einen Arzt.« Banks genoss seinen kleinen Sieg über Burgess' Gefühllosigkeit. »Er hat ein Beruhigungsmittel bekommen, das scheint ihm zu helfen.«

Die vier Zellen waren der modernste Teil des Gebäudes. Kürzlich noch mit den Demonstranten überfüllt, waren sie jetzt bis auf Paul Boyd leer. Mara schien überrascht, saubere, weiße Fliesen und helles Licht statt dunkler, feuchter Steinmauern vorzufinden. Das einzige Fenster, hoch und tief in die Wand angelassen, war ungefähr dreißig mal dreißig Zentimeter groß und fast genauso dick. Die Zellen erinnerten Banks immer so sehr an ein Krankenhaus, dass er jedes Mal, wenn er hier herunterkam, glaubte, Karbolsäure riechen zu können.

Boyd saß auf der Pritsche und starrte durch die Gitterstäbe auf seine Besucher.

»Hallo«, sagte Mara. »Es tut mir Leid, Paul.«

Boyd nickte.

Banks konnte die Spannung zwischen ihnen spüren. Teilweise hatte sie mit seiner Anwesenheit zu tun, das wusste er, aber sie schien noch tiefer zu gehen, so als wären sie unsicher, was sie sich sagen sollten.

»Geht es dir gut?«, fragte Mara.

»Ich bin okay.«

»Wirst du zurückkommen?«

Paul starrte Banks zornig an. »Keine Ahnung. Sie wollen mich unbedingt wegen irgendwas anklagen.«

Banks erklärte die Verfahrensweise.

»Also könnte er trotzdem wegen Mordes inhaftiert sein?«, fragte Mara.

»Ja.«

Tränen standen in ihren Augen. Paul starrte sie misstrauisch an, so als wäre er sich nicht sicher, ob sie nur spielte oder nicht.

Banks durchbrach die angespannte Stille. »Sagt dir die Nummer 1139 irgendetwas?«, wollte er von Boyd wissen.

Paul schien die Frage zu überdenken, und seine Antwort war ein unmissverständliches Nein. Banks hatte den Eindruck, dass er die Wahrheit sagte.

»Was weißt du über das alte Notizbuch, das Seth in seiner Werkstatt hat?«

Paul zuckte mit den Achseln. »Nichts. Es war nur für Adressen, Maße und so ein Zeugs.«

»Hast du es jemals benutzt?«

»Nein. Ich war ja nur sein Assistent, sein Mädchen für alles.«

»So war es nicht, Paul«, sagte Mara. »Und das weißt du auch.«

»Ist ja jetzt sowieso egal, oder? Außer, dass ich dadurch vielleicht einen Job in der Gefängniswerkstatt bekomme.«

»Hat das Buch mal jemand anderes als Seth benutzt?«, fragte Banks.

»Warum?« Paul war von den Fragen offensichtlich verwundert. »Es war unwichtig.«

»Weißt du, wer das Messer eingesteckt hat?«

Paul schaute beim Antworten Mara an. »Ich habe Ihnen bereits gesagt, dass ich es nicht weiß, oder?«

»Ich gebe dir einfach noch eine Chance. Wenn du wirklich nicht für Constable Gills Tod verantwortlich bist, wird jede Hilfe, die du uns gibst, für dich sprechen.«

»Oh, na sicher!« Paul stand auf und lief in der engen Zelle hin und her. »Warum hauen Sie nicht einfach ab und lassen mich in Ruhe? Ich habe Ihnen nichts mehr zu sagen. Und sagen Sie dem Quacksalber, er soll mir noch eine Pille bringen.«

»Können wir irgendetwas für dich tun, Paul?«, fragte Mara.

»Du kannst mich auch in Ruhe lassen. Ich verfluche den Tag, an dem ich dich und die anderen getroffen habe. Ihr und eure beschissenen Proteste und Demonstrationen. Jetzt siehst du ja, wohin ihr mich damit gebracht habt.«

Mara schluckte und sprach dann ganz sanft. »Wir sind immer noch auf deiner Seite, das musst du wissen. Es hatte nichts mit mir oder einem der anderen zu tun, dass sie dich geschnappt haben. Du kannst auf die Farm zurückkommen, wann immer du willst.«

Paul sah sie finster an, und Banks konnte die Fragen, die sie sich stellen wollten, und die Antworten, die sie sich erhofften, spüren. Aber sie konnten nicht reden, weil er dabei war. Mara würde sich selbst beschuldigen, wenn sie Paul versicherte, dass sie der Polizei nichts von der Warnung, dem Geld und den Sachen, die sie ihm gegeben hatte, verraten hatte. Paul würde sie belasten, wenn er ihr dankte oder zu diesen Dingen befragte.

»Kommen Sie.« Behutsam nahm Banks Maras Arm. Sie

schüttelte seine Hand ab, ging aber neben ihm die Treppen zurück nach oben. »Sie haben gesehen, dass es ihm gut geht. Keine blauen Flecken.«

»Auf jeden Fall keine, die man sehen kann.«

»Wie sind Sie hergekommen?«, fragte Banks, als sie das Revier verließen und in den herrlichen Tag hinausgingen.

»Ich bin durch die Heide gegangen.«

»Ich fahre Sie zurück.«

»Nein. Ich habe Lust, zu Fuß zu gehen, danke.«

»Keine Hintergedanken. Ich werde sowieso hochfahren.«

»Wieso?«

»Nur ein paar Fragen an Seth.«

»Fragen, nichts als verfluchte Fragen.«

»Kommen Sie.«

Mara stieg neben ihm in den Cortina ein. Als Banks vom Parkplatz in die North Market Street in Richtung der Straße nach Swainsdale bog, saß sie stumm mit den Händen auf dem Schoß da. Sie kamen an der Treppe zum Gemeindezentrum vorbei, wo Gill erstochen worden war. Der Platz sah an diesem Tage so unschuldig wie jeder andere aus, auf dem grauen Stein waren keinerlei Spuren der Gewalt oder des Blutvergießens zurückgeblieben. Banks schob die Kassette ein, und das Deller Consort sang »It was a lover and his lass«. Bei dem Trällern entfuhr Mara ein schwaches Lächeln, neugierig blinzelte sie ihn von der Seite an, so als würde es ihr schwer fallen, ihn mit der Musik in Verbindung zu bringen.

Unter den Bäumen der Flussauen saßen ein paar Angler, und an der Straße gingen mehr Wanderer entlang, als Banks seit dem letzten Oktober gesehen hatte. Selbst das Windspiel auf Maggie's Farm schien trotz des ganzen Unglücks, das über den Ort gekommen war, ein fröhlicheres Lied zu spielen. Aber die Natur ist selten im Einklang mit den menschlichen Angelegenheiten, dachte Banks. Sie folgt dem vorbestimmten natürlichen Kreislauf, während wir Opfer zufälliger, irrationaler Kräfte, Gedanken und Taten werden. Wenn wir uns depressiv fühlen, ist es ganz natürlich, sich mit Regen und Wolken zu identifizieren, doch wenn die Sonne strahlt und wir dennoch depressiv sind, schaffen wir es nicht, das Wetter wirken zu lassen.

Banks traf Seth in seiner Werkstatt an. In seinen Overall gehüllt stand er über seine Werkbank gebeugt da und hobelte ein langes Holzstück. Holzspäne kräuselten sich und fielen zu Boden, ein harziger Geruch lag in der Luft. Als Seth seinen Gast bemerkte, hielt er inne und setzte den Hobel ab. Banks lehnte sich in der Nähe des verstaubten Bücherregals an die Wand.

»Was wollen Sie diesmal?«, fragte Seth. »Ich dachte, Sie hätten Ihren Mann.«

»Sieht so aus. Aber ich bin jemand, der gerne die Lücken schließt.«

»Im Gegensatz zu Ihrem Freund.«

»Superintendent Burgess beschäftigt sich nicht übermäßig mit Kleinigkeiten«, sagte Banks. »Aber er muss auch nicht hier leben.«

»Wie geht es Paul?«

Banks erzählte es ihm.

»Und, was sind Ihre Lücken?«

»Diese Nummer in Ihrem Buch.« Banks legte die Stirn in Falten und kratzte die Narbe neben seinem rechten Auge. »Ich habe herausgefunden, was sie bedeutet.«

»Ach?«

»Es war Constable Gills Dienstnummer: PC 1139.«

Seth nahm seinen Hobel und begann wieder langsam das Kiefernholz zu bearbeiten.

»Warum stand sie in Ihrem Notizbuch?«

»Ich muss zugeben, das ist ein komischer Zufall«, sagte Seth ohne aufzuschauen. »Aber wie gesagt, ich hatte nicht die leiseste Ahnung, was sie bedeutete.«

»Haben Sie sie aufgeschrieben?«

»Ich kann mich nicht daran erinnern. Aber Sie können irgendeine Seite nehmen und werden merken, dass sich das Geschriebene kaum besonders tief in mein Gedächtnis eingegraben hat.«

»Kannten Sie Constable Gill?«

»Ich hatte nie das Vergnügen.«

»Könnte jemand anderes die Nummer aufgeschrieben haben?«

»Natürlich. Ich schließe hier nie ab. Aber warum sollte das jemand tun?«

Banks hatte keine Ahnung. »Warum haben Sie die Seite herausgerissen?«

»Mir ist nicht bewusst, es getan zu haben. Ich kann mich nicht daran erinnern. Hören Sie, Chief Inspector ...« Seth legte den Hobel wieder zur Seite, lehnte sich an die Werkbank und sah Banks an. »... Sie jagen Gespenstern hinterher. Jeder könnte diese Nummer notiert haben, und sie könnte alles bedeuten.«

»Zum Beispiel?«

»Eine Telefonnummer. Sie wissen, dass es hier in der Gegend noch vierstellige Nummern gibt. Oder sie könnte Teil einer Maßangabe sein, eine Geldsumme, alles Mögliche eben.«

»Es ist keine Telefonnummer«, sagte Banks. »Glauben Sie, das hätte ich nicht nachgeprüft? Aber es ist Constable Gills Nummer.«

»Zufall.«

»Möglich. Aber ich bin nicht überzeugt.«

»Das ist Ihr Problem.« Seth nahm den Hobel wieder auf und begann noch energischer zu arbeiten.

»Es könnte auch Ihr Problem sein, Seth.«

»Soll das eine Drohung sein?«

»Nein. Die überlasse ich Superintendent Burgess. Was ich sagen will, ist, es wäre sehr praktisch, wenn jemand anderes Gill getötet hat – sagen wir, Sie – und Paul die Schuld auf sich nehmen würde. Er kann ja nichts Gegenteiliges beweisen.«

»Was wollen Sie damit sagen?« Seth hielt erneut in seiner Arbeit inne.

»Ich will sagen, es sieht so aus, als wenn er für die Sache büßen muss.«

»Wollen Sie behaupten, er hat gestanden?«

»Ich darf mit Ihnen gar nicht über solche Dinge sprechen. Ich sage nur, dass es schlecht für ihn aussieht, und wenn Sie irgendetwas wissen, was ihm helfen könnte, dann sagen Sie es mir lieber schnell, verdammt noch mal. Es sei denn, Sie haben einen Vorteil davon, dass Boyd des Mordes angeklagt wird.«

»Ich weiß nichts.« Seth beugte sich längs über das Kiefernholz und strich über die Oberfläche. Seine Stimme klang fest, sein Gesicht hielt er abgewandt.

»Ich kann verstehen, wenn Sie jemanden schützen«, fuhr Banks fort. »So wie Mara versuchte, Paul zu schützen. Aber denken Sie darüber nach, was Sie tun. Wenn Sie jemand anderen decken, verurteilen Sie damit fast unweigerlich Paul. Bedeutet er Ihnen so wenig?«

Seth knallte den Hobel auf die Werkbank. Mit rotem Gesicht und funkelnden Augen drehte er sich zu Banks. Die Ader an seiner Schläfe pochte. »Wie kommen Sie dazu, so zu reden?«, sagte er mit bebender Stimme. »Natürlich bedeutet uns Paul eine Menge. Noch ist er nicht angeklagt.

Bisher haben ihn nur Arschlöcher wie Sie verurteilt. Wenn er es nicht getan hat, dann wird er freikommen, oder?«

Banks zündete sich eine Silk Cut an. »Ich bin überrascht, wie viel Vertrauen Sie in die Justiz haben, Seth. Das fehlt mir, befürchte ich. So wie die Dinge heutzutage liegen, könnte an ihm sehr gut ein Exempel statuiert werden.«

Seth schnaubte. »Was wollen Sie machen? Die Geschworenen bestechen?«

»Das wird nicht nötig sein. Die Geschworenen setzen sich aus normalen Männern und Frauen zusammen. Hauptsächlich gesetzestreue Bürger der Mittelklasse. Sie werden einen Blick auf Boyd werfen und ihn einsperren und den Schlüssel wegschmeißen wollen.«

»Er wird es schon schaffen. Und wir werden zu ihm halten. Wir werden ihn nicht im Stich lassen.«

»Bewundernswert. Aber vielleicht reicht das nicht aus. Wo haben Sie gelebt, bevor Sie den Hof gekauft haben?«

Überrascht musste Seth für einen Augenblick nachdenken. »Hebden Bridge. Warum?«

»Woher hatten Sie das Geld für den Hof?«

»Auch wenn es Sie nichts angeht, ich hatte etwas gespart und ein wenig von einer alten Tante geerbt. Wir ... Ich hatte dort außerdem ein kleines Geschäft, das ich verkauft habe, ein Antiquariat.«

»Welcher Arbeit sind Sie nachgegangen?«

»Dieser.« Seth machte eine Handbewegung durch die Werkstatt. »Ich war ein Alleskönner und habe den wahren Unternehmergeist gezeigt, so wie die Thatcher-Regierung ihn immer fordert. Ich habe für gute Arbeit gutes Geld verdient. Und das ist immer noch so.«

»Wer hat dann den Buchladen geführt?«

»Meine Frau.« Seth sprach durch die Zähne und widmete sich wieder seinem Holz.

»Da hat es einen Unfall gegeben, nicht wahr?«, sagte Banks. »Mit Ihrer Frau?« Er kannte einige der Details, aber er wollte sehen, wie Seth reagierte.

Seth holte tief Luft. »Ja. Aber das geht Sie trotzdem nichts an.«

»Was ist passiert?«

»Wie Sie sagten. Ich hatte eine Frau. Es gab einen Unfall.«

»Was für einer?«

»Sie wurde von einem Auto überfahren.«

»Das tut mir Leid.«

Seth drehte sich zu ihm. »Warum? Warum zum Teufel sollte Ihnen das Leid tun? Sie kannten Alison nicht einmal. Machen Sie, dass Sie hier rauskommen, und lassen Sie mich in Ruhe weiterarbeiten. Ich habe Ihnen nichts weiter zu sagen.«

Banks blieb auf der Türschwelle stehen. »Eine Sache noch: Elizabeth Dale. Kennen Sie den Namen?«

»Ich kenne jemanden namens Liz Dale, ja.«

»Sie ist die Frau, die aus der psychiatrischen Klinik weggelaufen und hier gelandet ist, oder?«

»Warum fragen Sie, wenn Sie es bereits wissen?«

»Ich war mir nicht sicher, aber ich dachte es mir. Wissen Sie etwas von einer Beschwerde, die sie gegen Constable Gill eingereicht hat?«

»Nein. Warum sollte ich?«

»Sie hat seine Nummer benutzt: 1139.«

»Und?«

»Komischer Zufall, mehr nicht: Ihre Beschwerde, seine Nummer in Ihrem Notizbuch. Könnte sie die Nummer aufgeschrieben haben?«

»Könnte sie. Genauso gut wie jeder andere. Ich weiß wirklich nichts darüber.« Seth klang müde.

»Haben Sie sie in der letzten Zeit gesehen? War sie in den letzten paar Wochen mal hier oben?«

»Nein.«

»Wissen Sie, wo sie sich aufhält?«

»Wir haben uns aus den Augen verloren. Das kommt vor.«

Seth beugte sich wieder über das Kiefernholz, und Banks verschwand, machte einen Bogen um das Haus und ging durch das Seitentor hinaus. Im Wagen dachte er kurz darüber nach, ob er noch in die Scheune gehen sollte, um mit Rick und Zoe zu sprechen. Doch die beiden konnten warten. Für heute hatte er genug von Maggie's Farm.

II

Burgess zwinkerte Glenys zu, die lächelte und rot wurde. Banks war der Einzige, dem auffiel, dass sich Cyrils Miene verfinsterte. Sie trugen ihre Getränke und Ploughman's Lunches zurück zum Tisch.

»Wie geht's Boyd?«, fragte Burgess.

»Gut. Ich wusste gar nicht, dass Sie sich dafür interessieren.«

Burgess spuckte die Reste einer eingelegten Zwiebel in seine Serviette. »Furchtbares Zeug. Davon kriege ich Sodbrennen.«

»Es würde mich nicht überraschen, wenn Sie sich ein Magengeschwür einhandeln«, sagte Banks. »Bei Ihrer Lebensweise.«

Burgess grinste. »Man lebt nur einmal.«

»Werden Sie hierbleiben und gucken, was weiter passiert?«

»Ich werde noch ein paar Tage bleiben, ja.« Er starrte wieder Glenys an. »Ich habe hier noch nicht alles erledigt.«

»Jetzt sagen Sie bloß, Sie fangen an, den Norden zu mögen.«

»Im Gegensatz zu den Leuten hat sich wenigstens das beschissene Wetter gebessert.«

»Der freundlichste Haufen im Land, wenn man sie erst mal kennen lernt.«

»Ach, wirklich?« Burgess verschlang ein Stück Wensleydale-Käse und spülte es mit Double Diamond hinunter.

Banks verzog das Gesicht. »Kein Wunder, dass Sie Sodbrennen bekommen.«

Burgess schob seinen Teller beiseite und zündete sich eine Zigarre an. »Sagen Sie mir mal ehrlich, Banks: Was halten Sie von Boyd? Schuldig oder nicht?«

»Er steckt offensichtlich mit drin. Er steckt tief drin. Aber wenn Sie mich fragen, ob ich glaube, dass er Gill getötet hat, dann lautet die Antwort nein, glaube ich nicht.«

»Sie könnten Recht haben. Er ist auch unter Druck bei seiner Geschichte geblieben, und ich glaube nicht, dass er so hart ist.« Burgess hob seine Zigarre an. »Persönlich ist es mir scheißegal, was aus Boyd wird. Mir wäre es lieber, wenn er für die Sache drangekriegt wird als überhaupt keiner. Aber urteilen Sie mich nicht gleich ab. Ich bin kein Vollidiot. Wenn das ganze Puzzle nicht aufgeht, werde ich unzufrieden und will wissen, warum. Genauso wie jeder andere Polizist werde ich manchmal von Zweifeln gequält.«

»Und Sie haben Zweifel in Bezug auf Boyd?«

»Ein bisschen.«

»Was werden Sie also tun?«

»Bedenken Sie mal die Alternativen. Sie haben gehört, was er gestern Abend über die anderen gesagt hat, die sich am Freitagnachmittag auf der Farm versammelt hatten. Das schließt so ungefähr jeden ein, den wir seit Beginn der Ermittlung im Visier haben. An wen glauben Sie?«

Banks trank einen Schluck Bier, um sein Mittagessen hinunterzuspülen. »Kommt drauf an«, sagte er. »Jeder von den Leuten, die Boyd erwähnte, könnte Zugriff auf das Messer gehabt haben. Das trifft auch auf jeden zu, der in den Tagen vor der Demo oben gewesen war. Niemandem ist aufgefallen, ob es weg war oder nicht. Auf jeden Fall gibt es niemand zu. Wenn man davon ausgeht, dass es ein terroristischer Akt war, dann sollte man wohl bei den politisch Aktivsten anfangen: Osmond, Trelawney und den Studenten. Wenn man andererseits akzeptiert, dass es ein anderes Motiv gegeben haben könnte, dann muss man menschlichere Beweggründe in die Überlegungen einbeziehen: Rache, Hass, so was in der Art. Oder vielleicht wollte auch jemand den Farmbewohnern die Schuld in die Schuhe schieben, jemand, der Grund hatte, sie zu hassen oder sie von ihrem Land vertreiben zu wollen.«

Burgess seufzte. »Bei Ihnen klingt das so furchtbar kompliziert. Glauben Sie wirklich, dass darin die Antwort liegt?«

»Möglich, ja.« Banks holte tief Luft. »Gill war ein Arschloch«, sagte er. »Er mochte es, Leute zu verprügeln und Köpfe einzuschlagen. Er hat sich bei mehr Massenveranstaltungen zum Einsatz gemeldet, als ich warme Mahlzeiten hatte. Und noch etwas: Osmond hat vor ein paar Jahren wegen unverhältnismäßiger Gewaltanwendung bei einer anderen Demo eine offizielle Beschwerde gegen ihn eingereicht. Das Gleiche tat bei einem anderen Vorfall eine Frau namens Elizabeth Dale. Und sie hat Verbindungen zu den Leuten auf der Farm.«

Burgess trank noch etwas Bier und kaute auf seiner Lippe. »Woher wissen Sie das?«, fragte er ruhig.

Mit der Frage hat Banks gerechnet. Er erinnerte sich an

Burgess' Befehl, nicht in Gills Akte zu schauen. »Ein anonymer Hinweis«, sagte er.

Burgess kniff seine Augen zusammen und starrte Banks an, der eine Zigarette nahm und sie anzündete.

»Ich weiß nicht, ob ich Ihnen das glaube«, sagte er schließlich.

»Das spielt doch überhaupt keine Rolle, oder? Es kommt nur darauf an, was ich Ihnen sage. Wollen Sie der Sache auf den Grund gehen oder nicht?«

»Weiter.«

»Meiner Meinung nach haben wir zwei Möglichkeiten: Terrorismus oder persönliche Motive. Vielleicht sind beide auch vermischt, wer weiß.«

»Und wo kommt Boyd ins Spiel?«

»Entweder hat er genau das getan, was er uns erzählt hat, oder er war ein Komplize. Also haben wir uns seinen politischen Hintergrund mal näher angeschaut. Richmond hat über den Computer diejenigen, mit denen Boyd im Knast saß, sowie alle anderen Leute überprüft, mit denen er rumhing, als ihn die regionale Polizei im Visier hatte. Er hat einige Zeit in Irland verbracht, und genau dorthin wollte er ja auch, als wir ihn geschnappt haben. Einige seiner Bekannten dort hatten Verbindungen zur IRA. Beweisen können wir es nicht, aber wir sind uns ziemlich sicher. Aber wir müssen auch das persönliche Motiv berücksichtigen. Gill gehörte zu der Sorte Menschen, die sich Feinde machen, und es sieht so aus, als wäre Osmond einer von ihnen.«

»In der Zwischenzeit«, sagte Burgess, »behalten wir Boyd hier.«

Banks schüttelte den Kopf. »Das finde ich nicht gut.«

»Wollen Sie ihn gehen lassen?«

»Ja. Warum nicht?«

»Beim letzten Mal ist er geflohen. Wie wollen Sie ihn diesmal davon abhalten?«

»Ich glaube, ihm ist mittlerweile klar, dass er nirgendwohin kann. Wenn wir ihn rauslassen, wird er zurück zur Farm gehen und dort bleiben.«

»Aber warum sollen wir ihn überhaupt rauslassen?«

»Weil sich dadurch vielleicht etwas tut. Wenn er unschuldig ist, besteht immer noch die Chance, dass er weiß, wer es war. Er könnte etwas unternehmen und dabei ein paar Steine ins Rollen bringen.«

Burgess schwenkte das Bier in seinem Glas. »Also klagen wir ihn wegen Missbrauch von Beweismaterial und Widerstand gegen die Staatsgewalt an und lassen ihn frei. Ist das Ihr Vorschlag?«

»Vorläufig, ja. Haben Sie eine bessere Idee?«

»Das überzeugt mich nicht völlig«, sagte Burgess langsam, »aber ich gebe meine Zustimmung. Aber«, fügte er hinzu und stieß mit seiner Zigarre in Banks' Richtung, »das geht auf Ihre Kappe, Kumpel. Wenn er wieder abhaut, stehen Sie dafür gerade.«

»In Ordnung.«

»Und wir behalten ihn noch eine Nacht drinnen, nur damit er weiß, wo es langgeht. Ich werde mich auch noch mal mit ihm unterhalten.«

Immerhin ein Kompromiss. Burgess war kein Mann, der die Idee eines anderen vollständig akzeptierte. Aber da es das beste Geschäft war, das er machen konnte, stimmte Banks zu.

Burgess lächelte zu Glenys hinüber. Am anderen Ende der Bar zerbrach ein Glas. »Ich hole uns noch was, oder?«

»Ich geh schon.« Banks stand schnell auf. »Ich bin dran.« Das stimmte zwar nicht, aber das Letzte, was sie jetzt gebrauchen konnten, war eine mittägliche Schlägerei zwischen dem Wirt des Queen's Arms und einem Superintendent von Scotland Yard.

»Ich werde mir auch noch mal Osmond vorknöpfen«, sagte Burgess, als Banks zurückkam. »Ich vertraue Ihnen nicht, wenn diese Tussi dabei ist. Sie kriegen dann immer so einen ganz verträumten Blick.«

Banks ging nicht darauf ein.

»Kann ich Constable Richmond mitnehmen?«, fragte Burgess.

»Stimmt was nicht mit Sergeant Hatchley?«

»Er ist ein fauler Sack«, sagte Burgess. »Wie er es jemals zum Sergeant gebracht hat, ist mir schleierhaft. Jedes Mal wenn ich ihn mitgenommen habe, saß er nur da wie ein ausgestopfter Elefant.«

»Er hat auch seine guten Seiten«, sagte Banks und war von sich selbst überrascht, dass er Hatchley verteidigte. Er fragte sich, ob der Sergeant wirklich davon träumte, dass Burgess ihn allein deshalb zum Beitritt irgendeiner Eliteeinheit von Scotland Yard ermunterte, weil beide an die allumfassende Privatisierung und ein mit Atomraketen gespicktes England glaubten. Wenn das der Fall war, dann hatte er anscheinend Pech gehabt.

Der Unterschied zwischen den beiden bestand darin, dachte Banks, dass Hatchley seine Einstellungen nur angenommen oder von seinen Eltern geerbt hatte; sie waren nicht auf seinem eigenen Mist gewachsen. Burgess hingegen glaubte tatsächlich daran, dass die Polizei existierte, um die rote Gefahr aufzuhalten und darauf zu achten, dass Ausländer dort blieben, wo sie hingehörten, damit die Regierung mit ihrem Auftrag fortfahren konnte, aus Britannien wieder ein Großbritannien zu machen. Außerdem glaubte er, dass Leute wie Paul Boyd von den Straßen fern gehalten werden sollten, damit anständige Bürger in der Nacht ruhig schlafen konnten. Dabei kam ihm keinen Augenblick in den Sinn, dass er selbst vielleicht nicht als anständig durchgehen könnte.

Banks folgte Burgess zurück aufs Revier und ging in sein Büro hinauf. Er hatte ein Telefonat zu führen.

ZWÖLF

I

Südlich von Skipton verändert sich die Landschaft dramatisch. Die Dales mit ihren Kalksteinfelsen werden vom Land der Mühlsteine abgelöst, zum größten Teil raues Heidemoor, trostloser und wilder als jede Gegend in Swainsdale. Selbst die Natursteinmauern sind hier aus dunklem, beinahe violettem Schotterstein errichtet. Die Landschaft gleicht den Menschen, die sie hervorbringt: stur, abweisend und nachtragend.

Banks fuhr durch Keighley und Haworth und gelangte, Haworth Moor zur Rechten und Oxenhope Moor zur Linken, in das offene Gelände. Selbst unter der strahlenden Sonne dieses frühlingshaften Tages sah die Landschaft unheimlich und andächtig aus. Sandra hasste sie, sie war ihr zu gruselig und trist. Doch für Banks hatte die Gegend mit ihren Hexenlegenden, verrückten Methodistenpredigern und den von den Brontë-Schwestern ersonnenen Geschichten etwas Magisches.

Banks steckte eine Kassette in das Autoradio, und »Hellhound on My Trail« von Robert Johnson ertönte. Von West Yorkshire bis ins Mississippidelta war es ein weiter Weg, doch der raue, abgehackte Klang von Johnsons Gitarre schien genau zu dieser Landschaft hier zu passen. Und seine eindringlichen, schicksalsträchtigen Texte fingen ihre Stimmung ein.

Geprägt von Industriestädten in den Talsohlen und Webereigemeinden auf den Gipfeln, ist die Gegend ein Produkt der Industriellen Revolution. Übrig geblieben sind majestätische, alte Fabriken mit gewaltigen Schornsteinen aus dunklem, körnigem Mühlsteinschotter. Viele sind vom Ruß der letzten zweihundert Jahren gereinigt und zu Kunsthandwerk- und Antikmärkten umgebaut worden.

Hebden Bridge ist eine zur Touristenfalle mutierte ehemalige Industriestadt und übersät mit Buchläden und Antiquitätenhandlungen. Vor nicht allzu langer Zeit war die Stadt das Zentrum der Hosen- und Kordsamtherstellung, doch seit den siebziger Jahren, als die Hippies aus Leeds und Manchester eingefallen sind, ist sie eher zu einem Ort für Kunstfestivals, Dichterlesungen in Pubs und andere kulturelle Aktivitäten geworden.

Banks fuhr vom Moor kommend den steilen Abhang in die Stadt hinab. In mehreren Reihen standen diagonal über den ganzen Berghang große Reihenhäuser und thronten über den Fabriken im Tal. Sie sahen wie vierstöckige Häuser aus, waren aber tatsächlich zweistöckige Häuser, die aufeinander errichtet worden waren. Man betrat das untere Haus von der Straße auf der einen Seite, das obere durch eine höher gelegene Straße auf der Rückseite. Das machte es Banks ziemlich schwer, Reginald Lees Haus zu finden.

Lee, so hatte Banks aus seinem Telefonat mit Constable Brooks von der Polizei in Hebden Bridge erfahren, war ein pensionierter Ladenbesitzer, der in einem dieser zweistöckigen Gebäude der Stadt wohnte. Vor ziemlich genau drei Jahren war er in einen Unfall auf der stark befahrenen Hauptstraße des Ortes – einer direkten Ost-West-Verbindung durch das Caldertal – verwickelt gewesen, der zum Tod von Alison, Seth Cottons Frau, geführt hatte.

Banks hatte von der Polizei außerdem erfahren, dass an

ihrem Tod nichts Verdächtiges gewesen war und dass Mr. Lee keine Schuld getroffen hatte. Doch er wollte mehr über Seth Cottons Vergangenheit wissen, und der Tod seiner Frau schien ein guter Anknüpfungspunkt zu sein. Er war immer noch davon überzeugt, dass die Nummer, die so kraftvoll in das alte Notizbuch geschrieben worden war, Constable Gills Nummer war und nicht nur Teil einer zufällig ähnlichen Rechnung. Ob Seth sie selbst aufgeschrieben hatte, war eine andere Frage.

Lee, ein kleiner Mann in einem ausgeleierten, abgetragenen Pullover, kam an die Tür und sah Banks fragend an. Er bekam sicherlich nicht viel Besuch. Sein lichtes, graues Haar war ungekämmt und stand an manchen Stellen ab, so als hätte er gerade einen elektrischen Schlag abbekommen. Das Zimmer, in das er Banks schließlich führte, war unaufgeräumt, aber sauber. Außerdem war es kalt. Banks behielt seine Jacke an.

»Entschuldigen Sie die Unordnung«, sagte Lee mit hoher, klagender Stimme. »Meine Frau ist vor zwei Jahren gestorben, und ich scheine den Dreh mit dem Haushalt einfach nicht rauszukriegen.«

»Ich weiß, was Sie meinen.« Banks schob ein paar Zeitungen von einem ungepolsterten Stuhl. »Meine Frau ist seit zwei Wochen bei ihrer Mutter, und das Haus scheint seitdem auseinander zu fallen. Haben Sie was dagegen, wenn ich rauche?«

»Überhaupt nicht.« Lee schlurfte zu einer Anrichte und brachte einen Aschenbecher. »Was kann ich für Sie tun?«

»Es tut mir Leid, das Thema wieder aufwärmen zu müssen«, sagte Banks. »Ich weiß, dass es schmerzvoll für Sie sein muss, aber es geht um diesen Unfall, in den Sie vor ungefähr drei Jahren verwickelt waren.«

Lees Augen schienen bei der Erwähnung etwas glasig zu

werden. »O ja«, sagte er. »Ich denke, der war auch Schuld an Elsies Tod, wissen Sie. Sie war damals dabei und ist nie darüber hinweggekommen. Ich bin früh in Rente gegangen. Konnte scheinbar nicht …« Er verlor den Faden und starrte in den leeren Kamin.

»Mr. Lee?«

»Was? Oh, tut mir Leid, Inspector. Inspector ist doch richtig, oder?«

»Damit kommen wir klar«, sagte Banks. »Der Unfall.«

»Ach ja. Was wollen Sie denn wissen?«

»Einfach den Hergang, so detailliert, wie Sie sich erinnern können.«

»Oh, ich kann mich an alles erinnern.« Er tippte auf seine Stirn. »Das hat sich hier alles in Zeitlupe eingeprägt. Lassen sie mich nur meine Pfeife holen. Damit kann ich mich besser konzentrieren. In letzter Zeit habe ich etwas Probleme, meinen Kopf in Gang zu kriegen.« Er nahm eine Holzpfeife von einem Regal neben dem Kamin, stopfte sie mit Tabak und zündete ihn mit einem Streichholz an. Der Tabak flammte auf, und blauer Rauch kringelte sich aus dem Pfeifenkopf. Von der Straße konnte man einen Kinderreim hören:

Georgie Porgie, pudding and pie,
Kiss the girls and make them cry.

»Wo war ich?«

»Beim Unfall.«

»Ja, genau. Nun, er passierte an einem herrlichen Sommertag. Der sechzehnte Juli. Einer dieser Tage, an denen man die Heide und die wild wachsenden Blumen selbst hier in der Stadt riechen kann. Keine Wolke am Himmel, und jeder war in dieser gelösten, verschlafenen Stimmung, die einen im Sommer oft überkommt. Elsie und ich wollten nach Hartcastle Crags fahren. Als wir noch jung waren, hatten wir uns oft dort oben verabredet. Und sobald das Wetter gut war, sind wir da hochgedüst. Ich bin nicht schneller als fünfzig gefahren. Und ich hatte keinen Tropfen Alkohol intus, ich habe das Zeug nie angerührt. Da ist plötzlich dieses Mädchen auf einem Fahrrad vor mir.« Er stockte, sog an seiner Pfeife, als wäre es eine Sauerstoffmaske, und sprach weiter. »Sie fuhr ein bisschen wackelig, aber das machen ja viele Radfahrer. Ich passe immer besonders auf, wenn Radfahrer in der Nähe sind. Dann passierte es. Meine Vorderräder waren ungefähr einen halben Meter von ihrem Hinterrad entfernt. Sie fuhr am Randstein entlang, sie war also nicht direkt vor mir, und da kippte sie einfach um.«

»Einfach so?«

»Ja.« Obwohl er die Geschichte schon dutzende Male der Polizei erzählt haben musste, schien er immer noch erstaunt zu sein. »Als wäre sie gegen einen hervorstehenden Stein gefahren. Aber da war keiner. Sie muss den Randstein berührt haben oder so. Und sie fiel genau vor den Wagen. Ich hatte keine Zeit zum Bremsen. Selbst wenn ich fünf Stundenkilometer gefahren wäre, hätte ich keine Zeit mehr dafür gehabt. Sie kam frontal unter die Räder. Umgekippt, einfach so.«

Banks ließ stumm die Zeit verstreichen. Im Pfeifenkopf knisterte Tabak und draußen ging der monotone Gesang weiter. »Sie sagten, sie war ein bisschen wackelig unterwegs«, meinte er schließlich. »War sie vielleicht betrunken oder so?«

»Eigentlich nicht. Eher so, als würde sie noch nicht lange Rad fahren.«

»Sind Sie jemals einem Polizisten namens Edwin Gill begegnet, PC 1139?«

»Wie? Entschuldigen Sie. Nein, der Name und die Nummer sind mir nicht bekannt. Zuerst hatte ich mit Constable Brooks zu tun. Dann mit Inspector Cummings. An einen Gill kann ich mich nicht erinnern. Ist er aus der Gegend?«

»Haben Sie jemals Seth Cotton kennen gelernt?«

»Ja«, sagte Lee und zündete seine Pfeife wieder an. »Ich habe allen Mut zusammengenommen und ihn im Krankenhaus besucht. Er kannte alle Einzelheiten und sagte, dass er mir keine Schuld geben würde. Er war sehr versöhnlich. Natürlich war er in einem furchtbaren Zustand und immer noch voller Trauer und Zorn. Aber nicht wegen mir. Ich bin nur einmal da gewesen.«

»Im Krankenhaus? Was hat er dort gemacht?«

Lee sah überrascht aus. »Ich dachte, das hätten Sie gewusst. Ein paar Tage nachdem ihn das Krankenhaus vom Unfall benachrichtigt hatte, versuchte er sich umzubringen. Hat sich die Pulsadern aufgeschnitten. Und er soll in einer Art Anfall das Telefon auf den Boden geschleudert haben. Aber er wurde rechtzeitig gefunden. Haben Sie den Jungen kürzlich gesehen?«

»Ja.«

»Und wie geht es ihm?«

»Es scheint ihm ganz gut zu gehen.« Banks erzählte ihm von der Farm und der Tischlerei.

»Genau«, sagte Lee. »Er erwähnte damals, dass er Tischler ist.« Er schüttelte langsam seinen Kopf. »Ihm ging es wirklich furchtbar. Schlimm genug, das Mädchen verloren zu haben, aber dann auch noch das Baby ...«

»Baby?«

»Ja. Wussten Sie das nicht? Sie war schwanger. Im fünften Monat. Die Polizei meinte, deswegen könnte sie auch ohnmächtig geworden sein oder so.«

Lee schien mit seinen Gedanken wieder abzuschweifen, seine Pfeife ging aus. Banks fielen keine weiteren Fragen mehr ein, also stand er auf, um zu gehen. Lee bemerkte es und sammelte sich.

»Sie wollen schon gehen?«, sagte er. »Wollen Sie nicht noch auf eine Tasse Tee bleiben?«

»Nein, vielen Dank, Mr. Lee. Sie haben mir sehr geholfen. Es tut mir Leid, dass ich Sie wieder damit konfrontieren musste.«

»Es vergeht kaum ein Tag, an dem ich nicht daran denke«, sagte Lee.

»Sie sollten sich nicht so quälen«, meinte Banks. »Von welcher Seite man die Sache auch betrachtet, Ihnen kann keine Schuld gegeben werden.«

»Ja, keine Schuld«, wiederholte Lee. Sein eindringlicher, nach innen gekehrter Blick erinnerte Banks an den Schauspieler Trevor Howard in der Rolle eines vom Gewissen geplagten Mannes. Es gab nichts mehr zu sagen. Depressiv ging Banks zurück auf die von der kühlen Frühlingssonne erfüllte Straße. Die Kinder hielten im Seilspringen inne und starrten ihm hinterher.

Es war nach fünf Uhr, unten in der Stadt hetzten die Leute von der Arbeit nach Hause. Banks konnte sich nur auf eine Dose Ravioli auf Toast – der mit Sicherheit verbrannt war – und einen weiteren Abend allein freuen.

Als er den Berghang im Westen hinaufschaute, musste er an Heptonstall denken, ein Dorf auf dem Gipfel. Er hatte gehört, dass der dortige Pub Timothy Taylor's ausschenkte, ein Bier, das er noch nie probiert hatte. Was Informationen betraf, war es ein verschwendeter und deprimierender Nachmittag gewesen, und vielleicht könnte er ihn noch irgendwie retten.

Alison Cottons Tod war offensichtlich ein tragischer Unfall gewesen, mehr gab es dazu nicht zu sagen. Entweder war sie gegen den Randstein gestoßen und hatte ihr Gleichgewicht verloren, oder sie hatte aufgrund ihrer Schwangerschaft einen Ohnmachtsanfall erlitten. Banks konnte es Seth nicht verdenken, dass er nicht mit ihm darüber sprechen wollte.

Er stieg in seinen Wagen und fuhr den steilen Hang hinauf nach Heptonstall. Zu dieser Tageszeit war es ein ruhiges Dorf. Schmale dunkle Häuschen duckten sich aneinander; viele hatten die berüchtigten oberen Fensterreihen, hinter denen früher die Weber gearbeitet hatten.

An einem Fenstertisch des Cross Inn hielt er sich lange bei seinem Essen und Bier auf und plante die nächsten Schritte. Das Timothy Taylor's Bitter schmeckte gut und war so sämig wie flüssiges Gold. Die Schatten wurden länger und die Fassaden der Schottersteinhäuser noch dunkler.

Als er nach Hause kam, war es spät, fast zehn Uhr. Er hatte kaum seine Schuhe ausgezogen und sich hingesetzt, da klingelte das Telefon.

»Alan, Gott sei Dank bist du zurück. Ich versuche dich schon den ganzen Abend zu erreichen.« Es war Jenny.

»Warum? Was ist los?«

»Es geht um Dennis. In seine Wohnung ist eingebrochen worden.«

»Hat er es gemeldet?«

»Nein. Er will mit dir sprechen.«

»Er sollte es melden.«

»Ich weiß, aber er will nicht. Würdest du zu ihm gehen und mit ihm reden? Bitte?«

»Wurde er verletzt?«

»Nein, er war nicht da, als es passierte. Es muss am frühen Abend gewesen sein.«

»Wurde irgendwas gestohlen?«

»Er weiß es nicht genau. Wohl nichts Wichtiges, glaube ich. Gehst du zu ihm? Bitte!«

Banks konnte nicht nein sagen. Erstens war Jenny wegen Osmond eindeutig verzweifelt, und zweitens könnte die Sache für den Fall von Belang sein. Wenn Osmond nicht zu ihm kommen wollte, dann würde er zu Osmond gehen müssen. »Sag ihm, ich bin gleich da«, meinte er seufzend.

II

»Sie mögen mich nicht besonders, oder, Chief Inspector?«, sagte Osmond, sobald sich Banks niedergelassen hatte.

»Es hält sich in Grenzen, stimmt.«

Osmond lehnte sich in seinem Sessel zurück und lächelte. »Sie sind doch nicht eifersüchtig, oder? Jenny hat mir erzählt, wie nahe sie beide sich während dieser Spannergeschichte gekommen sind.«

Ach, tatsächlich, dachte Banks ärgerlich. Wie viel hatte sie ihm denn erzählt? »Könnten Sie bitte einfach nur zur Sache kommen?«, sagte er. »Ich bin auf Jennys Wunsch hier, um einen Einbruch zu untersuchen, den Sie offiziell nicht gemeldet haben. Da könnten Sie wenigstens versuchen, mir nicht so oberschlau zu kommen.«

Das Lächeln verschwand. »Ja, in Ordnung. Wenn mir das etwas helfen wird.«

»Zuerst einmal, warum haben Sie den Einbruch nicht gemeldet?«

»Ich vertraue der Polizei nicht, besonders nach der Behandlung, die ich seit der Demonstration erfahren habe. Burgess war heute Nachmittag schon wieder hier und hat mit Beleidigungen und Anschuldigungen um sich geworfen. Außerdem habe ich keine Lust, meine Wohnung von einer Horde Polizisten auf den Kopf stellen zu lassen.«

»Warum nicht? Was haben Sie zu verbergen?«

»Nichts, auf jeden Fall nicht so, wie Sie meinen. Aber ich schätze meine Privatsphäre nun mal.«

»Und warum bin ich dann hier?«

Osmond schlug die Beine übereinander und hielt kurz inne, bevor er antwortete. »Jenny hat mich überredet.«

»Aber eigentlich wollen Sie nicht darüber sprechen?«

»Worauf wollen Sie hinaus? Können Sie etwas tun?«

»Wir könnten unsere Arbeit machen, vorausgesetzt, Sie lassen uns. Nach Fingerabdrücken suchen, Nachbarn befragen, versuchen, eine Beschreibung zu bekommen. Wurde etwas gestohlen?«

»Ein Buch.«

»Was?«

»Ein Buch. Die meisten Bücher waren aus den Regalen gezogen und über den Fußboden verstreut. Als ich sie zurückgestellt habe, fiel mir auf, das eines fehlt.«

»Nur eines?«

»Genau. *Der eindimensionale Mensch* von Marcuse. Kennen Sie es?«

»Nein.«

Osmond lächelte süffisant. »Dachte ich mir. Spielt auch keine Rolle. Auf jeden Fall ist das alles.«

»Alles, was mitgenommen wurde?«

»Ja.«

»Wie sind sie reingekommen? Das Schloss scheint nicht aufgebrochen worden zu sein.«

»Man kann es ganz leicht öffnen. Sie haben wahrscheinlich eine Kreditkarte oder so benutzt. Das musste ich selbst schon öfters machen.«

»Und es funktioniert?«

»Ja. Außer der Riegel ist von innen zu. Da ich zu der Zeit weg war, war er anscheinend nicht zu.«

»Dann würde ich als Erstes vorschlagen, Sie besorgen sich ein neues Schloss. Und zwar ein Sicherheitsschloss.«

»Ich habe den Schlosser bereits angerufen. Er kommt am Montag.«

»Hatten Sie den Eindruck, dass sie nach etwas Bestimmtem gesucht haben? Oder war es nur Vandalismus?« Ohne nachzudenken, hatte Banks plötzlich seine Zigarettenschachtel in der Hand. Erst da fiel ihm ein, dass Osmond ein fanatischer Nichtraucher war.

»Machen Sie nur, Chief Inspector.« Osmond erlaubte sich ein weiteres überlegenes Lächeln. »Verpesten Sie die Luft, wenn Sie nicht anders können. Sie tun mir einen Gefallen, und das ist das Wenigste, was ich im Gegenzug für Sie tun kann.«

»Danke, das werde ich.« Banks zündete eine Zigarette an. »Was könnten Sie gesucht haben? Geld?«

»Glaube ich nicht. In der Schublade im Kleiderschrank war etwas Bargeld, aber das haben sie nicht angerührt. Dort befand sich auch ziemlich wertvoller Schmuck – er gehörte meiner Mutter – und den haben sie auch hiergelassen. Nur die Bücher und ein paar Papiere – nichts Wichtiges – waren durcheinander, aber beschädigt wurde nichts. Ich glaube nicht, dass es Vandalismus war.«

»War es denn klar, dass sie das Geld und den Schmuck gesehen haben?«

»O ja. Die Schublade stand offen und der Inhalt der Schmuckkassette war auf dem Bett verteilt.«

»Wonach haben sie Ihrer Meinung nach gesucht?«

Osmond kratzte sich an der Wange und runzelte die Stirn. Als er den Zentimeter Asche an Banks Zigarette bemerkte, holte er einen Aschenbecher aus der Küche. »Für Notfälle«, sagte er. »Diebesgut, muss ich gestehen. Freundlicherweise zur Verfügung gestellt vom Bridge Pub, Helmthorpe.«

Banks lächelte. Nachdem er seine anfängliche Nervosität, die sich wie bei so vielen Menschen in Form von Unhöflichkeit zeigte, abgelegt hatte, unternahm Osmond nun wenigstens einen Versuch, die Wogen zu glätten. In Anwesenheit der Polizei fühlte er sich immer noch nicht wohl, aber er bemühte sich.

»Möchten Sie einen Drink?«

»Scotch, wenn Sie welchen haben.«

Osmond suchte nach Ausflüchten und brauchte Zeit zum Denken. Das hieß, seine Antwort würde bestenfalls eine Mischung aus Wahrheit und Unwahrheit sein und für Banks würde es verdammt schwer werden, den Unterschied herauszufinden. Doch es gab keinen Grund, ihn zu drängen. Osmond wollte die Kontrolle behalten, und jede Herausforderung zu diesem Zeitpunkt würde ihn nur verstummen lassen. Am besten wartete man auf eine Lücke in seinen Verteidigungsreihen und sprang dann direkt hinein. Sollte er sich so viel Zeit nehmen, wie er wollte.

Als er schließlich einen Drink in der Hand hielt, wiederholte Banks seine Frage.

»Ich möchte nicht übermäßig paranoid erscheinen, Chief Inspector«, begann Osmond langsam, »aber ich bin jetzt seit einigen Jahren bei der Kampagne für atomare Abrüstung und einer Reihe anderer Organisationen engagiert, deshalb glaube ich, aus Erfahrung sprechen zu können. Ich nehme an, Sie wissen natürlich, dass ich einmal eine Beschwerde gegen den Polizisten eingelegt habe, der getötet wurde?«

Banks nickte. »Sie hätten uns eine Menge Ärger erspart, wenn Sie das gleich erwähnt hätten.«

»Das sagen Sie so leicht. Egal, Ihr reizender Superintendent wusste es. Und da so etwas ein gefundenes Fressen für ihn ist, nahm ich an, dass auch Sie davon wissen. Wie auch immer, wir haben so etwas erwartet. Die Kampagne ergreift keine Partei, Chief Inspector. Glauben Sie es oder nicht, wir wollen lediglich eine atomwaffenfreie Welt. Einige Mitglieder bringen jedoch auch feste politische Überzeugungen mit, das will ich gar nicht bestreiten. Ich bin Sozialist, okay, aber das hat nichts mit der Kampagne oder ihren Zielen zu tun.«

Er hielt inne und spielte mit seinem kleinen, goldenen Kruzifix. Als Banks ihn so anschaute, wie er mit seinen langen, übereinander geschlagenen Beinen und einem auf der Rückenlehne ausgebreiteten Arm auf dem Sofa lümmelte, kam ihm das Wort gelangweilt in den Sinn.

»Ist Ihnen schon mal aufgefallen, wie jeder Mensch immer gleich in Schubladen eingeordnet wird?«, fuhr Osmond fort. »Wenn man gegen Atomkraft ist, erwarten die Leute von einem, dass man auch für das Abtreibungrecht, für die Gewerkschaft, für die Schwulenbewegung, gegen die Amerikaner, gegen die Apartheid und im Allgemeinen linksgerichtet ist. Die meisten Leute können sich nicht vorstellen, dass es durchaus möglich ist, sagen wir, gegen Atomkraft und gegen Apartheid zu sein, aber nicht für die Schwulenbewegung und für das Abtreibungsrecht, besonders wenn man Katholik ist. Die Zusammenstellung ist natürlich variabel und manche Schubladen sind zum Beispiel extremer und gefährlicher als andere. Die Einstellungen jedoch, für die unsere Mitglieder stehen, kann man ziemlich gut vorhersagen. Tatsache ist, wir kämpfen für ein politisch brisantes Thema, und dadurch ziehen wir die Aufmerksamkeit von allen Seiten auf uns. Die Regierung glaubt, wir machen gemeinsame Sache mit den Russen, und führt deshalb periodisch Razzien in unseren Büros durch und stöbert in unseren Akten. Die Kommunisten glauben, wir sind Verbündete beim Sturz einer dekadenten, kapitalistischen Regierung, also machen sie uns den Hof und infiltrieren uns mit ihren Leuten. Es ist ein furchtbares Durcheinander, aber wir schaffen es trotz aller Widrigkeiten, unsere Ziele nicht aus den Augen zu verlieren.«

»Wollen Sie damit sagen, der Einbruch war politisch motiviert?«

»Ganz genau.« Osmond hob die Scotchflasche hoch und sah Banks fragend an. Dieser hielt ihm sein Glas hin. »Und der Diebstahl des Buches war eine Art Ansage oder Warnung. Verstehen Sie jetzt, wenn ich sage, ich erwarte keine Hilfe von der Polizei? Wenn die Special Branch oder MI5 oder sonst jemand die Hände im Spiel hat, dann sind Ihnen die Hände gebunden, und wenn es die andere Seite ist, dann kriegen Sie sie sowieso nie.«

»Aber wonach haben sie gesucht?«

»Keine Ahnung. Egal, meine Akten sind sowieso nicht hier. Die wichtigsten sind im Büro der Kampagne, und anderes Zeug ist bei der Arbeit.«

»Im Sozialdienstzentrum?«

»Ja. Ich habe dort ein Büro. Ganz praktisch.«

»Also haben sie das Gewünschte nicht gefunden, weil sie am falschen Ort gesucht haben.«

»Nehme ich an. Die einzige aktuelle Sache, die ich hier habe, ist meine Untersuchung der Demo. Ich habe Ihnen bereits davon erzählt, und Superintendent Burgess auch. Ich habe mit einer ganzen Reihe von Leuten gesprochen, die dabei waren, und versuche genau zu ermitteln, was passiert ist und wie es hätte vermieden werden können. Tim und Abha helfen mir dabei. Die meisten Unterlagen sind in ihrer Wohnung. Morgen findet ein Treffen auf der Farm statt, wo wir entscheiden wollen, was wir mit unseren Informationen anfangen. Seitdem Ihr Chef von der Aufgabe abgezogen wurde, haben wir sie für ihn fortgeführt, und unsere Ergebnisse werden wesentlich unvoreingenommener sein.«

»Da liegen Sie falsch«, sagte Banks und zündete sich eine neue Zigarette an. »Das Problem mit Leuten wie Ihnen, trotz Ihres ganzes Geredes von Schubladen, ist, dass Sie jeden über einen Kamm scheren. Für Sie sind alle Polizisten Schweine. Superintendent Gristhorpe hätte gute Arbeit geleistet. Er hätte nichts unter den Teppich gekehrt.«

»Vielleicht ist er genau deshalb zurückgepfiffen worden«, sagte Osmond. »In der Zeitung habe ich gelesen, dass man eine unabhängige Untersuchungskommission einsetzen will. Ich nehme an, das bedeutet eine Horde hochrangiger Polizeibeamter von außerhalb. Die meisten von uns glauben jedoch, dass man die ganze peinliche Affäre nur vergessen will. Sobald der Mörder verurteilt ist – und es sieht ja so aus, als stünden Sie kurz davor –, werden die Linken der Anti-Atomkraft-Bewegung als genau das hingestellt, was alle anderen sowieso in uns sehen: eine Bande mörderischer Anarchisten. Und die Polizei wird eine Menge nützlicher Sympathie von der Öffentlichkeit einheimsen.«

Banks stellte sein leeres Glas ab und ging zum Fenster. »Erzählen Sie mir von Ellen Ventner.«

Osmond wurde blass. »Sie haben aber wirklich Ihre Hausarbeit erledigt, was?«

»Ellen Ventner.«

»Wenn Sie glauben, ich werde diese lächerlichen Anklagen gegen mich zugeben, müssen Sie verrückt sein.«

»So sehr es mir auch Leid tut, aber ich bin nicht hier, um diese alten Anklagen zu untersuchen. Sie verprügeln einfach gerne Frauen. Das ist Ihre Sache.«

»Sie Arschloch. Werden Sie es Jenny erzählen?«

»Das weiß ich ehrlich gesagt nicht. Ellen Ventner hat die Anzeige nicht weiter verfolgt. Gott weiß warum, aber eine Menge Frauen handeln so. Vielleicht dachte sie, trotz allem sind Sie dennoch ein lieber Kerl. Aber das ändert nichts an dem, was jetzt hier passiert ist. Sie mögen sich für einen sehr wichtigen Mann in der politischen Landschaft halten, was ich persönlich allerdings bezweifle. Andererseits könnte eine Frau, gegen die Sie einmal tätlich geworden sind, nachtragend sein.«

»Nach vier Jahren?«

»Möglich.«

»Vergessen Sie es. Das würde sie nicht tun. Außerdem ist sie, kurz nachdem wir uns getrennt haben, ausgewandert.«

»Ich kann verstehen, warum sie möglichst weit weg wollte. Ich überprüfe nur alle Aspekte.«

Osmond starrte ihn zornig an, schaute dann in sein Glas und fummelte wieder mit seinem Kruzifix herum. »Hören Sie, es war nur einmal ... Sie ... Ich war betrunken. Ich wollte nicht ...«

Banks setzte sich ihm gegenüber und beugte sich vor. »Als Sie Ihre Beschwerde gegen Constable Gill eingelegt haben«, fragte er, »wie haben Sie das gemacht?«

Osmond kam ins Schwimmen. Es war so einfach, dachte Banks. Man muss nur die Gefühle eines Mannes aufstacheln, dann das Thema wechseln, und schon hat man wieder die Oberhand. Er hatte jetzt genug von Osmonds Vorträgen und seiner Arroganz.

»Was meinen Sie damit, wie ich es gemacht habe? Ich habe einen Brief geschrieben.«

»Wie haben Sie sich auf ihn bezogen?«

»Durch seine Dienstnummer. Wie sonst?«

»1139?«

»Ja, das ist sie.«

»Sie erinnern sich noch an die Nummer?«

»Anscheinend.«

»Und woher kannten Sie seinen Namen?«

»Hören Sie, ich ...«

»Als ich Sie das erste Mal fragte, ob Sie Gill kennen, sagten Sie nein. Ich erwähnte nicht seine Nummer, sondern nannte seinen Namen, und Sie erkannten ihn, als Sie mich anlogen.«

»Er hat ihn mir gesagt«, meinte Osmond. »Als ich ihn bei einer Demo einmal versuchte davon abzuhalten, eine Frau zu schlagen, zog er mich zur Seite und sagte mir, ich solle mich da raushalten. Ich sagte ihm, dass ich ihn melden werde, und er sagte, nur zu. Als ich auf seine Nummer schaute, sagte er mir auch seinen Namen. Er hat ihn sogar buchstabiert. Das Arschloch war stolz auf das, was er da tat.«

In der Öffentlichkeit verteidigte Osmond also Frauen und schlug sie nur im Privaten. Netter Kerl, dachte Banks, aber er stellte seine Fragen weiter sachlich und direkt. »Haben Sie die Nummer jemandem gegenüber erwähnt, als Sie am Nachmittag vor der Demonstration auf Maggie's Farm waren?«

»Keine Ahnung. Ich kann mich nicht erinnern.«

»Denken Sie nach. Haben Sie die Nummer in ein Notizbuch geschrieben oder haben Sie gesehen, dass sie in einem Notizbuch stand?«

»Nein, an so was würde ich mich erinnern. Aber ich könnte sie erwähnt haben. Wirklich, ich kann es nicht sagen.«

»Wie könnten Sie die Nummer erwähnt haben? In welchem Zusammenhang?«

»Ich könnte gesagt haben: ›Ich frage mich, ob dieses Arschloch PC 1139 heute Abend auch da sein wird.‹ Ich nehme an, ich habe die Leute vor ihm gewarnt. Gott, man konnte in diesem Teil der Welt nicht an Demos teilgenommen haben, ohne vom verfluchten PC 1139 zu wissen.«

»Kann ich mir denken.« Banks erinnerte sich an das, was ihm Tim und Abha erzählt hatten.

Es gab nichts mehr zu fragen. Banks verabschiedete sich, und Osmond knallte die Tür hinter ihm zu. Im Flur beschloss er, in den Wohnungen auf dieser Etage nachzufragen, ob jemand die Einbrecher bemerkt hatte. Es waren zehn Wohnungen, fünf auf jeder Seite.

An der dritten Tür sagte ihm ein Mann, der um Viertel vor acht kurz in die Spirituosenhandlung gegangen war, dass er beim Zurückkommen zwei Männer auf dem Flur gesehen hatte. Sie hatten ihn auch gesehen, machten aber keine Anstalten wegzulaufen oder umzudrehen. Die Beschreibung war mittelmäßig – die meisten Menschen waren so aufmerksam wie eine Steinmauer, hatte Banks über die Jahre entdeckt –, aber dennoch hilfreich.

Beide waren groß und kräftig, und beide trugen dunkelblaue, etwas glänzende Hosen, die wahrscheinlich Teil eines Anzuges waren. Einer trug einen schwarzen Mantel aus imitiertem Leder, während der andere einen hellen Trenchcoat anhatte. Einer hatte schwarzes Haar, der andere überhaupt keines. Beide trugen weder Hut noch Brille. Was die Gesichtszüge anbetraf, hatte sich der Mann nicht mehr gemerkt, als dass beide Männer zwei Augen, eine Nase, einen Mund und zwei Ohren besaßen. Sie hatten selbstsicher und entschlossen gewirkt, so als wüssten sie, wohin sie gehen und was sie tun wollten, nicht verstohlen, wie er es sich bei Kriminellen vorstellen würde. Deshalb hatte er keinen Grund gesehen, die Polizei zu rufen. Jetzt tat es ihm natürlich Leid. Er sprach unartikuliert, so als hätte er das meiste, was er in der Spirituosenhandlung gekauft hatte, bereits getrunken. Banks dankte ihm und ging.

Bei seinen nächsten Versuchen wurde Banks zuerst von einem Autor, dessen Konzentration er gestört hatte, aufgefordert, sich zu verpissen, dann von einem einsamen Militärtypen, der ihm seine Medaillen zeigen wollte, zum Tee hereingebeten. Noch war er keiner Versuchung in einem Negligé gegenübergestanden.

Erst an der neunten Tür traf er auf eine weitere Person, die etwas wusste. Beth Cameron trug enge, karierte, für ihre stämmigen Hüften und Oberschenkel sehr unschmeichelhafte Hosen sowie eine kastanienbraune Strickjacke über einer glänzenden weißen Bluse. Ihr lockiges braunes Haar war anscheinend erst kürzlich mit einer Dauerwelle aufgefrischt worden, zudem besaß sie das lebhafteste Gesicht, das Banks je gesehen hatte. Jede Bemerkung, jedes Wort wurde von einer gekräuselten Lippe, einer erhobenen Augenbraue, einer gerümpften Nase, einem Stirnrunzeln oder einem trotzigen Schmollmund begleitet. Sie war wie eine dieser Handpuppen mit Gummikopf, an die er sich aus seiner Kindheit erinnerte. Wenn man die Hand hineinsteckte, konnte man das Gesicht zu den unvorstellbarsten Verzerrungen formen.

»Haben Sie heute Abend gesehen, dass jemand Mr. Osmonds Wohnung betreten oder verlassen hat?«, fragte Banks.

»Nein, nein, nicht, dass ich wüsste. Aber warten Sie eine Sekunde, *etwas* Komisches habe ich bemerkt. Nicht hier oben, aber unten in der Garage. In dem Moment kam es mir seltsam vor, doch dann habe ich mir nichts weiter dabei gedacht. Das ist ganz normal, oder?«

»Was haben Sie gesehen?«

»Einen blauen Escort. Und er war auf Mr. Handleys Stellplatz geparkt. Er ist abends oft weg, er ist nämlich der Unterhaltungsreporter der Eastvale *Gazette*. Aber das ist ja noch lange kein Grund, dem Mann seinen Parkplatz wegzuschnappen, oder? Draußen gibt es ja Plätze für Besucher. Wir wollen nicht, dass Leute, die nicht hier wohnen, die Tiefgarage benutzen. Das kann zu allen möglichen Problemen führen, nicht wahr?«

»Um welche Zeit war das?«, fragte Banks.

»Ungefähr um acht Uhr. Ich hatte gerade Leslie – das ist meine Tochter – von der Klavierstunde abgeholt.«

»Haben Sie gesehen, ob jemand im Wagen war?«

»Zwei Männer, glaube ich. Sie saßen vorne.«

»Konnten Sie sie gut erkennen?«

»Nein, tut mir Leid. Sie sahen groß aus, aber ich meine, man guckt sich ja nicht einfach so Leute an, oder? Besonders nicht an solchen Orten. Es gehört sich nicht, Fremden in Tiefgaragen in die Augen zu schauen, oder?«

»Nein«, sagte Banks, »wahrscheinlich nicht. Dann haben Sie also keinen der beiden Männer erkannt?«

»Nein. Was ist denn überhaupt passiert?« Mrs. Cameron zog plötzlich ihre Stirn in Falten. »Es wurde doch niemand überfallen, oder? Ich habe schon immer gesagt, dass es da unten zu dunkel ist. Da ist ja Ärger vorprogrammiert.«

»Niemand wurde verletzt«, beruhigte Banks sie. »Ich interessiere mich nur für diesen Escort. Ist er Ihnen früher schon mal aufgefallen?«

»Nein, nie. Ich wollte erst die Polizei rufen, wissen Sie. Mir ging durch den Kopf, dass sie nichts Gutes im Schilde führen könnten. Aber man will ja auch kein Theater machen, nicht? Vielleicht ist ja alles ganz harmlos und dann hat man sich in die Nesseln gesetzt. Aber wenn jemand verletzt wurde, würde ich mir das nie verzeihen.«

»Keine Sorge, es ist nichts dergleichen. Sie haben sich nicht zufällig die Nummer gemerkt?«

»Nein.« Sie lachte auf und legte dann eine Hand vor den Mund. Ihre Fingernägel waren blassgrün lackiert. »Entschuldigen Sie, Mr. Banks, aber ich finde das immer so komisch, wenn die Polizei den Leuten im Fernsehen diese Frage stellt. Ich meine, man geht ja nicht umher und sammelt Autonummern, oder? Ich glaube, ich kenne nicht mal meine eigene.«

»Fällt Ihnen sonst noch etwas ein?«, fragte Banks ohne viel Hoffnung.

Beth Cameron kaute auf ihrer Unterlippe und runzelte für einen Moment die Stirn, dann schüttelte sie den Kopf. »Nein. Nichts. Ich habe mir eigentlich keine großen Gedanken darüber gemacht. Sie taten ja nichts. Die saßen da nur rum, als wenn sie gleich losfahren wollten ... Einen Moment!« Ihre Augenbrauen schossen fast hoch bis zum Haaransatz. »Ich glaube, einer von ihnen hatte eine Glatze. An der Säule neben dem Wagen war eine Lampe. Ganz schwach, aber ich könnte schwören, dass sich das Licht auf einer Glatze spiegelte.« Ihre Lippen bogen sich nach unten. »Aber ich schätze, das hilft Ihnen auch nicht besonders, oder?«

»Alles hilft.« Banks klappte sein Notizbuch zu und steckte es zurück in seine Innentasche. Wenigstens war er jetzt sicher, dass die beiden Männer in dem blauen Escort dieselben waren, die auf dem Flur in der Nähe von Osmonds Wohnung gesehen worden waren. »Wenn Sie den Wagen wieder sehen«, sagte er und reichte ihr eine Karte, »benachrichtigen Sie mich dann bitte?«

»Ja, natürlich, Mr. Banks«, sagte sie. »Es freut mich, Ihnen helfen zu können. Gute Nacht.«

An der letzten Tür erfuhr Banks nichts Neues. Es war lange her, dass er selbst Ermittlungen von Tür zu Tür durchgeführt hatte, und er hatte es genossen. Doch jetzt ging es auf halb zwölf zu und er war müde. Draußen weckte ihn die kalte, frische Luft ein bisschen auf. Für ein paar Augenblicke stand er neben seinem Wagen, rauchte eine Zigarette und ließ sich die Ereignisse des Abends durch den Kopf gehen.

So sehr er sich auch über die Prahlereien des Mannes lustig gemacht hatte, er musste zugeben, dass Osmond der Typ war, der politisch Wellen schlug. Banks hatte eine Menge Verständnis für die Kampagne zur atomaren Abrüstung und ihre Ziele, aber er wusste, dass sie, wie so viele friedliebende, wohlmeinende Gruppierungen, manchmal wie ein Magnet auf gefährliche Opportunisten wirkte. Wo es Organisationen gab, da gab es Politik, und wo es Politik gab, da gab es das Aphrodisiakum der Macht. Vielleicht *war* Osmond in ein Komplott im Zusammenhang mit der Demonstration verwickelt gewesen. Vielleicht vertrauten seine Befehlshaber nicht darauf, dass er die Klappe hielt, und das, was heute Abend vorgefallen war, war eine Art Warnung gewesen.

Banks fiel es schwer, eine derart mysteriöse Geschichte zu schlucken, aber allein die Tatsache, dass sie im Rahmen des Möglichen lag, reichte aus, um ihm einen Angstschauer über den Rücken zu jagen. Wenn an einer Verschwörungstheorie wirklich etwas dran war, dann sah es so aus, als würden diese Leute – russische Spione, *Agents Provocateurs* oder wer immer sie waren – keinen Spaß verstehen.

Wenn das stimmte, könnte Osmond in Gefahr sein. Das kümmerte Banks zwar nicht besonders, aber es veranlasste ihn, sich um Jenny zu sorgen. Es war schon schlimm genug, dass sie mit einem Mann zusammen war, der seine frühere Freundin verprügelt hatte, doch nun bestand auch noch die Möglichkeit, dass ein paar sehr gefährliche und kaltblütige Leute hinter ihm her waren. Natürlich betraf das alles Jenny nicht direkt, sie war lediglich eine unschuldige Zuschauerin. Aber seit wann scherten sich Regierungen oder Terroristen einen Dreck um unschuldige Zuschauer?

DREIZEHN

I

Vielleicht lag es am Frühlingswetter, aber die getoasteten Teacakes des Golden Grill schmeckten Banks an diesem Sonntagmorgen außergewöhnlich gut. Burgess nahm einen mit Erdbeermus gefüllten und mit Puderzucker bestreuten Doughnut, den er in seinen Kaffee tunkte. »Auf den Geschmack bin ich in Amerika gekommen«, erklärte er, als er Banks entsetzten Blick sah. »Dunkin Donuts heißt da ein Laden. Großartig.«

»Was ist mit Boyd?«, wollte Banks wissen.

»Ich habe noch mal mit ihm gesprochen. Hat zu nichts geführt. Ich habe ihn heute Morgen laufen lassen, so wie Sie wollten. Jetzt schauen wir mal, was passiert.«

»Was haben Sie getan? Haben Sie ihn noch mal gefoltert?«

»Tja, es gibt nicht viele, die bei ihren Lügengeschichten bleiben, wenn sie mit ihrer größten Angst konfrontiert werden. So wie die Dinge jetzt liegen, könnten wir meiner Meinung nach eine Verurteilung von Boyd erreichen, ohne Probleme, aber wir würden wahrscheinlich aus dem Gerichtssaal geschmissen werden, wenn wir einen von den anderen drankriegen wollten – Osmond, zum Beispiel. Ich würde sagen, wenn wir in den nächsten paar Tagen nichts mehr rauskriegen, klagen wir Boyd einfach wegen Mordes an, und ich haue als glücklicher Mann wieder ab.«

»Was ist mit der Wahrheit?«

Burgess schenkte Banks einen Blick aus seinen Schlitzaugen. »Wir wissen nicht, dass Boyd es nicht getan hat, oder? Den Burgess-Test mal außen vor gelassen. Der ist ja auch nicht unfehlbar. Auf jeden Fall habe ich langsam die Nase davon voll, dass Sie sich die ganze verdammte Zeit als Moralapostel der Wahrheit aufspielen. Die Wahrheit ist relativ. Sie hängt von der Perspektive ab. Denken Sie daran, wir sind weder Richter noch Geschworene. Die haben nämlich zu entscheiden, wer schuldig ist und wer nicht. Wir legen nur die Beweise vor.«

»Einverstanden, aber es liegt an uns, eine Anklage einzureichen, die hieb- und stichfest ist. Allein schon deshalb, um vor Gericht nicht wie Vollidioten dazustehen.«

»Ich glaube, wenn es drauf ankommt, sind unsere Beweise gegen Boyd stichhaltig. Wie gesagt, warten wir noch ein paar Tage ab. Haben Sie noch was Interessantes auf Maggie's Klapsmühle rausgefunden?«

»Nein.«

»Diese Studenten sind mir ein Rätsel. Das sind ja noch Scheißkinder, wenn auch ziemlich freche Arschlöcher. Ihre kleinen Köpfe sind voll gestopft mit Marx, Trotzki, Marcuse und dem ganzen Scheiß. Die haben sogar ein Poster von Che Guevara an der Wand. Für mich ist Che Wichser Guevara ein brutaler, mordender, geldgeiler Schläger, der einen auf Jesus gemacht hat. Die meiste Zeit wusste ich überhaupt nicht, wovon die eigentlich rumgelabert haben, echt nicht. Und ich glaube, die hatten selbst keinen Schimmer. Andererseits sind die beiden ein ziemlich harmloses Pärchen. Ich kann mir bei beiden nicht vorstellen, dass sie den Mumm haben, Gill ein Messer zwischen die Rippen zu schieben. Das Mädchen ist allerdings nicht übel. Ein bisschen pummelig um die Hüfte, aber dafür ein Paar herrliche Titten.«

»Gestern Abend ist in Osmonds Wohnung eingebrochen worden«, sagte Banks.

»Ach?«

»Er hat es offiziell nicht gemeldet.«

»Das sollte er aber. Haben Sie mit ihm gesprochen?«

»Ja.«

»Dann hätten Sie eine Meldung machen sollen. Sie kennen die Bestimmungen.« Er grinste. »Außer Sie glauben natürlich, Bestimmungen sollten nur Leute wie ich befolgen und können von Strahlemännern wie Ihnen ignoriert werden.«

»Hören Sie«, sagte Banks und beugte sich vor, »ich mag Ihre Methoden nicht. Ich mag keine Gewalt. Wenn nötig, dann wende ich sie an, aber es gibt eine Menge subtilerer und effektiverer Wege, um Antworten von den Leuten zu kriegen.« Er lehnte sich wieder zurück und griff nach einer Zigarette. »Davon mal abgesehen, habe ich nie behauptet, ich wäre weniger schonungslos als Sie.«

Mit dem Mund voll gerade eingetunktem Doughnut prustete Burgess los.

»Egal«, fuhr Banks fort, »Osmond schien sich einen Dreck um den Einbruch zu scheren. Obwohl das ein bisschen übertrieben ist. Er dachte jedenfalls nicht daran, etwas deswegen zu unternehmen.«

»Er hat wahrscheinlich Recht. Was haben *Sie* getan?«

»Ich habe ihm gesagt, er soll sein Schloss austauschen. Gestohlen wurde nichts.«

»Nichts?«

»Nur ein Buch. Die Wohnung wurde durchsucht, aber anscheinend haben sie nicht gefunden, was sie gesucht haben.«

»Und was war das?«

»Osmond glaubt, sie könnten hinter ein paar Papieren

oder Akten her gewesen sein, die mit seiner Abrüstungskampagne zu tun haben. Er wittert da eine mysteriöse Geschichte. Wie auch immer, er lagert die meisten seiner Akten im Büro der Kampagne, und Tim und Abha haben das Material über die Demo. So wie's aussieht, treffen sie sich heute Nachmittag auf der Farm, um ihre Beschwerdestrategie zu planen. Scheint so, als hätten die Diebe ihre Zeit verschwendet, wer immer es war.«

»Wen hält er denn für die Täter? Den KGB? Die CIA?«

Banks lachte. »Irgendwen in der Kategorie, ja. Er hält sich für superwichtig, unser Mr. Osmond.«

»Er geht mir auf den Sack«, sagte Burgess und stand auf. »Aber ich werde das Arschloch noch mal aufsuchen, bevor ich fertig bin. Jetzt muss ich los und etwas Schreibarbeit aufholen. Die Idioten bei Scotland Yard wollen immer alles gleich doppelt und dreifach.«

Banks blieb noch mit seinem restlichen Kaffee sitzen und fragte sich, warum so viele Leute aus Amerika zurückkamen, wo Burgess vor ein paar Jahren an einer Konferenz teilgenommen hatte, und seltsame Essgewohnheiten und merkwürdige Redewendungen mitbrachten. Das ging einem wirklich auf den Sack!

Draußen auf der Marktstraße bummelten Touristen vor den Schaufenstern voll polierter Antiquitäten und gestrickter Wollwaren. Wann immer die Leute auf eine schnelle Tasse Tee hereinkamen, bimmelte die Klingel des Golden Grill.

Banks hatte sich um ein Uhr im Queen's Arms mit Jenny zum Essen verabredet. Also musste er noch eine Stunde totschlagen. Er trank seinen Kaffee aus und ging hinüber ins Revier. Zuerst musste er Richmonds Hilfe für eine sehr delikate Angelegenheit gewinnen.

11

Mara war gerade damit beschäftigt, Rosinenbrötchen für das Treffen am Nachmittag zu backen, als Paul in die Küche kam. Sie hob ihre mit Mehl bedeckten Hände, um zu zeigen, dass sie ihn umarmen würde, wenn sie könnte. Seth schloss ihn sofort in die Arme und drückte ihn. Mara konnte sein Gesicht über Pauls Schulter sehen und bemerkte Tränen in seinen Augen. Rick klopfte ihm auf den Rücken, und Zoe küsste seine Wange. »Ich habe die Karten gelegt«, erzählte sie ihm. »Ich wusste, dass du unschuldig bist und sie dich gehen lassen müssen.« Selbst Julian und Luna wurden von der Aufregung der Erwachsenen mitgerissen. Sie führten einen kleinen Tanz um ihn herum auf und sangen seinen Namen.

»Setz dich«, sagte Seth. »Erzähl uns, wie es dir ergangen ist.«

»Hey! Lass mich das erst zu Ende machen.« Mara deutete auf die halb fertigen Brötchen. »Die sind gleich fertig. Und außerdem war es deine Idee.«

»Wisst ihr was?«, meinte Paul. »Ich könnte eine Tasse Tee vertragen. Die Gefängnispisse war furchtbar.«

»Ich mache welchen.« Seth griff nach dem Kessel. »Dann gehen wir alle nach vorne.«

Mara machte mit den Brötchen weiter und bereitete sie für den Ofen vor. Seth setzte den Kessel auf. Die anderen gingen ins Wohnzimmer. Nur Paul blieb nervös hinter Mara stehen.

»Es tut mir Leid«, sagte er. »Ich habe …«

Sie drehte sich um und lächelte ihn an. »Vergiss es. Ich bin einfach nur froh, dass du zurück bist. Ich hätte dir vor allem nicht misstrauen sollen.«

»Ich war ein bisschen … tja, ich habe gelogen. Danke,

dass du mich trotzdem gewarnt hast. Wenigstens hatte ich eine Chance.«

Das Wasser im Kessel begann zu kochen, und Seth lief zurück, um Tee zu machen. Mara schob das Blech mit den Brötchen in den Ofen und wusch sich die Hände.

»Okay«, sagte sie und trocknete sie sich an der Schürze ab. »Ich bin fertig.«

Im Wohnzimmer schenkte Seth allen Tee ein.

»Na, dann mal los«, drängte er Paul.

»Womit denn?«

»Erzähl uns, was passiert ist.«

»Wo soll ich anfangen?«

»Wohin bist du gegangen?«

Paul zündete sich eine Players an und zupfte Tabakkrümmel von seiner Unterlippe. »Edinburgh«, sagte er. »Ich wollte zu einem alten Kumpel.«

»Hat er dir geholfen?«, fragte Mara.

Paul schnaubte. »Einen Scheiß hat er. Das Arschloch hat sich total verändert. Das Haus habe ich ganz leicht gefunden. Es war mal eines dieser miesen alten Mietshäuser, aber jetzt ist es total aufgemotzt. Pflanzenkübel im Treppenhaus und so. Egal, Ray machte die Tür auf und erkannte mich erst mal nicht. Auf jeden Fall hat er so getan. Ich erkannte ihn auch kaum wieder. Einen beschissenen Anzug hat er angehabt. Wir begrüßten uns und dann kam diese Tussi raus. Mit aufgetürmten Haaren und einem schwarzen Kleid, das bis zum Bauchnabel ausgeschnitten war. Sie hielt so ein langstieliges Weinglas mit Weißwein in der Hand, nur zur Show. ›Wer ist das, Raymond?‹, fragte sie, völlig affektiert. Da bin ich wieder die Treppen runter.«

»Du bist nicht geblieben?«, meinte Mara.

»Machst du Witze?«

»Heißt das, dein alter Freund wollte dich nicht reinlassen?«

»Der gute Raymond hat sich etabliert. Sah so aus, als hätte er gerade seinen Boss und dessen Frau eingeladen. Er ist jetzt in die Computerbranche eingestiegen und hat keinen Bock auf Leute, die ihn an seine Vergangenheit erinnern. Früher war er mal ein echt wilder Typ, aber … Egal, ich bin gegangen. Wenn ich lange genug gedrängelt hätte, hätte er mich vielleicht reingelassen und mich in einen Schrank oder so gesteckt, damit mich keiner sieht. Aber das wollte ich nicht.«

»Wohin bist du dann gegangen?«, wollte Seth wissen.

»Eine Weile lang bin ich einfach rumgelaufen, bis ich einen Pub gefunden habe.«

»Du bist doch nicht die ganze Nacht durch die Straßen gelaufen, oder?«, fragte Mara.

»Und ob! Es war saukalt da oben. Wir reden hier über Scheiß-Schottland. Am nächsten Morgen habe ich mir als Erstes einen Dufflecoat gekauft, nur damit ich mich nicht zu Tode friere.«

»Was hast du getan, nachdem du den Pub verlassen hast?«

»Ich habe dort so einen Kerl kennen gelernt«, sagte Paul und wurde rot. »Er sagte, ich könnte mit zu ihm kommen. Hey, ich weiß, was ihr denkt. Ich bin kein Scheiß-Schwuler. Aber wenn man auf der Straße ist und irgendwie versucht, sich durchzuschlagen, dann tut man, was man muss, oder? Es war auf jeden Fall ein ganz netter Kerl und er hat mir keine blöden Fragen gestellt. Außerdem war er vorsichtig, wenn ihr wisst, was ich meine.

Am nächsten Tag wollte ich nach Glasgow zu einem anderen alten Kumpel, aber dann dachte ich, scheiß drauf, am besten fahre ich direkt nach Irland. Ich habe Kumpels dort und ich glaube nicht, dass die sich verändert haben. Wenn ich bis Belfast gekommen wäre, hätte mich *niemand* gefunden.«

»Was ist denn schief gelaufen?«, wollte Seth wissen.

Paul lachte bitter auf. »Der verfluchte Fährhafen. Ich bin an so einen Kiosk gegangen und habe Kippen gekauft. Als ich weitergehe, ruft der Kerl hinter mir her. Ich kann kein Wort verstehen, wahrscheinlich wegen des schottischen Akzents, aber ein Bulle hat uns gesehen und starrt mich an. Ich werde nervös und haue ab, und das Arschloch schnappt mich.«

»Hat dich der Kioskbesitzer erkannt?«, fragte Mara. »Dein Bild war ja in den Zeitungen.«

»Nee. Ich hatte ihm nur zu viel Geld gegeben, das war alles. Er hat gerufen, weil er mir mein Scheiß-Wechselgeld geben wollte.« Paul lachte und die anderen lachten mit ihm. »In dem Moment war das gar nicht so komisch«, fügte er hinzu.

»Was hat die Polizei gemacht?«, fragte Rick.

»Sie haben mich als Komplizen angeklagt. Ich muss vor Gericht.«

»Und dann?«, fragte Mara.

Paul zuckte mit den Achseln. »Bei meiner Vorstrafe muss ich wohl wieder in den Knast. Der Bulle mit der Narbe scheint zu glauben, dass ich bei wohlwollenden Geschworenen so davonkommen könnte. Na ja, manchmal respektiert man Leute, die zu ihren Kumpels halten, oder? Er meint, er könnte die Anklage vielleicht auf Falschaussage und Widerstand gegen die Staatsgewalt runterschrauben. Dann würde ich maximal nur sechs Monate kriegen. Aber der andere Kerl hat mir gesagt, dass ich mit zehn Jahren rechnen muss. Wem glaubt ihr?«

»Wenn du Glück hast«, sagte Mara, »ist Burgess bis dahin schon weg, und Banks ist nicht so hart zu dir.«

»Was ist los mit dem? Ist er ein Weichei oder was?«

Seth schüttelte den Kopf. »Irgendwie glaube ich nicht daran. Er hat nur eine andere Technik.«

»Wenn es drauf ankommt, sind alle Bullen Arschlöcher«, meinte Rick.

Paul stimmte ihm zu. »Und was war hier los?«, fragte er.

Seth erzählte ihm von den Polizeibesuchen. »Ansonsten ist nicht viel los. Die meiste Zeit haben wir uns alle Sorgen um dich gemacht.« Er zerzauste Pauls Haar. »Ich bin froh, dass du zurück bist, Junge. Nette neue Frisur übrigens.«

Paul errötete. »Ach, verpiss dich! Also, es hat sich nichts verändert, oder?«

»Was meinst du?«, fragte Mara.

»Na, sie haben ihren Mörder immer noch nicht und sie hören nicht auf, bis sie ihn haben. Und wenn sie keinen anderen kriegen, bleibe ich die erste Wahl. Das hat dieses Arschloch von Burgess mir ziemlich klar gemacht.«

»Mach dir keine Sorgen deswegen«, sagte Seth. »Wir werden nicht zulassen, dass sie dich zur Verantwortung ziehen.«

Paul schaute auf seine Uhr. »Der Pub macht gleich auf«, sagte er. »Ich könnte ein Bier und etwas Futter vertragen.«

»Wir müssen heute sowieso auswärts essen«, sagte Mara. »Ich habe kein Mittagessen gemacht. Was ist mit dem Treffen und …«

»Welches Treffen?«, fragte Paul.

»Wir treffen uns heute Nachmittag, um über die Demo zu sprechen«, sagte Rick. »Dennis kommt mit Tim und Abha so um drei vorbei. Wir wollen uns die Aussagen ansehen, um die Brutalität der Polizei zu beweisen.«

»Ohne mich«, sagte Paul. »Ich habe genug von dieser verdammten Demo und diesen beschissenen Weltverbesserern. Alles Ärsche.«

»Du musst ja nicht dabei sein«, meinte Mara. »Wenn du nicht willst.«

»Ich glaube, ich mache einen Spaziergang«, sagte Paul und regte sich wieder ab. »In dieser Zelle eingepfercht zu sein, hat mir nicht gerade gut getan.«

»Und ich muss arbeiten«, sagte Seth. »Ich muss heute endlich diesen Sekretär fertig machen. Er hätte längst fertig sein sollen.«

»Was ist denn hier los?«, meinte Rick. »Bleibt alles an uns hängen?«

»Ich bin ja am Anfang noch dabei, keine Sorge«, sagte Seth. »Aber dann muss ich arbeiten. Außerdem hat Paul Recht. Im Black Sheep gibt es ein gutes Sonntagsessen, und ich verhungere gleich.«

Seth legte einen Arm um Paul. Die anderen standen auf und holten ihre Mäntel. Dann gingen die sieben in der frischen Frühlingsluft den Pfad hinunter nach Relton, zum letzten Mal glücklich vereint.

Nur Mara war nicht glücklich. Den anderen fiel es wohl auch auf, dachte sie, aber niemand sagte etwas. Wenn Paul nicht schuldig war, dann war es ein anderer von ihnen.

III

Jenny wartete bereits, als Banks mittags ins Queen's Arms kam. Hungrig bestellte er bei Cyril ein paar Scheiben gebratener Lammkeule. Glenys war nicht da, und Cyril schien, auch wenn er nichts sagte, besorgt zu sein.

»Also«, sagte Jenny, stützte die Ellbogen auf den Tisch und legte das Kinn in die Hände, »was gibt's Neues? Dennis hat mir erzählt, dass du vorbeigekommen bist. Danke.«

»*Er* hat mir nicht gedankt.«

Jenny lächelte. »Nun, das passt auch nicht zu ihm, oder?«

»Du hast mir vor allem nicht gesagt, dass du ihn erst dazu überredet hast, mit mir zu sprechen.«

Die Lachfältchen an ihren Augen zeigten sich. »Habe ich das nicht? Tut mir Leid. Aber hast du etwas herausgefunden?«

»Eigentlich nicht.«

»Was bedeutet das?«

»Das bedeutet nein, schätze ich. Ist dir in der Nähe von Osmonds Wohnung jemals ein blauer Escort mit zwei kräftigen Männern drin aufgefallen?«

»Nein. Hast du denn gar keine Idee, Alan?«

»Na ja, vielleicht. Sie scheint ein bisschen weit hergeholt, aber wenn ich Recht habe ...«

»Womit?«

»Es ist nur so eine Idee, mehr nicht.«

»Erzählst du sie mir?«

»Lieber nicht. Warten wir besser ab. Richmond arbeitet daran.«

»Wann weißt du Bescheid?«

»Morgen, hoffe ich.«

Das Essen wurde serviert. »Ich sterbe vor Hunger«, sagte Jenny, und beide aßen schweigend.

Als sie fertig waren, holte Banks eine neue Runde Getränke und zündete sich eine Zigarette an. Dann erklärte er seine Zweifel an Paul Boyds Schuld.

»Bist du dem wirklichen Mörder denn auf den Fersen?«, fragte Jenny.

»Sieht nicht so aus. Mit Boyd waren wir der Sache bisher am nächsten.«

»Dass Dennis ein Mörder ist, kann ich nicht glauben.«

»Ist das deine berufliche Meinung?«

»Nein. Meine Meinung als Frau.«

»Ich glaube, ich würde der Meinung mehr vertrauen, wenn sie beruflich bedingt wäre.«

Jenny wölbte ihre Augenbrauen. »Was willst du damit sagen?«

»Werde nicht wütend, das steht dir nicht. Ich will sagen, dass die Menschen – Männer wie Frauen – dazu neigen, diejenigen besonders zu schützen, zu denen sie eine Beziehung haben. Das ist ganz natürlich, und du weißt es genauso gut wie ich. Und nicht nur das, manchmal haben sie bewusst Scheuklappen oder lügen sogar, wenn es um ihre Nächsten geht. Schau, was Boyd getan hat. Wenn er den Mord wirklich nicht begangen hat, dann hat er verteufelt viel riskiert. Und erinnere dich daran, wie sich Mara verhalten hat. Egal, von welcher Seite man die Sache jetzt betrachtet, alles läuft auf Seth, Rick oder Zoe hinaus. Und Mara, Tim, Abha *und* dein Dennis kommen gleich danach.«

»Na gut. Meine berufliche Meinung ist, dass Dennis es nicht getan hat.«

»Aber was weißt du überhaupt von ihm?«

»Wie meinst du das?«

»Vergiss es.«

»Was? Komm schon. Heraus damit. Wenn ich etwas wissen sollte, dann sag es mir.«

Banks holte tief Luft. »Würdest du sagen, dass Osmond jemand ist, der Frauen schlägt?«

»Was?«

Stockend erzählte er ihr von Ellen Ventner. Je mehr er sagte, desto bleicher wurde sie. Selbst beim Reden war sich Banks seiner Beweggründe nicht sicher. Erzählte er es ihr, weil er sich Sorgen wegen ihres Umgangs mit Osmond machte, oder tat er es aus purer Eifersucht?

»Das glaube ich nicht«, wisperte sie.

»Glaube es. Es stimmt.«

»Warum erzählst du mir das?«

»Ich wollte es dir nicht erzählen. Du hast mich dazu gedrängt.«

»Du hast mich dazu veranlasst, dich zu drängen. Du musst gewusst haben, wie furchtbar demütigend das für mich ist.«

Banks zuckte mit den Achseln. Er konnte spüren, wie sich ihre Wut allmählich gegen ihn richtete. »Es tut mir Leid, das war nicht meine Absicht. Er könnte gefährlich sein, Jenny. Ich weiß nicht, wie das bei dir ist, aber ich habe Probleme, Menschen zu verstehen, die in der Öffentlichkeit schutzlose Frauen vor der Brutalität der Polizei retten und sie im Privaten verprügeln.«

»Du hast gesagt, es ist nur einmal passiert. Es besteht kein Grund, gleich ein Monster aus ihm zu machen. Was erwartest du jetzt von mir? Soll ich mit ihm Schluss machen, nur weil er einen Fehler gemacht hat?«

»Ich erwarte von dir, dass du vorsichtig bist, mehr nicht. Osmond hat einmal eine Frau geschlagen und sie ins Krankenhaus gebracht. Außerdem ist er ein Verdächtiger in einer Mordermittlung. Obendrein scheint er zu glauben, dass die CIA oder der KGB hinter ihm her sind. Ich würde sagen, das rechtfertigt ein bisschen Vorsicht, oder nicht?«

Jennys Augen funkelten. »Du hast Dennis von Anfang an nicht gemocht, stimmt's? Du hast ihm nicht einmal eine Chance gegeben. Und kaum, dass du ein bisschen Dreck über ihn herausfindest, wirfst du ihn mir vor die Füße. Was zum Teufel willst du nur damit erreichen, Alan? Du bist nicht mein Aufpasser. Ich kann auf mich selbst aufpassen. Ich brauche keinen großen Bruder, der mich beschützt.«

Sie nahm ihren Mantel, stieß ihr Glas beim Aufstehen um

und rauschte aus dem Pub. Jeder drehte sich um und starrte die beiden an. Banks spürte, wie er rot wurde. Gut gemacht, Alan, sagte er zu sich, das hast du ja wirklich großartig hingekriegt.

Er folgte ihr nach draußen, aber sie war nirgendwo mehr zu sehen. Fluchend ging er zurück in sein Büro und versuchte, sich mit Arbeit abzulenken.

Nach ein paar Fehlversuchen erhielt er schließlich eine Verbindung mit Ricks Schwägerin in ihrer Wohnung in Camden Town. Sie war ausweichend, und Banks musste ihr erst versichern, dass sein Anruf nichts mit dem Vormundschaftskampf zu tun hatte. Selbst danach klang sie nicht so, als würde sie ihm glauben.

»Ich benötige nur ein paar Informationen über Ricks Frau, das ist alles«, sagte er. »Kamen Sie immer gut mit Ihrer Schwester aus?«

»Ja«, antwortete sie. »Unser Altersunterschied ist nicht groß, deshalb haben wir uns immer unterstützt, selbst nachdem sie Rick geheiratet hat. Übrigens möchte ich nicht den Eindruck erwecken, ich hätte irgendwas gegen ihn. Er ist durch und durch egoistisch, aber das sind die meisten Männer. Künstler umso mehr. Und ich bin mir sicher, dass er ein guter Vater ist. Als sie sich getrennt haben, war Pam sicherlich unfähig, sich um Julian zu kümmern.«

»Und jetzt?«

»Sie kommt voran. Aber der Weg aus dem Alkoholismus ist weit.«

»Hatte Pam jemals Bekannte im Norden?«

»Im Norden? Guter Gott, nein. Ich glaube, sie war nie weiter nördlich als Hendon.«

»Nicht mal für einen Besuch?«

»Nein. Was kann man dort auch schon besuchen? Da gibt es doch nur Kanäle und Schlackenhalden, oder?«

»Also hat sie den größten Teil ihres Lebens entweder in London oder Cornwall verbracht?«

»Genau. Vor einigen Jahren waren sie für ein paar Monate in Frankreich. Die meisten Maler werden auf kurz oder lang von Frankreich angezogen. Aber das war's auch schon.«

»Haben Sie jemals gehört, dass sie einen Polizisten namens Gill erwähnt hat, PC Edwin Gill, Nummer 1139?«

»Ich habe sie überhaupt nie einen Polizisten erwähnen hören. Halt, da lüge ich! Sie sagte, der Dorfpub in Cornwall blieb die ganze Nacht auf, wenn der Bobby da war. Aber ich glaube nicht, dass das Ihr PC Gill war.«

»Nein«, sagte Banks, »allerdings nicht. Hat sie jemals an politischen Demonstrationen teilgenommen? In Greenham oder beim Marsch von Aldermaston oder so was?«

»Pam ist nie besonders politisch gewesen. Klugerweise, wenn Sie mich fragen. Worum geht es dabei? Man kann dem einen Haufen genauso wenig vertrauen wie dem anderen. Ist das alles, Chief Inspector?«

»Ist sie eigentlich da? Kann ich mit ihr sprechen?«

Es folgte eine kurze Pause, in der Banks am anderen Ende der Leitung gedämpfte Geräusche vernahm. Schließlich konnte er hören, wie der Hörer die Hände wechselte. Die neue Stimme war rau und matt und klang wie unter Drogen oder krank.

»Ja?«

Banks stellte ihr dieselben Fragen, die er ihrer Schwester gestellt hatte, und erhielt auch dieselben Antworten. Sie sprach zögernd und machte zwischen den einzelnen Sätzen lange Pausen.

»Ist die Polizei in diesen Kampf um die Vormundschaft verwickelt?«, fragte Banks.

»Oh, nein«, entgegnete sie. »Nur ... Sie wissen schon ... Anwälte.«

Logisch, dachte Banks. »Und Sie haben nie von Constable Gill gehört?«

»Nie.«

»Hat Ihre Schwester kürzlich Yorkshire besucht?« Banks stellte die Frage in dem Moment, in dem sie ihm einfiel. Schließlich hätte die Schwester sich irgendwie einmischen können.

»Nein. Sie war hier ... hat sich um mich gekümmert. Kann ich jetzt auflegen? Ich muss ... Ich weiß nichts.«

»Ja«, sagte Banks. »Das war alles. Danke, dass Sie sich Zeit genommen haben.«

Er legte auf und machte sich Notizen von dem Gespräch, solange es noch frisch im Kopf war. Was ihm seltsam vorkam, war, dass keine der beiden Frauen sich nach Julian erkundigt hatte und wissen wollte, wie es ihm ging. Warum, fragte er sich, wollte Ricks Frau die Vormundschaft, wenn sie sich nicht mal so sehr um das Kind sorgte? Boshaftigkeit? Rache? Julian war wahrscheinlich besser dort aufgehoben, wo er jetzt war.

Als Nächstes rief er die Polizei in Hebden Bridge an und ließ sich mit Constable Brooks verbinden.

»Tut mir Leid, dass ich Sie noch mal störe, Constable«, sagte er. »Ich hätte Sie das alles wahrscheinlich schon früher fragen sollen, aber hier ist einfach zu viel los. Können Sie mir etwas über Alison Cotton erzählen, die Frau, die bei dem Autounfall getötet wurde?«

»Ich kann mich ganz genau an sie erinnern, Sir«, sagte Brooks. »Es war mein erster Unfall und ich ... tja ... ich, äh ...«

»Ich weiß, was Sie meinen. Das geht uns allen so. Kannten Sie sie schon vor dem Unfall?«

»O ja. Sie war schon ein paar Jahre hier, seit diese Künstlertypen uns entdeckt haben, könnte man sagen.«

»Und Alison war so ein Künstlertyp?«

»Genau. Sie hat bei der Organisation von Festivals, Lesungen und solchen Sachen mitgeholfen. Sie leitete die Buchhandlung. Ich schätze, das wissen Sie bereits.«

»Was für ein Mensch war sie?«

»Sie war ein recht temperamentvolles Mädchen. Außerdem war sie richtig schön. Sie hat geschrieben. Sie wissen schon, Gedichte, Geschichten, so'n Kram. Ich habe mal versucht, einen Text von ihr in der Lokalzeitung zu lesen, aber ich wurde nicht schlau daraus. ›Miami Vice‹ oder ›Denver Clan‹ sind eher mein Ding.«

»War sie jemals in politische Angelegenheiten verwickelt – Märsche, Demos oder so etwas?«

»Tja«, sagte Brooks, »bei uns war nie viel los in dieser Richtung. Ein paar Sachen, aber nicht viel. Hauptsächlich ›Rettet die Wale‹ und ›Atomkraft? Nein danke!‹. Ich weiß nicht, inwieweit sie darin verwickelt war, aber manchmal hat sie für die Zeitung darüber geschrieben, dass man Tiere nicht wegen ihres Fells töten oder Labormäuse nicht fünfhundert Kippen am Tag rauchen lassen darf. Und über diese Frauen vor dieser Raketenbasis.«

»Die Sache in Greenham?«

»Genau. Wenn es drauf ankam, nehme ich an, war sie wohl wie die anderen. Wenn ein Zug vorbeigefahren kommt, springen alle mit drauf.«

»Jemals von einem PC Gill, 1139, aus Scarborough gehört?«

»Nur das, was ich in den Zeitungen gelesen habe, Sir. Ich hoffe, Sie schnappen das Schwein, das es getan hat.«

»Das hoffe ich auch. Wie sieht es mit Elizabeth Dale aus, einer Freundin der Cottons? Mal von ihr gehört?«

»O ja. Liz Dale hing die ganze Zeit mit den Cottons zusammen. Dicke Freunde. Mir persönlich tat es Leid um sie.

Ich meine, wenn man das Zeug immerzu braucht, ist das irgendwie eine Krankheit, oder?«

»War sie aktenkundig als Abhängige?«

»Ja. Aber sie hat uns nie Probleme gemacht. Wir haben die Drogentypen nur im Auge behalten, mehr nicht, damit sie nicht die Hälfte von dem, was sie auf Rezept kriegen, verkaufen.«

»Was war sie für ein Mensch?«

»Launisch«, sagte Brooks. »Sie kam von den Drogen los, aber danach war sie nie wieder ganz normal. Einen Tag war sie oben, den nächsten unten. Wie ein Jo-Jo. Aber sie war ein Mädchen mit festen politischen Überzeugungen.«

»Liz Dale war politisch aktiv?«

»Ja. Zumindest eine Weile lang. Bis die Sache für sie gegessen war. Wie gesagt, die sind alle auf den fahrenden Zug gesprungen.«

»Aber sie war stärker interessiert als die anderen?«

»Würde ich sagen, ja. Also Seth war immer nur teilweise interessiert. Der hat lieber an einem Stück Holz rumgewerkelt. Und Alison, wie gesagt, tja, sie besaß eine Menge Energie und sie musste irgendwo hin damit. Aber sie war mehr der private, künstlerische Typ. Doch Liz Dale mischte damals voll mit.«

»Standen sich Liz Dale und Alison Cotton besonders nahe?«

»Wie Schwestern.«

Banks dachte an die Beschwerde, die Liz Dale gegen Constable Gill eingelegt hatte. Dadurch wusste er bereits, dass sie wenigstens an einer Demonstration teilgenommen hatte und ihm über den Weg gelaufen war. Vielleicht hatte es noch andere Gelegenheiten gegeben. Alison Cotton könnte sie begleitet haben. Vielleicht war das die Verbindung, die er suchte. Aber was brachte sie ihm? Alison war tot; Reginald

Lee hatte sie überfahren, ein Unfall. Es fügte sich immer noch nicht zusammen, es sei denn, sie logen alle und Liz Dale war auf Maggie's Farm und auf der Demonstration in Eastvale gewesen. Banks kannte sie nicht, aber wenn sie drogenabhängig gewesen war, bestand die Möglichkeit, dass sie auch mal durchdrehen könnte.

»Vielen Dank«, sagte Banks. »Sie waren mir eine große Hilfe.«

»Wirklich? Na dann ...«

»Nur noch eine Sache. Wissen Sie, wo Liz Dale wohnt?«

»Tut mir Leid, da muss ich Sie enttäuschen, Sir. Sie ist vor ein paar Jahren von hier weggezogen. Ich habe überhaupt keine Ahnung.«

»Macht nichts. Trotzdem danke.«

Banks beendete das Gespräch und ging hinüber zum Fenster. Auf der gegenüberliegenden Seite des Platzes, genau vor der National Westminster Bank, war ein rostiger, blauer Mini hinten auf einen BMW geknallt, und die beiden Fahrer stritten miteinander. Automatisch rief Banks im Erdgeschoss an und bat Sergeant Rowe, jemanden hinüberzuschicken. Dann zündete er sich eine Zigarette an und begann nachzudenken.

Er musste auf jeden Fall mehr über Liz Dale erfahren. Wenn er beweisen könnte, dass sie zur Zeit der Demo in der Gegend gewesen war, dann hatte er noch jemand anderen mit einem Motiv, Gill zu schaden. Liz Dale könnte problemlos einen Tag vorher in jener Woche die Farm besucht und das Messer genommen haben. Mara sagte, in der Regel verschwendete niemand irgendeinen Gedanken an das Messer. Wenn sie von niemandem gesehen worden war, dann war sie vielleicht in das Haus gegangen und hatte es eingesteckt, als gerade alle unterwegs waren. Aber war sie überhaupt bei der Demo? Und warum sollte sie Seths Messer benutzen?

Hatte sie ein anderes Motiv als Rache? Es lag auf der Hand, dass diese Fragen am besten geklärt werden könnten, wenn man Liz Dale selbst ausfindig machte. Das dürfte sich als nicht besonders schwierig erweisen.

Als sich Constable Craig auf dem Marktplatz den beiden Autofahrern näherte, ging Banks hinüber zu seinem Aktenschrank.

IV

Mara stand mit Rick und Zoe unter dem Vordach und winkte zum Abschied Dennis Osmond und den anderen hinterher. Im Westen verdunkelte sich der Himmel, die Glut der Abenddämmerung, die sie so sehr liebte, verzauberte das Tal und breitete sich wie ein Mantel der Stille über der Landschaft aus. Am Himmel zogen Vogelschwärme vorüber, und in den Häusern unten in Relton und auf der anderen Talseite in Lyndgarth gingen auf einen Schlag die Lichter an.

»Was denkst du?«, fragte sie Rick, als sie wieder hineingingen. Der Abend war kühl. Sie rieb sich die Arme, zog dann einen Pullover an und setzte sich auf den Schaukelstuhl.

Ricks Gelenke krachten, als er sich vor den Kamin kniete, um das Feuer anzuzünden. »Ich glaube, es wird hinhauen«, sagte er. »Wir müssen die Zeitungen auf uns aufmerksam machen, vielleicht sogar das Fernsehen. Die Polizei wird wahrscheinlich versuchen, uns in Misskredit zu bringen, aber die Leute werden kapieren, worum es geht.«

Mara drehte eine Zigarette. »Ich bin froh, wenn alles vorbei ist«, sagte sie. »Die ganze Sache hat uns nichts als Ärger eingehandelt.«

»Sieh's mal positiv«, sagte Rick und drehte sich um, damit er sie anschauen konnte. »Es ist ein Schlag gegen die Polizei und ihre stümperhafte Vorgehensweise. Selbst diese Frau von der Friedensgruppe der Kirche beschimpft sie jetzt schon als Schweine.«

»Trotzdem«, sagte Mara bestimmt, »für uns alle wäre es besser gewesen, wenn nichts von alledem passiert wäre.«

»Jetzt ist ja alles in Ordnung«, sagte Zoe. »Paul ist zurück und wir sind wieder alle zusammen.«

»Ich weiß, aber ...«

Mara kam nicht gegen ihre innere Unruhe an. Es stimmte, Pauls Rückkehr hatte sie alle unendlich aufgemuntert, besonders Seth, der die ganze Zeit, seit Paul verschwunden war, mit einer Jammermiene herumgelaufen war. Aber es bedeutete keineswegs das Ende. Die Polizei würde nicht ruhen, bis sie jemanden wegen des Mordes verhaftet hatte, und sie hatten die Farm im Visier. Paul könnte immer noch als Mitschuldiger im Gefängnis landen, was eine schwer wiegende Anklage war, wie Mara nun begriff. Sie fragte sich, ob Banks auch sie anklagen würde. Er war nicht dumm; er musste wissen, dass sie Paul gewarnt hatte, als Crocker das Messer gefunden hatte. Alles war ins Wanken geraten. Es bestand die Möglichkeit, alles zu verlieren, ihren Seelenfrieden und die Ausgeglichenheit, nach der sie so lange gesucht hatte. Und auch die Kinder. Daran durfte man gar nicht denken.

»Lass den Kopf nicht hängen!« Rick kroch auf allen vieren zu ihr und schob ihr Kinn hoch. »Lass uns eine Party machen, um Pauls Entlassung zu feiern! Wir laden jeden ein, den wir kennen, und bringen mal wieder Musik und Lachen ins Haus, was meinst du?«

Mara lächelte. »Vielleicht hast du Recht.«

»Wo ist Paul überhaupt?«, wollte Zoe wissen.

»Er ist in der Heide spazieren«, sagte Mara. »Ich nehme

an, er genießt einfach nur seine Freiheit.« Fast hätte sie hinzugefügt, »solange er sie noch hat«, aber sie sagte sich, dass Rick Recht hatte. Sie sollte wenigstens versuchen, sich zu amüsieren, solange alles gut ging.

»Seth wollte heute Nachmittag auch nicht viel mit uns zu tun haben«, klagte Rick.

»Sag doch nicht so was«, meinte Mara. »Er ist mit seiner Arbeit in Verzug geraten. Die Sache mit der Polizei hat auch ihm zu schaffen gemacht. Hast du nicht gemerkt, wie bedrückt er war? Und du weißt, was für ein Perfektionist er ist und wie gewissenhaft er Termine einhält. Nein, ich glaube, er ist sehr erleichtert, dass Paul zurück ist. Er hat von den Nachwirkungen dieser verfluchten Demonstration genauso die Nase voll wie ich.«

»Wir müssen uns bemühen und etwas Gutes daraus machen«, behauptete Rick und legte Kohlen auf das aufgeschichtete Zeitungspapier und die Holzspäne. »Verstehst du das nicht?«

»Doch. Ich glaube nur, dass wir uns alle ein wenig davon erholen müssen, das ist alles.«

»Der Kampf geht weiter. Erholung gibt es nicht.« Rick zündete das Feuer an verschiedenen Stellen an und stellte ein Stück Sperrholz davor, um es zu trocknen. Hinter dem Brett prasselten die Flammen hoch wie ein Wirbelwind. An den Rändern konnte es Mara rot züngeln sehen.

»Sei vorsichtig«, sagte sie. »Du weißt, wie wild es bei dem Wind hier oben brennt.«

»Ernsthaft«, sagte Rick und behielt das Sperrholzschild im Auge, »wir können jetzt nicht aufhören. Ich kann deine fehlende Begeisterung verstehen, aber du musst einfach mal alles abschütteln. Seth und Paul auch. Man erreicht gegen die Unterdrücker überhaupt nichts, wenn man alles hinschmeißt, weil man die Nase voll hat.«

»Manchmal frage ich mich, ob man überhaupt jemals etwas erreicht«, murmelte Mara.

Ihr war bewusst, dass sie sich jetzt, da sie mit Maggie's Farm ihre Heimat gefunden hatte, weniger Sorgen um die Leiden der Welt machte. Sie war nicht uninteressiert geworden und wäre immer noch ziemlich glücklich damit gewesen, Aufrufe für Amnesty International zu schreiben oder Petitionen zu unterzeichnen, aber die Teilnahme an Kundgebungen, Versammlungen und Demonstrationen war nicht ihr Lebensinhalt. Verglichen mit der Farm, den Kindern und ihrer Töpferei erschien ihr das alles weit entfernt und zwecklos. Die Menschen würden nie damit aufhören, grausam miteinander umzugehen. Aber hier gab es einen Ort, der ihr Platz für Liebe ließ. Warum sollte er durch die verkommene Welt der Politik und Gewalt verpestet werden?

»Woran denkst du?«

»Was? Oh, entschuldige, Zoe. Ich habe nur geträumt.«

»Träume sind in Ordnung.«

»Solange man nicht erwartet, dass sie ohne harte Arbeit wahr werden«, fügte Rick hinzu.

»Ach, sei still!«, sagte Mara. »Komm doch einfach mal zur Ruhe, Rick. Tun wir wenigstens für ein paar Stunden so, als wäre alles in Ordnung.«

Ricks Kinnlade klappte herunter. »Habe ich das nicht von Anfang an gesagt?« Dann schüttelte er den Kopf und brummte etwas Abfälliges über Frauen. Mara hatte keine Lust, sich ihn deshalb vorzuknöpfen.

In dem Augenblick flog die Küchentür auf und Paul stand da, kreideweiß und zitternd. Mara sprang auf. »Paul! Was ist? Was ist los?«

Zuerst konnte er nicht sprechen. Er lehnte nur gegen den Türpfosten und versuchte, Worte hervorzupressen. Mittlerweile stand Rick neben ihm, und Zoe hatte seine Hand genommen.

»Was ist denn, Paul?«, fragte sie ihn sanft. »Hol erst mal tief Luft. Und dann erzähl es uns.«

Paul folgte ihrem Rat, machte ein paar Schritte und ließ sich auf die Kissen fallen. »Es geht um Seth«, sagte er schließlich und zeigte hinaus zum Garten. »Ich glaube, er ist tot.«

VIERZEHN

I

Banks und Burgess liefen durch den dunklen Garten zu Seths Werkstatt, hinter deren angelehnter Tür eine nackte Glühbirne leuchtete. Normalerweise hätten sie sich dem Tatort vorsichtiger genähert, aber es war trocken und zum Schuppen führte ein Steinpfad durch die Gemüsebeete, sodass mit Fußabdrücken kaum zu rechnen war.

Burgess drückte langsam die Tür auf, und sie traten ein. In den Geruch nach gehobeltem Holz und Lack mischte sich der widerliche, metallische Blutgestank. Beide Männer waren schon oft genug damit konfrontiert gewesen, um ihn sofort zu erkennen.

Zuerst blieben sie an der Türschwelle stehen, um den Tatort als Ganzes zu erfassen. Seth befand sich genau vor ihnen. In seinem sandfarbenen Kittel war er über seiner Werkbank zusammengesackt. Sein Kopf lag in einer kleinen Blutlache auf der Arbeitsfläche, seine Arme baumelten herab. Von dort, wo Banks stand, sah es so aus, als wäre er mit dem Kopf gegen den Schraubstock geschlagen, der ein wenig links von ihm an die Werkbank geklemmt war. Auf dem Betonboden in der rechten Ecke stand ein kleiner Sekretär im Queen-Anne-Stil, dessen satter, glänzender, nussbrauner Anstrich noch nicht getrocknet war. Auf der anderen Seite der Werkstatt erleuchtete eine weitere nackte

Glühbirne den Bereich, den Seth für seine Büroarbeit genutzt hatte.

Als Banks einen Schritt weiter ging, bemerkte er, dass er in etwas Klebriges und Schmieriges getreten war. Die Glühbirne war nicht besonders stark und der größte Teil des Bodens um Seth herum lag im Halbdunkeln. Banks ging in die Knie und sah, dass das, was er erst für einen Schatten gehalten hatte, in Wirklichkeit mehr Blut war. Seths Füße standen im Zentrum einer großen Blutpfütze. Aber es war nicht aus der Kopfwunde geflossen, stellte Banks fest, als er die Werkbank erneut untersuchte. Die Blutung am Kopf war nicht besonders stark gewesen, und es schien kein Blut über die Kante getropft zu sein. Er bückte sich wieder und entdeckte ein dünnes, röhrenförmiges Objekt, vielleicht ein Kugelschreiber oder ein Bleistift, das da in der Lache schwamm. Er beschloss, es liegen zu lassen, damit sich die Leute von der Spurensicherung darum kümmern konnten. Sie waren unterwegs von Wetherby und wurden kurz nach Dr. Glendenning und Peter Darby, dem jungen Fotografen, erwartet. Die beiden hatten es nicht so weit.

Ohne die Leiche anzurühren, ging Banks vorsichtig ans Ende der Werkstatt, wo auf dem Schreibtisch neben dem Aktenschrank die alte Remington stand. In der Schreibmaschine war ein Blatt Papier eingespannt. Banks beugte sich nach vorn und konnte so die Nachricht lesen: »Ich habe es getan. Ich habe den Polizisten Gill getötet. Das war falsch von mir. Ich weiß nicht, was in mich gefahren war. Der Ärger, den ich verursacht habe, tut mir Leid. Dies ist die beste Lösung. Seth.«

Er rief Burgess zu sich und zeigte ihm die Notiz.

Burgess hob seine Augenbrauen und pfiff leise durch die Zähne. »Also Selbstmord?«

»Sieht so aus. Glendenning kann uns sicherlich mehr sagen.«

»Wo zum Teufel bleibt dieser verfluchte Doktor überhaupt?«, beschwerte sich Burgess und schaute auf seine Uhr. »Das kann doch nicht so lange dauern. In dieser Gegend ist doch alles ein Katzensprung.«

Burgess und Glendenning hatten sich noch nicht kennen gelernt, und Banks konnte es kaum abwarten, Dirty Dick dabei zu erleben, wie er seine aggressive Arroganz bei dem Doktor ausprobierte. »Kommen Sie«, sagte er, »bis die anderen da sind, können wir hier drinnen nichts mehr tun. Wir verwischen nur die Spuren. Gehen wir raus und rauchen eine.«

Die beiden verließen die Werkstatt und blieben draußen in der kühlen Abendluft stehen. Banks wusste, dass Glendenning rauchte, wo immer er wollte, und dass noch niemand es jemals gewagt hatte, etwas dagegen zu sagen. Aber er war ja auch einer der besten Pathologen des Landes und kein einfacher Chief Inspector oder Superintendent.

Vom Eingang des Schuppens konnten sie das Küchenlicht im Haus sehen. Jemand füllte einen Kessel, es sah nach Zoe aus. Mara hatte die Nachricht von Seths Tod so schlecht aufgenommen, dass Rick für sie den hiesigen Arzt rufen musste. Er hatte auch das Revier in Eastvale angerufen, was Banks bei Ricks üblicher Feindseligkeit überraschte. Aber Seth Cotton war tot, daran hatte es keinen Zweifel gegeben, und Rick wusste wahrscheinlich, dass man eine Untersuchung nicht vermeiden konnte. Es war sinnvoller gewesen, sofort etwas zu unternehmen, als später erklären zu müssen, warum man den Schritt hinausgeschoben hatte. Banks überlegte, ob er hineingehen sollte, um sich mit ihnen zu unterhalten, beschloss dann aber, ihnen noch etwas Zeit zu lassen. Wenn Glendenning und die Spurensicherung ihre

Arbeit beendet hatten, würden sie wahrscheinlich über den ersten Schock hinweg sein.

Schließlich ging die Hintertür des Wohnhauses auf und der große, weißhaarige Doktor durchquerte mit einem Zigarettenstummel im Mundwinkel den Garten. Dicht hinter ihm folgte ein frech aussehender Junge, über dessen Schulter eine Kameratasche hing.

»Das wurde aber auch langsam Zeit«, sagte Burgess.

Glendenning schenkte ihm einen abweisenden Blick und blieb vor der Tür stehen, um Darby seine Arbeit tun zu lassen. Banks und Burgess gingen zurück in die Werkstatt, um darauf zu achten, dass er alles fotografierte, also auch das Blut auf dem Boden, den Kugelschreiber oder Bleistift, den Queen-Anne-Sekretär sowie die Schreibmaschine. Als Darby fertig war, kam Glendenning herein. Er war so groß, dass er sich unter der Tür ducken musste.

»Passen Sie auf das Blut auf«, warnte ihn Banks.

»Und am Tatort wird nicht geraucht«, fügte Burgess hinzu. Er erhielt keine Antwort.

Banks musste lächeln. »Nur die Ruhe«, sagte er. »Der Doktor macht sowieso, was er will.«

Burgess knurrte, hielt aber den Mund, während Glendenning den Puls fühlte und mit seinem Stethoskop und Thermometer herumhantierte.

Ungefähr eine Viertelstunde später, als Glendenning immer noch Berechnungen in seinem kleinen roten Notizbuch anstellte, traf angeführt von Vic Manson, dem Spezialisten für Fingerabdrücke, das Team der Spurensicherung ein. Manson war ein zierlicher Akademikertyp Anfang vierzig. Fast glatzköpfig, hatte er die wenigen noch vorhandenen Haare fein säuberlich quer über seinen Schädel verteilt, was den Eindruck von Gitterstäben erzeugte, die Schatten auf ein Ei warfen. Er kam mit seinem Team in die Werkstatt und grüßte die beiden Ermittler. Sobald er sich einen Überblick verschafft hatte, wendete er sich an Banks. »Beschissener Ort, um nach Fingerabdrücken zu suchen«, sagte er. »Zu viel raue Oberflächen. Und Werkzeuge. Haben Sie eine Ahnung, wie schwer es ist, Abdrücke von ständig benutzten Werkzeugen zu kriegen?«

»Ich weiß, dass Sie Ihr Bestes tun werden, Vic«, sagte Banks. Er nahm an, dass Manson verärgert war, weil man ihn an einem Sonntagabend gestört hatte.

Manson knurrte und machte sich gemeinsam mit seinen Kollegen an die Arbeit. Sie nahmen Blutproben und untersuchten alles, was sie sonst noch finden konnten.

Banks und Burgess gingen wieder nach draußen und zündeten sich noch eine Zigarette an. Wenige Minuten später gesellte sich Glendenning zu ihnen.

»Was haben Sie rausgefunden, Doc?«, wollte Burgess wissen.

Glendenning schenkte ihm keine Beachtung und sprach unmittelbar Banks an. »Er ist tot, mehr kann ich im Moment nicht sagen.«

»Kommen Sie, Doc!«, sagte Burgess. »Sicherlich können Sie uns mehr sagen.«

»Können Sie Ihren aufdringlichen Freund hier bitten, nur für einen winzigen Moment mal die Klappe zu halten?«, sagte Glendenning zu Banks mit ruhiger, rauchiger Stimme, die mit Edinburgher Akzent getränkt war. »Und sagen Sie ihm, er soll mich nicht Doc nennen.«

»Himmel Herrgott.« Burgess schnippte den Stummel seiner Zigarre auf ein Gemüsebeet und vergrub die Hände in seinen Taschen. Wie gewöhnlich trug er seine Lederjacke über einem am Hals offenen Hemd. Das einzige Zugeständnis, das er der Kälte gemacht hatte, war ein Pullover mit V-Ausschnitt. Jetzt in der Dunkelheit schwebten ihre Atemwolken in der Luft und wurden vom unheimlichen Schein der nackten Glühbirne aus der Werkstatt erleuchtet.

Glendenning zündete sich eine Zigarette an und wendete sich wieder an Banks, der genau wusste, dass man ihn nicht drängen durfte. »Für mich sieht es so aus«, sagte der Doktor langsam, »dass die Kopfwunde nicht schlimm genug war, um zum Tode zu führen. Ich kann mich nicht dafür verbürgen, aber ich glaube nicht, dass es sich um Schädelbruch handelt.«

Banks nickte. »Was war Ihrer Meinung nach die Todesursache?«

»Blutverlust. Und er hat es aus den Knöcheln verloren.«

»Aus den Knöcheln?«

»Ja«, fuhr Glendenning fort. »Die Adern auf der Innenseite jedes Knöchels wurden aufgeschnitten. Ich habe eine Klinge gefunden, höchstwahrscheinlich von einem Hobel. Sie lag im Blut, und es sieht so aus, als wenn sie dafür benutzt wurde. Natürlich muss ich das noch überprüfen.«

»Dann war es Selbstmord?«, fragte Burgess.

Glendenning ignorierte ihn und sprach weiter ausschließlich mit Banks. »Die meisten Selbstmörder mit einer Schwäche für einen blutigen Tod«, sagte er, »schneiden sich die Handgelenke auf. Die Knöchel jedoch sind genauso wirkungsvoll, wenn nicht noch mehr. Ob er sich aber die Wunden selbst zugefügt hat oder nicht, kann ich nicht sagen.«

»Er hat schon mal einen Selbstmordversuch unternommen«, sagte Banks. »Und es gibt einen Abschiedsbrief.«

»Tja, das gehört in Ihren Zuständigkeitsbereich, oder?«

»Was kam zuerst«, fragte Banks, »die Kopfverletzung oder die aufgeschnittenen Knöchel?«

»Auch das kann ich nicht sagen. Er könnte mit dem Kopf aufgeschlagen sein, als er das Bewusstsein verlor, oder aber jemand hat ihm den Kopf eingeschlagen und dann die Knöchel aufgeschlitzt. Wenn beides kurz hintereinander passiert ist, wird man auch kaum sagen können, was zuerst kam. Es sieht so aus, als wäre die Kopfwunde durch den Schraubstock verursacht worden. Ich habe Blut daran festgestellt. Aber natürlich muss man prüfen, ob es übereinstimmt. Und der Schraubstock muss mit der Form der Wunde verglichen werden.«

»Wie lange ist er schon tot?«, fragte Banks. »Schätzungsweise.«

Glendenning lächelte. »Sie lernen dazu, mein Junge«, sagte er. »Man kann immer nur schätzen.« Er zog sein Notizbuch zu Rate. »Nun, die Leichenstarre ist nicht viel weiter als bis zum Hals geschritten, und die Körpertemperatur ist um 2,5 Grad abgesunken. Ich würde sagen, er ist nicht länger als zwei oder drei Stunden tot.«

Banks schaute auf seine Uhr. Es war sechs Uhr. Also war Cotton wahrscheinlich zwischen drei und vier Uhr am Nachmittag gestorben.

»Der Krankenwagen wird bald hier sein«, sagte Glendenning. »Ich habe ihn gerufen, bevor ich losgefahren bin. Ich tüte besser Kopf und Füße ein, bevor sie hier sind. Wir wollen uns doch von einem doofen, jungen Krankenwagenfahrer das Beweisstück nicht ruinieren lassen, oder?«

»Können Sie heute Nacht noch die Obduktion machen?«, fragte Banks.

»Tut mir Leid, mein Junge. Wir haben die Tochter und den Schwiegersohn übers Wochenende zu Besuch. Gleich morgen früh?«

Banks nickte. Ihm war klar, dass sie in der Vergangenheit von Glendennings Eifer, die Autopsie sofort anzugehen, verwöhnt worden waren. Es war üblicher, bis auf den nächsten Tag vertröstet zu werden. Und bei Glendenning bedeutete gleich morgen früh wohl tatsächlich sehr früh.

Der Doktor ging wieder in den Schuppen, wo Manson und seine Männer gerade zum Ende kamen. Kurze Zeit später traf der Krankenwagen ein, und zwei weiß bekittelte Männer kamen mit einer Bahre zur Werkstatt herein. Mit seinem Kopf in einer Plastiktüte sah Seth jetzt seltsam komisch aus. Wie eine dieser Kreaturen aus einem Horrorfilm der fünfziger Jahre, dachte Banks. Die Sanitäter hängten ihm ein Schildchen um, steckten ihn in einen Leichensack und legten ihn auf die Bahre.

»Gehen Sie bitte durch den Seitenausgang«, bat Banks und zeigte auf die große Pforte in der Gartenmauer. »Im Haus sind alle schon geschockt genug und müssen das nicht auch noch sehen.«

Die Sanitäter nickten und gingen.

Manson kam fünf Minuten später heraus. »Eine Menge Abdrücke«, brummte er, »aber mit den meisten kann man nichts anfangen, genau wie ich dachte. Auf den ersten Blick würde ich allerdings sagen, sie gehören nur zu zwei oder drei Personen, nicht mehr.«

»Die von Seth haben Sie ja«, sagte Banks, »und die von Boyd und einigen der anderen wahrscheinlich auch. Konnten Sie etwas über die Klinge herausfinden?«

Manson schüttelte den Kopf. »Tut mir Leid. Sie war vollständig mit Blut bedeckt. Und das Blut hat sich mit dem Sägemehl auf dem Boden zu einer Paste vermischt. Eine klebrige Angelegenheit. Um weiterzukommen, muss man das alles abwischen, aber wenn man das macht ...« Er zuckte mit den Achseln. »Egal, der Doktor hat sie mitgenommen, um sie mit den Wunden zu vergleichen.«

»Was ist mit der Schreibmaschine?«

»Ziemlich verdreckt, aber vielleicht können wir was damit anfangen. Mit dem Papier auch. Wir können es mit Graphit behandeln.«

»Sagen Sie mal, im Labor gibt es doch einen Experten für Handschriften, oder?«

»Sicher. Geoff Tingley. Der kann was.«

»Kennt er sich auch mit Maschinenschrift aus?«

»Natürlich.«

Banks führte Manson zurück in die Werkstatt und beugte sich über die alte Remington. Der Abschiedsbrief lag jetzt daneben. Auf dem Schreibtisch lag außerdem ein Geschäftsbrief, den Seth kürzlich geschrieben und nicht abgeschickt hatte. »Sehr geehrter Mr. Spelling«, stand dort, »ich bin sehr dankbar dafür, dass Sie die Qualität meiner Arbeit zu schätzen wissen, und hätte bestimmt keine Einwände, wenn Sie sie in der Gegend von Wharfedale weiterempfehlen. Da ich, wie Sie sicherlich bemerkt haben, immer den Anspruch habe, sowohl Termine als auch Qualitätsstandards einzuhalten, und dies ein Ein-Mann-Betrieb ist, muss ich die Menge der Aufträge, die ich annehme, in Grenzen halten.« Der Brief lief darauf hinaus, dass Mr. Spelling nur die besten Jobs für Seth aussuchen und ihn nicht mit einem Haufen kleiner Reparaturen und Aufträgen für Streichholzhalter oder Lampenständer belästigen sollte.

»Können Sie Mr. Tingley bitten, diese beiden Briefe zu vergleichen und uns dann Bescheid zu geben, ob sie von ein und derselben Person getippt wurden?«

»Sicher.« Manson schaute sich die beiden Briefe an. »Spontan würde ich sagen, sie sind nicht von derselben Person getippt worden. Diese alten Schreibmaschinen haben alle ihre Macken, stimmt schon, aber derjenige, der tippt, auch. Schauen Sie sich zum Beispiel mal diese ›e‹s an.«

Banks sah sie sich an. Die ›e‹s in Seths Geschäftsbrief waren stärker aufgedrückt als diejenigen in seinem Abschiedsbrief.

»Doch warten wir besser auf die Meinung eines Experten«, fuhr Manson fort. »Wenn er Selbstmord gemacht hat, kann man seine Verfassung wohl nicht als normal bezeichnen.« Er schob jedes Blatt in einen Umschlag. »Ich werde versuchen, dass Geoff sich gleich als Erstes morgen früh darum kümmert.«

»Danke, Vic.« Banks führte ihn wieder nach draußen.

Die Hände immer noch in seinen Taschen, stand Burgess vor der Tür neben Peter Darby, der ihm gerade die Polaroids zeigte, die er gemacht hatte, bevor er mit der richtigen Arbeit begonnen hatte. Als Banks und Manson hinzukamen, hob Burgess die Augenbrauen. »Fertig?«

»So ziemlich«, sagte Banks.

»Dann wird es Zeit für ein Gespräch mit denen da drinnen.« Burgess deutete mit einem Kopfnicken zum Haus.

»Gehen wir es ruhig an«, meinte Banks. »Das muss ein fürchterlicher Schock für sie gewesen sein.«

»Wenn Cotton ermordet wurde, dann für einen vielleicht nicht. Aber keine Sorge, ich werde sie nicht auffressen.«

Im Wohnzimmer saßen Zoe, Rick, Paul und die Kinder mit der Ärztin, einer jungen Allgemeinmedizinerin aus Relton, beim Tee. Im Kamin loderte ein Feuer, und auf den weiß getünchten Wänden tanzten die Schatten von Kerzen. Im Hintergrund lief leise Musik. Banks meinte, Bachs drittes *Brandenburgisches Konzert* zu erkennen.

»Mara hat Beruhigungsmittel bekommen«, sagte Rick. »Sie können nicht mit ihr sprechen.«

»Das ist richtig«, stimmte ihm die Ärztin zu, nahm ihre Tasche und griff nach ihrem Mantel. »Ich dachte, ich warte und sage Ihnen Bescheid. Es hat sie sehr mitgenommen, deshalb habe ich ihr ein Beruhigungsmittel gegeben und sie ins Bett gesteckt. Morgen früh komme ich wieder vorbei und sehe nach ihr.«

Banks nickte, und die Ärztin verschwand.

»Wie wär's mit einem Tee?«, sagte Burgess, klatschte in die Hände und rieb sie aneinander. »Da draußen ist ein echtes Sauwetter.«

Rick sah ihn nur finster an, doch Zoe brachte zwei Tassen und schenkte das dampfende Getränk ein.

Burgess lächelte zu ihr hinab. »Bitte drei Stück Zucker und einen Spritzer Milch, Schätzchen.«

»Was ist passiert?«, fragte Zoe und rührte den Zucker um. Vom Weinen waren ihre Augen rot und geschwollen.

»Das wollen wir von Ihnen wissen«, sagte Burgess. Er war tatsächlich ziemlich höflich, fiel Banks auf. »Wir wissen nur, dass Seth Cotton tot ist und dass es nach Selbstmord aussieht. War er in letzter Zeit niedergeschlagen?« Er trank einen Schluck Tee und prustete sofort los. »Was zum Teufel ist denn das?«

»Red Zinger«, sagte Zoe. »Koffeinfrei. Den sollte man eigentlich nicht mit Milch und Zucker trinken.«

»Das hätten Sie mir auch gleich sagen können.« Burgess schob den Tee beiseite. »Also, war er niedergeschlagen?«

»Als Paul im Gefängnis war, war er betrübt«, antwortete Zoe. »Aber heute Morgen hat sich seine Laune gebessert. Er machte heute einen so glücklichen Eindruck.«

»Und er hat nie davon gesprochen, mit allem Schluss zu machen?«

»Nie.« Zoe schüttelte den Kopf.

»Ich habe gehört, Sie hatten heute Nachmittag so eine Art Versammlung«, sagte Banks. »Wer war hier?«

Rick betrachtete ihn misstrauisch, sagte aber nichts.

»Nur Dennis Osmond, Tim und Abha, mehr nicht«, antwortete Zoe.

»Wann waren sie hier?«

»Sie sind ungefähr um halb drei gekommen und so um fünf wieder gegangen.«

»Waren Sie alle anwesend?«

Zoe schüttelte den Kopf. »Seth blieb nur ein paar Minuten und ging dann … an seine Arbeit.«

»Und ich bin spazieren gegangen«, sagte Paul trotzig. »Ich brauchte etwas frische Luft, nachdem ich so lange in Ihrem Scheiß-Knast eingesperrt war.«

»Du wirst noch viel länger drinsitzen, wenn du weiterhin so frech bist, Freundchen«, sagte Burgess.

»Hast du die Leiche gefunden?«, fragte Banks.

»Ja.«

»Nicht so schüchtern. Erzähl uns, wie es war«, half ihm Burgess auf die Sprünge.

»Da gibt es eigentlich nichts zu erzählen. Als ich von meinem Spaziergang zurückkam, dachte ich, ich schaue kurz bei Seth vorbei und gucke, was er gerade macht. Ich habe ihm ja oft geholfen. Ich war so eine Art Lehrling. Als ich die Tür aufmachte …«

»War die Tür zu?«, fragte Burgess.

»Ja. Aber nicht abgeschlossen. Seth hat nie abgeschlossen.«

»Und was hast du gesehen?«

»Sie wissen, was ich gesehen habe. Er hing über seiner Werkbank, tot.«

»Woher wusstest du, dass er tot war? Hast du seinen Puls gefühlt?«

»Nein, natürlich nicht. Ich habe das Blut gesehen. Ich habe seinen Namen gerufen und keine Antwort gekriegt. Ich wusste es einfach.«

»Hast du etwas angefasst?«, wollte Banks wissen.

»Nein. Ich bin hierher gerannt und habe es den anderen erzählt.«

»Bist du in die Nähe der Schreibmaschine gekommen?«

»Warum sollte ich? Ich habe das blöde Ding nicht mal

bemerkt. Alles, was ich gesehen habe, war Seth, der tot war.«

Es war schwer zu beurteilen, ob er die Wahrheit sagte oder nicht. Der Schock des Erlebten machte seine Antworten unbestimmt und defensiv.

»Du hast also alles so gelassen, wie du es vorgefunden hast?«, sagte Banks.

»Ja.«

»Heute Nachmittag, während der Versammlung«, fragte Burgess, »hat da jemand für bestimmte Zeit den Raum verlassen?«

»Irgendwann sind wir alle mal rausgegangen«, sagte Zoe. »Sie wissen schon, um auf die Toilette zu gehen, sich die Beine zu vertreten, warum auch immer.«

»Ist jemand länger weggewesen?«

»Keine Ahnung. Wir haben uns unterhalten. Ich kann mich nicht erinnern.«

»Also hätte jemand, sagen wir, zehn Minuten weg sein können?«

»Wahrscheinlich.«

»Ich weiß, dass Sie alle furchtbar damit beschäftigt waren, betroffene Bürger zu spielen«, sagte Burgess, »aber einer von Ihnen wird doch wohl bemerkt haben, ob jemand zu lange weg war, oder?«

»Hören Sie«, mischte sich Rick ein, »ich dachte, Sie hätten gesagt, es war Selbstmord. Weshalb stellen Sie dann diese Fragen?«

»Ich sagte, es *sieht* wie Selbstmord *aus*«, entgegnete Burgess kalt. »Und außerdem stelle ich jede verdammte Frage, die ich für notwendig halte, und kann auf Kommentare von Ihnen gut verzichten, Leonardo, vielen Dank auch.«

»Hat jemand von Ihnen in der fraglichen Zeit heute Nachmittag die Schreibmaschine gehört?«, fragte Banks.

»Nein«, antwortete Zoe. »Aber die hätten wir sowieso nicht gehört. Die Wände sind dick, und die Werkstatt liegt ganz am anderen Ende des Gartens. Sie haben ja gesehen, wo sie ist. Wir waren alle hier vorne. Von hier konnten wir auch nie hören, wenn Seth mit der Säge oder dem Bohrer gearbeitet hat.«

Banks schaute Burgess an. »Sonst noch was?«

»Im Moment fällt mir nicht mehr ein«, sagte der Superintendent, der sich nach seinem kurzen Scharmützel mit Rick wieder beruhigt hatte. »Ich möchte nicht, dass irgendjemand von Ihnen irgendwohin abhaut, verstanden?«, fügte er hinzu, drohte mit seinem Finger und sah Paul besonders streng an. »Wenn morgen die Ergebnisse der Obduktion vorliegen, wird es mehr Fragen geben, also halten Sie sich zur Verfügung, und zwar alle.«

Banks und Burgess ließen sie mit ihrer Trauer allein. In der kühlen Dunkelheit sahen die Lichter von Relton unten im Tal richtig einladend aus.

»'n Bier?«, schlug Burgess vor.

»Wollte ich auch grad sagen«, meinte Banks. Sie stiegen in den Cortina und holperten den Weg hinunter zum Black Sheep.

II

Das Kissen fühlte sich wie eine Wolke an, das Bett wie Watte. Mara lag im dämmerigen Halbschlaf auf dem Rücken. Als sie die Nachricht von Seths Tod gehört hatte, war sie völlig außer Fassung geraten. Unkontrolliert waren ihr die Tränen aus den Augen geschossen, ihr Herz hatte wild zu schlagen begonnen und ihr Hals war wie zugeschnürt, sodass sie keine Luft mehr bekam. Doch die Spritze der Ärztin hatte sich all dessen angenommen und die Angstanfälle und Panikattacken gegen Wolken und Watte eingetauscht.

Von unten konnte sie wie aus weiter Entfernung die gedämpften Stimmen hören. Es erinnerte sie an die Zeit, als Seth und Liz Dale lange aufgeblieben waren und miteinander geredet hatten. Wie eifersüchtig und unsicher sie damals gewesen war. Aber Liz war schon lange verschwunden, und Seth, so hatte man ihr gesagt, war tot.

Tot. Der Gedanke drang durch den Nebel des Beruhigungsmittels nicht vollständig in ihr Bewusstsein vor. Eigentlich müsste sie noch weinen und nach Atem ringen, dachte sie, doch stattdessen fühlte sich ihr Körper bleischwer an und sie konnte sich kaum bewegen. Ihre Gedanken schienen ein Eigenleben zu führen, wanderten von einem Ereignis zum anderen und wählten einzelne aus. Wie diese mechanischen Miniaturkräne auf der Kirmes am Meer, die in einen Haufen billiger Schmuckstücke und Süßigkeiten griffen. Man steckte einen Penny hinein, einen echten Penny, groß und schwer, und der Kran tauchte mit seinem Greifarm in den Glaskasten. Mit einem Knopf konnte man den Arm schwenken und dann in den Haufen der diversen Trophäen greifen lassen. Wenn man Glück hatte, bekam man einen Schokoladenriegel, ein Feuerzeug oder einen billigen Ring zu fassen; wenn nicht, kam die Metallkralle leer wieder zurück und man hatte sein Geld verschwendet. Mara hatte nie etwas gewonnen. Das war auch nur gut so, hatte ihr Vater immer gesagt: Die Schokolade ist schlecht für die Zähne, zum Rauchen bist du noch zu jung und diese Ringe werden deinen Finger innerhalb einer Woche grün färben.

Doch jetzt schien in ihrem Kopf eine solche Maschine zu arbeiten, eine, die sie nicht kontrollieren konnte. Sie umkreiste ihr Leben, stürzte dann herab und schnappte sich die Erinnerung an ihr erstes Treffen mit Seth. Als sie gerade den Ashram verlassen hatte und unbedingt aus London weg wollte, hatte Mara die Wohnung eines Freundes in Eastvale übernommen, der nach Kanada ausgewandert war.

Sie brauchte einen Job und beschloss, bevor sie wieder auf ihre Fähigkeiten als Sekretärin zurückgriff, die mittlerweile schon ziemlich eingerostet waren, etwas Handwerkliches zu suchen. Glücklicherweise hörte sie von Elsbeths Laden in Relton und stellte sich gleich dort vor. Dottie, der die Töpferwerkstatt gehörte, war gerade zu krank geworden, um zu arbeiten, und so bekam Mara einen Job als Aushilfe im Laden und durfte zugleich die Werkstatt benutzen. Der Job brachte nicht besonders viel Geld ein, aber zusammen mit der Provision für die Töpferei reichte es aus. Ihre Miete war nicht sehr hoch, außerdem lebte sie bescheiden. Aber sie war einsam.

Eines Tages hatte sie dann nach der Arbeit im Black Sheep vorbeigeschaut. Sie hatte gerade ihr Gehalt bekommen und wollte sich mit einem Glas Bier und einem Käse-Zwiebel-Sandwich belohnen. Kaum hatte sie zu essen begonnen, da kam Seth herein. Er stellte sich an die Theke, eine große und schlanke Erscheinung. Das dunkle Haar und der Bart waren ordentlich gestutzt und mit grauen Strähnen durchzogen. Und als er sich umdrehte, fielen ihr seine unergründlichen, traurigen Augen und sein ernster Blick auf. Es knisterte zwischen ihnen, das hatte auch Seth später zugegeben, und Mara fühlte sich wieder so schüchtern wie ein Teenager. Er lächelte sie an, und sie wurde rot, so erinnerte sie sich. Doch als er auf sie zukam, um Hallo zu sagen, gab es auf ihrer Seite keine falsche Koketterie. Zwischen ihnen hatte es nie irgendwelche dummen Spielereien gegeben.

Er war der erste Mensch, den sie in dieser Gegend kennen

gelernt hatte, der einen ähnlichen Background hatte wie sie. Sie hatten den gleichen Musikgeschmack und teilten ihre Ansichten über Selbstständigkeit und die Art und Weise, wie die Welt regiert werden sollte. Sie hatten vor Jahren dieselben Rockfestivals besucht und dieselben Bücher gelesen. In dieser Nacht begleitete sie ihn auf die Farm, die er zu der Zeit noch allein bewohnte; sie verließ sie danach nur noch einmal: um ihrem Vermieter Bescheid zu geben und ihre spärlichen Besitztümer abzuholen.

Es war eine herrliche Zeit gewesen, eine Zeit, in der Mara ihren Lebensmut zurückgewann. Und obwohl sie sich immer bewusst war, dass es einen Teil an Seth gab, den sie nie kennen lernen würde, dachte sie, dass auch sie Seth glücklich gemacht hatte.

Und jetzt war er tot. Sie wusste nicht, wie oder woran er gestorben war, sie wusste nur, dass sein Körper aufgehört hatte zu existieren. Ihr spiritueller Glaube, an dem sie zu einem gewissen Grad immer noch festhielt, sagte ihr, dass der Tod lediglich einen Neubeginn darstellte. Für Seths Seele, die unsterblich war, würde es andere Welten geben, vielleicht sogar andere Leben. Aber sie beide würden nie wieder im Bett Wein zusammen trinken, nachdem sie sich geliebt hatten, er würde nie wieder so ihre Stirn küssen, wie er es jedes Mal getan hatte, bevor er in seine Werkstatt ging, oder wie ein Junge bei seiner ersten Verabredung auf dem Weg hinunter ins Black Sheep ihre Hand halten. Und das war daran so schmerzhaft: die Abwesenheit des lebendigen Fleisches. Der Glaube an die Seele war schön und gut, aber sie war viel zu verschwommen, um Mara Trost zu schenken. Der Miniaturkran fuhr aus dem Haufen der Preise hinauf und hielt nichts in seiner Metallkralle.

Unten redeten die monotonen Stimmen weiter und klangen mehr wie Musik, wie eine indische Raga, nicht wie Worte mit einer Bedeutung. Mara hatte das Gefühl, als wäre ihr Blut dick wie Sirup geworden und hätte die dunkle Farbe von Tinte angenommen. Ihr Körper war schwerer geworden, und Mara begann zu träumen.

Sie war allein im Heidemoor. Von hoch oben schien ein gewaltiger Vollmond, doch die Landschaft war dunkel und trostlos. Sie stolperte über Heidekraut und Grasbüschel und suchte nach etwas.

Schließlich kam sie in ein Dorf und ging in den Pub. Es war das Black Sheep, doch das Lokal war ganz modern eingerichtet, es gab Videospiele, Teppiche und nackte Betonwände. Eine Jukebox spielte Musik, die ihr nichts sagte. Sie fragte nach der Farm, doch jeder wendete sich ab und lachte über sie, sodass sie hinauslief.

Diesmal war draußen Tag, und sie befand sich nicht mehr in Swainsdale. Die Landschaft war fremd, sanfter und grüner, und sie konnte das nahe Meer riechen.

In einer Mulde sah sie einen alten Bauern, der ein Windspiel vor sich hielt. Es erzeugte die gleiche Musik wie die Jukebox, und diesmal machte sie ihr Angst. Sie fand ihre Stimme wieder und fragte ihn, wo Maggie's Farm lag. »Bist du das Mädchen, das heiratet?«, fragte er sie und lächelte zahnlos. »Der Korb ist leer«, fuhr er fort und schüttelte das Windspiel. »Der Mann ersticht das Schaf. Es fließt kein Blut. Unglück.«

In schrecklicher Angst lief Mara davon und fand sich in einer nächtlichen Stadtlandschaft wieder. Manche Gebäude waren ausgebrannt, in den Ruinen wütete das Feuer, Flammen züngelten an zerbrochenen Fenstern und loderten hoch durch die eingefallenen Dächer auf. In dunklen Ecken huschten kleine Kreaturen hin und her. Und sie wurde verfolgt, das wusste sie. Sehen konnte sie niemanden, sie spürte nur schnelle Bewegungen und hörte raschelnde Geräusche hinter sich. Aus irgendeinem Grund war sie sicher, dass es sich um eine Frau handelte. Eine Frau, die sie kennen sollte, die sie aber nicht kannte.

Bevor der Traum vollständig Besitz von ihr ergriff und sie zu einer von denjenigen machte, die durch die Ruinen streiften, bevor der Schatten hinter ihr auf ihre Schulter tippte, versuchte sie verzweifelt wach zu werden und schrie los.

Als sie die Augen öffnete, wurde sie sich einer Person bewusst, die auf der Bettkante saß und einen feuchten Lappen auf ihre Stirn drückte. Sie dachte, es müsste Seth sein, doch als sie sich umdrehte und genauer hinsah, war es Zoe.

»Ist es Morgen?«, fragte sie mit schwacher Stimme.

»Nein«, sagte Zoe, »es ist erst halb zehn.«

»Er ist wirklich tot, was, Zoe?«

Zoe nickte. »Du hattest einen Albtraum. Schlaf jetzt.«

Mara schloss wieder die Augen. Der kühle Lappen auf ihrer Stirn tat gut, sie begann schläfrig zu werden. Dieses Mal lag nur Dunkelheit vor ihr, und das Letzte, was sie vor dem Einschlafen spürte, war Zoes Hand, die ihre festhielt.

III

»Stimmt was nicht?«, fragte Larry Grafton, als er Banks ein Glas Black Sheep Bitter zapfte.

Banks schaute Burgess an, der nickte.

»Seth Cotton ist tot«, antwortete er und spürte, wie hinter ihm im Lokal, wo die meisten Tische besetzt waren, die Ohren gespitzt wurden.

Grafton wurde blass. »O nein, doch nicht Seth«, sagte er. »Er war noch heute Mittag hier. Das kann doch nicht wahr sein.«

»Was machte er für einen Eindruck?«, fragte Banks.

»Er freute sich wie ein Schneekönig«, sagte Grafton. »Der Junge war zurück, und das schienen sie alle zu feiern. Sie wollen doch wohl nicht sagen, er hat sich selbst umgebracht, oder?«

»Das wissen wir noch nicht«, sagte Burgess und nahm sein Pint Watney's. »Gibt's hier eine ruhige Ecke, wo der Chief Inspector und ich uns ein bisschen unterhalten können? Polizeisache.«

»Klar, gehen Sie in die Kuschelecke. Da ist niemand.«

Kuschelecke war ein treffender Name. Hinter einer Trennwand aus Rauchglas und dunklem Holz versteckt, gab es Platz für höchstens vier Leute, aber selbst die hätten sich dicht zusammenquetschen müssen.

Banks und Burgess machten es sich bequem. Noch bevor sie zu rauchen begannen, tranken beide ihr Bier praktisch in einem Zug aus.

»Nehmen Sie ein Zigarre«, sagte Burgess und hielt ihm seine Dose hin.

»Danke.« Banks nahm eine. In der Regel rauchte Banks keine Zigarren, hatte aber das Gefühl, dass er sich daran gewöhnen könnte.

»Und ich glaube, ich hole uns besser noch eine Runde, bevor wir loslegen«, sagte Burgess. »Dieser Fall macht durstig.«

Im Nu war er mit einem weiteren Pint Bitter für Banks und diesmal einem Glas Guinness vom Fass für sich zurück.

»Okay«, sagte er. »Ich merke, dass Sie nicht glücklich mit der Sache sind. Verschweigen Sie mir nichts, Banks. Was bereitet Ihnen Kopfzerbrechen?«

»Nehmen wir die Geschichte erst einmal so hin«, schlug Banks vor. »Dann merken wir vielleicht, was nicht stimmt.«

»Selbstmord?«

»Sieht danach aus.«

»Aber Sie glauben nicht daran.«

»Stimmt. Aber ich würde das Ganze gerne durchspielen und gucken, ob ich dann sagen kann, was mich stört.«

»In Ordnung. Cotton hat Gill ermordet, dann hat ihn die Reue überkommen und er hat sich die Knöchel aufgeschnitten. Fall gelöst. Darf ich jetzt zurück nach London?«

Banks lächelte. »So einfach ist es nicht, oder? Warum sollte Cotton Constable Gill ermorden?«

Burgess fuhr mit einer Hand durch sein angegrautes, mit Brylcreme glatt gekämmtes Haar. »Verfluchte Scheiße, ich dachte, das hätten wir alles schon durchgekaut. Wir sprechen von einem politischen Verbrechen. Eine terroristische Tat, wenn man so will. Ein Motiv als solches spielt da keine Rolle.«

»Aber Seth Cotton war vielleicht der Unpolitischste von allen«, meinte Banks. »Mara oder Zoe Hardacre mal ausgenommen. Sicher, er war gegen Atomkraft und glaubte zweifellos an soziale Gerechtigkeit und hatte was gegen Apartheid. Aber das ist bei mir nicht anders.«

Burgess schnaubte. »Sie mögen der Mordexperte hier in der Gegend sein, aber ich kenne mich mit Terrorismus aus. Glauben Sie mir, jeder kann da reingezogen werden. Terroristen spielen mit den Idealen der Menschen und biegen sie zu ihren eigenen Zwecken um. Das ist wie Gehirnwäsche bei religiösen Sekten.«

»Wurde Gills Tod Ihrer Meinung nach kaltblütig geplant und ausgeführt, oder war es ein Verbrechen aus Leidenschaft?«, wollte Banks wissen.

»Von beidem etwas. Bei solchen Verbrechen ist nicht alles so eindeutig. Terroristen sind sehr emotional, was ihre Überzeugungen betrifft, aber wenn es zur Sache geht, sind sie kalt und brutal.«

»Leidenschaftlich hing Seth Cotton nur an seiner Tischlerei. Vielleicht auch an Mara. Wenn er Selbstmord begangen hat, dann glaube ich nicht, dass es irgendetwas mit Politik zu tun hatte.«

»Wir haben seinen Abschiedsbrief, vergessen Sie das nicht. Er ist ein Geständnis.«

»Heben wir uns das für später auf. Warum hat er Selbstmord gemacht? Wenn er der Mensch war, den Sie versuchen darzustellen, warum sollte er dann Reue empfinden, nachdem er sein Ziel erreicht hat? Warum sollte er Selbstmord begehen?«

Burgess fuhr mit dem Finger durch den Schaum seines Guinness. »Sie erwarten zu viele Antworten, Banks. Und wie so oft, gibt es einfach keine. Können Sie es nicht dabei belassen?«

Banks schüttelte den Kopf und drückte seine Zigarre aus. Sie schmeckte wie eingeschlafene Füße. Um den Geschmack loszuwerden, kippte er ein paar Schluck Black Sheep Bitter hinunter und zündete sich eine Silk Cut an. »Es gibt einfach noch zu viele offene Fragen«, sagte er. »Wir wissen immer noch nicht viel über Cottons politischen Hintergrund, bevor er auf die Farm kam, obwohl ich mir sicher bin, dass es bei der Special Branch aktenkundig wäre, wenn er in irgendwelche subversiven Aktivitäten verstrickt gewesen wäre. Und was ist mit seinem Verhalten während der letzten paar Tage? Wie beurteilen Sie das?«

»Er soll glücklich gewesen sein, als Boyd freigelassen wurde. Meinen Sie das?«

»Teilweise.«

»Tja, natürlich war er glücklich«, sagte Burgess. »Er wusste ja, dass der Junge unschuldig ist.«

»Warum hätte ihn das interessieren sollen? Für einen kaltblütigen Terroristen wäre es doch nur gut gewesen, wenn jemand anderes für die Tat bestraft wird, die er getan hat. Warum sollte er sich also umbringen?«

Burgess zuckte mit den Achseln. »Weil er wusste, dass wir ihn bald gekriegt hätten.«

»Und warum ist er dann nicht einfach verschwunden? Bestimmt hätten sich seine Befehlsgeber in Moskau oder Prag oder sonstwo um ihn gekümmert.«

»Eher Belfast. Aber ich habe keine Ahnung. Es ist nicht ungewöhnlich, dass Selbstmörder einen glücklichen Eindruck machen, sobald sie entschieden haben, mit allem abzuschließen.«

»Das weiß ich. Ich glaube nur nicht, dass er glücklich war, weil er Selbstmord machen wollte.«

Burgess brummte. »Was haben Sie denn für eine Theorie?«

»Dass er getötet wurde und es so arrangiert wurde, dass es wie Selbstmord aussieht.«

»Von wem getötet?«

Banks ging nicht auf die Frage ein. »Wir wissen nichts mit Bestimmtheit, ehe der Doc seine Obduktion gemacht hat«, sagte er, »aber an diesem Abschiedsbrief stören mich ein paar Dinge.«

»Weiter.«

»Er klingt nicht echt. Das verdammte Ding ist weder Fisch noch Fleisch, finden sie nicht? Cotton gesteht, Gill getötet zu haben, sagt aber nicht, warum. Er sagt nur: ›Ich weiß nicht, was über mich gekommen ist.‹ Das passt nicht mit dem zusammen, was wir von ihm wissen.«

»Und das wäre?«

»Herzlich wenig, das gebe ich zu. Er war ein Buch mit sieben Siegeln. Aber ich würde sagen, er war jemand, der sich entweder überhaupt nicht mit einem Abschiedsbrief abgegeben oder aber alles ausführlich erklärt hätte. Er wäre nicht mit so einem Wischiwaschi-Text angekommen. Ich glaube, er hätte auch Gills Nummer angeführt und nicht nur seinen Namen. Und ich weiß nicht, ob Sie es gut erkennen konnten, aber der Abschiedsbrief schien sich von dem Geschäftsbrief auf dem Schreibtisch deutlich zu unterscheiden. Zum einen waren die Buchstaben unterschiedlich stark aufgedrückt.«

»Ja«, sagte Burgess, »aber vergessen Sie nicht, in welcher Verfassung er gewesen sein muss, als er ihn getippt hat.«

»Da gebe ich Ihnen Recht. Dennoch ... auch der Stil. Wer immer diesen Abschiedsbrief geschrieben hat, ein fähiger Schreiber war er jedenfalls nicht. Der Geschäftsbrief jedoch war mehr als kompetent und außerdem grammatikalisch korrekt.«

Burgess schlug auf den Tisch. »Ach, hören Sie doch auf, Banks! Wo liegt das Problem? Ist es Ihnen zu einfach? Geschäftsbriefe werden immer in einem anderen Stil geschrieben, sie sind immer ein bisschen steif und gewunden. Man schreibt einem Freund nicht so, wie man einen Geschäftsbrief verfasst, oder? Mal ganz abgesehen von einem Abschiedsbrief. Ein Mensch, der seine letzten Worte schreibt, schert sich nicht um Grammatik oder darum, wie sehr er jeden einzelnen Buchstaben aufdrückt.«

»Aber das ist es ja gerade. Solche Dinge macht man unbewusst. Jemand, der normalerweise gut schreiben kann, wird nicht plötzlich nachlässig, nur weil er unter Druck steht. Wenn überhaupt, dann hätte ich eine sorgfältiger aufgebaute Botschaft erwartet. Warum hat er den Abschiedsbrief außerdem in der Schreibmaschine gelassen? Warum hat er ihn nicht auf die Werkbank vor sich gelegt?«

»Was ich sagen will«, konterte Burgess, »ist, dass seine Gemütsverfassung alle ihre Einwände erklären könnte. Er muss durcheinander gewesen sein. Das Nachdenken über

Selbstmord hat eine seltsame Auswirkung auf den Charakter eines Menschen. Wenn ein Kerl kurz davor steht, sich seine verfluchten Knöchel aufzuschlitzen, kann man nicht erwarten, dass alles normal wie immer ist. Und Sie sagten, er hat es schon einmal versucht, denken Sie daran!«

»Das ist ein Problem«, stimmte Banks zu. »Wer auch immer es getan hat, muss von dem früheren Versuch gewusst und ihn kopiert haben, damit es eindeutiger so aussieht wie ein echter Selbstmord.«

»Das setzt voraus, dass es jemand anderes getan hat. Ich bin mir nicht sicher, ob ich dem zustimme.«

Banks zuckte mit den Achseln. »Warten wir ab, was der Experte im Labor zu dem Abschiedsbrief sagt. Aber mich stellt er ganz und gar nicht zufrieden.«

»Was ist mit dem Sekretär?«

»Was soll damit sein?«

»Er war anscheinend gerade fertig, oder nicht? Die Lackierung war noch nicht getrocknet. Und er hat ihn in die Ecke der Werkstatt geschoben. Hat das nicht etwas zu bedeuten?«

»Dass er hinter sich aufgeräumt hat, meinen Sie? Dass er alles geordnet hat?«

»Exakt. Genau wie ein Mann, der vor dem Selbstmord steht. Er schließt seine letzte Auftragsarbeit ab, stellt sie vorsichtig zur Seite, damit sie kein Blut abbekommt, und dann schlitzt er sich seine Scheiß-Knöchel auf. Als er schwach wird und das Bewusstsein verliert, schlägt er mit dem Kopf auf den Schraubstock, was die Kopfwunde erklärt.«

Banks starrte auf den Boden seines Glases. »So könnte es passiert sein«, sagte er langsam. »Aber ich glaube es nicht.«

»Was uns wieder zur zentralen Frage zurückführt«, sagte Burgess. »Wenn wir Ihrer Argumentation folgen, wenn Sie Recht haben, wer hat ihn dann getötet?«

»Es könnte jeder von ihnen gewesen sein, oder? Zoe hat das letztendlich bestätigt.«

»Ja, aber sie könnte das gesagt haben, um ihren Kopf und den ihrer Kumpels aus der Schlinge zu ziehen. Ich denke da an jemand Spezielles.«

»An wen?«

»Boyd.«

Banks seufzte. »Ich habe befürchtet, dass Sie das sagen würden.«

»Das kann ich mir verdammt noch mal vorstellen.« Burgess beugte sich so plötzlich nach vorne, dass die Gläser auf dem Tisch klirrten. Banks konnte das Guinness und Zigarrenqualm in seinem Atem riechen. »Wenn wir es auf Ihre Weise durchspielen, kommt man an den Fakten nicht vorbei. Boyd war den ganzen Nachmittag weg, ohne Alibi. Wir haben nur sein Wort, dass er durch die Heide gewandert ist. Ich kann mir nicht vorstellen, dass ihn jemand gesehen hat. Während im Haus jeder mit sich selbst beschäftigt war, hätte er ohne weiteres durch die Seitenpforte hereinkommen und Seth besuchen können. Das wäre niemandem komisch vorgekommen. Er hat Seth häufig geholfen, und deshalb waren seine Fingerabdrücke sowieso über den ganzen Schuppen verteilt. Sie unterhalten sich, und da tötet er Seth. Er stößt seinen Kopf nach vorn und schlägt ihn auf dem Schraubstock bewusstlos, dann schlitzt er ihm die Knöchel auf.« Zufrieden lehnte sich Burgess wieder zurück und verschränkte die Arme.

»Okay«, sagte Banks. »Meinetwegen. Es passt zusammen. Aber warum? Warum sollte Boyd Seth Cotton töten?«

Burgess zuckte mit den Achseln. »Weil er etwas wusste, das Boyd mit dem Mord an Gill in Verbindung brachte. Das ergibt einen Sinn, Banks, und Sie wissen es. Warum Sie diesen widerlichen kleinen Scheißer verteidigen, geht mir nicht in den Kopf.«

»Warum war Cotton so unglücklich, als Boyd im Gefängnis war«, fragte Banks, »und so glücklich, als er rauskam?«

Burgess steckte sich eine neue Tom Thumb an. »Loyalität vielleicht? Er wusste etwas und hatte Angst, er könnte aufgesucht werden, um auszusagen. Er war sich nicht sicher, ob er unter Druck weiter zum Lügen und Ausweichen imstande gewesen wäre. Als Boyd rauskommt, ist Cotton sofort begeistert. Sie reden. Cotton erzählt Boyd, was er weiß und wie froh er ist, dass er nicht unter Eid aussagen muss. Da kriegt Boyd Angst und tötet ihn. Denken Sie daran, Boyd wusste, dass er noch nicht völlig aus dem Schneider war. Er konnte nicht ahnen, wie sich Cotton nach seiner Freilassung verhalten würde. Und Sie wissen, welchen Horror der Junge vor engen Räumen hat. Er hätte alles getan, um nicht in den Knast zu kommen.«

»Und der Abschiedsbrief?«

»Nehmen wir mal an, dass Sie in der Sache Recht haben. Boyd hat ihn getippt, um sich freizusprechen und die Schuld auf jemanden zu schieben, der sich nicht mehr wehren kann. Das ist eine feige Tat und typisch für jemanden wie ihn. Das würde den Druck auf die Tasten und das Niveau des Textes erklären. Boyd ist nicht besonders gebildet. Seit seinem dreizehnten Lebensjahr hat er die meiste Zeit auf der Straße zugebracht. Und er konnte Cottons Motive nicht erklären, weil er Gill selbst getötet hatte. Also«, fuhr Burgess fort, »selbst wenn wir den Fall auf Ihre Weise betrachten, habe ich am Ende Recht. Mir persönlich ist es scheißegal, ob es Boyd oder Cotton war. Aber einer war es. Wir haben den Fall geknackt. Welchen wollen Sie? Werfen Sie eine Münze!«

»Ich bin noch nicht überzeugt.«

»Weil Sie nicht wollen.«

»Was wollen Sie damit sagen?«

»Das wissen Sie verdammt genau. Sie haben sich mit Ihrem Standpunkt in die Sackgasse manövriert. Es war Ihre Idee, Boyd rauszulassen und abzuwarten, was passiert. Tja, nun haben Sie gesehen, was passiert ist. Kaum ist er wieder draußen, gibt es einen weiteren Toten. Sie stehen in der Verantwortung.«

Banks holte tief Luft. Für seine Begriffe lag zu viel Wahrheit in dem, was Burgess sagte. Er schüttelte den Kopf. »Jemand hat Seth getötet«, sagte er, »aber ich glaube nicht, dass es Boyd war. So viele Probleme er auch hatte, ich glaube, an den Leuten von Maggie's Farm liegt ihm wirklich etwas. Sie sind die Einzigen, die jemals etwas für ihn getan haben, durch die er nicht mehr ganz allein dasteht.«

»Nun machen Sie mal halblang! Mit diesem sentimentalen Scheißdreck kommen Sie bei mir nicht weiter. Der Junge boxt sich durch, er ist ein Opportunist. Er ist nichts weiter als ein Punk von der Straße.«

»Und Cotton?«

Burgess lehnte sich zurück und griff nach seinem Glas. Der Stuhl knarrte. »Guter Schauspieler, Komplize, unschuldiger Zuschauer, schuldbewusster Idealist? Was weiß ich?! Aber es spielt auch keine Rolle mehr, oder? Er ist tot. Es ist vorbei.«

Doch Banks spürte, dass es sehr wohl eine Rolle spielte. Nach dem, was an diesem Nachmittag passiert war, schien es noch viel mehr eine Rolle zu spielen als je zuvor.

»Ist es das wirklich?«, meinte er. Dann drückte er seine Zigarette aus und leerte sein Glas. »Kommen Sie, gehen wir.«

FÜNFZEHN

I

Das Allgemeine Krankenhaus von Eastvale lag in der King Street, ungefähr einen halben Kilometer westlich des Polizeireviers und nicht weit von der Gesamtschule. Da es ein herrlicher warmer Tag wurde, entschied sich Banks zu einem Spaziergang. Nachdem er das Revier verlassen hatte, schaltete er seinen Walkman ein und hörte Muddy Waters' »Louisiana Blues«, während er durch das Labyrinth der engen Straßen mit ihren rissigen Steinmauern, Andenkenläden und überteuerten Pubs ging.

Das Krankenhaus war ein schmuckloses, viktorianisches Backsteingebäude. In den hohen, zugigen Fluren lag eine fatalistische Stimmung. Nicht gerade das Krankenhaus, das ich mir aussuchen würde, wenn ich krank wäre, dachte Banks, während er in seiner Manteltasche nach der Stoptaste des Walkmans fingerte.

Die Leichenhalle befand sich im Keller, der, genau wie die Zellenebene des Polizeireviers, der modernste Teil des Gebäudes war. Die Wände des Autopsieraumes waren weiß gekachelt, in der Mitte stand ein Metalltisch, an dessen Rändern Rinnen eingelassen waren, damit das Blut ablaufen konnte. An einer Wand erstreckte sich ein langer Experimentiertisch mit Bunsenbrennern und Mikroskopen, darüber war ein Regal für die Behälter mit Organen, Gewebeproben und bereits zusammengemischten chemischen Lösungen angebracht.

Glücklicherweise war der Tisch leer, als Banks eintrat. Ein Laborassistent war gerade dabei, ihn gründlich abzuschrubben, während Glendenning mit einer Zigarette im Mundwinkel vor dem Experimentiertisch stand. In der Leichenhalle rauchte jeder; damit wollte man sich den Gestank des Todes vom Leibe halten.

Der Laborassistent ließ ein chirurgisches Instrument in eine Nierenschale aus Metall fallen. Bei dem Klang zuckte Banks zusammen.

»Gehen wir ins Büro«, sagte Glendenning. »Ich merke schon, dass Sie ein bisschen blass um die Kiemen werden.«

Glendennings Büro war klein und voll gestopft. Für einen Mann seiner Statur und seines Ranges ziemlich unangemessen, dachte Banks. Aber dies war nicht Amerika; trotz privater Versicherungspläne konnte man mit Gesundheitsfürsorge kaum ein großes Geschäft machen. Glendenning zog seinen weißen Laborkittel aus, strich sein Hemd glatt und setzte sich hin. Banks nahm ein paar alte Medizinjournale von dem einzigen verbleibenden Stuhl und setzte sich dem Doktor gegenüber.

»Kaffee?«

Banks nickte. »Gerne.«

Glendenning nahm den Hörer vom Telefon und drückte eine Taste. »Molly, Liebes, glaubst du, du kannst zwei Tassen Kaffee organisieren?« Er bedeckte die Sprechmuschel und fragte Banks, wie er seinen Kaffee wollte. »Einen schwarz ohne Zucker, und für mich wie immer. Ja, drei Stück Zucker, genau. Welche Diät? Und komm mir nicht mit diesem Muckefuck, den sie an der Rezeption trinken. Was? Ja. Ich weiß, dass dir gestern der Kaffee ausgegangen ist, aber das ist keine Entschuldigung. Ich habe seit drei Wochen kein Kaffeegeld bezahlt? Was soll das werden, gute Frau, eine verfluchte Inquisition?« Er knallte den Hörer auf, fuhr mit einer Hand durch sein weißes Haar und seufzte. »Gute Mitarbeiter sind heutzutage schwer zu finden. Na gut, Mr. Banks, dann wollen wir mal sehen, was wir hier haben.« Er wühlte durch einen Stapel Papiere auf seinem Schreibtisch.

Wahrscheinlich wusste er alles auswendig, dachte Banks, aber er brauchte die Sicherheit der Akten und Blätter vor ihm. Auch Richmond las immer gerne alles aus seinem Notizbuch ab, obwohl er es schon vorher ganz genau wusste.

»Seth Cotton, ja, armer Kerl.« Glendenning zog eine Lesebrille mit halbmondförmigen Gläsern aus seiner Hemdtasche und überflog den Bericht. Als er damit fertig war, legte er ihn beiseite, nahm die Brille ab und lehnte sich in seinem Stuhl zurück, wobei er seine großen, aber feingliedrigen Hände auf dem Schoß faltete. Der Kaffee wurde hereingebracht, und bevor Molly wieder ging, schenkte sie ihrem Chef noch einen missbilligenden Blick.

»Letzte Mahlzeit ungefähr drei Stunden vor Todeseintritt«, sagte Glendenning. »Und zwar eine gute, wenn ich das sagen darf. Roastbeef, Yorkshire Pudding. Was kann sich ein verurteilter Mann Besseres wünschen?«

Banks trank einen Schluck Kaffee. Er war kochend heiß und schmeckte gut. Eindeutig handelte es sich nicht um den »Muckefuck« von der Rezeption.

»Eine Vergiftung konnte nicht nachgewiesen werden, auch keine weiteren Wunden, mit Ausnahme der äußeren. Mr. Cotton erfreute sich bester Gesundheit, bis das Blut aus seinem Körper floss.«

»War das die Todesursache?«

»Genau. Ein Blutverlust von circa zweieinhalb Litern führt gewöhnlich zum Tode.«

»Was ist mit dem Schlag auf den Kopf? Wurde er vor oder nach den Schnitten an den Knöcheln zugefügt?«

Glendenning kratzte sich den Kopf. »Das kann ich Ihnen nicht sagen. Die Körperfunktionen waren noch ziemlich beständig. Wie Sie selbst sehen konnten, ist eine Menge Blut ausgetreten. Und der Leukozytwert war hoch. Das sind die weißen Blutkörperchen, die kleinen Reparaturmänner des Körpers. Wenn der Schlag gegen den Kopf einige Zeit nach dem Tod stattgefunden hätte, dann hätte es dafür natürlich eindeutige Hinweise gegeben. Die beiden Verletzungen sind jedoch so kurz aufeinander erfolgt, dass man unmöglich sagen kann, welche zuerst kam. Als er mit dem Kopf aufschlug, war Cotton bestimmt noch am Leben. Wie lange er aber nach dem Schlag noch gelebt hat, kann ich nicht sagen. Selbstverständlich wird die Kopfwunde zur Bewusstlosigkeit geführt haben, und dass es sehr schwer ist, sich im bewusstlosen Zustand die Knöchel aufzuschlitzen, dürfte Ihnen bewusst sein.«

»Könnte er mit dem Kopf aufgeschlagen sein, als er sich runterbeugte, um sich die Knöchel aufzuschlitzen?«

Glendenning schürzte seine Lippen. »Würde ich nicht sagen, nein. Sie haben das Blut auf der Werkbank gesehen. Davon ist nichts auf den Boden getropft. Angesichts des Winkels der Wunde und der scharfen Kanten des Schraubstockes würde ich sagen, dass sein Kopf genau dort liegen geblieben ist, wo er nach dem Schlag gelandet ist.«

»Könnte jemand von hinten gekommen sein und seinen Kopf auf den Schraubstock gestoßen haben?«

»Jetzt wollen Sie, dass ich spekuliere, Mr. Banks. Ich kann Ihnen lediglich sagen, dass ich weder Kratzspuren noch Druckstellen am Hals oder Kopf gefunden habe.«

»Heißt das nein?«

»Nicht unbedingt. Wenn man von hinten an jemanden

herantritt und seinem Kopf einen schnellen Stoß gibt, bevor er reagieren kann, dann glaube ich nicht, dass es Spuren geben würde.«

»Dann muss es also jemand gewesen sein, den er kannte. Wenn sich jemand anderes an ihn herangeschlichen hätte, dann hätte er das merken müssen. Der Täter muss bereits in der Werkstatt gewesen sein, es muss jemand gewesen sein, dessen Anwesenheit ihn nicht daran störte, mit seiner Arbeit weiterzumachen.«

»Theorien, nichts als Theorien«, sagte Glendenning. »Ich verstehe nicht, warum Sie sich mit Selbstmord nicht zufrieden geben. Es gibt absolut keinen Beweis für das Gegenteil.«

»Keinen medizinischen vielleicht.«

»Tut mir Leid«, sagte Glendenning. »Ich würde Ihnen gerne weiterhelfen, aber das sind die Fakten. Die Kopfverletzung war in keiner Weise verantwortlich für Mr. Cottons Tod, hätte aber sehr wohl zu Komplikationen führen können, wenn er am Leben geblieben wäre.«

»Komplikationen? Welche Komplikationen?«

Glendenning runzelte die Stirn und zog eine Zigarette aus dem Kästchen auf seinem Schreibtisch. Es sah antik aus, und auf der Oberseite bemerkte Banks ein paar in kunstvoller Kursivschrift eingravierte Worte: »Für Dr. C.W.S. Glendenning, zum erfolgreichen Abschluss …« Mehr konnte er nicht lesen. Er nahm an, dass es sich um eine Art Geschenk zum Universitätsabschluss handelte.

»Alle möglichen«, antwortete Glendenning. »Wir wissen nicht viel über das menschliche Gehirn, Mr. Banks. Wesentlich mehr als früher natürlich, aber noch nicht genug. Bestimmte Kopfverletzungen können weit schlimmere Auswirkungen haben, als die Kraft des Schlages und das Ausmaß des sichtbaren Schadens glauben machen. Knochensplitter können im Gewebe stecken bleiben, und selbst Druckstellen können zu Problemen führen.«

»Zu welchen Problemen?«

»Zu fast allen. Zeitweiliger oder ständiger Gedächtnisverlust, Hör- und Sehprobleme, Gleichgewichtsstörung, Persönlichkeitsveränderung, vorübergehende Bewusstseinsspaltung. Muss ich fortfahren?«

Banks schüttelte den Kopf.

»Aber im Fall von Mr. Cotton werden wir das natürlich nie erfahren.«

»Nein.« Banks stand auf. »Trotzdem, vielen Dank, Doktor.«

Glendenning neigte würdevoll das Haupt.

Auf dem Weg zurück zum Revier nahm Banks Muddy Waters kaum wahr. Glendenning zufolge könnte Cotton ermordet worden sein, und das reichte Banks. Natürlich würde sich der Doktor nicht festlegen, das tat er nie, aber schon ein Eingeständnis der Möglichkeit bedeutete bei ihm eine Menge. Wenn Burgess Recht hatte, war die Wahrscheinlichkeit groß, dass Boyd der Täter war. Und damit würde Seths Blut an Banks' Händen kleben.

Als wäre das noch nicht genug, ließ ihm eine andere Sache keine Ruhe. Es war eines dieser frustierenden Gefühle, die man nicht richtig benennen konnte, so wie wenn einem ein Name auf der Zunge lag oder man einen Juckreiz verspürte und sich nicht kratzen konnte. Er wollte nicht voreilig sein, aber es fühlte sich wie der vertraute Anflug einer Ahnung an. Sich widersprechende Fakten trafen aufeinander, und mit einer Menge bemühten Nachdenkens, etwas Hilfe des Unterbewusstseins und ein bisschen Glück könnten sie tatsächlich zu einer Antwort führen. Noch war er weit davon entfernt, und als Muddy Waters begann »Still A Fool« zu singen, glaubte ihm Banks. Noch war er der Dumme.

Die Kirchturmuhr zeigte kurz nach elf Uhr an. Burgess war wohl unterwegs, um Osmond und die Studenten zu vernehmen. In seinem Büro rief Banks das Labor der Spurensicherung an und verlangte Vic Manson. Er musste ein paar Minuten warten, aber schließlich kam Vic an den Apparat.

»Haben Sie etwas über die Fingerabdrücke rausgefunden?«, fragte Banks.

»Ja. Vier verschiedene Abdrücke. Auf jeden Fall vier identifizierbare. Ein Abdruck gehört natürlich dem Verstorbenen, ein anderer diesem Boyd. Es sind die gleichen, die wir auf dem Messer gefunden haben. Dann noch zwei weitere.«

»Die sind wahrscheinlich von Mara und einem der anderen«, sagte Banks. »Vielen Dank, Vic. Ich versuche, zum Vergleich Fingerabdrücke der anderen zu bekommen. Ist Geoff Tingley in der Nähe?«

»Ja. Sekunde, ich hole ihn.«

Banks konnte am anderen Ende der Leitung entfernte Stimmen hören, dann nahm jemand den Hörer in die Hand. »Hier Tingley«, sagte er. »Geht es um diese Briefe?«

»Genau.«

»Nun, ich bin so gut wie sicher, dass sie nicht von ein und derselben Person getippt wurden. Bei den Veränderungen des Tastendrucks muss man eigentlich immer ein paar Zugeständnisse machen, doch diese Briefe unterscheiden sich so stark, dass ich fast überzeugt bin. Aber ich könnte ein paar weitere Proben von wenigstens einem der Schreiber gebrauchen. Damit hätte ich mehr Variablen und einen breiteren Vergleichsrahmen.«

»Ich werde mal sehen, was ich machen kann«, sagte Banks. Wahrscheinlich gab es in dem Aktenschrank der Werkstatt weitere maschinengeschriebene Briefe von Seth. »Würde es was bringen, wenn wir einen Verdächtigen eine Probe tippen lassen?«

»Mmmh. Vielleicht. Das Problem ist, wenn er weiß, worauf wir hinaus wollen, könnte er es leicht fälschen. Ich würde jedoch sagen, dieser Kerl ist ein Arbeitertyp. Bei dem durchgängigen starken Aufdruck kann man davon ausgehen, dass der Brief hingehackt worden ist. Jeder einzelne Buchstabe ist sozusagen sehr bedächtig ausgesucht und dann runtergedrückt worden. Klassische Zwei-Finger-Technik. Der andere Kerl war ein besserer Maschineschreiber, er hat auch mit zwei Fingern geschrieben, würde ich sagen, aber ziemlich schnell und genau. Wahrscheinlich hatte er wesentlich mehr Übung. Und da ist noch etwas anderes. Ist Ihnen aufgefallen, dass die Schreibstile der Briefe ...«

»Ja«, sagte Banks. »Das haben wir bemerkt. Aber gut, dass Sie darauf hinweisen.«

Tingley klang enttäuscht. »Oh, keine Ursache.«

»Vielen Dank. Ich melde mich wegen der Proben und Vergleiche. Würden Sie mir noch mal Vic geben? Mir ist da gerade etwas eingefallen.«

»Mach ich.«

»Sind Sie noch dran?«, fragte Manson wenige Sekunden später.

»Ja. Hören Sie, Vic, es gibt noch ein paar Punkte. Zuerst einmal die Schreibmaschine.«

»Keine eindeutigen Spuren, nur ein paar verwischte Abdrücke.«

»Wurde sie abgewischt?«

»Könnte sein.«

»Auf dem Tisch lag ein Lappen, oder? So ein gelbes Staubtuch.«

»Ja, stimmt«, sagte Manson. »Soll ich es nach Fasern untersuchen?«

»Wenn Sie das bitte tun würden. Und das Papier?«

»Das Gleiche, nichts Brauchbares.«

»Was ist mit diesem Stift oder was wir da auf dem Boden gefunden haben? Hatten Sie schon Zeit, sich darum zu kümmern?«

»Ja. Es ist ein einfacher Kugelschreiber, ein Bic. Natürlich keine Fingerabdrücke, alles ist verwischt.«

»Mmmmh.«

Der Stift war in der Blutlache, genau unter Seths herabhängendem rechten Arm gefunden worden. Wenn er Rechtshänder war, wovon Banks ausging, könnte er den Stift benutzt haben, um vor seinem Tod ein paar Zeilen aufzuschreiben. Er könnte natürlich auch schon früher dorthin gefallen sein, aber Seth war sehr ordentlich gewesen, besonders in seinen letzten Momenten. Vielleicht hatte er seinen eigenen Abschiedsbrief geschrieben, und der Mörder hatte ihn weggenommen und durch die zweite Version ersetzt. Warum? Weil Seth Gill nicht ermordet und dies in seinem Brief deutlich gemacht hatte? Das hieß, dass er aus völlig anderen Motiven Selbstmord begangen hatte. Hatte er den Mörder sogar genannt, oder war er gestorben, um die Identität nicht preisgeben zu müssen?

Schon wieder Fragen über Fragen. Vielleicht hatten Burgess und Glendenning Recht, und er war ein Dummkopf, weil er die einfachen Lösungen nicht akzeptieren wollte. Schließlich hatte er die Wahl: Entweder war Seth, wie aus dem Brief hervorging, schuldig und er hatte sich wirklich selbst getötet, oder Paul Boyd hatte ihn aus Angst, entdeckt zu werden, getötet und den Abschiedsbrief gefälscht. Banks tendierte mehr zur zweiten These, konnte sich aber aus irgendeinem Grund immer noch nicht davon überzeugen, dass Boyd es getan hatte. Und nicht nur, weil er die Verantwortung dafür hatte, dass der Junge aus dem Gefängnis entlassen worden war. Sicherlich, Boyd hatte eine Vorstrafe und war geflohen, als das Messer entdeckt wurde. Womöglich war er wesentlich härter und cleverer, als jeder meinte. Wenn er zum Beispiel seine Klaustrophobie vortäuschen würde, sodass selbst Burgess geneigt war, ihm seine Angst vor einer Inhaftierung zu glauben, dann wurde alles denkbar. Aber bisher hatten sie nichts weiter als Indizien, und Banks hatte immer noch das Gefühl, dass das Bild unvollständig war. Er zündete sich eine Zigarette an und ging hinüber zum Fenster, um auf den Marktplatz zu schauen. Heute brachte ihm der Blick keinerlei Inspiration.

Schließlich beschloss er, vor dem Mittag noch seinen Schreibtisch aufzuräumen. Fast jeder verfügbare Quadratzentimeter war mit kleinen, gelben Post-it-Zetteln vollgeklebt, von denen er die meisten vor einer Ewigkeit beschriftet hatte. Er knüllte alle zusammen und warf sie in den Papierkorb. Als Nächstes waren die Akten, Aussagen und Berichte an der Reihe, die er gelesen hatte, um sein Gedächtnis über die in den Fall verwickelten Personen aufzufrischen. Die meisten Unterlagen wurden im Archiv aufbewahrt, doch Banks hatte die Angewohnheit entwickelt, Kurzakten aller Fälle anzulegen, mit denen er zu tun hatte. Ganz oben lag seine Akte über Elizabeth Dale. Als er sie wieder in die Hand nahm, fiel ihm ein, dass er sie nach langem Suchen gerade aus dem Aktenschrank gezogen hatte, als Sergeant Rowe ihn telefonisch von Seth Cottons Tod in Kenntnis gesetzt hatte.

Er klappte den Hefter auf und rief sich wieder die Fakten ihres Falles ins Gedächtnis. Eigentlich handelte es sich um keinen Fall, sondern nur um einen unbedeutenden Vorfall, der sich vor achtzehn Monaten ereignet hatte.

Elizabeth Dale hatte sich aus eigenem Entschluss in eine psychiatrische Klinik in den Außenbezirken von Huddersfield begeben. Sie klagte über Depressionen, Apathie und eine allgemeine Unfähigkeit, mit der Außenwelt zurechtzukommen. Nach ein paar Tagen Beobachtung und Behandlung war sie zu dem Entschluss gekommen, dass ihr die Versorgung nicht gefiel, und weggelaufen. Ihr Ziel war Maggie's Farm, sie wusste, dass dort Seth Cotton lebte, ein alter Freund aus Hebden Bridge. Die Klinikverwaltung informierte Eastvale, dass sie von einem Freund mit einem Haus in der Nähe von Relton gesprochen hatte, und bat den ansässigen Sozialdienst, doch bitte nachzuprüfen, ob sie dort war.

Sie war dort. Dennis Osmond wurde auf die Farm geschickt und sollte versuchen, sie zu ihrem eigenen Wohle zur Rückkehr in die Klinik zu bewegen. Doch Ms. Dale war hartnäckig und blieb auf der Farm. Osmond hatte sogar zu behaupten gewagt, dass der Ort ihr wahrscheinlich gut tun würde. Aus Wut und Verzweiflung hatte die Klinik dann zwei eigene Mitarbeiter losgeschickt, die Elizabeth überredeten, mit ihnen zurückzukehren. Sie hatten sie unter Druck gesetzt und ihr mit einer Zwangseinweisung gedroht, auf jeden Fall hatten sich Seth Cotton und Osmond damals dahingehend beschwert.

Da Elizabeth Dale früher einmal drogenabhängig gewesen war und die Klinikangestellten die Bewohner der Farm des Drogenmissbrauches verdächtigten, wurde die Polizei hinzugezogen. Banks war damals gemeinsam mit Sergeant Hatchley und einem uniformierten Constable losgezogen, doch sie hatten nichts gefunden. Ms. Dale ging zurück in die Klinik, und soweit sich Banks erinnern konnte, kehrte wieder Ruhe ein.

Im Lichte der jüngsten Ereignisse wurde die Geschichte jedoch wesentlich interessanter. Zum einen hatten sowohl Elizabeth Dale als auch Dennis Osmond durch die Beschwerden, die sie unabhängig voneinander eingelegt hatten, einen Bezug zu Constable Gill. Und nun hatte es den

Anschein, dass es noch eine weitere Verbindung zwischen Osmond und Dale gab.

Wo befand sich Elizabeth Dale heute? Er würde nach Huddersfield fahren und sie selbst ausfindig machen müssen. Aus Erfahrung wusste er, dass es absolut keinen Sinn hatte, mit Ärzten per Telefon zu verhandeln. Aber das würde bis morgen warten müssen. Zuerst wollte er mit Mara sprechen, vorausgesetzt, ihr ging es gut genug. Bevor er aufbrach, wollte er jedoch Jenny anrufen, um zu versuchen, ihren Streit von Sonntagmittag aus der Welt zu schaffen.

Gerade, als er zum Hörer greifen wollte, klingelte das Telefon.

»Chief Inspector Banks?«

»Am Apparat.«

»Mein Name ist Lawrence Courtney von Courtney, Courtney und Courtney. Rechtsanwälte.«

»Ja, ich habe von der Kanzlei gehört. Was kann ich für Sie tun?«

»Es geht eher darum, was ich für Sie tun könnte«, sagte Courtney. »Heute Morgen habe ich in der Zeitung gelesen, dass ein gewisser Seth Cotton verstorben ist. Ist das korrekt?«

»Das stimmt, ja.«

»Nun, möglicherweise interessiert es Sie zu erfahren, Chief Inspector, dass wir Mr. Cottons Testamentsvollstrecker sind.«

»Testament?«

»Ja, Testament.« Er klang leicht irritiert. »Sind Sie interessiert?«

»Aber sicher.«

»Würde es Ihnen passen, nach dem Mittag in unserem Büro vorbeizukommen?«

»Ja, sicherlich. Aber hören Sie, können Sie mir sagen ...«

»Gut. Ich treffe Sie dann. Sagen wir, so um halb drei? Auf Wiedersehen, Chief Inspector.«

Banks knallte den Hörer auf. Aufgeblasener Scheiß-Rechtsanwalt. Er fluchte und griff nach einer Zigarette. Aber ein Testament? Das kam unerwartet. Banks hätte nicht gedacht, dass sich solch ein Nonkonformist wie Seth mit dem Aufsetzen eines Testamentes abgegeben hätte. Andererseits besaß er Grund und Boden sowie ein Geschäft. Aber wie konnte er überhaupt in Erwägung gezogen haben, in naher Zukunft zu sterben?

Banks notierte sich den Namen des Rechtsanwaltes und den Termin des Treffens und klebte den Zettel auf seinen Schreibtisch. Dann holte er tief Luft, rief Jenny in ihrem Universitätsbüro in York an und kam gleich zur Sache. »Es tut mir Leid wegen gestern. Ich kann mir denken, wie es geklungen haben muss, aber ich wusste nicht, wie ich es dir sonst sagen sollte.«

»Ich habe übertrieben reagiert«, sagte Jenny. »Ich komme mir wie ein Idiot vor. Du hast wohl nur deinen Job gemacht.«

»Eigentlich wollte ich es dir gar nicht erzählen. Aber dann habe ich gemerkt, dass es gefährlich sein könnte, in Osmonds Nähe zu sein.«

»Und ich hätte deine Warnung nicht als Einmischung verstehen dürfen. Aber allmählich bin ich ziemlich frustriert. Scheiß-Männer! Warum suche ich mir immer wieder die falschen aus?«

»Spielt es für dich eine Rolle, was er getan hat?«

»Natürlich tut es das.«

»Wirst du ihn weiterhin treffen?«

»Keine Ahnung.« Sie täuschte einen gelangweilten Ton vor. »So langsam ödet er mich sowieso an. Hat es irgendwelche Entwicklungen gegeben?«

»Wobei? Beim Einbruch oder dem Mord an Gill?«

»Nun, bei beiden, wenn du schon fragst. Was ist los? Du klingst ein bisschen angespannt.«

»Ach, nichts. Es war ein anstrengender Morgen, das ist alles. Außerdem hatte ich Bammel, dich anzurufen. Hast du von Seth Cotton gelesen?«

»Nein. Ich kam heute Morgen nicht dazu, in die Zeitung zu schauen. Wieso, was ist passiert?«

Banks erzählte es ihr.

»O Gott. Arme Mara. Glaubst du, ich kann irgendetwas tun?«

»Weiß ich nicht. Ich habe keine Ahnung, in welcher Verfassung sie jetzt ist. Ich will sie heute Nachmittag noch besuchen. Ich grüße sie von dir, wenn du willst.«

»Ja, bitte. Sag ihr, wie Leid es mir tut. Und wenn sie jemanden zum Reden braucht ... Was ist deiner Meinung nach passiert? Oder kannst du es nicht sagen?«

»Ich wünschte, ich könnte.« Banks gab ihr eine Zusammenfassung seiner Gedanken.

»Und ich nehme an, du fühlst dich verantwortlich, oder? Ist das der Grund, warum du nicht glauben willst, dass es Boyd getan hat?«

»Was das Schuldgefühl angeht, hast du Recht. Burgess hätte ihn nie gehen lassen, wenn ich ihn nicht dazu gedrängt hätte.«

»Burgess kommt mir kaum wie der Typ Mensch vor, der sich Druck beugt. Ich kann mir nicht vorstellen, dass er sich zu irgendetwas bereit erklärt, das er nicht selbst will.«

»Vielleicht hast du Recht. Aber es ist nicht nur das. Glaube ich wenigstens. Hinter der Sache steckt etwas viel Komplexeres. Aber bitte sag jetzt nicht, dass ich immer alles verkompliziere. Das habe ich schon oft genug gehört.«

»Oh, sind wir heute empfindlich? Ich hatte nichts dergleichen im Sinn.«

»Entschuldige. Meine Nerven liegen wohl etwas blank. Aber zurück zum Einbruch. Ich lasse da was untersuchen, und wir werden wahrscheinlich heute Abend, spätestens morgen früh mehr wissen.«

»Und worum geht es?«

»Das würde ich lieber noch nicht sagen. Aber keine Sorge, ich glaube nicht, dass Osmond irgendwie in Gefahr schwebt.«

»Bist du sicher?«

»Absolut.«

»Ob du Recht hast?«

»Habe ich jemals Unrecht? Pass auf, bevor du zu viel kriegst, ich muss jetzt gehen. Ich melde mich später.«

Aber wohin er gehen musste, wusste er gar nicht genau. Für den Besuch beim Rechtsanwalt war es noch zu früh. Leicht depressiv zündete er sich eine Zigarette an und ging ans Fenster. Das Queens' Arms, das war es. Eine Pastete und ein Pint würden ihn schnell aufmuntern. Außerdem hatten er und Burgess sich unverbindlich um halb zwei dort verabredet, um ihre Ergebnisse zu vergleichen.

II

Banks fand das Büro von Courtney, Courtney und Courtney in der Market Street, ziemlich nah beim Polizeirevier. Zu nah, um genau zu sein, denn für den Weg lohnte es sich nicht, den Walkman einzuschalten.

Die Rechtsanwaltskanzlei befand sich in einem ehemaligen Teeladen. Das neue Firmenschild prangte als Halbkreis aus goldenen Buchstaben auf dem Fenster. Banks fragte die junge Empfangsdame nach Lawrence Courtney und wurde nach einem kurzen Wortwechsel über die Gegensprechanlage in ein großes Büro geführt, das mit Gesetzestexten voll gestapelt war.

Lawrence Courtney, hinter einem riesigen Schreibtisch eingezwängt, war nicht die wohlerzogene Gestalt im dreiteiligen Anzug und mit goldener Uhrkette, Kneifer und gerümpfter Nase, die ständig einem schlechten Geruch ausgesetzt zu sein scheint, wie Banks es nach dem Telefonat erwartet hatte. Stattdessen sah er sich einem entspannten, rundlichen Mann um die fünfzig mit etwas zu langem, blondem Haar, einem breiten, rötlichen Gesicht und einer ziemlich angenehmen Ausstrahlung gegenüber. Sein Jackett hing hinter der Tür. Er trug ein weißes Hemd, eine rot-grün-gestreifte Krawatte und schlichte, schwarze Hosenträger. Banks fiel auf, dass der obere Knopf des Hemdes geöffnet und die Krawatte gelockert war, genau wie seine eigene.

»Seth Cottons Testament«, sagte Banks, als er sich nach einem forschen, feuchten Händedruck hingesetzt hatte.

»Ja. Ich dachte mir, dass Sie daran interessiert sein würden«, sagte Courtney. Der Anflug eines Lächelns huschte über seine rosafarbenen, gummiartigen Lippen.

»Wann hat er es aufgesetzt?«

»Da muss ich nachschauen ... Vor ungefähr einem Jahr, glaube ich.« Courtney fand das Dokument und las das Datum ab.

»Warum ist er zu Ihnen gekommen? Ich weiß nicht, wie gut Sie ihn kannten, aber mir kam er nicht wie die Sorte Mensch vor, die etwas mit Rechtsanwälten zu tun hat.«

»Wir haben den Hauskauf durchgeführt«, sagte Courtney, »und als die Eigentumsübertragung abgeschlossen war, schlugen wir ein Testament vor. Das machen wir häufig.

Dabei geht es gar nicht so sehr um Kundenfang, sondern um eine Vereinfachung der Angelegenheiten. Sehr viele Menschen sterben, ohne ein Testament zu hinterlassen, und Sie machen sich keine Vorstellungen, zu welchen Komplikationen das führt, wenn es keine engere Familie gibt. Nehmen wir zum Beispiel das Haus. Soweit ich weiß, war Mr. Cotton weder verheiratet noch lebte er in einer eheähnlichen Gemeinschaft.«

»Wie hat er auf Ihren Vorschlag reagiert?«

»Er sagte, er würde darüber nachdenken.«

»Und er hat zwei Jahre darüber nachgedacht?«

»Scheint so, ja. Entschuldigen Sie meine Frage, Chief Inspector, aber warum interessieren Sie sich so sehr für die Gründe, ein Testament zu machen? Das ist ganz normal.«

»Mich wundert der Zeitpunkt, mehr nicht. Ich habe mich nur gefragt, warum er es gerade damals gemacht hat und nicht zu einem beliebigen anderen Zeitpunkt.«

»Mmmh. Das sind wohl Dinge, über die Leute wie Sie nachdenken müssen. Sind Sie überhaupt an dem Inhalt interessiert?«

»Selbstverständlich.«

Courtney faltete das Papier vollständig auseinander, starrte es an, legte es dann wieder beiseite und schob die Daumen unter die Hosenträger. »Eigentlich ist es nicht viel«, sagte er. »Er hinterlässt das Haus und das wenige Geld, das er besaß – irgendwas im Bereich von zweitausend Pfund, glaube ich, aber das müssen Sie noch bei der Bank überprüfen –, einer Mara Delacey.«

»Mara? Und das war's?«

»Nicht ganz. Merkwürdigerweise hat er erst vor wenigen Monaten eine Änderung vorgenommen. Kurz vor Weihnachten, um genau zu sein. Sie hat keine Auswirkung auf den ursprünglichen Nachlass, sondern schreibt lediglich vor, dass alles Material, Vermögen und Wohlwollen, welches seine Tischlerei betrifft, in der Hoffnung, dass er es vernünftig benutzen wird, an Paul Boyd übergehen soll.«

»Verdammt noch mal!«

»Stimmt was nicht?«

»Nein, nichts. Entschuldigen Sie. Haben Sie etwas dagegen, wenn ich rauche?«

»Wenn es sein muss.« Courtney nahm einen sauberen Aschenbecher aus der Schublade und schob ihn missbilligend zu Banks hinüber. Davon unbeeindruckt zündete sich Banks eine Zigarette an.

»So wie ich das sehe«, sagte Banks, »hat er also das Haus und das Geld Mara vermacht, nachdem er sie erst seit einem Jahr oder so gekannt hat, und die Tischlerei Paul, nachdem der Junge erst seit ein paar Monaten auf der Farm gewesen ist.«

»Wenn Sie das sagen, Chief Inspector. Das würde darauf schließen lassen, dass Mr. Cotton anderen Menschen schnell vertraute.«

»Allerdings. Oder dass es niemand anderen gab, den er auch nur in Betracht ziehen konnte. Ich bezweifle, dass er gewollt hätte, dass seine gesamte Habe an den Staat fällt. Aber wer weiß, wo Boyd gewesen wäre, wenn Cotton eines natürlichen Todes gestorben wäre? Oder Mara. Könnte er geahnt haben, dass er in Gefahr schwebte?«

»Die Frage kann ich Ihnen leider nicht beantworten«, sagte Courtney. »Unsere Aufgabe umfasst lediglich die gesetzlichen Formalitäten, und Mr. Cotton hat mit Sicherheit mit keinem Wort ein kurz bevorstehendes Ableben erwähnt. Wenn ich Ihnen sonst irgendwie helfen kann, dann bin ich natürlich jederzeit dazu bereit.«

»Ich danke Ihnen«, sagte Banks. »Ich glaube, das ist alles. Werden Sie Mara Delacey informieren?«

»Wir werden uns zu gegebener Zeit mit den Begünstigten in Verbindung setzen, ja.«

»Ist es in Ordnung, wenn ich ihr heute Nachmittag davon erzähle?«

»Ich sehe nicht, was dagegen spricht. Und Sie könnten sie bitten, hier im Büro vorbeizuschauen. Wenn möglich, beide. Ich erkläre ihnen sehr gern die Vorgehensweise. Wenn Sie irgendwelche Probleme mit der Bank bekommen sollten, Chief Inspector, dann verweisen Sie sie an mich. Es handelt sich um die National Westminster Bank, oder NatWest, wie sie sich meines Wissens heutzutage nennt. Die Filiale am Marktplatz. Der Leiter ist ein sehr geschätzter Klient.«

»Ich kenne die Filiale.« Ich kenne sie, dachte Banks, ich starre sie praktisch jeden Tag stundenlang ununterbrochen an.

»Dann auf Wiedersehen, Chief Inspector. Es war mir ein Vergnügen.«

Verwirrter denn je ging Banks hinaus auf die Straße. Bevor er jedoch zurück ins Revier kam, musste er erst seine konfusen Gedanken ein wenig sortieren. Das Testament hatte mit dem Fall wahrscheinlich überhaupt nichts zu tun. Seth Cotton hatte einfach mehr Weitblick besessen, als die meisten Menschen von ihm erwartet hätten. Was war falsch daran? Da seine Eltern tot waren und er keine nahe Verwandtschaft hatte, war es vollkommen natürlich, dass er das Haus Mara hinterließ. Und Paul Boyd war schließlich sein Lehrling. Aus Seths Perspektive handelte es sich um eine Geste des Vertrauens und der Zuneigung.

Selbst wenn Mara und Paul gewusst hätten, was sie erben würden, hätte keiner von beiden, das stand für Banks fest, Seth ermordet, um es zu bekommen. Mit Seth war das Leben für Mara eindeutig besser als ohne ihn. Und was für hässliche Seiten Boyds Charakter auch verbergen mochte, er war weder dumm noch kleinkariert genug, um für einen Satz Tischlerwerkzeuge zu töten. Vergiss also das Testament, sagte sich Banks. Es war eine nette Geste, aber es war unwichtig. Außer vielleicht was das Datum betraf. Warum hatte er nach Courtneys Vorschlag zwei Jahre gewartet, bis er das Testament tatsächlich aufsetzte? Unentschlossenheit?

Daraus ergab sich zudem eine wesentlich ernstere Frage: Hatte Seth vor einem Jahr das Gefühl gehabt, dass sein Leben in Gefahr war? Wenn das der Fall war, warum hatte es dann so lange gedauert, bis sich die Gefahr zeigte? Und war die Angst davor außerdem in der Weihnachtszeit erneut aufgeflammt?

Bevor er in sein Büro zurückkehrte, schaute er kurz in die National Westminster Bank hinein. Er hatte keinerlei Probleme, Einzelheiten über Seths finanzielle Angelegenheiten zu erfahren. Sein Sparkonto belief sich auf 2343,64 Pfund, sein Girokonto auf 421,33 Pfund.

Als er ins Revier kam, war es nach halb vier Uhr. Eine Nachricht von Vic Manson besagte, dass Fasern, die mit denen des Staubtuches übereinstimmten, auf den Tasten der Schreibmaschine gefunden worden waren. Aber, hatte Manson mit der typischen Vorsicht eines Kriminaltechnikers hinzugefügt, es gab keine Möglichkeit nachzuweisen, ob die Maschine abgewischt wurde, bevor oder nachdem der Abschiedsbrief getippt worden war. Der Druck der Finger auf die Tasten verschmiert häufig die Abdrücke.

Banks' kurzes Gespräch mit Burgess beim Mittag hatte auch nichts Neues ergeben. Dirty Dick hatte Osmond getroffen, war aber keinen Schritt weiter gekommen. Nachmittags wollte er zu Tim und Abha und war ziemlich froh, dass er Mara Delacey Banks überlassen konnte. Soweit es Burgess betraf, war die Sache so gut wie gelaufen, er wollte allerdings noch mehr Beweise, um Boyd oder Cotton mit politischem Extremismus in Verbindung zu bringen. Fast die ganze Zeit hatte er Glenys im Visier gehabt und Banks daran erinnert, dass sie heute ihren freien Abend hatte. Zum Glück war Cyril nirgends zu sehen gewesen.

Banks hinterließ Burgess eine Nachricht im Revier, in der er zusammenfasste, was Lawrence Courtney über Seths Testament berichtet hatte. Da Richmond mit anderen Dingen beschäftigt war, rief er dann Sergeant Hatchley, damit er ihn begleitete und die Ausrüstung für Fingerabdrücke mitbrachte. Er nahm die Muddy-Waters-Kassette aus seinem Walkman und eilte mit ihr und einem schnaubenden und schnaufenden Hatchley im Schlepptau hinaus zum Wagen. Es war Zeit für ein Gespräch mit Mara Delacey, sofern sie dazu bereit war.

»Was halten Sie von Superintendent Burgess?«, fragte Banks Hatchley unterwegs. Während der letzten paar Tage hatten sie kaum Gelegenheit gehabt, miteinander zu sprechen.

»Unter uns?«

»Ja.«

»Tja …« Hatchley rieb sich das Gesicht mit einer seiner Pranken. »Am Anfang schien er ganz in Ordnung zu sein. Er hat irgendwie Feuer unter dem Hintern. Sie wissen schon, auf und davon. Aber ich hätte gedacht, dass so ein Überflieger wie er mittlerweile schon ein bisschen weiter gekommen sein müsste.«

»Wir sind alle nicht viel weiter gekommen«, sagte Banks. »Was wollen Sie? Der Mann ist schließlich auch nur aus Fleisch und Blut.«

»Das wird es wohl sein. Am Anfang macht er viel Tamtam und dann …«

»Unterschätzen Sie ihn nicht«, sagte Banks. »Er fühlt sich hier oben einfach fehl am Platz. Es frustriert ihn allmählich, dass nicht aus jedem Winkel und Loch unserer Stadt wahnsinnige Anarchisten hervorkriechen.«

»Genau«, sagte Hatchley. »Und Sie dachten, ich wäre ein Erzkonservativer.«

»Das sind Sie auch.«

Hatchley knurrte.

»Wenn wir da sind, dann möchte ich, dass Sie einen Blick in Seths Aktenschrank in der Werkstatt werfen«, fuhr Banks fort, als er auf die Römerstraße bog. »Gucken Sie, ob Sie noch mehr Beispiele für seine Maschinenschrift finden. Außerdem möchte ich, dass Sie von jedem die Fingerabdrücke nehmen. Fragen Sie nach ihrem Einverständnis, und wenn sie sich weigern, sagen Sie ihnen, dass wir einen Gerichtsbeschluss kriegen können. Erklären Sie ihnen auch, dass alle Abdrücke vernichtet werden, sofern es zu keiner Anklage kommt.« Banks hielt inne und kratzte seine Narbe. »Ich hätte auch gerne, dass alle ein paar Zeilen auf Seths Schreibmaschine tippen, aber da müssen wir erst warten, bis sie aus dem Labor zurückkommt. Alles klar?«

»In Ordnung«, sagte Hatchley.

Zoe öffnete die Tür, sie sah müde und abgespannt aus.

»Mara ist nicht hier«, antwortete sie auf Banks Frage. Sie machte die Tür nur ein paar Zentimeter weit auf.

»Ich dachte, sie hätte ein Beruhigungsmittel bekommen.«

»Das war gestern Nacht. Sie hat lange und tief geschlafen. Sie sagte, sie würde gerne in den Laden gehen, um ein bisschen zu töpfern. Die Ärztin hat gemeint, es könnte ihr vielleicht ganz gut tun. Elsbeth ist ja da, falls ... nur falls.«

»Dann fahre ich runter ins Dorf«, sagte Banks zu Hatchley. »Sie erledigen hier alles. Würden Sie den Sergeant hereinlassen, Zoe?«

Zoe seufzte und machte die Tür ganz auf.

»Kommen Sie wieder zurück?«, fragte Hatchley.

Banks schaute auf seine Uhr. »Warum treffen wir uns nicht im Black Sheep?«

Bei der Aussicht auf ein Pint Black Sheep Bitter strahlte Hatchley, dann machte er ein langes Gesicht. »Wie komme ich da hin?«

»Zu Fuß.«

»Zu Fuß?«

»Ja. Nur etwa einen Kilometer den Weg runter. Wird Ihnen gut tun. Und Sie kriegen Durst.«

Da er noch nie ein Problem damit hatte, ohne Bewegung Durst zu entwickeln, war Hatchley nicht besonders begeistert. Doch Banks überließ ihn seinem Schicksal und fuhr hinab nach Relton.

Mara saß in der Werkstatt über ihr Töpferrad gebeugt und drehte behutsam den Rand einer Vase. Elsbeth führte Banks nach hinten. »Ein Polizist will dich sprechen«, brummte sie mit kaum unterdrücktem Unmut und ging dann zurück in den Laden.

Mara schaute auf. »Einen Moment«, sagte sie. »Wenn ich jetzt aufhöre, war die ganze Arbeit umsonst.« Banks lehnte sich gegen den Türrahmen und verhielt sich ruhig. Der Raum roch nach feuchtem Ton. Dazu war es heiß. Der Ofen im hinteren Bereich erzeugte eine Menge Hitze. Maras langes, braunes Haar war zurückgebunden, wodurch in ihrer Konzentration die Kantigkeit ihrer Nase und ihres Kinns betont wurde. Ihr weißer Kittel war mit Tonflecken gesprenkelt.

Schließlich wässerte sie die Radplatte, löste die Vase mit einem Käseschneider, ließ sie dann vorsichtig in ihre Hand gleiten und stellte sie auf ein Brett.

»Und jetzt?«, fragte Banks.

»Jetzt muss sie trocknen.« Sie verstaute die Vase auf einem großen Regal im hinteren Bereich der Werkstatt. »Dann kommt sie in den Ofen.«

»Ich dachte, der Ofen trocknet sie.«

»Nein. Der brennt sie. Zuerst muss sie so trocken wie alter Cheddar werden.«

»Die sind schön«, sagte Banks und zeigte auf eine paar fertige orange und braun lasierte Becher.

»Danke.« Maras Augen waren geschwollen und ihr Blick leicht unscharf, ihre Bewegungen langsam und zombiemäßig. Selbst ihre Stimme, so fiel Banks auf, war kraftloser als sonst und ohne Gefühl und Lebendigkeit.

»Ich muss Ihnen ein paar Fragen stellen«, sagte er.

»Das dachte ich mir.«

»Haben Sie etwas dagegen?«

Mara schüttelte den Kopf. »Bringen wir es hinter uns.«

Sie ließ sich auf dem Rand ihres Hockers nieder, Banks setzte sich auf eine Kiste genau auf der Türschwelle. Er konnte Elsbeth summen hören, die im Laden eine Inventur machte.

»Ist Ihnen während des Treffens gestern Nachmittag aufgefallen, dass jemand ungewöhnlich lange weg war?«, fragte Banks.

»Das war erst gestern? Gott, es kommt mir vor, als wäre es Monate her. Nein, mir ist nichts aufgefallen. Die Leute kamen und gingen, aber ich glaube nicht, dass jemand lange weg war. Aber ich bin mir nicht sicher, ob es mir überhaupt aufgefallen wäre.«

»Hat Seth Ihnen gegenüber vorher jemals von Selbstmord gesprochen? Hat er das Thema je angeschnitten?«

Mara presste ihre Lippen zusammen, dass alles Blut aus ihnen zu weichen schien. »Nein. Nie.«

»Er hat es schon einmal versucht, wissen Sie?«

Mara hob ihre schmalen Augenbrauen. »Anscheinend kannten Sie ihn besser als ich.«

»Niemand kannte ihn richtig, soweit ich das beurteilen kann. Es gibt ein Testament, Mara.«

»Ich weiß.«

»Können Sie sich erinnern, wann er es gemacht hat?«

»Ja. Er hat Witze darüber gemacht. Er würde sich dadurch wie ein alter Mann fühlen, hat er gesagt.«

»Das ist alles?«

»Alles, woran ich mich erinnere.«

»Hat er gesagt, warum er es zu diesem Zeitpunkt gemacht hat?«

»Nein. Er hat mir nur erzählt, dass der Rechtsanwalt, der den Hauskauf abgewickelt hat, Courtney, ihm gesagt hat, er sollte eines machen, und dass er lange darüber nachgedacht hat.«

»Kennen Sie den Inhalt des Testaments?«

»Ja. Er hat gesagt, er würde mir das Haus hinterlassen. Bin ich dadurch eine Verdächtige?«

»Wussten Sie von dem Zusatz?«

»Zusatz? Nein.«

»Er vererbt seine Werkzeuge und Materialen an Paul.«

»Nun, warum nicht? Paul war eifrig, und ich habe keine Verwendung dafür.«

»Wusste Paul davon?«

»Keine Ahnung.«

»Er hat diesen Zusatz so um Weihnachten letztes Jahr gemacht.«

»Vielleicht war das seine Vorstellung von einem Geschenk.«

»Aber was hat ihn zu dem Gedanken veranlasst, er würde sterben? Wie alt war Seth – vierzig? Unter normalen Umständen hätte er siebzig oder so werden können. Hat er sich wegen irgendetwas Sorgen gemacht?«

»Seth erschien immer ... nicht besorgt, eher nachdenklich. In letzter Zeit war er sogar noch trübsinniger geworden. So war er einfach.«

»Aber es gab keinen besonderen Grund?«

Mara schüttelte den Kopf. »Ich glaube nicht, dass er sich selbst umgebracht hat, Mr. Banks. Er besaß eine Menge, wofür sich zu leben lohnte. Er hätte uns nicht so einfach im Stich gelassen. Jeder hat sich auf Seth verlassen. Wir schauten zu ihm auf. Und er hat sich um mich gekümmert, um uns alle. Ich glaube, jemand muss ihn getötet haben.«

»Wer?«

»Ich weiß es nicht.«

Banks veränderte seine Sitzposition auf der Kiste. Die Oberfläche war hart, außerdem spürte er, wie sich ein Nagel in seinen rechten Oberschenkel bohrte. »Erinnern Sie sich an Elizabeth Dale?«

»Liz. Ja, natürlich. Komisch, ich habe erst letzte Nacht an sie gedacht.«

»An was haben Sie gedacht?«

»Ach, an nichts Besonderes. Wahrscheinlich wie eifersüchtig ich war, als sie damals auf die Farm kam. Da kannte ich Seth erst ein halbes Jahr. Wir waren glücklich, aber, ich weiß auch nicht, ich war wohl unsicher. Bin es noch immer.«

»Warum waren Sie eifersüchtig?«

»Vielleicht ist es nicht das richtige Wort. Ich fühlte mich nur ausgeschlossen, das ist alles. Seth und Liz kannten sich schon lange, und ich teilte ihre Erinnerungen nicht. Sie saßen immer noch lange zusammen und redeten, nachdem ich ins Bett ging.«

»Haben Sie gehört, über was die beiden geredet haben?«

»Nein. Ich konnte oben nichts verstehen. Rauchen Sie nur, wenn Sie wollen.«

»Danke.« Sie musste bemerkt haben, wie er sich nervös nach einem Aschenbecher umgesehen hatte. Er zog seine Schachtel hervor und bot Mara eine Zigarette an.

»Ich glaube, ich nehme eine«, sagte sie. »Ich habe heute einfach keine Lust, mir eine zu drehen.«

»Mochten Sie Liz Dale?«

Mara zündete sich die Zigarette an und nahm einen tiefen Zug. »Nicht besonders. Ich weiß nicht warum, es war nur so ein Gefühl. Sie war natürlich ziemlich verkorkst, aber selbst so erschien sie wie jemand, der die Menschen ausnutzt und sich zu sehr auf andere verlässt. Sie hatte etwas Berechnendes an sich.« Sie zuckte müde mit den Schultern und blies Rauch durch die Nase aus. »Aber sie war eine Freundin von Seth. Ich habe nichts gesagt.«

»Also haben Sie sich mit ihr abgefunden?«

»Das war ja nicht schwer. Sie war nur drei Tage bei uns, dann kamen diese SS-Männer von der Klinik und haben sie zurückgebracht.«

»Zuerst kam Dennis Osmond, oder?«

»Ja. Aber er war zu nachgiebig, hieß es. Er konnte nicht verstehen, warum sie nicht bei uns bleiben durfte, besonders da sie ja nicht eingewiesen worden war oder so, sondern von allein in die Klinik gegangen ist. Er hat sich mit dem Klinikpersonal rumgestritten, aber es hat nichts gebracht.«

»Wie kamen Osmond und Liz zurecht?«

»Das weiß ich wirklich nicht. Ich meine, er hat sich für sie eingesetzt, mehr nicht.«

»Zwischen ihnen war nichts?«

»Was meinen Sie? Sexuell?«

»Was auch immer.«

»Kann ich mir nicht vorstellen. Sie haben sich nur zweimal getroffen, und ich würde nicht sagen, dass sie sein Typ war.«

»Und dabei hat Seth Osmond kennen gelernt?«

»Soweit ich weiß.«

»Hatten Sie den Eindruck, dass Osmond Liz bereits kannte?«

»Nein. Aber man kann sich täuschen. Worauf wollen Sie hinaus?«

»Das weiß ich selbst nicht so genau. Ich folge nur meinem Riecher.«

»Mr. Banks«, flüsterte Mara plötzlich, »glauben Sie, dass Dennis Osmond Seth getötet hat? Ist es das? Ich weiß, dass Seth es nicht selbst getan haben kann, und ich ... ich glaube, ich kann nicht mehr klar denken.«

»Ganz ruhig.« Banks fing sie auf, als sie nach vorn vom Hocker rutschte. Ihr Haar roch nach Äpfeln. Er setzte sie auf den ungepolsterten Stuhl in der Ecke. Tränen füllten ihre Augen. »Alles in Ordnung?«

»Ja. Entschuldigen Sie. Dieses Beruhigungsmittel nimmt mir fast jedes Gefühl, aber ...«

»Es ist trotzdem da?«

»Ja. Nur unter der Oberfläche.«

»Wir können auch später weitermachen, wenn Sie möchten. Ich kann Sie nach Hause fahren.« Er dachte daran, wie erfreut Hatchley sein würde, den Cortina wieder auftauchen zu sehen.

Mara schüttelte den Kopf. »Nein, es ist alles in Ordnung. Ich komme schon zurecht. Ich bin nur verwirrt. Vielleicht einen Schluck Wasser.«

Banks füllte ein Glas voll Wasser aus dem Hahn über dem fleckigen Porzellanbecken in der Ecke und reichte es ihr.

»Uns geht es genauso«, sagte er. »Auch wir sind verwirrt. In mancher Hinsicht sah es wie Selbstmord aus, aber es gibt Widersprüche.«

»Er hätte niemals Selbstmord gemacht, da bin ich mir sicher. Paul war wieder zurück. Seth war glücklich. Er hatte die Farm, Freunde, die Kinder ...«

Banks wusste nicht, was er sagen sollte, damit sie sich besser fühlte.

»Als er es früher versucht hat«, sagte sie, »war es wegen Alison?«

»Ja.«

»Das kann ich verstehen. Es ergibt einen Sinn. Aber das hier nicht. Jemand muss ihn umgebracht haben.« Mara nippte an dem Wasser. »Jeder könnte durch die Seitenpforte gekommen sein und sich an ihn herangeschlichen haben.«

»So war es nicht, Mara. Glauben Sie mir, er muss die Person gekannt haben. Es muss jemand gewesen sein, in dessen Gegenwart er sich wohl fühlte. Haben Sie Liz Dale gesehen oder etwas von ihr gehört, seit sie weg ist?«

»Nein. Seth hat sie ein paar Mal in der Klinik besucht, aber dann hat er sie aus den Augen verloren.«

»Irgendwelche Briefe?«

»Er hat mir jedenfalls nie davon erzählt.«

»Weihnachtskarten?«

»Nein.«

»Wissen Sie, wo sie jetzt lebt?«

»Nein. Ist es wichtig?«

»Könnte sein. Wissen Sie etwas über ihren Hintergrund?«

Mara runzelte die Stirn und rieb sich an der Schläfe. »Soweit ich weiß, stammt sie irgendwo aus dem Süden. Sie war Krankenschwester, bis ... Tja, sie geriet in schlechte Gesellschaft, bekam mit Drogen zu tun und verlor ihren Job. Seitdem hat sie sich einfach so treiben lassen.«

»Und landete schließlich in Hebden Bridge?«

»Genau.«

»Haben Sie gesehen, dass sie hier auf der Farm Drogen genommen hat?«

»Nein. Und das sage ich nicht bloß so. Sie war weg vom Heroin. Das war ein Grund, warum sie mit allem nicht mehr klarkam.«

»War Seth jemals abhängig?«

»Glaube ich nicht. Ich denke, er hätte es mir erzählt. Wir haben über Drogen gesprochen, was wir von ihnen hielten und dass sie für uns eigentlich nicht wichtig waren, deshalb glaube ich, dass er es mir erzählt hätte.«

»Und Sie haben keine Ahnung, wo sich Liz jetzt aufhält?«

»Überhaupt keine.«

»Was ist mit Alison?«

»Was soll mit ihr sein? Sie ist tot.«

Eine Spur Bitterkeit hatte sich in ihren Ton geschlichen, und Banks fragte sich, warum. Eifersucht? Das kam vor. Viele Menschen waren eifersüchtig auf frühere Liebhaber ihrer Partner, selbst auf Tote. Oder war sie wütend auf Seth, weil er ihr einen Teil seines Lebens vorenthalten und nicht alle seine Gefühle mit ihr geteilt hatte? Sie löste ihr Haar und schüttelte den Kopf, sodass ihr die walnussbraunen Locken auf die Schultern herabfielen.

»Kann ich noch eine Zigarette haben?«

»Natürlich.« Banks gab ihr eine. »Bestimmt wird Ihnen Seth etwas erzählt haben«, sagte er. »Man lebt nicht zwei Jahre mit einem Menschen zusammen, ohne etwas über seine Vergangenheit zu erfahren.«

»Nicht? Und woher wollen Sie das wissen?«

Banks wusste es nicht. Als er Sandra kennen gelernt hatte, waren sie beide noch jung gewesen und hatten nur eine kurze Vergangenheit, über die man sprechen konnte, und nichts davon war besonders interessant. »Es ergibt einfach keinen Sinn«, sagte er.

Die Ladenglocke klingelte und durchbrach die Stille. Sie konnten hören, wie Elsbeth einen Kunden begrüßte, seinem schleppenden Tonfall nach einen Amerikaner.

»Was werden Sie jetzt tun?«, fragte Banks.

Mara rieb sich die Augen. »Keine Ahnung. Ich bin zu

müde, um weiter zu töpfern. Ich glaube, ich gehe jetzt einfach nach Hause und lege mich ins Bett.«

»Soll ich Sie fahren?«

»Nein. Wirklich nicht. Ein bisschen frische Luft und Bewegung werden mir gut tun.«

Banks lächelte. »Ich wünschte, mein Sergeant würde so denken.«

»Wieso?«

Banks erklärte es ihr, und Mara brachte ein schwaches Lächeln zustande.

Gemeinsam gingen sie hinaus. Auf dem Weg kassierte Banks einen griesgrämigen Blick von Elsbeth. Vor dem Black Sheep wandte sich Mara ab.

»Was Sie durchmachen müssen, tut mir wirklich Leid«, sagte Banks verlegen zu ihrem Rücken.

Mara drehte sich um und starrte ihn lange an. Er konnte nicht sagen, was sie in dem Moment dachte oder fühlte.

»Danke«, sagte sie schließlich, »ich weiß, dass Sie es ehrlich meinen.«

»Auch Jenny lässt Ihnen ihr Beileid ausrichten. Sie sagt, Sie können sie jederzeit anrufen, wenn Sie etwas brauchen ... eine Freundin.«

Mara sagte nichts.

»Sie hat Ihr Vertrauen nicht enttäuscht. Sie hatte sich Sorgen um Sie gemacht. Und Sie haben sich an Jenny gewandt, weil Sie sich um Paul sorgten, nicht wahr?«

Mara nickte langsam.

»Also rufen Sie sie doch einfach an. In Ordnung?«

»In Ordnung.« Und trotz ihrer Größe erschien Mara wie eine zerbrechliche Gestalt, als sie im Dunkeln den Weg zur Römerstraße hinaufging.

Hatchley war bereits im Black Sheep und zwar, dem leeren Glas neben dem halb vollen vor ihm nach zu urteilen, beim zweiten Bier. Banks ging zuerst an die Theke, kaufte zwei weitere und setzte sich zu ihm. Seinetwegen konnte Hatchley so viel trinken, wie er wollte. Er war selbst nüchtern ein miserabler Fahrer, und Banks hatte nicht die Absicht, ihn auch nur in die Nähe des Fahrersitzes seines Cortinas zu lassen.

»Was rausgekriegt?«, fragte der Sergeant.

»Nein, nichts Richtiges. Und Sie?«

»Der kräftige Kerl mit dem zotteligen Bart hat am Anfang etwas Streit gesucht, aber das kleine Mädel mit den roten Haaren konnte ihn davon überzeugen, dass es am besten ist zu kooperieren.«

»Verdammt«, sagte Banks. »Ich wusste, dass ich was vergessen habe. Maras Fingerabdrücke. Egal, ich kann sie auch noch später kriegen.«

»Auf jeden Fall«, fuhr Hatchley fort, »waren die meisten Briefe in dem Schrank nur Durchschläge, aber ich konnte ein paar Entwürfe aus dem Papierkorb retten.«

»Gut.«

»Sie klingen nicht besonders zufrieden«, beklagte sich Hatchley.

»Was? Oh, tut mir Leid. Ich war mit den Gedanken ganz woanders. Trinken wir aus, dann können wir unsere Ergebnisse noch ins Labor schicken.«

Hatchley leerte sein drittes Glas mit erstaunlicher Geschwindigkeit und schaute auf die Uhr. »Es ist gleich halb sieben«, sagte er. »Da lohnt sich die Eile auch nicht mehr. Die haben wahrscheinlich schon alle Feierabend gemacht.« Er schaute rüber zur Theke. »Wir können genauso gut noch ein Bier trinken.«

Banks lächelte. »Zwingende Logik, Sergeant. Na gut. Aber ein schnelles. Und Sie sind dran.«

III

Zu Hause gelang es Banks, eine Tiefkühlmahlzeit bestehend aus Erbsen, Kartoffelbrei und Kalbsschnitzel aufzuwärmen, ohne sie zu ruinieren. Nach dem Abwasch, was in diesem Fall bedeutete, Messer und Gabel abzuspülen und die Aluverpackung in den Mülleimer zu werfen, rief er Sandra an.

»Und wann kriege ich meine Frau zurück?«, fragte er.

»Mittwochmorgen. Mit dem Frühzug«, sagte Sandra. »Wir werden so gegen Mittag zu Hause sein. Vater hat sich ziemlich gut erholt, und Mutter kommt besser damit zurecht, als ich dachte.«

»Gut. Ich werde versuchen, da zu sein«, sagte Banks. »Es kommt drauf an.«

»Wie läuft es denn?«

»Alles wird komplizierter.«

»Du hörst dich ziemlich mürrisch an. Ein gutes Zeichen. Je komplizierter alles erscheint und je schlechter deine Laune wird, desto näher ist das Ende.«

»Tatsächlich?«

»Natürlich. Wenn man so lange zusammenlebt, erkennt man allmählich die Anzeichen für so was.«

»Manchmal frage ich mich, was die Menschen überhaupt voneinander wissen.«

»Wirst du jetzt philosophisch?«

»Nein, nur frustriert. Wie geht es Brian und Tracy?«

»Gut. Sie sind nur ein bisschen unruhig. Besonders Brian. Du kennst ja Tracy, sie ist schon glücklich, wenn sie ihren Kopf in ein Geschichtsbuch stecken kann. Aber bei ihm dreht sich jetzt alles um Sport und Popmusik. American Football ist zurzeit anscheinend in.«

»Ach, du lieber Gott.«

Während der letzten Jahre hatte sich Brian sehr verändert.

Er schien sogar das Interesse an der elektrischen Eisenbahn verloren zu haben, die Banks im Gästezimmer aufgebaut hatte. Banks spielte häufiger damit als Brian. Aber wahrscheinlich, so musste er zugeben, war das nie anders gewesen.

Um in der Leere nach dem Gespräch nicht unterzugehen, schenkte er sich ein Glas Bell's ein und legte Leroy Carr und Scrapper Blackwell auf. Dabei versuchte er, die in seinem Kopf angesammelten Informationen treiben zu lassen, bis sie sich selbstständig zu neuen Mustern formten. So absonderlich auch alles erschien, allmählich kam eine Reihe von Dingen zusammen. Das Problem war nur, dass eine Theorie die andere zunichte zu machen schien.

Kurz vor zehn Uhr weckte ihn die Türklingel aus einem leichten Nickerchen. Die Kassette war schon lange zu Ende und das Eis in seinem zweiten Scotch war geschmolzen.

»Tut mir Leid, dass ich so spät komme«, sagte Richmond, »aber ich bin gerade erst fertig geworden.«

»Kommen Sie rein.« Banks rieb sich die Augen. »Setzen Sie sich. Einen Drink?«

»Wenn es keine Umstände macht, Sir. Obwohl ich genau genommen wahrscheinlich immer noch im Dienst bin.«

»Scotch? Im Kühlschrank gibt es auch Bier.«

»Scotch ist okay, Sir. Aber ohne Eis, bitte.«

Banks grinste. »Ich werde schon wie ein Ami und werfe Eis in den guten Scotch. Bald beschwere ich mich noch, dass mein Bier zu warm ist.«

Richmond platzierte seinen langen, athletischen Körper in einen Sessel und strich sich über den Schnurrbart.

»Wenn ich sehe, wie Sie mit Ihrer Gesichtsbürste spielen«, sagte Banks, »gehe ich mal davon aus, dass Sie erfolgreich waren.«

»Was? Äh, ja, Sir. Hätte nicht gedacht, dass man es mir gleich ansieht.«

»Das geht nicht nur mir so, denke ich. Sie würden keinen guten Pokerspieler abgeben. Und bei Verhören sollten Sie besser drauf achten. Aber dann mal los. Was haben Sie herausgefunden?«

»Also«, begann Richmond und zog sein Notizbuch zu Rate. »Ich habe es genau so gemacht, wie Sie sagten, Sir. Ich habe mich diskret in der Nähe von Tims und Abhas Wohnung rumgetrieben. Den ganzen Nachmittag waren sie zu Hause.«

»Und dann?«

»So um acht sind sie weggegangen, ich schätze, in den Pub. Und eine halbe Stunde später fuhr der blaue Escort vor, zwei Männer stiegen aus und verschwanden im Gebäude. Sie sahen so aus wie diejenigen, die Sie beschrieben haben. Sie müssen irgendwo in der Nähe gelauert haben, denn sie schienen genau zu wissen, wann sie kommen konnten, und haben sicherheitshalber ein wenig gewartet, falls Tim und Abha nur kurz einkaufen gegangen wären oder so.«

»Sie haben nicht versucht, sie am Reingehen zu hindern, oder?«

Richmond machte einen bestürzten Eindruck. »Ich habe genau Ihre Anweisungen befolgt, Sir, obwohl ich es ein bisschen seltsam fand, untätig einem Verbrechen zuzuschauen. Die Eingangstür ist normalerweise nur eingeklinkt, also konnten sie einfach reinmarschieren. Die einzelnen Wohnungen sind allerdings abgesperrt, sie müssen also eingebrochen sein. Auf jeden Fall kamen sie nach einer Viertelstunde mit einer Reihe Ordner wieder raus, so gelbbraune, würde ich sagen.«

»Und dann?«

»Ich bin ihnen im angemessenen Abstand gefolgt. Sie stellten den Wagen auf dem Parkplatz des Castle Hotels ab und gingen rein. Ich bin nicht gleich hinterhergegangen, Sir, sie hätten mich bemerken können. Und sie kamen nicht wieder raus. Nachdem sie ungefähr zehn Minuten verschwunden waren, bin ich reingegangen und habe den Empfangschef nach den beiden gefragt und mir das Gästebuch zeigen lassen. Sie haben sich als James Smith und Thomas Brown eingetragen.«

»Wie einfallsreich. Entschuldigung, fahren Sie fort.«

»Tja, ich habe das Gleiche gedacht, Sir, deshalb bin ich zurück ins Büro gegangen und habe die Autonummer überprüft. Der Wagen wurde von einer Firma in York für einen Mr. Cranby gemietet, Mr. Keith J. Cranby, falls Ihnen der Name etwas sagt. Da er natürlich seinen Führerschein zeigen musste, wird es sich wahrscheinlich um seinen richtigen Namen handeln.«

»Cranby? Nein, sagt mir nichts. Was passierte dann?«

»Nichts, Sir. Mittlerweile war es schon ziemlich spät, deshalb dachte ich, es ist besser, ich berichte Ihnen gleich alles. Übrigens sah ich diese Bardame, Glenys, ins Hotel gehen, als ich draußen gewartet habe. Hat einen ziemlich verschämten Eindruck gemacht.«

»War Cyril irgendwo zu sehen?«

»Nein. Ich habe ihn nicht gesehen.«

»Sie haben gute Arbeit geleistet, Phil«, sagte Banks. »Ich schulde Ihnen was.«

»Worum geht es eigentlich?«

»Das würde ich lieber noch nicht sagen, nachher liege ich falsch. Aber Sie werden es als Zweiter erfahren, versprochen. Haben Sie überhaupt schon gegessen?«

»Ich hatte ein paar Sandwiches dabei.« Er schaute auf seine Uhr. »Aber ein Bier könnte ich vertragen.«

»Da ist immer noch Bier im Kühlschrank.«

»Ich mag kein Flaschenbier.« Richmond klopfte auf seinen flachen Bauch. »Zu viel Kohlensäure.«

»Und zu kalt?«

Richmond nickte.

»Dann kommen Sie. Vor der Sperrstunde schaffen wir noch ein, zwei Gläser. Sie sind eingeladen. Queen's Arms?«

»Gern, Sir.«

Einheimische und Bauernjungen aus den Dörfern bevölkerten den Pub und sorgten für einen hohen Lärmpegel. Banks warf einen Blick auf das Thekenpersonal, konnte aber weder Glenys noch Cyril entdecken. Nachdem er sich zur Theke durchgedrängelt hatte, fragte er eine der regelmäßigen Aushilfsbedienungen, wo der Chef war.

»Hat den Abend freigenommen, Mr. Banks. Einfach so.« Sie schnippte mit den Fingern. »Er sagte, wir würden es zu dritt schon schaffen. Außerdem tat er total geheimnisvoll. Aber er ist der Boss, oder? Er kann machen, was er will.«

»Sie sagen es, Rosie«, meinte Banks. »Geben Sie mir zwei Gläser von Ihrem besten Bitter.«

»Sollen Sie haben, Mr. Banks.«

Sie standen an der Theke und unterhielten sich mit den Stammgästen, die genau wussten, dass man ihnen besser nicht zu viele Fragen über ihre Arbeit stellte. Dafür, dass er immer noch nicht die Lösung gefunden hatte, fühlte sich Banks allmählich ungewöhnlich zufrieden. Ob es an dem Gespräch mit Sandra, dem Nickerchen, Richmonds Erfolg oder dem Bier lag, wusste er nicht. Vielleicht war es die Kombination der vier Ereignisse. Aber er wusste, dass er kurz vor dem Abschluss des Falles stand. Wenn er das Problem der zwei sich gegenseitig ausschließenden Erklärungen für den Tod von Gill und von Seth lösen könnte, dann hätte er seine Tücher im Trockenen. Der morgige Tag versprach interessant zu werden. Zuerst würde er Liz Dale aufspüren und herausfinden, was sie wusste, und dann gab es da noch eine andere Angelegenheit ... Ja, morgen würde es tatsächlich sehr interessant werden. Und übermorgen würde Sandra wieder zu Hause sein.

»Letzte Runde!«, rief Rosie.

»Nehmen wir noch eins?«, fragte Richmond.

»Nur zu. Warum nicht«, sagte Banks. Ihm war seltsamerweise nach Feiern zumute.

SECHZEHN

I

Am nächsten Morgen glänzte Dirty Dick durch Abwesenheit. Banks nutzte die Gelegenheit, um ein paar wichtige Telefonate zu führen, und machte sich dann früh auf den Weg.

Südlich von Bradford begann es zu regnen. Banks schaltete die Scheibenwischer ein und steckte sich mit dem Zigarettenanzünder eine Zigarette an. Im Autoradio sang Walter Davis so etwas wie: »Du hast sie nicht alle, Baby, ich glaube, du brauchst eine Spritze.«

Im Ballungsgebiet der alten Fabrikstädte von West Yorkshire konnte man sich sehr schnell verfahren. Am Ostrand der Pennines in die Täler gebaut, schienen sie nahtlos ineinander überzugehen, und man konnte nur schwer sagen, wo genau man sich gerade befand. Im fahlen Licht sahen die riesigen alten Textilfabriken, unter deren Dächern im letzten Jahrhundert alle Abläufe der Textilherstellung versammelt waren, trostlos aus. Sie waren fünf oder sechs Stockwerke hoch, hatten ein Flachdach, dicht gedrängte Fensterreihen und Schornsteine, die so hoch waren, dass man sie aus vielen Kilometern Entfernung sehen konnte.

Cleckheaton, Liversedge, Heckmondwike, Brighouse, Rastrick, Mirfield, merkwürdige Namen, die Banks normalerweise nur mit Blaskapellen und Rugbymannschaften in Verbindung brachte, flogen auf Ortsschildern vorbei. Als er sich Huddersfield näherte, fuhr er langsamer und hielt durch die regenbespritzte Windschutzscheibe nach der Abzweigung Ausschau.

Zum Glück lag die psychiatrische Klinik am nördlichen Stadtrand, sodass er nicht durchs Zentrum fahren musste. Als er den Wegweiser sah, bog er wie angegeben zwischen zwei verfallenen Lagerhäusern nach links in eine Straße ein.

Nach so vielen Kilometern trostloser Industriebrache löste das Grün der Klinikanlage einen regelrechten Schock aus. Sie war von einer hohen Backsteinmauer umgeben, und am Tor stand ein Wachposten, aber dahinter schlängelte sich die Auffahrt durch Bäume und einen gepflegten Rasen zu dem modernen L-förmigen Klinikkomplex. Banks parkte seinen Wagen auf dem Besucherparkplatz und stellte sich dann am Empfang vor.

»Dafür müsste Dr. Preston zuständig sein«, sagte die Empfangsdame und schlug unter Elizabeth Dale in ihrem Register nach. »Aber Sie müssen wissen, dass der Doktor keine Informationen über seine Patienten weitergeben kann.«

Banks lächelte. »Aber er wird mich empfangen, oder?«

»Oh, selbstverständlich. Er ist gerade bei unserem Schatzmeister, müsste aber so in zehn Minuten fertig sein. Wenn Sie also warten wollen? Sie können solange in die Kantine gehen, wenn Sie möchten. Der Tee ist ganz vernünftig.«

Banks dankte ihr und ging zu der Gruppe knalloranger Plastiktische und -stühle.

»Ach, Mr. Banks?«, rief sie hinter ihm her.

Er drehte sich um.

»Sie gehen aber nicht weg, ja?« Sie schaute einmal kurz nach rechts, dann nach links, als wollte sie damit andeuten, dass jenseits dieser Punkte Ungeheuer lauerten.

Banks versicherte ihr, es nicht zu tun, kaufte von dem hübschen jungen Mädchen am Tresen einen Tee und setzte sich hin.

In der Kantine hielt sich nur eine weitere Person auf. Ein dünner Mann mit einem ausgeprägten Buckel und glatt von seiner faltigen Stirn zurückgekämmtem Haar, der wie ein Pfarrer gekleidet war. Als er Banks sah, kam er mit seinem Becher herüber. Seine Kopfform kam Banks ausgesprochen seltsam vor, sie war nämlich dreieckig, wobei sich die Stirn jäh nach hinten neigte. Mit dem glatt zurückgekämmten, im Fünfundvierzig-Grad-Winkel abstehenden Haar sah sein gesamtes Gesicht so aus, als wäre es im Windkanal geformt worden.

»Darf ich mich zu Ihnen gesellen?«, fragte er und lächelte dabei auf eine Weise, die sein Gesicht vollständig zur Fratze werden ließ.

»Wenn Sie nichts dagegen haben, dass ich rauche«, erwiderte Banks.

»Nur zu, alter Junge, das stört mich überhaupt nicht.« Er sprach gebildet und mit dem Akzent des Südens. »Ich habe Sie hier noch nicht gesehen?«

Es sollte eine Bemerkung sein, klang aber wie eine Frage.

»Kein Wunder«, sagte Banks. »Ich war auch noch nie hier. Ich bin Polizist.«

»O mein lieber Gott!«, rief der Pfarrer aus. »Welcher denn? Lassen Sie mich raten: Clouseau? Poirot? Holmes?«

Banks lachte. »Ich bin weder so ein Tölpel wie Clouseau«, sagte er, »noch bin ich leider so brillant wie Poirot oder Holmes. Mein Name ist Banks. Chief Inspector Banks.«

Der Pfarrer runzelte die Stirn. »Banks, ja? Von dem habe ich noch nie gehört.«

»Tja, wie sollten Sie auch?«, sagte Banks verdutzt. »Das

bin ich. Ich bin Banks. Ich bin hier, um Dr. Preston zu treffen.«

Der Pfarrer strahlte. »Dr. Preston? Oh, ich bin sicher, Sie werden ihn mögen. Ein sehr guter Arzt.«

»Hilft er Ihnen?«

»Ob er mir hilft? Nein, warum? Ich helfe natürlich ihm.«

»Natürlich«, sagte Banks langsam.

Eine Schwester blieb vor dem Tisch stehen und sprach ihn an. »Dr. Preston hat jetzt Zeit für Sie«, sagte sie.

Der Pfarrer streckte ihm die Hand hin. »Na dann, viel Glück, alter Junge.«

Banks schüttelte sie und dankte murmelnd.

»Der Mann dort gerade«, sagte er zu der Schwester, als sie neben ihm den Flur entlangging, »darf der frei herumlaufen? Weshalb ist er hier?«

Die Schwester lachte. »Das ist kein Patient. Das ist Pfarrer Clayton. Er kommt zwei- oder dreimal die Woche zu Besuch. Er muss gedacht haben, *Sie* wären ein neuer Patient.«

Verdammt noch mal, dachte Banks, so schnell kann man verrückt werden, wenn man sich an solchen Orten herumtreibt.

In Dr. Prestons Büro fehlten die scharfen, polierten Instrumente, Nierenschalen, Spritzen und mysteriösen Kleinigkeiten, die Banks bei jedem Besuch in Dr. Glendennings Kammer so großes Unbehagen bereiteten. Mit seinem erbaulichen Blick auf den gepflegten Garten machte dieses Büro eher den Eindruck eines gemütlichen Studierzimmers.

Als Banks eintrat, stand Preston auf. Sein Handschlag war fest und knapp. Er sah jünger aus, als Banks erwartet hatte, dichtes, glänzendes braunes Haar bedeckte seinen Kopf. Seine Haut war so weich und rosig wie ein Babypopo, außerdem hatte er Pausbacken. Seine durch die Brillengläser vergrößerten Augen blickten wachsam und ernsthaft.

»Was kann ich für Sie tun, äh, Chief Inspector?«, fragte er.

»Ich interessiere mich für eine Ihrer ehemaligen Patientinnen names Elizabeth Dale. Auf jeden Fall glaube ich, dass sie eine ehemalige Patientin ist.«

»O ja«, sagte Preston. »Sie ist schon seit einer Ewigkeit wieder weg. Was genau wollen Sie denn wissen? Sicherlich ist Ihnen klar, dass es mir nicht freisteht ...«

»Ja, Doktor, das verstehe ich. Mich interessieren keine Einzelheiten ihrer Krankheit. Soweit ich weiß, litt sie unter Depressionen.«

»Nun ja.« Der Doktor bog eine Büroklammer auf seiner Schreibtischunterlage gerade. »Laienhaft ausgedrückt ... Aber deswegen sind Sie nicht gekommen, sagten Sie?«

»Das stimmt. Ich möchte nur wissen, wo sie sich jetzt aufhält. Das ist ja nichts Vertrauliches, oder?«

»Wir geben für gewöhnlich keine persönlichen Informationen weiter.«

»Es ist wichtig, für eine Mordermittlung. Ich könnte einen Gerichtsbeschluss erwirken.«

»Oh, ich glaube, das wird nicht notwendig sein«, sagte Preston schnell. »Das Problem ist nur, dass wir leider nicht wissen, wo Miss Dale sich aufhält.«

»Kein Hinweis?«

»Nein. Sehen Sie, wir behalten unsere ehemaligen Patienten in der Regel nicht im Auge.«

»Wann hat sie die Klinik verlassen?«

Preston blätterte durch seine Akten. »Sie war zwei Monate hier.« Er las die Daten vor.

»Ist das üblich? Zwei Monate?«

»Schwer zu sagen. Das kommt auf den Patienten an. Miss

Dale war ... nun, ich glaube, ich verrate nicht zu viel, wenn ich Ihnen sage, dass sie schwierig war. Sie war erst ein paar Tage hier, da ist sie bereits weggelaufen.«

»Ja, ich weiß.« Banks erklärte, inwieweit er an der Sache beteiligt war. »Aber soviel ich weiß, hatte sie sich anfänglich aus eigenem Antrieb hierherbegeben. Stimmt das?«

»Ja.«

»Und dennoch haben Sie sie behandelt, als wäre sie aus einem Hochsicherheitsgefängnis geflohen.«

Preston lehnte sich in seinem Lehnstuhl zurück, sein Kiefer zuckte. »Sie müssen verstehen, Chief Inspector, dass jeder, der hier ankommt, einer ganzen Reihe Tests und einer lückenlosen körperlichen Untersuchung unterzogen wird. Auf dieser Basis erstellen wir eine Diagnose und legen die Behandlung fest. Ich hatte Miss Dale untersucht und entschieden, dass sie eine Behandlung brauchte. Als sie verschwand, waren wir natürlich besorgt, dass sie ... Nun, wer weiß, was ohne korrekte Behandlung aus ihr geworden wäre? Deshalb haben wir die nötigen Schritte unternommen, um sie zur Rückkehr zu bewegen.«

»Der Doktor muss es ja wissen, was?«

Preston starrte ihn zornig an.

»In welcher Verfassung war sie denn, als die Behandlung abgeschlossen war?«, fragte Banks.

»Bei Ihrer feindseligen Haltung weiß ich nicht, ob ich das beantworten möchte.«

Banks seufzte und griff nach einer Zigarette. »Ach, kommen Sie, Doktor, seien Sie nicht eingeschnappt. War sie geheilt oder nicht?«

Preston reichte einen Aschenbecher herüber, als Banks seine Zigarette anzündete. »Sie wissen, dass die Dinger Sie umbringen werden.« Diese Erkenntnis schien ihn mit großer Genugtuung zu erfüllen.

»Nicht, bevor ich eine Antwort von Ihnen erhalte, hoffe ich.«

Preston schürzte seine Lippen. »Ich nehme an, Sie wissen von Elizabeth Dales Drogenproblem?«

»Ja.«

»Es verursachte teilweise ihre Geisteskrankheit. Als sie zu uns kam, gab sie an, seit ungefähr einem Monat kein Heroin mehr zu spritzen. Natürlich sind wir hier nicht darauf eingerichtet, Abhängige zu behandeln, und wenn Miss Dale noch Drogen genommen hätte, dann hätten wir sie woanders hinschicken müssen. Auf Grundlage einer Behandlung, die ich ihr verschrieb, blieb sie jedoch und machte einige Fortschritte. Nach zwei Monaten hatte ich das Gefühl, dass sie bereit ist zu gehen.«

»Und wie fühlte *sie* sich?«

Preston starrte aus dem Fenster auf die Grünanlage. Gleich vor dem Gebäude stand eine Reihe Ziersträucher, die in Form von Vögeln und Tieren geschnitten waren.

»Miss Dale«, begann Preston langsam, »hatte Angst vor dem Leben und Angst vor ihrer Sucht. Das eine führte zum anderen, ein anscheinend endloser Kreislauf.«

»Sie wollen also sagen, dass sie, wenn sie sich erst einmal an die Vorstellung gewöhnt hätte, gerne für immer hier geblieben wäre. Habe ich Recht?«

»Nicht unbedingt hier. In jeder Anstalt, überall, wo sie keine eigenen Entscheidungen treffen und sich nicht der Welt stellen müsste.«

»Und an so einem Ort werde ich sie wahrscheinlich finden?«

»Das würde ich sagen, ja.«

»Können Sie sich etwas genauer äußern?«

»Sie könnten es in einem Drogen-Rehabilitations-Zentrum zur Behandlung von Abhängigen versuchen. Bevor sie zu uns gekommen ist, war sie immer wieder in einem.«

»Und sie konnte nicht geheilt werden?«

»Wie viele werden das schon? Ein paar vielleicht, zugegeben. Aber bei Elizabeth ging es immer hin und her, hin und her. Eine Weile half die Behandlung, Methadon in allmählich reduzierten Dosen. Ungefähr so, wie man Nikotinkaugummi kaut, wenn man das Rauchen aufgeben will. Es hilft gegen die heftigen körperlichen Symptome, aber …«

»Das reicht nicht aus?«

»Nicht wirklich. Viele Abhängige bekommen einen Rückfall, sobald sich die Gelegenheit für einen Schuss ergibt. Bei dem Freundeskreis, den sie haben, kann das unglücklicherweise sehr schnell passieren.«

»Sie glauben also, dass Liz in diesem Rehabilitationszentrum als Patientin ist oder dass die Verantwortlichen dort wissen können, wo sie sich aufhält?«

»Es könnte sein.«

»Wo ist es?« Banks zog sein Notizbuch hervor.

»Das Einzige in der Gegend ist in der Nähe von Halifax. Nicht weit weg.« Preston gab ihm die Wegbeschreibung. »Ich hoffe, sie steckt nicht in Schwierigkeiten«, sagte er danach.

»Das glaube ich nicht. Wir brauchen nur ihre Hilfe bei unserer Ermittlung.«

Preston rückte die Brille auf seiner Nase zurecht. »Als Polizist versteht man es, mit Worten umzugehen, und lässt sich nie zu einem zu viel hinreißen, nicht wahr?«

»Da haben wir wohl etwas mit Ärzten gemeinsam.« Banks lächelte und erhob sich. »Sie waren eine große Hilfe.«

»Tatsächlich?«

Banks trat den eiligen Rückzug aus der Klinik an und war schon bald auf den regennassen Straßen Richtung Halifax unterwegs. Er folgte Dr. Prestons Rat und orientierte sich am Wainhouse Tower, und bald fand er das Rehabilitationszentrum. Der hohe, schwarze Turm war ursprünglich als Fabrikschornstein errichtet, aber nie als solcher genutzt worden und stand nun mit seiner sehr unpassenden, im gotischen Stil verzierten Spitze als Sinnbild der Unvernunft und als Aussichtspunkt in der Landschaft.

Das Zentrum befand sich in einer steilen Seitenstraße. Es lag von der Straße abgesetzt am Ende einer langen, ansteigenden Rasenfläche und sah aus wie eine viktorianische Villa. Außerdem strahlte es für Banks' Gefühl eine unheimliche Atmosphäre aus. Als er sich dem Haus näherte, lief ihm ein Schauer über den Rücken. Nicht gerade der Ort, den ich nach Einbruch der Dunkelheit aufsuchen möchte, dachte er.

Hier gab es weder Mauern noch Wachleute am Tor. Banks ging schnurstracks hinein und gelangte in einen geräumigen Aufenthaltsraum mit hohen Decken. An den Wänden hing eine Reihe Bilder, bei denen es sich eindeutig um Arbeiten der Patienten handelte. Dominiert wurden sie von einem gewaltigen Gemälde, das einen auf die Erde herabstürzenden Engel mit flammenden Flügeln und verrenktem Hals zeigte, sodass er den Betrachter mit roten, wilden Augen und offen liegenden, wie verknotete Seile gespannten Muskeln direkt anschaute. Vielleicht sollte es Satan auf seinem Weg in die Hölle darstellen. Auf jeden Fall war das impressionistisch in der unteren Hälfte des Gemäldes entworfene Ziel des Sturzes ein dunkler und trüber Ort. Er schüttelte sich und sah weg.

»Kann ich Ihnen helfen?« Ein junge Frau kam auf ihn zu. An ihrer Erscheinung konnte man nicht ablesen, ob sie zum Personal gehörte oder eine Patientin war. Sie mochte Anfang dreißig sein, trug Jeans und eine dunkelbraune Jacke, darunter eine Bluse mit Stehkragen. Ihr langes, schwarzes Haar war an den Seiten zu dicken Zöpfen geflochten und hinten hochgesteckt.

»Ja«, sagte Banks. »Ich suche Elizabeth Dale. Ist sie hier, oder wissen Sie, wo ich sie finden kann?«

»Wer sind Sie?«

Banks zeigte ihr seinen Dienstausweis.

Die Frau zog ihre Augenbrauen hoch. »Polizei? Was wollen Sie?«

»Ich möchte mit Elizabeth Dale sprechen«, wiederholte er. »Ist sie hier oder nicht?«

»Worum geht es?«

»Ich stelle die Fragen«, sagte Banks, der von ihrer schroffen und überheblichen Art irritiert war. Plötzlich ging ihm auf, wer sie sein musste. »Hören Sie, Frau Doktor«, fuhr er fort, »es hat nichts mit Drogen zu tun. Es geht um einen alten Freund von ihr. Ich brauche lediglich ein paar Informationen, um einen Mordfall zu lösen.«

»Elizabeth war während der letzten Monate hier. Sie kann also nichts damit zu tun haben.«

»Das habe ich auch gar nicht behauptet. Würden Sie mich einfach mit ihr sprechen lassen?«

Die Ärztin runzelte die Stirn. Banks konnte sehen, wie hinter ihren Augen das Gehirn auf Hochtouren arbeitete. »In Ordnung«, sagte sie schließlich. »Aber gehen Sie behutsam mit ihr um. Sie ist sehr labil. Und ich bestehe darauf, dabei zu sein.«

»Ich würde lieber allein mit ihr sprechen.« Banks hatte überhaupt keine Lust darauf, dass diese Frau das Gespräch wie ein Anwalt überwachte.

»Das ist leider nicht möglich.«

»Und wenn Sie sich in Rufnähe aufhalten würden? Sagen wir, am anderen Ende dieses Raumes?« Der Raum war auf jeden Fall groß genug, um Platz für mehr als ein Gespräch zu bieten.

Die Mundwinkel der Ärztin erhoben sich zu einem leichten Lächeln. »Ein Kompromiss? Na gut. Warten Sie hier, ich hole Elizabeth. Nehmen Sie Platz.«

Doch nach der Autofahrt war Banks zu unruhig dafür. Er ging stattdessen im Raum umher und betrachtete die Bilder, die fast alle mehr oder weniger intensive Horrorvisionen darstellten. Wahnsinnige Augen starrten durch einen Briefkastenschlitz; ein nackter Mann mit verzweifeltem Gesichtsausdruck wurde von einer Frau weggezerrt; in einem Wald sah jedes einzelne sorgfältig gemalte Blatt wie eine Nadel aus Feuer aus. Ihm lief ein Schauer über den Rücken. Die zahlreichen Stehaschenbecher im Raum veranlassten ihn dazu, sich eine Zigarette anzuzünden. Da es warm war, zog er seinen Mantel aus und legte ihn über einen Sessel.

Ungefähr fünf Minuten später kam die Ärztin mit einer anderen Frau zurück. »Das ist Elizabeth Dale«, sagte sie und machte die beiden miteinander bekannt. Dann ging sie ans andere Ende des Raumes, setzte sich so hin, dass sie Banks im Auge behalten konnte, und tat, als würde sie ein Magazin lesen. Liz nahm den Sessel zu seiner Linken und drehte ihn so, dass sie sich bequem gegenüber sitzen konnten. Die Sessel waren gut gepolstert und besaßen stabile Armlehnen.

»Ich habe bemerkt, dass Sie sich die Bilder angeschaut haben«, sagte Elizabeth. »Nicht übel, oder?« Sie hatte eine melodische, ja hypnotische Stimme. Banks konnte sich leicht ihre Überredungskünste vorstellen. Doch gleichzeitig hatte er das Gefühl, dass diese Stimme wahrscheinlich nach einer Weile lästig und eher weinerlich und aufdringlich als angenehm und sanft klingen würde.

Elizabeth Dale zog ihren langen, himmelblauen Rock über den Knien glatt. Ihre schlanke Gestalt verlor sich unter einem weiten, malvenfarbenen Pullover mit zwei breiten, weißen Ringen in der Mitte. Wenn sie in Seths Alter war, dann musste sie jetzt um die vierzig sein, doch ihr ausgezehrtes, wächsernes Gesicht war faltig wie das einer wesentlich älteren Frau, und ihr schwarzes, eher kurz gehacktes als geschnittenes Haar war bereits an vielen Stellen ergraut. Es war ein Gesicht, das vom Leiden erzählte; Augen, die tief ins Innere geschaut und dort Entsetzliches gesehen hatten.

»Sie sind sehr kraftvoll«, sagte Banks und hatte sofort das Gefühl, das seine Worte die Bilder nur äußerst dürftig beschrieben.

»Hier sehen die Menschen solche Sachen«, sagte Elizabeth. »Wissen Sie, was dieses Haus früher einmal gewesen ist?«

»Nein.«

»Während der Typhusepidemie im letzten Jahrhundert war es ein Krankenhaus, ein Seuchenkrankenhaus. Ich kann jede Nacht die Patienten schreien hören.«

»Meinen Sie, dass es hier spukt?«

Elizabeth zuckte mit den Achseln. »Vielleicht bin ich es, die spukt. Hier werden die Leute manchmal verrückt. Sie schlagen die Fenster ein und versuchen sich mit den Glasscherben zu schneiden. Ich kann die Tyhpusopfer jede Nacht schreien hören, wenn sie innerlich verbrennen und im Schüttelkrampf ihre Knochen brechen. Ich kann die Knochen brechen hören.« Sie klatschte in die Hände. »Knack. Einfach so.«

Dann legte sie eine Hand vor den Mund und lachte. Banks bemerkte, dass Zeige- und Mittelfinger ihrer rechten Hand vom Nikotin gelb verfärbt waren. Sie fingerte unter ihrem Pullover und zog eine Schachtel Embassy Regal und ein angelaufenes, silbernes Feuerzeug hervor. Banks nahm eine von seinen Zigaretten, und sie beugte sich vor und gab ihm Feuer. Die Flamme war groß, sodass er beim Inhalieren Benzindämpfe einatmete.

»Wissen Sie«, fuhr Elizabeth fort, »trotz allem, den Geistern, dem Schreien, der Kälte, bin ich lieber hier, als ... als da draußen.« Sie machte eine Kopfbewegung zur Tür. »Da ist der echte Horror, Mr. Banks, da draußen.«

»Dann kümmern Sie sich wohl nicht um die Welt, oder? Keine Zeitungen, kein Fernsehen?«

Elizabeth schüttelte den Kopf. »Nein. Hier gibt es einen Fernseher, gleich nebenan. Aber ich schaue nicht fern. Ich lese Bücher. Alte Bücher. Charles Dickens, den lese ich gerade. Wussten Sie, dass in *Edwin Drood* Opium genommen wird?«

Banks nickte. Vor einigen Jahren hatte er eine Dickensphase durchgemacht.

»Sind Sie wegen der Beschwerde gekommen?«, fragte Elizabeth.

»Welche Beschwerde?«

»Das war vor Jahren. Ich beschwerte mich über einen Polizisten, weil er bei einer Demonstration mit seinem Knüppel auf die Leute eingeschlagen hat. Ich weiß nicht, was daraus geworden ist. Ich habe nie etwas gehört. Damals war ich anders, da schien es sich noch zu lohnen, für etwas zu kämpfen. Jetzt lasse ich sie einfach machen. Sie werden alles in die Luft jagen, Mr. Banks. Oh, da besteht kein Zweifel, sie werden uns alle in die Luft jagen. Oder wollen Sie über Drogen sprechen?«

»Teilweise bin ich tatsächlich wegen der Beschwerde gekommen, stimmt. Ich wollte mit Ihnen über Seth Cotton sprechen. Über Seth und Alison.«

»Der gute Seth. Der arme Seth. Ich möchte nicht über Seth sprechen. Ich muss nicht mit Ihnen sprechen, oder?«

»Warum wollen Sie nicht über ihn sprechen?«

»Weil ich nicht will. Das geht nur Seth etwas an. Ich werde Ihnen nichts erzählen, was er nicht erzählen würde, also fragen Sie lieber nicht.«

Banks beugte sich vor. »Elizabeth«, sagte er sanft, »Seth ist tot. Das tut mir Leid, aber es stimmt.«

Zuerst dachte er, dass sie überhaupt nicht reagieren würde. Nur ein leiser Seufzer entwich ihr, wie eine Windböe, die gegen ein dunkles Fenster stößt. »Na, dann ist es in Ordnung, oder?«, sagte sie mit weicherer, dünner Stimme. »Dann hat er schließlich Frieden gefunden.« Sie schloss ihre Augen, und ihr Gesicht nahm einen solch entrückten, heiligen Ausdruck an, dass Banks nicht wagte, die Stille zu unterbrechen. Es wäre ihm wie Blasphemie vorgekommen. Als sie die Augen wieder öffnete, waren sie klar. »Mein kleines Gebet«, sagte sie.

»Was meinten Sie mit armer Seth?«

»Er war so ein ernsthafter Mensch und musste so viel Schmerz erleiden. Wie ist er gestorben, Mr. Banks? War es ein friedlicher Tod?«

»Ja«, log Banks.

Elizabeth nickte.

»Das Problem ist«, sagte Banks, »dass niemand viel über seine Gefühle oder seine Vergangenheit wusste. Sie waren ziemlich eng mit Seth und Alison befreundet, nicht wahr?«

»Das war ich, ja.«

»Können Sie mir etwas über ihn erzählen, über seine Vergangenheit, das mir helfen könnte, ihn besser zu verstehen? Ich weiß, dass ihn Alisons Unfall sehr mitgenommen ...«

»Unfall?«

»Ja. Sie werden doch bestimmt davon wissen. Der Auto...«

»Alison ist nicht durch einen Unfall gestorben, Mr. Banks. Sie wurde ermordet.«

»Ermordet?«

»O ja. Es war eindeutig Mord. Ich habe es Seth erzählt. Und er hat mir geglaubt.«

»Wann?«

»Ich habe es herausbekommen. Ich war nämlich mal Krankenschwester.«

»Ich weiß. Was haben Sie herausbekommen?«

»Sind Sie sicher, dass Seth tot ist?«

Banks nickte.

Erst sah sie ihn argwöhnisch an, dann lächelte sie. »Dann kann ich es Ihnen wohl sagen. Sitzen Sie bequem?«

Und dann begann sie, eine der traurigsten und merkwürdigsten Geschichten zu erzählen, die Banks je gehört hatte.

II

Liz Dales Erzählung bestätigte, was er zu vermuten begonnen hatte. Doch obwohl sich seine Theorien nun nicht mehr gegenseitig ausschlossen, war er keineswegs so begeistert wie sonst, wenn er einen Fall gelöst hatte.

Langsam fuhr er zurück nach Eastvale, nahm die längste, verzweigteste Route, die im Westen an den größeren Ortschaften und Städten vorbeiführte. Er hatte keine Eile. Unterwegs hörte er sich seine verkratzten Aufnahmen der alten Bluessänger an. Spieler, Mörder, Geistliche, Alkoholiker und Drogenabhängige sangen Lieder über Armut, Sex, den Teufel und das Pech im Leben. Und die Ortsschilder sausten vorbei: Mytholmroyd, Todmorden, Cornholme. In Lancashire umging er das Stadtgebiet von Burnley auf einer Reihe von Nebenstraßen, die am Wald von Trawden vorbeiführten, und kam dann bei Skipton in die Landschaft von Craven, wo das Gras saftig grün und die Erde fruchtbar war.

In Grassington machte er eine Pause und aß in einem Pub, überquerte dann bei Pateley Bridge Greenhow Hill und gelangte über Ripon zurück nach Eastvale.

Burgess wartete in seinem Büro. »Sie schulden mir einen Fünfer«, sagte er. »Ein paar Gläser Mumm und ich habe sie rumgekriegt.«

»Über Geschmack lässt sich bekanntlich streiten«, sagte Banks.

»Sie werden mir glauben müssen. Ich bin ja nicht so ein kranker Typ, der als Trophäe Schlüpfer mitgehen lässt.«

Banks deutete auf Burgess' geschwollene, rot gefärbte Wange. »Wie ich sehe, haben Sie eine andere Trophäe abgekriegt.«

»Ihr verdammter Mann. Misstrauisches Schwein.« Er fuhr mit einem Finger über den blauen Fleck. »Aber das war später. Er kann von Glück sagen, dass ich ihn nicht wegen Tätlichkeit gegen einen Polizeibeamten eingebuchtet habe. Doch er hatte wohl einen Schlag gut, also ließ ich ihn ungeschoren. Eine saubere Angelegenheit.«

»Sehr edel von Ihnen.« Banks zog einen Fünf-Pfund-Schein aus seinem Portemonnaie und legte ihn auf den Schreibtisch.

»Was ist denn heute los mit Ihnen, Banks? Können Sie nicht verlieren?« Burgess nahm das Geld, steckte es aber nicht ein. »Verdammt, Sie müssen nicht zahlen, wenn Sie so knapp bei Kasse sind.«

Banks setzte sich hin und zündete sich eine Zigarette an. »Haben Sie jemals von einem Typen namens Barney Merrit gehört?«, fragte er.

»Nein. Sollte ich?«

»Das ist ein alter Freund von mir, von der Londoner Polizei. Er hat von Ihnen gehört. Außerdem hat er von Constable Cranby gehört. Keith J. Cranby.«

»Und?« Burgess' Kiefermuskeln spannten sich und sein Blick schien funkelnder und schärfer zu werden.

Banks legte einen Hefter auf den Schreibtisch. »Cranby und einer seiner Kumpels, wahrscheinlich Constable Stickley, haben vor ein paar Tagen in York einen blauen Escort gemietet. Sie fuhren nach Eastvale und stiegen im Castle Hotel ab. Zufällig wohnen auch Sie dort. Mich überrascht, dass Sie sich nicht mal in der Lobby begegnet sind, so groß ist das Hotel ja nicht.«

»Sind Sie sich darüber im Klaren, was Sie da sagen? Vielleicht sollten Sie noch mal darüber nachdenken und schweigen, solange es noch geht.«

Banks schüttelte den Kopf und fuhr fort.

»Neulich brachen die beiden in Dennis Osmonds Wohnung ein. Sie fanden nicht, wonach sie suchten, nahmen aber eines seiner politischen Bücher mit, um ihm Angst einzujagen. Er glaubte, jeder Geheimdienst der Welt wäre hinter ihm her. Gestern Abend brachen die beiden in die Wohnung von Tim und Abha ein und ließen eine Reihe von Ordnern mitgehen. Und zwar, nachdem ich Ihnen erzählt habe, wo die Informationen, die sie über die Demo gesammelt haben, aufbewahrt werden.«

Burgess knallte ein Lineal auf den Schreibtisch. »Dafür haben Sie natürlich Beweise?«

»Wenn ich sie brauche, ja.«

»Wie zum Teufel kommen Sie auf so etwas?«

»Ich kenne Ihre Methoden. Und als ich den Einbruch bei Osmond erwähnte, schienen Sie kein bisschen überrascht zu sein. Sie schienen sich nicht mal besonders dafür zu interessieren. Sehr seltsam, denn mein erster Gedanke war sofort, dass es eine Verbindung zum Gill-Fall geben könnte. Aber Sie wussten natürlich bereits alles darüber.«

»Und was haben Sie jetzt vor?«

»Ich verstehe Sie einfach nicht«, sagte Banks. »Was zum Teufel wollten Sie damit erreichen? Sie haben die gleichen Bürgerwehrtaktiken angewendet, wie man es in Manchester nach der Leon-Brittan-Demo getan hat.«

»Die haben aber auch gewirkt, oder?«

»Wenn Sie es für taktisch klug halten, ein paar Studenten aus dem Land zu jagen und die öffentliche Aufmerksamkeit auf die übelsten Elemente zu lenken, dann haben sie gewirkt, stimmt.«

»Seien Sie nicht so schrecklich naiv, Banks. Diese Leute stecken alle unter einer Decke.«

»Sie leiden unter Verfolgungswahn, wissen Sie das? Was sehen Sie denn in denen? Terroristen?«

»Sie stecken unter einer Decke. Gewerkschaftsführer, linke Studenten, Atomkraftgegner. Die stecken alle unter einer Decke. Nennen Sie sie irregeleitete Idealisten, wenn Sie wollen, aber sie stellen eine verdammte Bedrohung dar.«

»Für wen? Für was?«

Burgess beugte sich vor und klammerte sich an den Tisch. »Für den Frieden und die Sicherheit des Landes, dafür. Auf welcher Seite stehen Sie eigentlich?«

»Ich stehe auf keiner Seite. Ich habe einen Mord zu untersuchen, erinnern Sie sich? Ein Polizist wurde getötet. Es war kein besonders guter, aber meiner Meinung nach hat er es nicht verdient, tot auf der Straße zu enden. Und was finde ich heraus? Sie rufen ihr privates Deppenkommando aus London her, und das bricht hier in die Häuser ein.«

»Mit Ihnen über Moral zu diskutieren bringt nichts, Banks …«

»Genau, da fehlen Ihnen nämlich die Argumente.«

»Aber darf ich Sie daran erinnern, dass ich für diesen Fall verantwortlich bin?!«

»Das gibt Ihnen noch lange kein Recht zu tun, was Sie getan haben. Können Sie das nicht verstehen, verdammt noch mal? Sie und Ihr ständiges Gerede vom Image der Polizei. Mit dieser Bürgerwehrtaktik stehen wir am Ende wie die Bösen da. Und außerdem wie die Vollidioten.«

Burgess lehnte sich zurück und zündete sich eine Zigarre an. »Nur wenn die Leute davon erfahren. Womit wir wieder bei meiner Frage wären. Was haben Sie jetzt vor?«

»Nichts. Sie werden dafür sorgen, dass die Akten zurückgegeben und die betroffenen Leute von nun an in Ruhe gelassen werden.«

»Ach, wirklich? Was macht Sie da so sicher?«

»Weil ich meine Erkenntnisse andernfalls an Superintendent Gristhorpe weiterleiten werde. Der stellvertretende Polizeipräsident schätzt seine Meinung.«

Burgess lachte. »Sie haben keine besonders guten Beziehungen, wissen Sie. Ich glaube nicht, dass Sie damit etwas erreichen werden.«

»Vergessen wir die Presse nicht. Die stürzt sich auf so pikante Geschichten. Außerdem hat Dennis Osmond ein Recht darauf zu erfahren, was geschehen ist. Egal, was Sie davon halten, ich glaube nicht, dass diese Geschichte Ihren zukünftigen Beförderungsaussichten sehr dienlich wäre.«

Burgess klopfte seine Zigarre auf den Rand des Aschenbechers.

»Sie sind so eine verdammt ehrliche Haut, nicht wahr, Banks? Ein echter Kreuzritter. Besser als wir alle.«

»Hören Sie auf damit. Sie haben Ihre Kompetenzen überschritten und Sie wissen es. Sie dachten, Sie könnten einfach so davonkommen.«

»Das kann ich immer noch.«

Banks schüttelte den Kopf.

»Sie vergessen, dass ich Ihr Vorgesetzter bin. Ich kann befehlen, dass Sie mir jedes Beweismittel übergeben, das Sie haben.«

»Schwachsinn«, sagte Banks. »Warum schicken Sie nicht Cranby und Stickley herein, um es zu stehlen?«

»Hören Sie«, sagte Burgess, rot vor Zorn, »wollen Sie mich wirklich ärgern? Ich kann ein sehr unangenehmer Gegner sein. Bilden Sie sich tatsächlich ein, dass irgendjemand Ihren Anschuldigungen Beachtung schenken wird? Was wird man Ihrer Meinung nach tun? Mich aus der Polizei werfen? Träumen Sie weiter!«

»Interessiert mich überhaupt nicht. Ich weiß nur, dass sich die Presse mit Wollust auf die Sache stürzen wird.«

»Sie sägen an dem Ast, auf dem Sie sitzen. Denken Sie mal darüber nach, wem Sie sich eigentlich verpflichtet fühlen. Unser Job ist schon so schwer genug, da müssen wir nicht erst noch jeden gegen uns aufwiegeln. Haben Sie mal darüber nachgedacht? Welche Auswirkungen würde es auf Sie und Ihre Kollegen hier oben haben, wenn die Geschichte rauskommt? Ich muss hier nicht leben, Gott sei Dank. Sie schon.«

»Verdammt richtig«, sagte Banks. »Und das ist genau der Punkt. Sie kommen hierher und veranstalten ein beschissenes Chaos und hauen dann wieder ab nach London. Ich aber muss mit diesen Menschen arbeiten und leben. Und es gefällt mir hier. Es hat lange genug gedauert, bis ich so akzeptiert wurde, wie ich es jetzt bin, und dann kommen Sie an und werfen die Verhältnisse wieder um Jahre zurück. Also entscheiden Sie sich. Geben Sie die Akten zurück, schicken Sie Ihre Trottel nach Hause und wir vergessen die Sache. Ein weiterer unaufgeklärter Einbruch.«

»Ach, was sind wir für ein großartiger Held! Und was ist, wenn ich noch etwas mehr Druck ausübe und ein paar Leute ganz oben dazu bewege, Ihnen die Herausgabe Ihrer Beweise zu befehlen? Was dann, Herr Großkotz?«

»Wie gesagt«, erwiderte Banks, »machen Sie sich keine Sorgen wegen mir, sondern wegen der Presse, Osmond und den Studenten.«

»Mit denen komme ich klar.«

»Es liegt an Ihnen.«

»Das war's?«

»Das war's. Sie haben die Wahl.«

»Wer wird schon ein paar bekloppten Linken glauben? Und jeder weiß, dass die Presse voreingenommen ist.«

Banks zuckte mit den Schultern. »Vielleicht glaubt ihnen tatsächlich niemand. Aber warten wir's ab.«

Burgess sprang auf. »Das werde ich nicht vergessen, Banks«, knurrte er. »Wenn ich meinen Bericht über diese Ermittlung ...«

»Die ist abgeschlossen«, sagte Banks müde.

»Was ist?«

»Die Ermittlung ist abgeschlossen.« Banks erzählte ihm knapp von seinem Gespräch mit Elizabeth Dale.

»Und was passiert jetzt?«

»Nichts. Außer, dass Sie sich wieder dahin verpissen, wo Sie herkommen.«

»Sie werden die ganze verfluchte Geschichte doch nicht der Presse auftischen, oder?«

»Nein, wahrscheinlich nicht. Aber ich finde, Mara und die anderen haben ein Recht, es zu erfahren.«

»Ja, dachte ich mir.« Burgess marschierte mit großen Schritten zur Tür. »Aber glauben Sie nicht, Sie hätten gewonnen. Denn das haben Sie nicht. So leicht werden Sie mir nicht davonkommen.«

Und mit dieser im Raum stehenden Drohung verschwand er.

Banks streckte seine Hände aus und bemerkte, wie sie zitterten. Obwohl es kühl im Büro war, fühlte sich sein Hals unter dem Kragen verschwitzt an. Und als er mit einer Zigarette zum Fenster ging, stellte er fest, dass auch seine Beine wackelig waren. Man hatte schließlich auch nicht jeden Tag die Gelegenheit, einem Vorgesetzten die Leviten zu lesen, erst recht nicht einem Genie wie Dirty Dick Burgess. Und zum ersten Mal hatte Banks erleben dürfen, dass er aus der Fassung geraten war.

Möglicherweise *hatte* er sich einen gefährlichen Feind fürs Leben gemacht. Vielleicht hatte Burgess sogar Recht damit gehabt, dass er seine Kreuzritterrolle übertrieb. Schließlich ging er mit dieser Rolle manchmal tatsächlich ein bisschen zu weit. Aber zum Teufel damit, dachte er. Es lohnte sich nicht, weiter darauf herumzureiten. Er nahm seinen Mantel, steckte die Zigaretten ein und ging runter zum Parkplatz.

III

Der Regen hatte aufgehört und die Nachmittagssonne lockte Nebelschleier aus den Flussauen und Talhängen hervor. Banks' Cortina knirschte den Weg hinauf und hielt vor dem Bauernhaus an.

Nach seinem zweiten Klopfen öffnete Mara die Tür und ließ ihn herein.

»Ich nehme an, Sie möchten sich hinsetzen«, meinte sie.

»Es könnte eine Weile dauern.« Banks machte es sich im Schaukelstuhl bequem. Die Kinder saßen malend am Tisch, Paul lag auf den groben Kissen und las ein Sciencefictionbuch.

»Wo sind Rick und Zoe?«, fragte Banks.

»Sie arbeiten.«

»Können Sie die beiden bitte holen? Ich möchte mit Ihnen allen sprechen. Und wären es zu viele Umstände, wenn Sie einen Tee machen würden?«

Mara setzte zuerst den Kessel auf und ging dann hinaus zur Scheune, um die anderen zu holen. Als sie zurückkam, kümmerte sie sich um den Tee, während Rick und Zoe sich hinsetzten.

»Was zum Teufel soll das werden?«, wollte Rick wissen. »Hatten wir nicht schon genug? Wo ist Ihr Freund?«

»Er packt gerade seine Sachen.«

»Er packt seine Sachen?«, sagte Mara und kam langsam mit der Teekanne und Bechern auf einem Tablett herein. »Aber ...«

»Es ist vorbei, Mara. Auf jeden Fall fast.«

Banks schenkte sich Tee ein, zündete eine Zigarette an und wandte sich an Paul. »Du hast den Abschiedbrief geschrieben, nicht wahr?«

»Ich weiß nicht, wovon Sie sprechen.«

»Hör auf damit! Du hast uns lange genug hingehalten. Der Druck auf die Tasten war anders als bei den Briefen, die Seth getippt hat, und sein Stil war zudem erheblich besser als deiner. Warum hast du es getan?«

»Ich habe Ihnen gesagt, dass ich nichts getan habe.« Jetzt starrten alle Paul an, und er begann rot zu werden.

»Soll ich dir sagen, warum du es getan hast?«, fuhr Banks fort. »Du es getan, um den Verdacht von dir abzulenken.«

»Einen Moment«, sagte Mara. »Beschuldigen Sie Paul, Seth getötet zu haben?«

»Niemand hat Seth getötet«, sagte Banks ruhig. »Er hat es selbst getan.«

»Aber Sie sagten ...«

»Ich weiß. Und das dachten wir auch anfänglich. Der Abschiedsbrief hat mich verwirrt. Nicht Seth hat ihn geschrieben, sondern Paul. Aber er hat niemanden getötet. Als Paul ihn gefunden hat, war Seth bereits tot. Paul nutzte lediglich die Gelegenheit, um ein Geständnis zu tippen, und hoffte, dass er damit aus dem Schneider wäre. Sicherlich kam ihm das kaum wie ein schlimmes Vergehen vor. Denn Seth war schließlich tot. Ihm konnte es nicht mehr schaden. Stimmt das, Paul?«

Paul sagte nichts.

»Paul?« Mara sah ihn mit strengem Blick an. »Ist das wahr?«

»Und wenn? Seth hätte nichts dagegen gehabt. Er hätte nicht gewollt, dass wir weiter verfolgt werden. Er war tot, Mara. Ich schwöre es. Ich habe nur einen Brief geschrieben.«

»Hatte er selbst etwas geschrieben?«, fragte Banks.

»Ja, aber es war belanglos.« Paul zog einen Zettel aus der Gesäßtasche seiner Jeans und reichte ihn Banks. »Es tut mir Leid, Mara«, stand darauf. Mehr nicht. Banks gab den Zettel Mara, die zu weinen begann. Sie wischte die Tränen mit ihrem Handrücken weg. »Wie konntest du das tun, Paul?«, sagte sie.

Paul beugte sich vor und umklammerte ihre Knie. »Ich habe es für uns getan«, sagte er. »Verstehst du nicht? Ich wollte uns die Polizei vom Leibe halten. Seth hätte das Gleiche getan.«

»Hat er aber nicht«, sagte Banks. »Seth hatte keine Ahnung, dass Paul einen Abschiedsbrief fälschen würde. Er glaubte, dass sein Selbstmord als das angesehen wird, was es war. Er hätte sich nie vorgestellt, dass wir ihn für Mord halten würden. Wenn sein Tod uns zur Wahrheit führen würde, gut, aber er wollte keine Erklärungen liefern. Das hat er zu Lebzeiten nie getan, warum sollte er es also tun, als er im Begriff war zu sterben?«

»Die Wahrheit?«, sagte Mara. »Wollen Sie uns die jetzt erzählen?«

»Ja. Wenn Sie möchten.«

Mara nickte.

»Sie wird Ihnen möglicherweise nicht gefallen.«

»Nach allem, was wir durchgemacht haben«, sagte sie, »glaube ich, dass Sie uns die Wahrheit schulden.«

»Na gut. Ich glaube, dass Seth unter anderem deshalb Selbstmord begangen hat, weil er sich schämte. Er hatte das Gefühl, dass er jeden enttäuscht hatte, einschließlich sich selbst.«

»Was wollen Sie damit sagen?«

»Ich will damit sagen, dass Seth Constable Gill erstochen hat und mit dieser Tat nicht leben konnte. Paul hatte bereits dafür gebüßt. Seth hätte es nie zugelassen, dass er die Schuld dafür auf sich nehmen muss. Dann hätte er sich schon eher selbst gestellt. Als Paul freigelassen wurde, hat er sich für ihn gefreut. Für Seth bedeutete das jedoch, dass die Polizei jetzt ihm auf die Fersen rückte. Es war nur eine Frage der Zeit. Ich hatte bereits Constable Gills Nummer in seinem Notizbuch und diese Bücher in seiner Werkstatt entdeckt. Außerdem wusste ich, dass die Tatwaffe sein Messer war. Ich hatte ihn nach Elizabeth Dale gefragt, und er wusste, wie labil sie ist. Ich musste sie nur noch finden und zum Reden bringen. Seth war sich all dessen bewusst. Er wusste, dass es für ihn bald vorbei gewesen wäre.«

Mara war bleich. Als sie versuchte, eine Zigarette zu drehen, zitterten ihre Hände. Banks bot ihr eine Silk Cut an, und sie nahm sie. Zoe stand auf und schenkte jedem Tee ein.

»Das kann ich nicht glauben«, sagte Mara und schüttelte den Kopf. »Nicht Seth.«

»Es ist die Wahrheit. Ich will nicht behaupten, dass er beabsichtigte, Constable Gill zu töten. Er konnte nicht davon ausgehen, dass die Demo so sehr ausarten würde, auch wenn man damit rechnen konnte, dass Gill dabei sein würde. Aber er ging vorbereitet hin. Er wusste sehr wohl, was passieren konnte, wenn Gill beteiligt war. Deswegen habe ich Sie gefragt, ob Sie gehört haben, dass an diesem Nachmittag jemand Gills Dienstnummer erwähnte. Jemand hat ihn auf dem Kieker gehabt und wusste, dass er da sein würde.«

»Die Nummer kam mir irgendwie bekannt vor«, sagte Mara so leise, als würde sie zu sich selbst sprechen. »Ich war in der Küche, ich glaube, mit Seth.«

»Und Osmond erwähnte die Nummer.«

»Ich ... So könnte es gewesen sein. Aber warum Seth? Das passt nicht zu ihm. Er war ein sanftmütiger Mensch.«

»Im Großen und Ganzen stimme ich Ihnen zu«, sagte Banks. »Aber die Umstände waren sehr außergewöhnlich. Ich musste erst Liz Dale finden, um alles zu verstehen. Sie erzählte mir etwas sehr Sonderbares, nämlich dass Alison, Seths Frau, ermordet wurde. Das ergab keinen Sinn für mich, denn ich hatte mit der örtlichen Polizei und dem Mann gesprochen, der sie überfahren hatte. Es war ein Unfall. Er hatte sie nicht absichtlich getötet. Der Unfall hat auch sein Leben zerstört.

Nach Alisons Tod unternahm Seth einen Selbstmordversuch, aber er schlug fehl. Er lebte weiter, kam jedoch nie über seinen Schmerz hinweg, und das teilweise deshalb, weil er ihn nie herausgelassen hat. Sie wissen ja, dass er nicht gerne über die Vergangenheit gesprochen hat, der ganze Schmerz und die Schuldgefühle stauten sich in ihm auf. Wenn jemand stirbt, den wir lieben, geben wir uns immer selbst die Schuld, vielleicht weil wir uns, wenn auch nur in einem flüchtigen Augenblick, schon einmal den Tod dieses Menschen gewünscht haben. Außerdem machen wir uns Vorwürfe: Wenn alles nur ein bisschen anders verlaufen wäre, wenn zum Beispiel Seth anstatt Alison an diesem Tag zum Einkaufen gefahren wäre, dann hätte die Tragödie nie passieren können. Liz war die Einzige, die wirklich wusste, was vorgefallen war, und das nur, weil sie eine enge Freundin von Alison war. Laut Aussage der Polizei in Hebden Bridge war Alison kontaktfreudiger, temperamentvoller und gesprächiger als Seth. Und weil er der ›starke, stille Typ‹ war, dachte jeder, dass er sich wirklich im Griff hatte, ruhig und beherrscht. Doch in seinem Inneren quälte er sich.«

»Ich verstehe es trotzdem nicht«, sagte Mara. »Was hat das alles mit dem getöteten Polizisten zu tun?«

Banks blies sachte in den Becher und trank einen Schluck Tee. Er schmeckte nach Apfel und Zimt. »Liz Dale legte gegen Constable Gills brutales Vorgehen bei der Demo, zu der sie mit Alison Cotton gegangen war, eine Beschwerde ein. Seth selbst war nicht dabei gewesen. Während der Demo, so erzählte mir Liz, wurde Alison von Gills Schlagstock an der Schläfe gestreift. Das war an diesem Nachmittag nur einer von vielen solcher Zwischenfälle. Alison wollte kein Aufhebens machen und die Aufmerksamkeit nicht durch eine Beschwerde auf sich ziehen, doch Liz war zu der Zeit wesentlich stärker politisch engagiert. Ihre Beschwerde richtete sich gegen Gills Verhalten im Allgemeinen. Als sie keine Reaktion bekam, verfolgte sie die Sache aber nicht weiter. Das Heroin ließ sie die Politik vergessen, sie verlor das Interesse und nahm an, genau wie Sie, dass die Polizei jemandem wie ihr sowieso nicht zuhören würde.«

»Kann man es ihr verdenken?«, sagte Rick. »Offensichtlich hatte sie Recht, oder? Hat die Polizei schon jemals …«

»Halten Sie den Mund«, sagte Banks. Er sprach ruhig, aber energisch genug, um Rick zum Schweigen zu bringen.

»Während der nächsten Monate«, fuhr er fort, »begann Alison, ein paar ungewöhnliche Symptome zu zeigen. Sie beklagte häufige Kopfschmerzen, sie wurde vergesslich und sie litt an Schwindelanfällen. Kurz darauf wurde sie schwanger, sodass sie ihre anderen Probleme für eine Weile verdrängte.

Einmal allerdings jagte sie Seth und Liz wirklich Angst ein. Sie begann, wie ein vierzehnjähriges Mädchen zu sprechen. In dem Alter war sie mit ihrer Familie in Zypern im Urlaub gewesen, wo sie bei einem Armeefreund ihres Vaters gewohnt hatten, der dort stationiert gewesen war. Und sie fing plötzlich an, in allen Einzelheiten einen Spaziergang am Mittelmeer in Famagusta an einem warmen Sommerabend zu beschreiben. Anscheinend klang selbst ihre Stimme wie die einer Vierzehnjährigen. Schließlich riss sie sich wieder zusammen und konnte sich an nichts erinnern. Als die anderen ihr erzählten, was sie da gerade geredet hatte, lachte sie nur.

Doch Seth reichte es. Er hatte Angst, dass sie einen Gehirntumor oder so etwas haben könnte, und bestand deshalb darauf, dass sie zum Arzt ging. Liz zufolge hatte der Arzt nicht viel zu sagen, außer dass eine Schwangerschaft mit der Psyche und dem Körper einer Frau seltsame Dinge anstellen kann. Alison erzählte ihm, dass die Symptome *vor* der Schwangerschaft begannen, aber er äußerte sich nur dahingehend, dass Menschen komische Einbildungen haben, und das war es dann.

Ein paar Wochen später ging sie eines Tages im Laden um die Ecke einkaufen und kam nicht mehr nach Hause. Es war nur ein Weg von zwei Minuten, aber sie fand nicht mehr zurück. Seth und Liz fanden sie eine Stunde später durch die Straßen irrend. Auf jeden Fall wurde ihr Zustand nicht besser, sodass sie erneut zum Arzt ging. Zuerst versuchte er wieder alles auf die Schwangerschaft zu schieben, doch Alison betonte die fürchterlichen Kopfschmerzen, die Erinnerungslücken und die zeitweilige geistige Abwesenheit. Er sagte, sie solle sich keine Sorgen machen, vereinbarte aber vorsichtshalber eine Ultraschall-Untersuchung. Tja, Sie kennen die Krankenkassen. Als sie endlich einen Termin bekam, war sie bereits tot. Und später konnte man wegen des Unfalls keine anständige Autopsie mehr machen, weil ihr Kopf dabei zerquetscht worden war.

Seth brach zusammen, machte einen Selbstmordversuch, rappelte sich wieder auf und kaufte die Farm, wo er eine Zeit lang zurückgezogen lebte, bis Sie hinzukamen, Mara. Er bewies sich, dass er in der Lage war weiterzumachen, aber die ganze Last seiner Vergangenheit trug er mit sich. Er war immer sehr ernsthaft gewesen, ein Mensch mit intensiven Gefühlen, aber nach dem Schock durch Alisons Tod kam noch eine dunklere Dimension hinzu.«

»Das ergibt doch keinen Sinn«, sagte Mara. »Wenn das alles wahr ist, warum hat er dann so lange gewartet, bevor er tat, was Sie behaupten?«

»Eigentlich aus zwei Gründen. Erstens war er bis vor einem Jahr noch nicht überzeugt. Um diese Zeit hat er sein Testament gemacht. Liz erzählte, er habe vor achtzehn Monaten in einem Magazin einen Artikel über einen ähnlichen Fall gelesen. Eine Frau zeigte nach einem relativ leichten Schlag auf den Kopf die gleichen Symptome wie Alison. Später verunglückte sie dann mit ihrem Wagen. Gerade nachdem er das gelesen hatte und begann, über die Zusammenhänge nachzudenken, lief Liz aus der Klinik davon und kam hierher. Er sprach mit ihr darüber, und sie stimmte zu, dass es eine nicht von der Hand zu weisende Erklärung war. Schließlich traten Alisons Anfälle erst kurz nach der Demo auf. Liz war keine besonders gute Krankenschwester gewesen, auf jeden Fall nicht gut genug, um Alisons Symptome sofort diagnostizieren zu können, aber mit dem menschlichen Körper kannte sie sich ein wenig aus, und sobald ihr Seth den Gedanken in den Kopf gesetzt hatte, half sie mit, ihn vollständig davon zu überzeugen.«

»Das war, als sie die ganze Zeit aufblieben und miteinander gesprochen haben«, sagte Mara. »Haben sie darüber gesprochen?«

»Ja, hauptsächlich. Als Nächstes fing Seth an, sich eingehender mit dem Thema auseinander zu setzen. Ich habe zwei Bücher über das menschliche Gehirn in seiner Werkstatt entdeckt, hatte aber in dem Moment noch keine Ahnung, welche Bedeutung sie besaßen. Eines hieß *Die Spitze des Eisberges*. Seth hat sie einfach dort stehen gelassen. Er hat eigentlich nie versucht, seine Spuren zu verwischen. Und dann stand Constable Gills Dienstnummer in seinem Notizbuch. Liz hat sie ihm aufgeschrieben, als sie das letzte Mal hier war. Nachdem er gehört hatte, dass mit Gill bei der Demo zu rechnen war, muss er sie im Zorn herausgerissen haben.«

»Sie sagten, es gäbe zwei Gründe dafür, dass er nicht gleich gehandelt hat«, sagte Mara. »Was ist der andere?«

»Seths Charakter, kann man sagen. Sie wissen, dass er normalerweise weder jähzornig noch ungeduldig war. Ganz im Gegenteil, bei seinem Handwerk benötigte er eine Menge Geduld. Er war auch nicht der Typ, der losprescht und sofortige Rache sucht. Und denken Sie daran, über seinen Schmerz und sein Schuldgefühl ist er eigentlich nie hinweggekommen. Ich kann mir vorstellen, dass er seinen Zorn genauso unterdrückt hat. Er keimte unter der Oberfläche weiter und wurde schließlich zu Hass. Hass auf einen Mann, der ihm Frau und Kind nahm. Und es war nicht nur ein Mann, es war ein Polizist, ein Feind der Freiheit.« Er warf einen kurzen Blick auf Rick, der genau zuhörte und an einer Strähne seines Bartes zog.

»Aber was sollte er tun? Das alles war vor langer Zeit passiert, außerdem gab es keine Beweise, selbst wenn er davon ausgegangen wäre, dass die Polizei seine Geschichte angehört hätte. Meiner Meinung nach dachte er gar nicht an Rache, doch als Osmond an diesem Nachmittag die Nummer erwähnte, muss sich etwas geändert haben. Die ganze Sache hatte ihn so lange zerfressen, er fühlte sich völlig ohnmächtig.

In der Erwartung, dass es Ärger geben würde, schnappte er sich das Messer. Ich kann mir nicht vorstellen, dass er wirklich daran glaubte, er würde Gill töten, aber er wollte vorbereitet sein. Als er das Messer später fallen ließ und es weggekickt wurde, muss er überrascht gewesen sein, dass er kein Blut abbekommen hatte. Gill hatte hauptsächlich innere Blutungen. Also blieb er ruhig. Bei der Demo waren über hundert Leute. Für Seth schien das zu bedeuten, dass wir nicht die geringste Chance hatten, den Mörder zu finden. Außerdem haben wir uns auf die politischen Aktivisten versteift, und zu denen gehörte er ja nun nicht gerade.« Banks hielt inne und trank ein paar Schluck Tee. »Wenn Paul nicht das Messer genommen und weggeworfen hätte, hätten wir vielleicht nie erfahren, woher es stammt. Keiner von Ihnen hätte uns jemals erzählt, dass es verschwunden war, so viel ist sicher. Liz hatte Seth außerdem Gill beschrieben: Ein großer Mann mit einem Zahnfleischgrinsen. Oben auf den Stufen konnte man ihn auch problemlos ausmachen. Vor den Türen gab es am meisten Licht. Und Seth befand sich in den ersten Reihen der Menge. Als sich Polizisten und Demonstranten im Handgemenge näher kamen, erkannte Seth die Nummer auf Gills Schulteraufsatz und …«

»Mein Gott!«, sagte Zoe. »Das war also …«

»Was?«

»Als die Polizei begann, uns anzugreifen, stand ich neben

Seth, ganz vorne, und dieser Polizist ging sofort auf eine Frau los, die auf der anderen Seite neben mir stand. Sie sah ein bisschen so aus wie du, Mara.«

»Was passierte dann?«, fragte Banks.

»Ich konnte es nicht richtig erkennen. Ich hatte Angst und wurde weggeschubst. Aber ich schaute hoch zu Seth, und er hatte so einen seltsamen Ausdruck im Gesicht. Es war … ich kann es nicht richtig beschreiben, aber er war bleich und sah ganz anders aus … voller Hass.«

Stumm verdauten alle, was Zoe erzählt hatte. Damals konnte sie es nicht wissen, doch was Seth gesehen hatte, war eine Wiederholung, ein Widerhall dessen, was mit Alison passiert war. In diesem Lichte, dachte Banks, erschien Seths Tat nur noch verständlicher. Er war weit über die Grenze des Tragbaren getrieben worden.

»Liz Dale hat Ihnen alles über seinen Hintergrund erzählt?«, meinte Mara schließlich.

»Ja. Plötzlich ergab alles einen Sinn: Seths Verhalten, das Messer, die Nummer, die Bücher.«

»Wenn … wenn Sie Liz früher gefunden und mit ihr gesprochen hätten, hätte das Seth gerettet?«

»Das glaube ich nicht. So einfach ist die Sache nicht. Erst die Ausführung des Verbrechens hat ihn fertig gemacht. Wenn er nicht mit Glück unbehelligt aus der Demo herausgekommen wäre, hätte er vielleicht schon früher Selbstmord begangen. Ich nehme an, zuerst glaubte er, er könnte mit seiner Tat leben, aber als die Ermittlung im Gange war, merkte er, dass er es nicht konnte. Ich glaube auch nicht, dass er eine Gefängnisstrafe verkraftet hätte, und er wusste, dass wir ihn kriegen würden. Die Informationen von Liz haben nur Klarheit geschaffen und das Motiv verdeutlicht.

Außerdem ist Liz ein schwieriger Mensch. Zunächst einmal lebt sie ziemlich weltfern und hat kaum einen Bezug zur

Realität. Von der Demo und dem Mord an Gill wusste sie nichts. Und ich glaube ehrlich gesagt nicht, dass sie mir etwas über Seth erzählt hätte, wenn ich ihr nicht gesagt hätte, dass er tot ist. Ich hätte dann wahrscheinlich nicht mal gewusst, welche Fragen ich stellen sollte. Ich suche nicht nach Ausreden, Mara. Bei diesem Job machen wir Fehler, und für die muss meistens jemand büßen. Aber Sie alle haben uns belogen, Sie sind uns ausgewichen und feindselig begegnet. Auf beiden Seiten gibt es Gutes und Schlechtes. Man darf nicht zurückschauen und fragen, was wäre wenn. Das führt zu nichts.«

Mara nickte langsam. »Glauben Sie, dass Seth Recht hatte?«

»Womit?«

»Dass Gill verantwortlich für Alisons Tod war.«

»Ich glaube, das ist sehr wahrscheinlich, ja. Ich habe auch mit dem Polizeiarzt darüber gesprochen, und er ist der gleichen Meinung. Aber mit Bestimmtheit werden wir es nie wissen. Liz Dale lag allerdings falsch, Alison wurde nicht ermordet. Gill mag kein guter Polizist gewesen sein, aber er hatte nicht vor, sie zu töten.

Aber sehen Sie es mal mit Seths Augen. Auf die schrecklichste Art und Weise hat er alles verloren, was ihm lieb war. Und er hat es durch einen Mann verloren, der die Macht, die der Staat ihm gab, missbrauchte. Seth wuchs in den späten sechziger und frühen siebziger Jahren auf. Er war antiautoritär geprägt und er verlor seine Frau und sein ungeborenes Kind durch einen Repräsentanten einer in seinen Augen unterdrückenden Autorität. Kein Wunder, dass er schließlich zurückschlagen musste, besonders wenn man sich vor Augen führt, was Zoe erzählt hat. Andernfalls wäre er wohl irgendwann verrückt geworden. Ich glaube, deshalb hat er damals sein Testament gemacht. Denn seit er wusste, was Alison zugestoßen war, was der wahre Grund für ihren Tod war, veränderte sich alles für ihn. Er war nicht mehr sicher, ob er sich weiterhin unter Kontrolle haben würde. Er wollte dafür sorgen, dass Sie das Haus bekommen.«

Mara bedeckte ihr Gesicht mit beiden Händen und begann zu weinen. Zoe ging zu ihr, um sie zu trösten, und die Kinder starrten sie erschrocken an. Paul und Rick schienen auf ihren Plätzen angewurzelt zu sein. Banks erhob sich aus dem Schaukelstuhl. Er hatte seinen Job erledigt, er hatte den Fall gelöst, aber für Mara war es damit nicht zu Ende. Für sie war dies nur der Anfang des wirklichen Schmerzes.

»Aber warum konnte er hier nicht glücklich sein?«, sagte sie weinend hinter ihren Händen. »Mit mir?«

Banks wusste darauf keine Antwort.

Er öffnete die Tür, und der Sonnenschein des späten Nachmittages strömte herein. Am Wagen drehte er sich noch einmal um und sah Mara in der Tür stehen, die ihn mit fest vor der Brust verschränkten Armen und zur Seite geneigtem Kopf beobachtete. Das Sonnenlicht erhaschte die Tränen in ihren Augen und ließ sie wie Edelsteine funkeln, als sie über ihre Wangen kullerten.

Auf dem gesamten Heimweg durch die Nebelschwaden konnte Banks das verdammte Windspiel in seinen Ohren klingen hören.

Ende